APOCALYPSE

Eric Giacometti
et
Jacques Ravenne

APOCALYPSE

ÉDITIONS FRANCE LOISIRS

Édition du Club France Loisirs,
avec l'autorisation des Éditions Fleuve Noir.

Éditions France Loisirs,
123, boulevard de Grenelle, Paris
www.franceloisirs.com

ISBN : 978-2-298-02844-7.

Avertissement

Apocalypse est un ouvrage de fiction nourri d'éléments et de faits dont le lecteur pourra retrouver les références dans les annexes et le glossaire joints en fin d'ouvrage. L'appartenance d'un des auteurs à la franc-maçonnerie n'implique en aucune façon, même de manière indirecte, une obédience particulière dans la conception de ce récit ou dans les points de vue exprimés fictivement par les protagonistes de ce roman.

À nous

Préambule

Où il est expliqué comment notre amitié est née à Rennes-le-Château et pourquoi Marcas lui doit beaucoup…

Dans ce cinquième opus des aventures d'Antoine Marcas, notre flic franc-maçon va se retrouver plongé dans les mystères de Rennes-le-Château : un classique des mythes ésotériques français, rangé dans la même armoire infernale que ceux des Templiers, Cathares et autres alchimistes.

Rennes-le-Château, ce charmant petit village de l'Aude, connaît une popularité désormais mondiale par la grâce des frasques d'un de ses anciens curés, Bérenger Saunière qui, devenu subitement riche à la fin du XIXe siècle, a fait naître les plus folles hypothèses sur l'origine de ses fonds : mine d'or, magot fabuleux, trésor des Wisigoths, Arche d'Alliance, voire même tombeau du Christ. Le tout assaisonné de personnages mythiques, de secrets perdus, de parchemins codés, et de jeux de labyrinthes. Tout y est ! Mais, ironie du sort, à ce jour, le seul qui ait réussi à trouver le trésor est un… Américain, Dan B., qui a métamorphosé la mythologie de Rennes-le-Château pour écrire un best-seller devenu planétaire.

Ce village et son curé nous renvoient à notre jeunesse. Ils sont à la base de notre rencontre et de notre amitié, née il y a juste trente ans, cette année. Nous étions lycéens à Toulouse et, un jour d'octobre, après la cantine, nous nous sommes retrouvés nez à nez dans la salle d'étude en train de dévorer le même petit livre, à couverture rouge, *L'Or de Rennes*, écrit par le talentueux et regretté Gérard de Sède.

Notre amitié n'a alors cessé de grandir. Quand les autres garçons de notre âge se passionnaient en cour de récréation pour les matchs de rugby (Toulouse oblige !), nous parlions dans notre coin du dernier bouquin sur Montségur, trouvé au marché de la basilique Saint-Sernin ou de l'opuscule sur Nicolas Flamel, déniché dans les rayons de la librairie L'Incunable.

Et comme nous étions encore très naïfs, nous avons décidé de préparer une expédition à Rennes-le-Château, pour trouver ce trésor mythique. Ah ! Ces matinées passées à la bibliothèque municipale de la « ville rose », à décrypter d'obscurs livres cités en référence d'ouvrages encore plus hermétiques, ces après-midi à réaliser des tracés de zodiaque sur la carte IGN du Razès… Enfin, par un beau jour de juillet, une fois le permis de conduire empoché de haute lutte, nous voilà en route dans une GS couleur crème, direction le village qui nous faisait tant rêver. Le coffre garni d'une poêle à frire (un détecteur de métaux), d'une tente empruntée, d'un réchaud foireux et de quelques boîtes de conserve, tels des chevaliers du Saint Graal, nous pouvions commencer la Quête.

Le jour même fut consacré à un pèlerinage aux sources : la visite de l'église de Rennes-le-Château, avec son diable sous le bénitier, la mystérieuse tour Magdala et la tombe de l'abbé... Un vrai bonheur.

Le soir, une fois la tente plantée, au milieu des ruines de Blanchefort, la cigarette aux lèvres, nous cherchâmes longtemps l'étoile Alcor, chère à Arsène Lupin...

Le lendemain, nous commencions les fouilles dans les grottes, les *catins*, sous les vestiges du château.

Évidemment, nous n'avons rien trouvé.

Cela ne nous a pas empêchés de retourner en ces lieux de tous les enchantements deux années de suite, en emmenant nos compagnes de l'époque (les pauvres !) et en faisant de nombreux détours par les châteaux cathares, ces citadelles du vertige qui hantent cette région de pierre et de vent.

Les années ont passé. Les fantasmes sur le trésor de Rennes et son légendaire ésotérique se sont dissipés sous le soleil de l'âge de raison. Néanmoins cette histoire merveilleuse, ce conte de fées en plein Razès, nous avait ouvert une porte sur un univers mystérieux, magique, tellement plus coloré, plus riche et plus intense que la banale réalité ! Alors, c'est plus fort que nous : périodiquement nous allons faire un saut dans le village de Saunière. L'un vient de Paris, l'autre arrive d'Espagne, mais sitôt le pied posé à Rennes, la magie opère à nouveau.

Une drogue douce.

De la même manière, nous lisons parfois les publications sur le sujet avec une tendresse particulière, sans ironie ni moquerie. Leurs auteurs, érudits de bibliothèque, chercheurs de terrain, sont de véritables passionnés, encore saisis par l'enchantement de ce mystère unique. Tout comme nous.

La plupart du temps, les critiques littéraires ne semblent pas comprendre l'engouement de tant de lecteurs pour les thrillers dits « ésotériques », persuadés sans doute qu'une partie d'entre eux prend pour argent comptant ces récits de pure fiction.

Notre imaginaire est d'abord celui de la jeunesse, ce monde perdu où tout semblait possible. Nous avons tous besoin de retrouver, au détour d'une lecture, cette part mythique d'enfance et ce goût vital pour le merveilleux.

Pour notre part, cet *Apocalypse*, qui représente une douce nostalgie de nos fascinations d'adolescents, est notre modeste pierre, à la taille quelque peu maçonnique, qui vient nourrir la fantastique histoire de Rennes-le-Château… En particulier avec l'apport d'un élément nouveau dans cette affaire, où il apparaît que l'un des instigateurs du légendaire de Rennes-le-Château, inventeur du fameux Prieuré de Sion, Pierre Plantard était… franc-maçon (voir annexes).

Eric Giacometti
Jacques Ravenne

Prologue

Inde
Bombay, parc de Shenantadi
Coucher du soleil

Trois mille paires d'yeux contemplaient l'immense écran rectangulaire aussi noir qu'un monolithe de basalte. Au moment précis où le dernier rayon de lumière disparut, marquant l'entrée du monde dans les ténèbres, une voix grave surgit des trente haut-parleurs disposés autour du site.

— *Om padme om.*

D'un seul élan, la foule hypnotisée scanda le mantra.

— *Om padme om.*

Un coup de gong retentit dans la clairière. L'écran s'illumina soudain, et un éclair balaya le parc.

La masse vibrante des spectateurs cria de nouveau.

— *Om padme om.*

La face bienveillante de Brahma apparut, le visage fardé de blanc, le front orné du point rouge de lumière, exacte représentation des statues honorées aux quatre coins du pays. Les yeux gigantesques du père des dieux observaient les *ravers* avec amour et paix. Puis, la voix retentit encore, cette fois dans un hurlement.

— Brahma !

Une série de coups de tonnerre éclata au-dessus des trois mille hommes et femmes aux bras levés. Des pulsions sonores émanant de synthétiseurs, tels des tambours à peau de métal, montèrent de toutes parts, encerclant la foule avide venue du monde entier pour assister à la Dark Rave.

À côté de l'écran, dans une sorte de tour bâtie sur un échafaudage flanqué d'une rangée de vigiles, deux hommes et une femme étaient debout, derrière un large pupitre. L'un d'entre eux, coiffé d'une casquette noire, s'activait entre des consoles numériques et une série de trois platines. Le visage de l'homme était tendu à l'extrême, son front humide de sueur, les veines de son cou étaient gonflées. Quant à ses pupilles dilatées, elles trahissaient une imprégnation d'ecstasy à forte dose. Il regarda le couple à ses côtés, guettant l'instant qui donnerait le signal de la transe collective.

Brun, les cheveux rasés, le visage d'une beauté androgyne, le jeune homme posa sa main sur celle de sa compagne et la regarda en esquissant un sourire. La blonde gracile tourna son visage diaphane vers lui et hocha imperceptiblement la tête. Ils étaient les vrais maîtres de la cérémonie, ils sentaient les pulsations de la foule comme si elle faisait partie de leur chair, et comme si leur propre sang coulait dans ces corps étrangers. La jeune femme murmura :

— *To the dark...*

Le DJ n'attendait que ce geste, et il tourna une petite molette d'aluminium située sur le clavier. Un soleil en fusion éclata sur l'écran. Les tambours devinrent frénétiques, le son envahit tout.

Le visage de Brahma se modifia d'un coup, les orbites de ses yeux semblèrent se vider, le visage se creusa, la bouche se transforma en un rictus. Toute bienveillance disparut de sa face. La blancheur de la peau se brouilla et prit une teinte noirâtre. Tels des serpents en colère, les boucles de ses cheveux se recroquevillèrent sur le front, laissant apparaître deux cornes répugnantes. Le dieu de toutes choses se transformait en un démon grimaçant.

— *To the darkness !* hurla la voix du DJ à travers les haut-parleurs.

À présent, le battement des tambours électroniques était au diapason du rythme cardiaque de la foule. Un déluge de vibrations surgit de toutes parts. La musique changea de tempo et se transforma en un mouvement qui emporta la foule. Les *ravers* s'agitèrent en cadence. Au-dessus d'eux, le démon les contemplait, ses yeux fous roulaient de droite à gauche comme s'il voulait transpercer chacun des danseurs. La transe allait durer trois jours et deux nuits et peut-être plus, jusqu'à épuisement.

Dans la tour, le DJ faisait corps avec ses claviers, les fibres de son cerveau se connectaient au centre nerveux qui commandait les influx sonores. Il tiendrait jusqu'au bout de ses forces.

La jeune femme, lissant ses cheveux d'une main gantée de dentelle, contemplait la masse en furie des *ravers*.

— Elle est là ?

— Elle a reçu une invitation. Comme six autres personnes. Depuis que nous les avons identifiées, elles sont sous surveillance permanente. Toutes participent à la *rave*.

— L'identification n'a causé aucun problème ?

L'homme caressa son piercing mammaire sous le tee-shirt frappé à l'effigie du Che, relookée en folle de La Havane.

— Elles sont toutes nées un 17 janvier au centre de Bombay.

— Et quelle est la bonne ?

— On ne le sait pas encore. On a besoin de l'heure précise de la naissance, et tu te doutes de la fiabilité de l'état civil en Inde… mais on devrait avoir le renseignement dans quelques minutes.

La blonde gracile fixa du regard les vagues de danseurs en extase qui ondulaient sur le rythme syncopé de la musique électro.

— Elle est là ! murmura-t-elle.

Son compagnon alluma un ordinateur portable et pianota sur le clavier.

— Regarde.

Une carte astronomique du ciel apparut. Des constellations se dessinèrent : Cassiopée, Orion, Andromède… Un point commença à scintiller en surbrillance, puis un second, un troisième, qui se joignirent pour former un triangle équilatéral.

— Le triangle parfait, annonça l'homme, la conjonction d'Arcadie. Durant la dernière décennie du

XXe siècle, elle ne s'est produite qu'une seule fois et n'a duré qu'une heure : le jour de leur naissance.

Une enveloppe clignotante surgit dans la barre d'outils.

— Ça y est ! On l'a !

Le mail apparut, laconique et définitif : « *N° 5 : Indanita Rhavejestan.* »

L'homme tapa un code sur son portable et une diode verte commença de vibrer sur l'écran.

— Sa balise GPS fonctionne !

— Sa balise ?

— Dissimulée dans le badge d'entrée. Allez, viens !

Le couple échangea un sourire complice et sortit de la cabine. Tous deux descendirent l'escalier de métal et passèrent la barrière des vigiles. Deux hommes au crâne rasé leur frayèrent un chemin au milieu de la foule extatique. Les danseurs étaient écartés sans ménagement. Le couple traversait le flot en souriant, au milieu du déchaînement sonore. Le jeune homme brandit un portable où s'accélérait une balise lumineuse. Il regarda alentour et repéra enfin celle qu'il cherchait. Il fit un signe à l'un des gardes qui s'approcha d'une jeune Indienne, vêtue d'un sari rouge. Le garde murmura quelque chose à son oreille. Elle hocha la tête et s'approcha du couple. Autour d'eux la masse compacte de la foule les pressait comme une rivière en crue, mais la jeune femme parvint à avancer. En un instant, l'Indienne se retrouva collée au couple dont les visages rayonnaient. Alors qu'elle voulait répondre à leur sourire, une douleur brusque transperça sa main droite. Elle baissa la tête et vit sa paume traversée par une fine aiguille de métal. Le sang commençait à jaillir. Le jeune couple la regardait toujours avec ravissement. Elle hurla, et une nouvelle onde de douleur la pénétra : sa main gauche était percée de part en part. La souffrance la fit crier au milieu des danseurs perdus dans leur transe collective. La jeune Indienne tenta d'arracher les aiguilles, mais la seule rétraction de ses doigts fut pire que la douleur. Elle leva ses mains martyrisées vers l'écran, comme une incantation muette à l'être infernal, puis s'écroula dans le néant.

Indanita ouvrit les yeux. Elle était attachée sur une chaise rivée au sol de métal. Instinctivement, elle regarda ses mains. Les aiguilles avaient été retirées. Elle ne comprenait rien. Elle était prisonnière. Dans la pièce, des câbles traînaient à terre et des étagères blanches étaient remplies de CD. Indanita tira sur ses liens, mais la douleur brûla ses paumes.

Une main se posa sur son épaule. Une voix susurra à son oreille :

— *January 17... Your birthday...*

Indanita était terrorisée : pourquoi lui parlait-on de sa date d'anniversaire ? L'homme qui s'exprimait n'était pas indien, son anglais était teinté d'un accent qu'elle n'arrivait pas à identifier. Il fallait qu'elle gagne du temps.

— *Yes*, répondit-elle d'un ton suppliant.

— *Too bad*, prononça la voix.

Un casque recouvrit ses oreilles. Un bourdonnement résonnait dans les écouteurs. Le couple d'étrangers qu'elle avait aperçu avant de s'évanouir surgit dans son champ de vision.

— *Please*, implora-t-elle.

La jeune femme sourit et, délicatement, lui ferma les paupières.

— *To the darkness !*

Un flot de musique électronique éclata dans le casque. Indanita n'eut pas le temps de sentir ses tympans exploser. Une douleur atroce la submergea : un doigt venait d'entrer dans son œil.

Première partie

Tuez-les tous, Dieu reconnaîtra les siens

attribué à Arnaud Amaury,
légat du pape Innocent III

Dessin préparatoire aux *Bergers d'Arcadie*,
collection privée.

1

Paris
Quartier du Palais-Royal
17 juin 2009

Enveloppé dans un pardessus gris dont il remonta le col pour se protéger du vent, l'homme franchit les portes de l'hôtel de la rue Richelieu.

— Bonne journée, monsieur Valmont, le salua le portier en s'inclinant, plutôt frais ce matin, n'est-ce pas ?

Un simple hochement de casquette lui répondit. Dans l'espérance d'un pourboire, le portier, tenace, renchérit :

— Pour vous qui arrivez du Québec, un climat pareil, même au printemps, ça ne doit vous faire ni chaud ni froid. C'est le cas de le dire, n'est-ce pas ?

Le dénommé Valmont ne répondit pas et s'engagea sur le trottoir pour gagner le Palais-Royal. À cette heure, la circulation entre l'Opéra et la rue de Rivoli commençait à faiblir. On pouvait traverser sans peine les carrefours et jouir en touriste des façades historiques et du ciel délavé de la capitale. Comme chaque matin, l'homme se rendit au Café de Nemours et commanda un petit déjeuner continental. Assis sous les arcades, le Canadien déplia ses jambes, sortit un portable. Son contact devait l'appeler dans dix minutes. Il avait juste le temps de descendre aux toilettes.

Pendant que le serveur lui déposait une tasse de café fumant, un croissant et un jus d'orange sur le guéridon de faux marbre, il se leva et se dirigea vers les toilettes sans remarquer son voisin de table qui porta la main à son oreille et murmura :

— Il arrive.

L'homme qui se faisait appeler Valmont descendit tranquillement l'escalier. Au moment où il pénétra dans le vestibule des toilettes, un inconnu en blouson de cuir brun, mal rasé, se dressa face à lui.

— Monsieur Valmont, nous avons à parler.

Stupéfait, le Canadien tenta de reculer mais buta contre un autre homme qui avait surgi derrière lui et l'empêchait de remonter l'escalier.

— Ne soyez pas timide. Vous êtes quelqu'un de très intéressant, dit le barbu.

— Laissez-moi, balbutia le Canadien, je vais appeler les serveurs.

— Je ne vous le conseille pas.

Moins de trois minutes plus tard, un homme vêtu du même pardessus et de la même casquette que le Canadien remonta l'escalier et s'installa comme si de rien n'était devant le petit déjeuner. Il parla à voix basse à son voisin qui occupait la table à sa gauche sans le regarder.

— C'est fait.

— La procédure est respectée à la lettre ?

— Oui, aucun accroc.

— Bien. Il n'y a plus qu'à attendre. Vous savez ce que vous faites ?

Le nouveau Valmont avala une gorgée de café. Son regard suivait une femme élégante en manteau noir qui traversait la place. Personne n'aurait pu soupçonner que ces deux hommes dialoguaient entre eux.

— Savoir est un verbe que je n'utilise jamais dans ce genre d'opération.

Le téléphone posé sur la table vibra. L'homme prit *Le Parisien* du jour et l'ouvrit.

— Bonne chance. Le dispositif est activé.

Il se plongea dans sa lecture. La vibration se transforma en une interprétation électronique de la *Petite Musique de nuit* de Mozart, vite interrompue par une voix rocailleuse.

— Monsieur Valmont ?

— Lui-même.

Un léger grésillement retentit dans l'appareil.

— Vous n'avez pas l'accent !

— Pardon ?

— Je dis : vous n'avez pas l'accent du Québec.

Merde ! Ils avaient pensé à tout, mais pas à ça. Il fallait inventer.

— J'ai fait mes études en France. Les Jésuites. Ils ne plaisantaient pas avec la prononciation de la langue française.

À l'autre bout du fil, la voix se fit plus apaisée.

— Ceci explique cela. Les Jésuites… Mais nous ne sommes pas là pour évoquer des souvenirs. La proposition qui vous a été faite vous convient toujours ?

— Oui. Si je peux voir l'œuvre en question, bien sûr.

— Quittez le café et marchez vers la station de métro. Et pas d'initiatives malencontreuses, un de mes amis vous surveille.

« Valmont » balaya la place du regard : une jeune femme aux talons de métal se dirigeait vers la Comédie-Française, un fan de Bob Marley se traînait en vélib'. De toute façon, il devait suivre les instructions.

Il régla ses consommations et se leva de son siège. Il se sentait complètement ridicule avec sa casquette.

— Vous y êtes ?

— Oui, j'arrive juste…

— Ne vous perdez pas en commentaires ! Regardez sur votre gauche, l'affiche sur la façade.

— Biennale des objets d'art, Carré des antiquaires du Louvre…

— C'est ça ! Entrez à l'intérieur de l'immeuble. Montez à l'étage et promenez-vous.

— Attendez, je ne comprends pas…

Un clic brusque fut la seule réponse.

Le Carré du Louvre déployait ses fastes sur trois niveaux. Le long des galeries, les vitrines regorgeaient d'œuvres d'art qui donnaient le vertige aux touristes ébahis. Comme le disait un ami de « Valmont » qui avait hanté tous les étages et dilapidé une fortune en collections : « C'est comme au musée d'en face, sauf qu'ici on peut tout acheter. » À condition, bien sûr, d'en avoir les moyens. Dans chaque boutique spécialisée, les passionnés pouvaient se ruiner pour acquérir une commode signée Boulle, un manuscrit médiéval richement enluminé ou un buste d'Alexandre le Grand qui avait traversé les millénaires.

Engoncé dans un pardessus dont les manches remontaient un peu trop haut, la casquette enfoncée sur le front, « Valmont », immobile devant une vitrine d'armes anciennes, surveillait son reflet.

— Vous vous intéressez aux épées de collection ? l'interrogea une voix dans son dos, non, ne vous retournez pas ! Prenez à droite et longez la galerie. Quand vous verrez un tableau de Venise en devanture, poussez la porte.

La boutique Della Rocca sentait le vieux bois, celui des cadres écaillés. Le long des trois murs, des tableaux anciens se succédaient dans un désordre étudié. Des pietà de la Renaissance aux tableaux jaunes chromés des impressionnistes, l'amateur éclairé avait le choix. Une fortune, impossible à chiffrer, reposait là, suspendue à une poignée de clous.

— Vous avez apprécié mon Turner, en vitrine ?

— La place Saint-Marc ?

« Valmont » se retourna et vit un homme à la fine barbe blanche, installé dans un fauteuil Empire dont il massait avec lenteur les accoudoirs.

— Un pur bonheur de peinture ! Vous savez depuis combien de temps un Turner de cette qualité n'est pas apparu sur le marché ? Des décennies ! C'est vous dire si cette pièce est unique ! Si ce n'était que moi, je ne la vendrais pas. Mais je cause, et nous avons une affaire à traiter, je crois.

— Oui, monsieur Della Rocca, et je suis venu pour une pièce unique, moi aussi.

— Et quelle pièce ! Un chef-d'œuvre, une rareté absolue…

— Je n'en doute pas et j'en douterai encore moins quand je l'aurai vue.

— Bien sûr ! Approchez-vous !

Et le dessin apparut.

Il avait vu des photos, des clichés noir et blanc pris dans les années 1930 par un assureur qui ne s'était guère préoccupé de la qualité esthétique de ses prises de vue. Ce qu'il avait sous les yeux était autrement plus émouvant. Crayonnés à la hâte, comme si le modèle allait subitement disparaître, des traits rapides de fusain dessinaient un tableau surprenant. Face à un tombeau qui semblait en ruine, deux hommes, drapés dans des toges, examinaient une inscription presque effacée.

— Eh oui ! *Les Bergers d'Arcadie*, de Poussin. Le dessin original.

Il marqua le coup. Cette œuvre avait disparu depuis plus de soixante ans. Il n'en restait que des photos fanées et un nom, celui de Martha Weiss. Une petite fille qui avait eu huit ans en 1942 et la présence d'esprit de se réfugier chez une voisine tandis que la Gestapo emmenait ses parents. Quant au dessin de Poussin, qui faisait partie des collections du père, nul ne l'avait plus revu.

— Vous connaissez l'origine du dessin ?

Le marchand caressa sa barbe taillée en pointe avant de répondre d'une voix soyeuse :

— Mais, comme vous, voyons !

L'homme à la casquette resta songeur.

— Une œuvre disparue pendant la guerre et qui a appartenu à des Juifs, en plus...

Della Rocca lui jeta un regard inquiet.

— Je vous en prie, pas de fausse sentimentalité entre nous. Si vous comptez que je baisse le prix...

— Non, mais depuis un an, une photo de ce dessin est consultable sur le site Internet dédié aux œuvres d'art qui ont disparu pendant l'Occupation.

— Et ça vous préoccupe vraiment ?

Le pseudo-Valmont sourit. Il ne fallait pas qu'il inquiète trop son interlocuteur

— À part le fait qu'il y a le nom d'un propriétaire...

D'un revers de main, le marchand balaya l'objection :

— J'ai vérifié. Une vieille dame qui habite à Jérusalem. Et en plus elle n'a pas d'héritier. Vous voulez que ce chef-d'œuvre finisse dans un musée en Israël ?

Lentement, « Valmont » posa une de ses mains sur le dessin et fit glisser l'autre vers la poche intérieure de sa veste.

— Vous ne tenez pas plutôt à ce que cette merveille soit le joyau secret de votre collection ? renchérit Della Rocca.

— Je n'ai pas de collection, répliqua l'homme.

Le visage du marchand pâlit. Il allait parler, mais son interlocuteur le coupa.

— Et je n'aime pas Poussin.

— Vous plaisantez ?

— Du tout.

Il semblait loin, perdu dans un songe. Un songe qui avait le visage d'une très vieille dame au fond d'une maison de retraite, à Jérusalem.

Il reprit :

— Moi, ce que j'aime, ce sont les petites filles qui retrouvent leurs souvenirs d'enfance.

— Mais je ne comprends pas, vous êtes bien monsieur Valmont…

— Non plus.

Della Rocca se dressa d'un coup.

— Vous êtes qui ? eut-il la force de chuchoter au moment où la carte de flic atterrit sur le bureau.

La main tremblante, le marchand saisit le rectangle barré des trois couleurs et lut :

Marcas Antoine, commandant de police…

2

Bethléem
An 2

Le village de Bethléem avait sombré dans la nuit. Seuls les chiens, à la recherche de détritus, erraient encore dans les ruelles obscures. La lune était dans son dernier quartier, faible et lointaine. Au pied du village, dissimulé dans une plantation d'oliviers, Antifax attendait qu'un banc de nuages vienne masquer les dernières lueurs. Le mercenaire grec vérifiait son équipement, ses jambières de bronze, sa cuirasse éraflée, son glaive court, quand un soldat essoufflé surgit et se posta devant lui.

— Le village est totalement cerné. Les hommes n'attendent plus que votre signal.

Antifax rengaina son glaive après en avoir vérifié le tranchant. Le soldat, les cheveux clairs en broussaille, portait un bouclier rond orné d'une rune noire.

— D'où viens-tu ? l'interrogea le Grec.

— Des terres du Nord.

Antifax hocha la tête. La garde du roi Hérode, qui régnait en Judée, était une mosaïque improbable de mercenaires venus des quatre coins du monde : Thraces, Ibères, Celtes, Germains, Nubiens... Des hommes sans foi ni loi qui n'obéissaient qu'à un dieu : l'or ! Surtout quand il était trempé dans le sang.

— Fais passer mes ordres ! Que toute la population soit rassemblée sur la place centrale. Qu'on isole les hommes par petits groupes et qu'on les enferme dans les caves.

— Et pour quel motif ?

— Un motif ? s'étonna Antifax, stupéfait, tu ne veux pas qu'on leur demande leur avis aussi ?

— Si on leur donne une bonne raison, ils seront plus faciles à séparer de leur famille.

Le mercenaire grec réfléchit.

— Dis-leur qu'on cherche un voleur qui a été blessé à la poitrine. Les hommes ne voudront pas se dévêtir devant les femmes. Ils demanderont eux-mêmes à s'écarter.

— Et ensuite ?

— Qu'on sépare les femmes des enfants. Et ne me dis pas qu'il faut un motif ! Maintenant fais passer le mot d'ordre.

Le soldat aux cheveux clairs s'inclina et disparut dans la nuit.

Jérusalem
La veille

L'Égyptien vérifia les relevés et mesura les cotes. Encore. Pour être sûr. Il posa la main sur sa barbe tressée, en un ultime geste de réflexion, et se leva. Son dos lui faisait mal : le prix à payer pour avoir passé tant de nuits dans le froid et l'humidité à étudier la voûte céleste.

D'une main, il roula la carte du ciel et la glissa dans un étui de bois. Tout ce qu'on lui avait demandé était là. Prouvé et établi. Il avait rempli sa mission.

Quand il sortit de sa chambre, un garde lui emboîta le pas. Comme toujours quand il se rendait auprès du roi.

— Hérode t'attend avec impatience, lui annonça le militaire, j'espère pour ta tête que tu ne le décevras pas.

La salle du trône était vide. Ni courtisans ni conseillers. Seul, assis dans un fauteuil de bois de cèdre, le roi attendait.

— Je t'écoute, Égyptien.

L'astronome se mit à genoux, sortit sa carte et la déplia avec précaution aux pieds du souverain.

— Seigneur, lorsque tu m'as offert asile et protection pour mener à bien mon étude du ciel et de ses étoiles, je savais qu'un jour viendrait où je pourrais te témoigner ma reconnaissance et ce jour béni est venu.

La face burinée d'Hérode demeura impassible. Depuis des années qu'il se battait contre sa propre famille pour conserver le pouvoir, il avait appris à maîtriser jusqu'aux inflexions de son visage.

— Le travail que tu m'as commandé, ô Seigneur, a été long et difficile. Plusieurs fois j'ai dû retourner en Égypte pour visiter les archives des temples et interroger les prêtres. Ce sont des hommes méfiants, il m'a fallu vaincre bien des réticences.

Le roi leva sa main droite ornée d'un rubis tourné vers la paume.

— Sois plus concis, astronome. Tu sais ce que je cherche. Ne me fais pas attendre. As-tu trouvé le triangle ?

L'Égyptien se prosterna.

— Oui, Seigneur. Je l'ai retrouvé. Trois étoiles qui forment le triangle sacré d'Arcadie.

— Quand s'est-il produit ?

— Seigneur, comme il est indiqué sur la carte que je viens de déposer à vos pieds...

— Quand ?

La face contre le sol, l'Égyptien obtempéra.

— Il y a deux ans. Trois semaines après le solstice d'hiver.

Hérode serra le poing. Comme s'il venait de saisir au vol un ennemi invisible.

— As-tu pu établir au-dessus de quelle région s'est produit le triangle ?

Quittant le froid du marbre, l'astronome leva vers lui ses yeux brillants d'orgueil.

— Oui, Seigneur.

— Ne me fais pas languir.

— Le triangle se trouvait juste au-dessus de vos États.

Jusque-là immobile, le visage du roi se métamorphosa brusquement. Son regard s'assombrit tandis que le sang affluait à ses pommettes. Il frappa du poing sur l'accoudoir.

— Où ?

L'Égyptien se prosterna à nouveau. Un frisson zébra son échine.

— Bethléem ! Seigneur, c'est à Bethléem que se situait le centre du triangle.

Le poing d'Hérode se détendit brusquement et, d'un geste, il indiqua à l'astronome que l'audience était terminée. De l'autre main, il frappa sur une cloche de bronze. Un serviteur apparut.

— Qu'on m'amène Antifax.

Bethléem

Les mercenaires durent user d'autorité pour séparer les femmes des enfants. Les hommes avaient été plus faciles à convaincre. Déjà des cris s'élevaient de la place. Hérode avait ordonné qu'on retienne tous les enfants de moins de deux ans. Des nourrissons, des nouveau-nés étaient arrachés à leur mère et abandonnés à même le sol. Une jeune femme, en larmes, tenta de dissimuler son bébé dans les plis de sa robe. Un mercenaire la saisit par les cheveux et la jeta par terre. L'enfant heurta le pavé. Un hurlement de haine déchira la nuit.

Comme un troupeau aveuglé de colère, les mères se précipitèrent sur les soldats.

Une large coulée de sang, écœurante, éclaboussait jusqu'aux chevilles les mercenaires en train de planter leur lance dans les corps qui tressautaient encore.

D'un coup le carnage cessa, Antifax venait de faire sonner le buccin. Un à un, les soldats se dégagèrent de l'enchevêtrement des corps et se rangèrent en ligne. La lune apparut. Quand le dernier homme frappa le sol du bois de sa lance pour indiquer qu'il était en position, un gémissement continu s'éleva dans leur dos. Tous les mercenaires pivotèrent. Dans la lumière funèbre qui tombait du ciel, les enfants semblaient déjà des cadavres, les visages tordus par les pleurs, comme figés dans une douleur sans fin.

Antifax fit jaillir son glaive du fourreau.

— Soldats !

Les lances s'abaissèrent vers le sol.

— Tuez-les tous !

3

Paris
Cimetière du Père-Lachaise
18 juin 2009

Le corbeau perché sur le toit du petit mausolée le regardait avec acuité. Antoine n'avait jamais aimé cet oiseau. Vieux fonds de superstition honteuse légué par sa grand-mère. Il se sentait épié par le volatile noir, comme si ce dernier voulait lui demander des comptes sur la mort d'Aurélia. Marcas détourna son regard et s'attarda de nouveau sur la pierre tombale de marbre rosé qui tranchait au milieu des sépultures vieillies par le temps.

Aurélia de Crécy-Valois
1969-2008
Morte sans douleur

Une photo en médaillon, incrustée dans la pierre, représentait le visage souriant d'une belle femme aux yeux clairs.

Cela faisait presque un an qu'elle s'était éteinte dans ses bras après avoir tenté d'échapper à son destin[1]. Ils s'étaient aimés d'une passion étrange et obsédante lors de leur aventure au Brésil, face à la secte des Assassins. Sa mort l'avait bouleversé. Antoine avait réalisé alors que c'était la première fois qu'il perdait quelqu'un à qui il tenait vraiment. Des relations, des frères de loge, oui, mais pas une personne qu'il avait dans le sang. La mort, il croyait l'avoir domptée avec son initiation maçonnique : l'épreuve de la terre, le cabinet noir pareil à un cercueil, le crâne qu'on observait avant de passer à la lumière de l'Orient. Il avait souvent assisté à des cérémonies funèbres dans les temples, où la mort devenait symbole de passage mais là, ça ne passait pas.

D'ailleurs, il s'était fait plus rare en loge, en dépit du soutien constant de ses frères.

Elle est morte. La femme que j'aimais.

Ce sentiment atroce qu'une part de lui s'était aussi éteinte. *Injuste.* C'était le mot qui tournait et retournait dans son esprit, comme un jet d'acide sur une plaie à vif. Après sa mort, il avait passé des mois à déprimer et à s'interroger sur sa vie, sans trouver de réponse, puis il s'était plongé à corps perdu dans son travail à l'OCBC[2], acceptant les dossiers les plus ardus. Sa vie se résumait désormais à son travail. Les seuls moments de détente, il les passait avec son fils qui avait été un précieux soutien. L'adolescent s'était presque comporté

1. Voir *La Croix des Assassins.*

2. Office central de lutte contre le trafic des biens culturels.

comme un père, s'occupant de le distraire et de le protéger. *T'es mon père, putain. Je suis là.* Marcas avait découvert chez son fils une force qu'il ne soupçonnait pas. Avec patience ce dernier lui avait redonné, imperceptiblement, le goût de la vie.

Le corbeau croassa une nouvelle fois, comme s'il se moquait de lui. Malgré l'été tout proche, Antoine avait froid. Il s'accroupit, posa un bouquet de roses presque noires sur la dalle et effleura la photo du médaillon.

Tu me manques tant, mon amour.

Il n'arrivait pas à concevoir que la dalle renfermait un cadavre pourrissant. C'était stupide mais il préférait croire que, s'il la soulevait, il trouverait Aurélia intacte, aussi belle qu'avant. Éternellement jeune et belle. L'amour et la mort, intimement liés.

La sonnerie de son portable interrompit sa réflexion. Il se releva et s'appuya contre le mur du mausolée voisin. Le corbeau ne cessait de l'épier.

— Oui ?

— On est dans la merde avec l'antiquaire.

La voix de son adjoint semblait fatiguée. Une raucité qui trahissait une nuit longue, ponctuée de cigarettes et de tasses de café.

— Il n'a pas reconnu les faits ?

D'un coup Marcas se concentra sur sa mission en cours. Les vieux réflexes. Même dans un cimetière, devant la tombe de la femme qu'il avait aimée passionnément.

— On ne peut pas dire ça de cette façon. Ce matin, passé cinq heures, il nous a dit qu'il avait une déclaration à faire. On lui a demandé s'il voulait son avocat et là…

— Là, quoi ?

S'il y avait une chose que l'âge n'avait pas éteinte chez le commissaire, c'était l'impatience. Un sentiment toujours vif et qu'il contrôlait mal. Il résista pourtant à la tentation d'apostropher son collègue.

— On a essayé de le faire parler. Mais rien. D'un coup, il a été muet. Une tombe. Une attitude sans queue ni tête.

Tassard, François de son prénom, était un adjoint réputé pour parfois tourner en rond comme dans un labyrinthe. Antoine décida de changer de sujet.

— Et le Canadien qu'on a embarqué ? Le fameux Valmont… Il a avoué ses liaisons dangereuses ?

Son adjoint ne releva pas le trait d'humour. Antoine mit cela sur le compte de la fatigue.

— Là, c'est tout bénef. Notre collectionneur de dessins du XVIIIe siècle est dans la boue jusqu'au cou. Dans sa chambre d'hôtel on a retrouvé une sanguine de Fragonard et un dessin de Prud'hon. Et devinez quoi ?

— J'écoute.

— Le Fragonard est inscrit sur Treima. Disparu en 1993 après avoir été subtilisé dans un musée d'Ottawa. Il venait sûrement l'écouler ici.

— Le con…, savoura Marcas.

La base informatique Treima répertoriait toutes les œuvres d'art volées dans les musées. Posséder ou vendre un tableau étiqueté Treima équivalait à laisser une grosse empreinte digitale bien grasse sur le manche d'un couteau planté dans un cadavre.

— Il faudra remercier nos amis canadiens et leur renvoyer directement ce monsieur dans le premier avion pour Montréal avec tous nos compliments. À eux, ce Valmont pour le Fragonard. À nous, Della Rocca, le fourgue du Poussin. C'est un bon échange.

Marcas jeta un dernier regard à la tombe et décida de s'éloigner. Avec son équipe, ils avaient filé Valmont depuis son arrivée à Paris. Leurs homologues canadiens les avaient avertis que le trafiquant venait de quitter le Canada, sans doute pour acheter ou vendre une œuvre sur le marché parallèle.

Antoine décida de relancer son adjoint sur Della Rocca.

— Écoute, à propos du marchand, je te ne saisis pas bien, là. Il dit qu'il a une déclaration à nous faire et il se tait ? C'est ça ?

— Absolument, patron. Il s'est de nouveau muré dans le silence.

— Et vous n'en avez rien tiré ?

— Rien.

Son adjoint hésita avant de reprendre :

— Jusqu'à il y a une heure…

Cette fois, Marcas perdit patience. À ce rythme-là, la garde à vue allait durer vingt-quatre heures de plus.

— Bon, il a dit quoi, à la fin ?

Tassard marqua encore un moment de pause avant de répondre.

— Son avocat est ici.

Antoine marchait d'un pas rapide vers la sortie du cimetière. Il croisa une jeune femme avec un bouquet de dahlias ; l'espace d'un instant, il songea de nouveau à Aurélia. Il se ressaisit et haussa le ton.

— Et alors, il n'est pas en position de négocier.

— Euh… si…

La voix de son adjoint trahissait un malaise.

— En fait, la procédure d'infiltration n'est pas conforme.

— Tu te fous de moi ?

Une semaine avant la venue de Valmont en France, Marcas avait justement suivi un mini-stage chez ses collègues du SIAT, service d'information d'assistance technique, département mis en place depuis l'adoption de la loi Perben, pour peaufiner sa technique d'infiltration. La procédure avait été avalisée par sa hiérarchie, avec une autorisation express du procureur.

— C'est quoi, ce bordel ? tonna-t-il. Pas question de libérer ce fumier. J'arrive tout de suite.

Il vit passer au-dessus de lui le corbeau qui l'avait nargué. Un symbole de mauvais augure.

4

Jérusalem
Palais du procurateur
An 33

Le palais, construit par les Romains, dominait la vieille ville. Du haut des terrasses, on pouvait voir le lacis des ruelles qui serpentaient des portes de la cité jusqu'à l'esplanade du Temple. La foule grouillait entre les échoppes protégées du soleil par des toiles de couleur. Du fond des ateliers on entendait le bruit sourd des marteaux qui travaillaient sans répit le cuivre, les cris des marchands de primeurs qui s'élevaient des marchés, toute une rumeur incessante dont le tourbillon montait jusqu'au palais, pénétrait dans les pièces dallées de mosaïque et venait s'échouer dans le bureau du procurateur.

Fatigué, Ponce Pilate passa la main sur son front. Il ruisselait déjà de sueur. La fièvre sans doute qui le tenaillait depuis des jours. Il releva la tête vers le centurion qui venait de terminer son rapport.

— Quoi d'autre ?

— Une affaire délicate, Procurateur.

Pilate soupira. Depuis qu'il avait pris ses fonctions d'envoyé de Rome en Judée, il n'était question que d'affaires délicates. Il posa les mains bien à plat sur la table de marbre et attendit.

— Il s'agit d'un prophète.

— Encore un ? répliqua Pilate.

— Oui, Procurateur, encore. Rien que le mois passé, nous en avons arrêté deux en Samarie. Ils pourrissent dans une geôle. Mais ça ne sert à rien. D'autres ont surgi.

Le gouverneur ferma les yeux. Combien en avait-il vu de ces miséreux, crasseux et vêtus de haillons, qui se proclamaient le Messie ? Chaque fois, c'était la même histoire : un inconnu se levait le matin, convaincu que Moïse l'avait investi d'une mission quasi divine. Aussitôt, il battait la campagne, recrutait des disciples et appelait à la révolte. Certains prétendaient réformer la religion juive, d'autres voulaient chasser les Romains. Tous finissaient morts ou en prison.

— Et celui-là, qu'est-ce qu'il prêche ? interrogea Pilate d'un ton méprisant, que nous sommes des cochons tout juste bons à être saignés ou qu'il faut purifier le Temple de tous les prêtres en les éventrant ?

Le centurion prit un air mortifié comme pour excuser à l'avance l'énormité qu'il allait rapporter.

— Celui-là prétend être le fils de Dieu.

— Le quoi ? s'étrangla Pilate, avant d'éclater de rire, le fils de Dieu, rien que ça !

— Ce n'est pas tout, il prétend aussi sauver l'humanité tout entière.

Le procurateur eut un rictus de colère. Il le voyait bien, ce Juif sorti du néant, prêcher aux miséreux comme lui un message d'espoir. Un fou de plus qui croyait changer le monde.

— Et comment s'appelle-t-il ?

— Jésus, Procurateur.

— Des disciples ?

— Une douzaine.

— Et sa famille ?

— C'est le fils d'un charpentier.

Pilate fit tinter une clochette. Il avait besoin de glace. La fièvre le reprenait.

— Dites aux prêtres du Temple qu'ils le fassent arrêter et que je n'en entende plus parler.

— C'est que justement…

— Quoi encore ?

— Caïphe, le grand prêtre, souhaite vous parler en personne de cette affaire. Il insiste beaucoup. Pour les Juifs, se dire fils de Dieu est un blasphème puni de mort. D'ailleurs il attend dans l'antichambre.

Le procurateur sentit ses tempes vibrer sous la migraine qui s'annonçait. Une fois encore, il allait devoir trancher dans les affaires religieuses des Juifs. Il détestait ça. Pourquoi ne lui avait-on pas confié une région de l'Empire où les habitants ne passaient pas leur temps à se dénoncer les uns les autres ? Pilate se sentait de plus en plus fatigué.

— Il attend depuis longtemps ?

— Depuis le début de la matinée, Procurateur.

Le gouverneur saisit la glace qu'on venait de lui apporter, la roula dans une bande de tissu qu'il appliqua sur son front. La fraîcheur lui apporta un soulagement temporaire.

— Dis-lui d'entrer.

Le centurion claqua des talons et se dirigea vers l'antichambre.

— Fils de Dieu, soupira Pilate, j'aurai tout entendu !

Assis sur un banc de bois sculpté, Caïphe se lissa les cheveux et regarda par les arcades la ville de Jérusalem. Dehors la foule bruissait comme un jour de prière. Malgré ses espions, le grand prêtre se méfiait de la populace. Depuis que Rome occupait militairement la contrée, les incidents se multipliaient. Des émeutes éclataient régulièrement : la rumeur d'un impôt nouveau, une altercation avec des légionnaires, et la violence se déchaînait. Dans ces conditions, il suffisait d'un prophète de malheur pour que le peuple le suive et s'attaque au clergé du Temple. Tous les prophètes agissaient ainsi. Tous sauf Jésus.

Les mains de Caïphe se mirent à trembler. Il n'avait pas été long à comprendre que ce fils de charpentier n'était pas un prophète ordinaire. À tel point qu'il avait réuni le grand conseil au complet pour demander leur avis aux plus anciens. Et c'est là que tout avait dérapé.

La gorge du grand prêtre était devenue sèche. Il se sentait écrasé par le poids de la responsabilité. Ce qu'il avait appris, il ne souhaitait à aucun homme de le connaître. Quand les anciens, tremblants de peur, lui avaient révélé la vérité, il avait cru devenir fou.

Le plus vieux, Éthiopas, s'était levé, l'œil hagard et la voix chevrotante :

— Maudit ! Maudit soit le roi Hérode qui a échoué dans sa mission ! À cause de lui nous sommes damnés !

Caïphe l'avait regardé, stupéfait. Jamais pareil cri d'angoisse n'avait retenti dans l'enceinte sacrée du Temple.

Alors les vieux prêtres avaient parlé.

Et Caïphe avait écouté, terrifié et accablé.

Une porte claqua. Dans l'antichambre, le pas martial du centurion martela les dalles avant de s'immobiliser.

— Grand prêtre, le procurateur est prêt à te recevoir.

Caïphe se leva, les jambes vacillantes. Au fond, derrière la lourde porte de cèdre, Pilate attendait.

Et, avec lui, le sort de l'humanité.

5

Nanterre
OCBC
Rue des Trois-Fontanot
18 juin 2009

Marcas n'aimait pas venir à Nanterre à scooter. Quelle idée d'installer le service d'enquête des œuvres d'art dans cette banlieue de l'Ouest parisien ! Il aurait fallu le localiser à côté d'un grand musée, genre Louvre ou Beaubourg, cela aurait eu de la gueule. Heureusement, il avait réussi à obtenir le statut de commandant de police détaché auprès du ministère de la Culture, si bien qu'il passait le plus clair de son temps hors de son bureau.

Il gara son Yamaha sur le trottoir et entra dans l'immeuble gris de style administratif. Un traiteur était en train de débarrasser les restes d'une réception organisée pour le bilan annuel du service. Le directeur général de la police, et les représentants du ministère de la Culture, des Douanes et des Affaires étrangères étaient venus féliciter les équipes de l'OCBC, qui venait de publier son rapport annuel, plutôt flatteur. La vingtaine de policiers et de gendarmes avait récupéré en un an l'équivalent de plusieurs centaines de millions d'euros de tableaux, sculptures, manuscrits et objets de culte. Un record depuis la création du service.

Marcas laissa passer les serveurs qui emportaient les cartons de bouteilles de champagne vides et les tréteaux, salua le planton de service et monta directement au deuxième étage.

Arrivé devant le bureau du lieutenant Tassard, il frappa et ouvrit la porte sans attendre de réponse. Son adjoint consultait son ordinateur portable, une tasse de café fumant à la main.

— Commissaire, vous avez fait vite…

— Les avantages du scooter. Bon, c'est quoi, cette histoire de procédure ?

Tassard avait préparé une liasse de documents administratifs qu'il mit sous les yeux de son supérieur.

— L'autorisation du procureur pour l'opération n'est pas valable. La date n'est pas la bonne.

— Hein ?

— Ils se sont trompés chez le proc. Ils ont mis la date du 18 au lieu du 17 qui correspond à l'interpellation. Nous, on s'en est pas aperçus, mais l'avocat a tout de suite remarqué l'erreur.

Marcas prit le document et repéra à son tour la date erronée. Ils étaient coincés, il ne pouvait pas justifier légalement sa fausse identité. Ça ne tiendrait pas une seule seconde devant un juge, déjà par nature méfiant sur les opérations sous couverture. Merde. L'autre escroc allait s'en sortir. Il fallait qu'il trouve quelque chose pour tenir tête à l'avocat.

— Il nous reste le recel du dessin de Poussin, hasarda son adjoint.

— Tu parles, ça vaut pas un clou. Mon témoignage d'officier infiltré ne sera pas valable avec cette connerie de date. Della Rocca pourra toujours prétendre qu'il venait à peine de l'acheter et voulait justement alerter les autorités. Putain, mais quelle merde ! Toute une procédure foutue en l'air pour une simple erreur administrative.

Tassard haussa les épaules en signe de fatalisme.

— On a encore le prévenu sous la main. Comme il n'est au courant de rien pour la nullité de la procédure, il est peut-être possible d'en tirer quelque chose ?

— Tu as raison… Allons voir ce papy.

Ils descendirent un escalier sur deux étages puis longèrent un couloir. Marcas essayait de se concentrer sur les moyens de pression possibles. Ils poussèrent une porte et débouchèrent sur une salle où se trouvaient deux équipiers, dont l'homme qui avait joué son voisin de table au Nemours.

— Salut, les experts, lança Marcas en utilisant le nom de la série télévisée qu'ils détestaient tous.

— Bonjour, chef, répondirent avec lassitude les deux hommes.

Sur le côté de la pièce, debout, un troisième lieutenant avait marmonné quelque chose. Petit, râblé, le cheveu châtain soigneusement peigné, bien propre sur lui, un nouveau venu des douanes, en stage de formation et avec qui le courant ne passait pas. Marcas soupçonnait le dénommé Ramirez d'avoir des sympathies un peu trop marquées pour un parti de droite extrême et déjà l'avait taclé à deux reprises dans le service. Il avait failli demander son retour anticipé, mais le douanier devait repartir dans son corps d'origine à la fin du mois.

Derrière eux se trouvait une glace sans tain où l'on apercevait Della Rocca assis sur une chaise métallique. D'un geste mécanique, il caressait sa barbe, le regard perdu vers le fond de la pièce.

Le commissaire s'approcha de la vitre et posa la main sur un dossier rouge posé sur la table.

— C'est son pedigree ?

Tassard hocha la tête en guise de réponse. Il l'ouvrit et lut à haute voix :

— Historien de formation. Il a fait sa thèse de doctorat à la Sorbonne, sur les royaumes wisigoths à l'aube du Moyen Âge. Obtenue avec les félicitations du jury.

Surpris, Antoine sursauta.

— Un médiéviste, un universitaire ? Comment il a atterri dans le monde de l'art ?

— Marchand depuis 1972. Il monte sa première galerie, rue de Médicis. On n'en sait pas plus. On le retrouve expert dès les années 1980.

— Mais ce Della Rocca ne connaît rien à la peinture, protesta Antoine, il surgit comme ça du néant et personne ne s'interroge ?

— Expert à la vente de la succession Vernet en 1995, continua Tassard, imperturbable, un gros coup. La dispersion d'une collection unique dans la même famille depuis plus d'un siècle. Les héritiers Vernet mettent en vente des peintures de maîtres de l'époque classique jusque-là inconnues. Certains spécialistes ont immédiatement hurlé à la supercherie.

Mais le prévenu a présenté des expertises scientifiques indiscutables.

— Un marchand avisé et un homme subtil !

— En tout cas le résultat de la vente aux enchères dépasse toutes les espérances. Il devient un personnage. Les journaux, les magazines du monde entier en ont parlé. Une avalanche de reportages et d'articles louant tous le prévenu d'avoir redécouvert, je cite : « *d'inestimables trésors du génie national* » qui, d'ailleurs, sont presque tous partis à l'étranger. À partir de là, sa réputation est établie.

— Le fisc a transmis ses déclarations ?

— Oui. Della Rocca devient très riche à partir de la vente Vernet. Et encore, c'est sans compter les ventes en liquide… Un gros poisson.

— Ce qui veut dire que, si on n'avait pas reçu la dénonciation à propos du Canadien, jamais on n'aurait coincé ce type-là. Vous avez autre chose ?

— Rien, à part une coupure de presse annonçant qu'il participerait à une importante vente de charité au profit des œuvres du Grand Consistoire de France dans une semaine.

— Tiens… tiens, dit Marcas. Ce Della Rocca a des affinités avec le judaïsme.

— C'est le problème avec les Juifs, ils sont partout dans le monde de l'art, Della Rocca, c'est peut-être un nom d'emprunt pour faire classe, lâcha le stagiaire d'un air condescendant. C'est bizarre, même son avocat est un feuj, Lieberman…

Marcas le fusilla du regard.

— Ramirez, votre connerie, elle, n'est pas d'emprunt. Autre chose ?

Tassard échangea un regard gêné avec l'autre adjoint. Le stagiaire ne dissimulait pas une certaine satisfaction. Marcas s'impatienta.

— Bon sang, vous allez lâcher le morceau ?

— Il y avait une fiche des Renseignements généraux sur lui, dit Tassard.

— Et alors ?

— Ben… Il est comme vous.

— Comment ça : comme moi ?

L'autre adjoint intervint. Il n'osait pas le regarder dans les yeux.

— C'est que… Il est de la même maison.

— Lui aussi c'est un flic infiltré ? rétorqua Marcas d'un air stupéfait.

Le douanier à la coupe de cheveux impeccable lança d'une voix tranchante avec un demi-sourire :

— Non. Vous ne comprenez pas, commissaire. Vos adjoints veulent dire que Della Rocca lui aussi est de la truelle. C'est un franc-maçon.

6

Nanterre
OCBC
Rue des Trois-Fontanot
18 juin 2009

Marcas les regardait, stupéfait. Dans l'équipe tout le monde savait qu'il était maçon depuis son entrée dans la police. Il ne s'en cachait pas, à la différence de deux de ses collègues des étages supérieurs qui préféraient ne rien laisser transparaître. Cela n'avait jamais posé de problèmes. À aucun moment il ne laissait interférer ses amitiés maçonniques avec son travail.

— Il est franc-maçon. Soit. Qu'est-ce que vous voulez que ça me fasse ?

Ramirez croisait les bras, adossé à la vitre sans tain. Il affichait un air insolent.

— Avec tout le respect que je vous dois, je me demandais si ça risquait pas de perturber l'enquête. C'est connu que les frangins doivent se porter assistance en toute circonstance. Je me disais que vous risquiez d'être gêné de devoir l'asticoter. Les maçons, c'est un peu comme les Juifs. Il faut se serrer les coudes. N'y voyez rien de mal, ni de personnel.

Marcas blêmit. L'attaque avait jailli sans qu'il s'y attende. Il s'avança vers le stagiaire, les poings serrés. Tassard s'interposa aussitôt :

— Ça suffit, Ramirez. Retire tout de suite ce que tu viens de dire.

Au moment où Marcas allait éclater, un planton ouvrit la porte et les interrompit.

— Commissaire, l'avocat s'impatiente. Il exige de voir son client.

Antoine jeta un œil derrière la glace sans tain, sur le marchand toujours occupé à tortiller sa barbe. Il réglerait ses comptes avec Ramirez une autre fois. Il fallait s'occuper en priorité de Della Rocca. S'il ne se jetait pas à l'eau, le père tranquille reviendrait à ses trafics en toute impunité. Il se retourna vers le planton.

— Dites à Me Lieberman qu'il pourra s'entretenir en privé avec son client dans dix minutes. Pas une de plus. J'ai à causer avec mon… frangin, l'antiquaire.

Il appuya sur un bouton qui déclencha l'ouverture de la porte les séparant de la salle d'interrogatoires. Della Rocca leva les yeux vers le commissaire quand il arriva devant lui. Il continuait à caresser son bouc. Ses yeux rougis trahissaient un état de fatigue avancé, mais il tentait de donner le change. Un comportement pour le moins troublant. Un dur dans son genre, songea Antoine. Rares étaient les prévenus capables de tenir tant de temps sans s'effondrer.

— Je suis désolé des conditions de détention, monsieur Della Rocca. Vous voulez peut-être un verre d'eau ?

L'antiquaire arrêta de caresser sa barbe et le fixa durement.

— Je veux voir mon avocat. C'est inadmissible.

Marcas prit une chaise et se mit à califourchon devant le suspect.

— Votre vœu est sur le point d'être exaucé, il sera là dans une dizaine de minutes et je peux même vous annoncer que vous serez libre dans l'heure qui suit.

Della Rocca eut un air méfiant. Antoine sourit. C'était le moment de grâce. L'instant où il allait tenter le tout pour le tout.

— Libre de midi à minuit, cher frère…, reprit-il.

Le regard du marchand s'illumina, Marcas esquissa furtivement le signe de reconnaissance échangé entre maçons.

— Tranquillise-toi, mon frère. Les micros sont coupés. Nous sommes sous le maillet. Quelle est ta loge ?

— *Les feux de Saint-Jean*. J'en suis le Vénérable. Merci de ta sollicitude, mais je ne t'apprendrai rien de plus. Tu le comprendras. Mon avocat saura me conseiller utilement. Pourquoi me libérez-vous ?

Le commissaire posa ses mains sur le dossier de la chaise. Il souriait.

— Il y a eu une erreur dans la procédure d'arrestation. Je te passe les détails, ça ne tiendra pas devant un tribunal.

— Merci de me le dire. Ça, c'est fraternel. Enfin libre ! J'avoue que cette garde à vue commençait à être éprouvante.

— Libre oui, mais… fini, ajouta Marcas d'un ton sec.

Della Rocca le regarda, interloqué. Antoine poursuivit :

— J'ai cru comprendre que tu t'occupais d'une vente humanitaire pour le Grand Consistoire. Je vais m'arranger pour qu'ils apprennent, par le réseau fraternel, que tu as voulu te faire de l'argent sur un Poussin spolié. Ensuite, j'alerterai un ami journaliste qui sortira un papier au moment voulu. Ce ne sera pas très bon pour ta réputation.

L'antiquaire se redressa d'un bond.

— Je démentirai, j'attaquerai en diffamation. Tu as dit toi-même qu'il n'y avait aucune preuve.

— Absolument, mon frère. Mais entretemps, ta réputation sera salie. Ce sera dur de garder ta clientèle. Et pour faire bonne mesure, je vais prévenir ton obédience. En ce moment, ils ont besoin de faire le ménage. Le grand conseiller de ta paroisse est un frère avec qui je m'entends très bien, c'est un collègue. On a partagé le même bureau, il fut un temps. Tu connais notre pouvoir de nuisance…

— Que veux-tu ?

Marcas se leva. Maintenant, il fallait le laisser mijoter et faire en sorte qu'il rencontre son avocat.

— Ton réseau d'approvisionnement. Où as-tu eu ce Poussin ? Mais le temps passe, je te laisse avec ton conseiller juridique, mon frère.

Della Rocca tremblait de colère.

— Comment oses-tu prétendre être mon frère ?

Antoine fit un signe à ses adjoints derrière la vitre pour qu'ils ouvrent. Il lui jeta un dernier regard.

— Des types comme toi déshonorent notre tablier. Je n'ai aucun lien avec une crapule de ta sorte. Ça va me faire du bien de te voir chuter sur le parvis du temple.

Il sortit et croisa Me Lieberman qui se tenait dans la pièce voisine. Dans le petit monde du barreau parisien, l'avocat jouissait d'une réputation enviable. On le citait comme exemple. Jeune avocat pénaliste promis à un bel avenir, il avait tout quitté pour vivre quelques années dans un kibboutz, près de la frontière syrienne. Là, il avait monté une exploitation viticole sous les tirs de mortiers. Une expérience d'exception qui lui avait valu de séduire et d'épouser, quelques années plus tard, une riche héritière du Bordelais. Le couple installé à Paris habitait place des Vosges où se tenait aussi son cabinet. Me Lieberman avait la réputation de n'accepter que des affaires qui le mettaient en position de risque. Il y avait du gladiateur dans cet avocat qui montait au prétoire comme on pénètre dans l'arène. D'ailleurs les jurys ne s'y trompaient guère, écoutant, fascinés, cet homme qui se défendait toujours comme s'il était l'unique accusé du procès. La police, elle, était moins sous le charme, car dans les couloirs du Quai des Orfèvres, une autre réputation le précédait : on murmurait que beaucoup d'accords négociés qui avaient évité des mises en examen embarrassantes étaient l'œuvre aussi discrète qu'efficace de l'avocat.

Marcas le laissa entrer avec un sourire ironique.

— Il est à vous, maître.

— Vous vous moquez de moi. Je veux le voir dans une pièce insonorisée. De toute façon, la procédure est caduque.

Le commissaire fit un signe à ses adjoints.

— À vos ordres. On vous laisse ensemble. Les micros sont coupés.

L'avocat les regarda sortir dans le couloir et fit un signe à son client qui vint s'installer dans la pièce.

— Mon cher ami, venez. Ils ne peuvent pas vous garder. Figurez-vous que cet idiot de procureur a...

— Je sais, coupa Della Rocca. C'est vous qui allez m'écouter, maître.

Un quart d'heure plus tard, Me Lieberman sortit de l'entretien avec son client, le visage impassible. Un à un il fixa les inspecteurs qui entouraient Antoine et d'une voix posée annonça :

— Mon client a une proposition à vous faire.

— Que demande-t-il en échange ? répliqua le commissaire.

— M. Della Rocca est un homme estimé sur la place de Paris. Il tient à sa réputation. Et je ne doute pas qu'il mette à profit sa liberté pour prouver sa bonne foi. Je suis certain que, dans cette malheureuse affaire, sa confiance a été honteusement abusée.

— Je suis sûr, maître, que vous ferez tout votre possible pour prouver que votre client est, bien entendu, une innocente victime.

Tassard venait de rentrer. Il hocha la tête : le juge avait accepté le deal. Antoine reprit :

— J'attends votre proposition.

L'avocat se pencha sur le bureau.

— Mon client a une révélation à faire.

Antoine saisit négligemment la déposition et demanda d'une voix neutre :

— De quel genre ?

Les yeux de Lieberman commencèrent à pétiller.

— Ça, ça dépend de vous.

7

Temple de Jérusalem
An 33

Caïphe n'était pas certain d'avoir convaincu le procurateur. Il craignait même de l'avoir brusqué en réclamant l'arrestation immédiate de Jésus pour cause de blasphème. Selon Ponce Pilate, tous les prophètes se valaient. Ce n'étaient que des fous, obsédés par une idée fixe, et il en apparaissait tous les jours sur les routes de Galilée et de Judée. Ce Romain ne comprenait rien à la mentalité juive. Pire, il la méprisait. Il suffisait de voir son regard quand Caïphe lui parlait. Le dédain suintait de ses pupilles. Comme un venin intarissable.

S'il pouvait, il nous massacrerait tous. Il est pareil à tous les peuples qui entouraient Israël et qui ne pouvaient supporter que Dieu les ait choisis, eux, les Hébreux. Une haine qui ne s'éteindrait jamais.

Le grand prêtre avait un air résolument sombre quand il rentra dans son palais. D'un geste, il indiqua à ses domestiques qu'il souhaitait rester seul, puis se ravisa :

— Qu'on appelle Enoch ! Je veux le voir à l'instant.

Un serviteur s'élança aussitôt. À cette heure, Enoch devait être à proximité du Temple en train de humer le vent de l'opinion. On le trouverait facilement. Caïphe s'installa face au jardin où jaillissait le tintement cristallin d'un jet d'eau. Cette musique, douce et lancinante, apaisa le grand prêtre. Après tout, rien n'était encore perdu.

Si Pilate hésitait à arrêter ce prophète de malheur, rien ne l'empêchait, lui, Caïphe de le faire à sa place. Il suffisait d'un bon motif. Après quoi, on ferait circuler des rumeurs propres à échauffer le peuple et le procurateur capitulerait face au risque d'émeute. L'avantage, avec la populace, c'était qu'elle se montrait aussi prompte à suivre un prophète qu'à l'abandonner quand le vent menaçait de tourner. Restait à trouver un prétexte pour arrêter ce perturbateur.

Enoch venait d'entrer. Il s'inclina, découvrant ses cheveux gras et sa nuque gonflée de bourrelets. Comment un homme d'une telle laideur pouvait-il inspirer confiance jusqu'à attirer les confidences, songea Caïphe ? À croire que la disgrâce physique était la marque d'un bon espion. On ne soupçonnait pas un homme que la nature avait tant désavantagé et la pitié l'emportait ainsi sur la méfiance.

Enoch était devenu l'un des plus précieux informateurs du grand prêtre. Une verrue ignoble, mais nécessaire.

Tout en détournant le regard, Caïphe l'interrogea.

— Tu as vu ce Jésus aujourd'hui ?

— Oui, Grand Prêtre, il est en ville avec ses disciples.

— Il prêche toujours ?

— Sans cesse. Il abuse le peuple avec ses discours et séduit les ignorants par ses miracles.

— Des miracles ?

Caïphe se retourna, médusé.

Enoch baissa la tête vers le sol de marbre.

— Oui, Grand Prêtre, on dit qu'il redonne la vue aux aveugles et fait remarcher les paralytiques.

— Des miracles… répéta Caïphe.

— On raconte même partout qu'il a ressuscité un mort. Un certain Lazare.

À cet instant, tout ce que les Anciens lui avaient annoncé apparut clairement aux yeux du grand prêtre. Oui, ce prophète était bien le Maudit. Il fallait le tuer, et vite.

— Parle-moi de ses disciples.

— Ils ne sont qu'une poignée. Des pauvres d'esprit abusés par un faux prophète. Si tu te décides à frapper, Grand Prêtre, ils disparaîtront comme touchés par la foudre.

Étonné d'avoir été aussi vite percé à jour, Caïphe se rapprocha de son informateur malgré le dégoût qu'il éprouvait.

— Qui te dit que je veux me débarrasser de ce Jésus ?

— Tu m'as déjà interrogé trois fois sur son compte cette semaine. Signe que ta colère grandit.

Agacé, le grand prêtre frappa du pied le dallage.

— Ma colère ne cesse de monter, oui, et l'heure du châtiment doit sonner pour ceux qui sont habités par l'esprit du Mal. Mais je ne puis condamner un homme sur de simples rumeurs.

Enoch approuva de la tête.

— D'autant que tu ne trouveras personne pour porter témoignage contre lui. Le peuple l'idolâtre et le prend pour un nouveau Messie.

— Un Messie ! s'exclama le grand prêtre. Qu'on le cloue contre une croix et on verra s'il l'est vraiment !

Dans le fond du jardin, une colombe roucoula lentement avant de s'enfuir, froissant l'air limpide de ses ailes blanches. Caïphe la fixa un instant. Il baissa le regard. Le ciel presque transparent lui brûlait les yeux.

— J'ai peut-être une solution, suggéra Enoch.

— Parle ! Le temps presse.

— Depuis quelques semaines, le discours de Jésus change. Il ne se contente plus de se proclamer le roi des Juifs, il se présente aussi comme le sauveur de l'humanité.

Caïphe eut un geste d'impatience.

— Je sais tout cela.

Le regard impassible, Enoch ne se découragea pas.

— Il prétend même être fils de Dieu.

— Un blasphème intolérable, rugit Caïphe.

Enoch hocha la tête en signe d'approbation.

— C'est aussi l'avis d'un de ses disciples.

L'œil droit du grand prêtre se mit à briller tandis que son pied cessait de frapper le dallage. L'espion reprit :

— Ce dernier est un homme vertueux, un croyant sincère, respectueux de nos saintes lois.

— Alors comment peut-il supporter de voir un simple mortel s'ériger au rang de Dieu ?

— Justement, il ne le supporte plus.

Un sourire en forme de faucille commençait de s'aiguiser sur le visage de Caïphe.

— Et il serait prêt à témoigner contre Jésus ?

— Si tu le reçois, Grand Prêtre, et que tu lui parles comme à un fils, je suis certain que...

Et si je lui révèle ce que les Anciens m'ont appris... songea Caïphe, *je suis sûr, moi, qu'il m'obéira.* Levant la main, il interrompit son informateur.

— Fais-le venir au palais. Discrètement. Je le recevrai dès ce soir. Seul.

Enoch s'inclina.

— Il sera là à la tombée de la nuit.

Juste au moment où l'espion allait franchir le seuil de la terrasse, Caïphe l'appela.

— Dis-moi, ce disciple prêt à trahir, il a bien un nom ?

L'espion eut un moment d'hésitation. Jésus avait une douzaine de disciples et il avait du mal à se rappeler leurs patronymes. Était-ce Pierre, Luc, Matthieu ? Il comptait sur ses doigts quand la mémoire lui revint.

— Judas, Grand Prêtre, il s'appelle Judas.

8

Nanterre
OCBC
18 juin 2009

Les trois hommes avaient pris place dans le bureau de Tassard. Marcas avait demandé à son adjoint de le lui prêter pour négocier avec Della Rocca, estimant que le cadre serait plus propice à la négociation que la salle d'interrogatoire. Un joyeux bazar régnait dans la pièce aux allures de cabinet de curiosités. Les murs étaient décorés de reproductions de tableaux de maîtres : Picasso, Renoir, Gauguin. Tous volés et faisant l'objet de recherches actives. Une armoire vitrée renfermait des copies de sculptures, dont un faux Ravaud superbe saisi aux Puces. Devant la fenêtre, la longue silhouette noire d'un Giacometti, vrai à s'y méprendre, montait la garde. Sur le bureau s'amoncelait une pile impressionnante de livres d'art qui menaçaient le plafond.

Marcas indiqua les deux sièges à l'avocat et à son client.

— Je vous écoute.

Della Rocca murmura quelque chose à l'oreille de Lieberman qui eut un bref hochement de tête.

— Mon client désire des garanties en ce qui concerne son nom : qu'il ne soit jamais cité, et que cette malheureuse affaire soit classée définitivement par vos services.

— Bien. Venons-en au fait.

Le marchand du Carré du Louvre se caressa de nouveau la barbiche, puis brusquement prit la parole :

— Le dessin de Poussin qui est arrivé en ma possession provient d'un fonds plus important, comportant des œuvres d'art spoliées en France durant la Seconde Guerre mondiale. Chaque mois, je reçois une nouvelle pièce que je tente d'écouler en toute discrétion. Une discrétion relative, d'ailleurs, puisque vous êtes parvenus jusqu'à moi.

Me Lieberman ne put s'empêcher de jeter un regard de surprise mêlé de colère à son client, qui répliqua aussitôt :

— Je sais, maître, ce n'est pas très moral et cela vous choque, n'est-ce pas ? Mais le marché de l'art est devenu très dur depuis quelques années et puis ces œuvres sont loin de leurs propriétaires depuis si longtemps… autant qu'un amateur éclairé puisse en profiter…

Le regard qui virait au noir de l'avocat l'arrêta dans son plaidoyer.

— … mais le plus important n'est pas là.

Le marchand laissa planer un moment de suspense avant de reprendre :

— Elles me sont envoyées depuis… Jérusalem.

Marcas se redressa sur son siège.

— Je ne saisis pas !

— Je vous dis que mon commanditaire, celui qui me charge de vendre ces pièces, est basé en Israël. Surprenant autant qu'astucieux, non ? Qui soupçonnerait une filière d'écoulement d'œuvres disparues pendant la dernière guerre en provenance directe d'Israël ?

Marcas avait sorti son calepin. Un petit carnet au format passeport, à la couverture rouge, dont il était grand amateur.

— Son nom ?

— C'est un Russe, un certain Oleg Deparovitch. Il tient une société d'import-export de matériel pour la restauration des œuvres d'art. Très pratique pour faire passer certains envois délicats.

— Où s'approvisionne-t-il ?

Della Rocca laissa échapper un petit rire.

— Vous vous doutez bien qu'il ne me tient pas au courant de ses réseaux d'approvisionnement. Mais il est quasi certain que toutes ces pièces viennent de son pays d'origine. Après la guerre, l'Armée rouge a mis la main sur une quantité colossale d'œuvres d'art dérobées par les nazis dans toute l'Europe. Une bonne partie a été rendue aux propriétaires légitimes, musées ou particuliers, mais un nombre important a fini dans les réserves de l'État et s'est discrètement évaporé après la chute du communisme. Deparovitch est un ancien conservateur des musées russes, doté d'un sens commercial très développé.

Marcas remplissait son carnet de notes. Il jubilait. Tout d'un coup Della Rocca paraissait une proie bien maigre à côté de ce trafiquant russe.

— Vous pouvez me fournir des bordereaux de réception d'envois de ce Deparovitch ?

— Allons, commissaire, vous me voyez vous confier de tels documents ? De telles preuves me feraient plonger une fois de plus ! répondit l'antiquaire.

Antoine croisa les bras et se balança sur sa chaise.

— J'ai besoin d'éléments matériels pour convaincre mes collègues israéliens. Je vous l'ai déjà dit : vous ne serez pas inquiété.

Le policier sortit de la poche de sa veste une liasse de papiers, qu'il exhiba sous le nez de Della Rocca.

— Ceci est le compte rendu de votre arrestation d'hier.

D'un geste sec, il déchira le procès-verbal et éparpilla les morceaux sur le bureau.

— Satisfait ?

L'avocat murmura à l'oreille de son client. Celui-ci se mâcha les lèvres un instant puis lâcha :

— D'accord. Je ferai parvenir à Me Lieberman les avis de réception des colis expédiés par l'entreprise Deparovitch. Bien sûr, ils ne font mention que de produits ou d'instruments nécessaires à la restauration d'œuvres d'art...

Tassard intervint :

— On s'en doute, mais cela devrait suffire pour lancer une enquête préliminaire en Israël. Les autorités sont de plus en plus inquiètes de la montée en puissance des mafias russes. Elles ont besoin de résultats.

— Il me reste aussi un autre dessin de Teniers : une esquisse d'un saint Antoine, inscrite dans la liste des pièces volées. Je ne dirai rien de plus.

L'antiquaire s'était levé. L'avocat, lui, resta assis. Ce qu'il avait appris avait figé son visage. Il finit néanmoins par prendre la parole :

— Mon client est-il libre ?

— Oui. Il peut récupérer ses affaires. Quelqu'un va l'accompagner. On peut même lui commander un taxi, à moins qu'il ne parte avec vous ?

— Vous venez avec moi, maître ? demanda Della Rocca d'une voix enjouée.

Lieberman secoua la tête et se tourna vers son client.

— Non. Je dois rester avec ces messieurs pour régler les derniers détails.

Le ton était froid, expéditif.

— Je tâcherai de vous voir demain.

Marcas prit le téléphone et appela la ligne intérieure.

— Envoyez-moi quelqu'un pour que notre hôte reprenne ses affaires.

Il indiqua la porte du doigt, sans se lever.

— Passez dans le couloir, on viendra vous chercher. Je ne vous salue pas.

L'antiquaire ne répondit pas et sortit de la pièce sans se retourner. Marcas et l'avocat restèrent seuls, face à face. Lieberman se cala sur la chaise.

— Je sais ce que vous pensez, commissaire... Comment je fais pour ne pas envoyer mon poing à la figure de cette ordure de trafiquant d'œuvres volées à... des Juifs massacrés par les nazis ?

— Je ne porte pas de jugement de valeur. Vous ignoriez tout de la vraie nature de votre client. Croyez-moi, je ne me sens pas non plus très propre de relâcher ce salaud dans la nature.

L'avocat sortit une cigarette d'un étui.

— Je peux ?

— Au point où on en est avec la loi...

— Merci. Le pire de l'histoire, c'est que c'est moi qui l'ai recommandé au Grand Consistoire pour organiser la vente de charité. Quelle ironie... J'ai ouvert l'Aron Haqodesh à ce salaud.

— Pardon ?

Me Lieberman avala la fumée avec délectation.

— C'est l'armoire sacrée, l'arche sainte qui contient les rouleaux de la Thora dans une synagogue. Demain, je vais lui suggérer de prendre un autre avocat et m'arranger pour qu'il se désiste de la vente du Consistoire.

Antoine acquiesça.

— C'est le minimum.

— Et vous, commissaire ? Je suppose que vous allez alerter vos homologues israéliens. Pour vous c'est une superbe affaire.

— Sans aucun doute. Je compte demander au ministère de m'envoyer en mission là-bas pour assister au démantèlement du réseau Deparovitch. C'est la première fois dans ce service que je peux remonter une filière à l'international. Une sorte de pèlerinage en Orient...

— Vous connaissez Israël ?

— Non. Je n'ai jamais eu l'occasion d'y aller. Souhaitons que la région soit calme lors de mon séjour.

L'avocat écrasa sa cigarette dans le cendrier que lui tendit le policier.

— Hélas ! la terre des trois religions du Livre semble frappée de malédiction. Vous êtes croyant, commissaire ?

Marcas sourit.

— Je crois en l'homme. C'est déjà pas mal.

— Athée ?

— Plus ou moins. Que des millions de gens s'étripent depuis des centaines d'années, voire des millénaires, alors qu'ils sont censés adorer un même Dieu m'a toujours paru le comble de l'absurdité.

L'avocat rangea son paquet de cigarettes dans sa poche intérieure et se leva.

— C'est sans doute l'un des nombreux paradoxes du divin et je plains l'avocat qui devra défendre pareil dossier ! Mais je dois partir. Nous sommes donc d'accord, mon client n'est plus inquiété ?

— C'est cela, à mon plus vif regret.

Marcas se leva à son tour pour l'accompagner vers la sortie. Lieberman prit son pardessus.

— Vous aimerez cette ville. Si vous avez besoin de quoi que ce soit là-bas, passez-moi un coup de fil. Voici mon portable privé. J'ai beaucoup d'amis sur place.

Le policier lui ouvrit la porte.

— Merci. Tout ce que je demande, c'est que l'Iran n'envoie pas un missile à tête nucléaire pendant que je serai là-bas. *L'Apocalypse* n'est pas mon livre de chevet favori.

Lieberman lui serra la main.

— *L'Apocalypse*... Merveilleuse légende chrétienne quoique teintée de masochisme. L'Antéchrist, la Bête, 666, la Putain de Babylone, les Quatre Cavaliers... Bon voyage en Israël, commissaire.

Il s'arrêta sur le pas de la porte.

— Vous verrez, on ne revient pas le même homme d'un séjour à Jérusalem.

9

Paris
Jardin des Tuileries
19 juin 2009

Le soleil était arrivé à son zénith et chauffait le moindre recoin du jardin, le plus petit bosquet. Des hordes de gamins hurlaient en courant dans tous les sens ; des groupes de touristes de toutes nationalités, reconnaissables au chef de file qui brandissait un parapluie de couleur, avançaient en masses compactes, les vendeurs de glace étaient assiégés : le jardin des Tuileries vivait sa véritable première journée de beau temps depuis le début du mois.

Un ballon rouge décrivit une élégante arabesque puis retomba dans l'allée de gravier. Il roula sur une dizaine de mètres pour s'arrêter aux pieds d'un couple qui s'embrassait avec passion sur un banc usé par le temps. Le garçon responsable du tir courut vers les deux amoureux qui s'étaient tournés vers lui. Le jeune homme délaissa sa compagne et fit tournoyer le ballon dans sa main. Le blondinet stoppa devant eux et reprit son souffle.

— Désolé m'sieur dame. J'vous ai pas fait mal ?

L'homme lui rendit sa balle en la faisant rebondir sur son jean déchiré. Il bomba le torse, mettant en valeur un tee-shirt où s'étalait l'image d'un cheval cabré et de son cavalier à tête de mort. Il considéra l'enfant à tête blonde et sourit.

— Du tout, je peux jouer avec toi ? Je m'ennuie un peu avec la dame. Elle veut toujours me faire des bisous.

La jeune fille lui tapa sur l'épaule en prenant un air faussement vexé.

— Merci ! Je ne t'embrasserai plus jamais !

Le petit garçon récupéra la balle.

Il les détailla un instant, ne sachant quoi penser, et tourna les talons brusquement. Le couple éclata de rire. Le jeune homme prit la joue de son amie et déposa un baiser sur ses lèvres offertes.

— Alors comme ça, on ne veut plus m'embrasser ? C'est pas bien du tout. Je vais être très malheureux.

Elle lui rendit son baiser et poussa un petit soupir.

— Si on allait enfin au musée ? J'ai peur que ce soit la cohue dans pas longtemps.

Elle se redressa, prit son sac de toile écrue et acquiesça d'un signe de tête. Il l'enlaça et ils se dirigèrent vers l'arc de triomphe qui marquait la jonction entre le jardin des Tuileries et le musée du Louvre. Les regards des hommes qu'ils croisaient s'attardaient sur la jeune femme, et le jeune homme émit un soupir.

— Heureusement que je ne suis pas jaloux, c'est quand même lourd, les mecs.

Elle minauda.

— C'est leur façon de rendre hommage à ma beauté d'essence divine… Comme les rayons de soleil qui illuminent cette pyramide.

La myriade de losanges miroitait dans la cour du musée, et une lumière dorée éblouissait les yeux des passants. Le couple traversa la chaussée pavée.

— Il paraît qu'il y aurait 666 carreaux de verre sur la pyramide, une commande de Mitterrand, féru d'ésotérisme… dit la jeune fille.

— Séduisant, mais totalement faux. L'architecte, Pei, s'en moquait royalement. Quant au Président, je doute qu'il ait jamais manifesté le moindre intérêt pour l'Apocalypse.

Ils arrivèrent au niveau des premiers cordons qui canalisaient les files de visiteurs. La chaleur devenait suffocante et le couple apprécia de passer rapidement sous la pyramide d'entrée puis dans le vaste hall du musée. Une foule nombreuse tournoyait dans l'espace irradié par la lumière. Il lui indiqua l'un des escaliers encadrés par des guichets.

— Aile Richelieu, mon amour. C'est par là.

Il tendit deux billets au contrôle. Le gardien d'un certain âge, aux cheveux de neige, ne put s'empêcher de détailler la silhouette de la fille. Elle jeta un regard amusé à son compagnon qui mit sa main sur l'épaule du garde.

— Pépé, c'est 95 B pour le tour de poitrine. Pour la taille, j'ai encore des doutes. Tu veux son numéro de portable ? On est échangistes. Ça me gêne pas.

Le contrôleur rougit.

— Désolé, je ne voulais pas.

Le jeune homme éclata de rire.

— Je plaisantais. Dites-moi plutôt où se trouve la salle 14 ? J'ai du mal à me repérer.

Le gardien se ressaisit et lui tendit un plan sur lequel il inscrivit une croix à l'aide d'un stylo rouge.

— C'est au deuxième étage, juste à côté de la salle des peintres de l'époque Louis XIII, vous ne pouvez pas vous tromper.

— Merci, monsieur, vous êtes adorable, dit la jeune fille en lui adressant son plus beau sourire.

— Chienne lubrique, marmonna son compagnon.

Le couple grimpa l'escalier qui menait à l'entrée de l'aile Richelieu. Il leur fallut dix minutes pour déboucher dans la grande salle blanche qui abritait le tableau, objet de leur visite. L'éclairage tombant du plafond donnait une impression d'un volume plus important que la réalité. Le jeune homme jeta un regard circulaire. Il avait repéré la disposition des tableaux sur le site Internet du Louvre.

— Voyons... *Le Christ et la Femme adultère*, non. *Le Jugement de Salomon*, non plus. *Moïse enfant et Pharaon*... Ah, voilà ! C'est le tableau, là-bas.

Ils s'approchèrent d'une toile rectangulaire d'environ un mètre de long sur un peu moins de hauteur. Ils avaient changé d'expression, leurs regards s'illuminèrent. Il murmura :

— *Les Bergers d'Arcadie*...

La toile de facture classique représentait une femme drapée d'une toge jaune sur une robe bleu nuit et trois hommes, des bergers, regroupés autour d'un tombeau. L'un d'entre eux indiquait du doigt une inscription gravée sur la pierre.

— *Et in Arcadia ego*, articula la jeune femme.

Il lut le petit écriteau à côté de l'œuvre :

Les Bergers d'Arcadie, dit aussi : Et in Arcadia ego.
Vers 1638-1640
Nicolas Poussin
Les Andelys, 1594-Rome, 1665
La signification du sujet est donnée par l'inscription Et in Arcadia ego *figurant sur le tombeau : « Même en Arcadie, moi, la Mort, j'existe. » L'Arcadie était, pour les poètes de l'Antiquité, une sorte de paradis terrestre, un séjour de parfaite félicité.*
Collection de Louis XIV (acquis en 1685)
Département des peintures

— L'œuvre de tous les mystères, dit-elle en scrutant chaque détail, chaque touche de couleur.

— Oui, et ils se trompent complètement sur la signification de la phrase. S'ils savaient décrypter avec une grille ésotérique, ils seraient eux aussi éblouis…, dit-il en lui prenant la main avec chaleur. Poussin était un grand initié. Regarde. À droite.

Juste à côté des *Bergers d'Arcadie*, une toile frappait par son intensité dramatique. Un soldat, vêtu d'une cape rouge, écrasait du pied la gorge d'un nourrisson jeté à terre tandis que son glaive s'apprêtait à frapper. Une mère, au visage déformé par un hurlement, tentait de l'en dissuader.

© The Gallery Collection / Corbis

Nicolas Poussin, *Les Bergers d'Arcadie*.

Le Massacre des Innocents, Nicolas Poussin,
prêté par le musée Condé, Chantilly

— Ce bon vieux Hérode…, commença le jeune homme.

Une femme corpulente accompagnée d'un homme de petite taille lui tapa sur l'épaule, interrompant sa contemplation.

— *Sorry*, nous cherchons *the Joconde* ? *Da Vinci ?*

Il se retourna et lui sourit.

— Pourquoi voulez-vous voir ce tableau ? Vous avez tant de merveilles autour de vous, dans ce musée unique au monde !

Le petit Américain lui donna une bourrade.

— *The book, buddy. Da Vinci Code !*

Le jeune homme jeta un regard malicieux à sa compagne puis se tourna vers le couple.

— *Sorry. Joconde is dead.* Pas possible la voir. Déchirée par un coup de couteau. *Knife. Have a nice day.*

Les deux Américains, désespérés, s'éloignèrent en quête d'un gardien.

— Ça fait du bien. J'ai jamais aimé cette grosse truie de Joconde avec son sourire stupide.

Il consulta sa montre.

— Il est temps de partir, mon amour. Nous avons du travail.

La jeune femme détacha son regard à contrecœur. Ses yeux brillaient.

— J'ai tellement hâte d'arriver au but ! Tu crois que nous trouverons le dessin ?

— Si le Canadien n'avait pas raté son coup, nous aurions pu. La base doit nous donner de nouvelles instructions.

Il la prit par le bras et ils s'éloignèrent lentement de la pièce. Elle passa devant une autre toile de Poussin et ralentit.

— *Le Christ et la Femme adultère*... C'est curieux, elle a la même expression de tristesse que la jeune Indienne de la *rave*, à Bombay. La même souffrance dans les yeux...

10

Jérusalem
An 33

Un après-midi de feu tombait sur le Golgotha. Assis sous un olivier, un groupe de légionnaires jouaient aux dés. De temps à autre, l'un d'eux jetait un œil sur les croix en plein soleil. Cloués sur le bois, trois hommes achevaient de mourir.

— Combien de temps encore ? demanda un des soldats en comptant sa mise.

— Avec ce soleil, on pourra les décrocher avant la nuit.

— À voir, intervint un vétéran, parfois ils durent plus longtemps qu'on ne le croit. Le seul moyen de savoir s'ils sont morts, c'est de leur donner un coup de lance dans le flanc.

— Comment ça ? interrogea le légionnaire qui mélangeait les dés dans un gobelet.

— S'ils saignent encore ils sont vivants.

Les trois dés roulèrent sur une tunique blanche souillée de sable qui servait de tapis de jeu.

— Triple six, annonça le vétéran, c'est bien la première fois que je vois ça.

Au pied de la croix centrale, un petit groupe immobile attendait sous une toile blanche déployée sur des piquets. Des hommes aux regards vides qui entouraient une vieille femme prostrée, les mains enfouies dans le sable. Le groupe semblait figé. La fatigue, la douleur les rendaient hagards. Ils écoutaient le vent qui soufflait du Sud et ne relevaient même plus la tête quand un gémissement tombait de la croix.

Agenouillée à l'écart des autres, une femme se leva. C'était la plus jeune. La mieux vêtue aussi. Elle portait une robe sombre et un foulard enturbanné qui dissimulait avec peine sa chevelure couleur de feu. Elle prit une éponge desséchée et la trempa dans une jarre d'eau. À pas lent, elle se dirigea vers la croix, piqua l'éponge au bout d'un bâton et mouilla le front de l'homme qui gémissait.

— De l'eau, hurla le crucifié de gauche, de l'eau par pitié !

La femme hésita, puis se dirigea vers l'autre croix. Lentement elle fit monter l'éponge vers la bouche du supplicié.

— Je te connais, toi, murmura l'homme, je t'ai vue. Je t'ai vue dans la vieille ville. Tu te tenais sous un porche et…

L'éponge descendit brusquement. Le crucifié se mit à grincer des dents de colère.

— Je t'ai vue. Tu offrais ton corps aux hommes. Tu es une prostituée.

La femme s'éloigna en courant, mais la voix la poursuivit.

— Je me souviens de ton nom. Tu es Marie Madeleine. Marie Madeleine, la putain !

Les dés roulèrent une fois encore et s'immobilisèrent. Des jurons saluèrent le résultat.

— Décidément, je n'ai pas de chance aujourd'hui, soupira le vétéran, perdre aux dés et attendre que ces condamnés de malheur finissent de crever.

— Ce que je ne comprends pas, c'est pourquoi nous devons les surveiller, demanda un des légionnaires, ce sont des Juifs, ils relèvent de la justice du grand prêtre, non ?

— C'est à cause de celui du centre, expliqua le vétéran, c'est un fou !

— Un fou ?

— Oui, il a juré qu'il ressusciterait dans trois jours.

Un gigantesque éclat de rire secoua les gardes. Ces maudits prophètes qui parcouraient le pays ne savaient plus quoi inventer.

— Et voilà pourquoi nous sommes là à attendre : pour éviter que ses disciples ne l'enlèvent vivant de la croix et ne fassent croire à un miracle.

Les rires reprirent de plus belle.

— Marie ?

La voix de Jésus tomba de la croix alors qu'elle allait rejoindre les autres.

— Seigneur, interrogea-t-elle, tu es toujours vivant ?

— Oui, approche.

Avant d'obéir, Marie Madeleine se retourna vers les disciples sous la tente. Aucun d'eux ne bougeait. Ils devaient prier. Plus loin, sous les oliviers, les légionnaires ne cessaient de rire.

— Marie, viens.

— Oui, Seigneur.

Elle s'approcha de la croix. Elle leva les yeux. Les deux pieds du Christ n'étaient plus qu'une plaie vive. Les clous qui traversaient la chair s'étaient tordus. Ils avaient déchiré les muscles, brisé les os. Un lambeau de peau pendait, ballotté par le vent. Marie Madeleine sentit ses jambes se dérober sous elle.

— La douleur n'est rien. Il y a plus important.

Malgré le souffle sec qui lui brûlait le regard, elle fixait l'homme, suspendue à sa parole.

— Judas est venu.

— Ce traître qui t'a vendu ?

Elle secoua la tête de colère. Ses cheveux flamboyèrent comme l'éclair.

— Il m'a parlé.

— Mais comment a-t-il pu ? C'est lui qui t'a mené jusqu'à la mort.

— Marie... Marie... Tu parles et ne sais point. Judas...

Il respirait avec difficulté.

— Judas... Il sait la Vérité... Et il n'est pas encore temps que les hommes la connaissent.

— Mais quelle Vérité ?

La souffrance crispa son torse. Les côtes apparurent, saillantes, prêtes à se rompre.

— Jure-moi ! Jure-moi que tu feras tout pour que Judas ne parle jamais.

Marie Madeleine fixait le visage terreux du Christ dont les yeux s'agrandissaient comme dilatés à l'approche de la fin.

— La Vérité est comme la braise, si on ne veut pas qu'elle enflamme le monde, il faut qu'elle reste sous la cendre. Tu comprends, Marie ?

— Seigneur, Seigneur, je ferai tout ce que tu voudras !

— Rien ne doit demeurer de Judas. Tu entends ? Rien.

— Seigneur, ne me laisse pas ! implora-t-elle.

Le vent forcit. De lourds nuages noirs montaient de l'horizon. La face du crucifié s'assombrit. Un vol de corbeaux stria le ciel.

— Je croyais apporter la paix aux hommes. Je leur ai parlé d'amour. Mais ils ne m'ont pas entendu.

Le Christ hoqueta. Un filet de sang coula de ses lèvres et souilla sa barbe.

— Ils veulent le feu et le sang pour être purifiés ! Le Feu et le Sang !

Du haut de la croix, la voix se brisa.

— Ma mission, ici-bas, est finie…

— Seigneur…, supplia-t-elle.

— … mais la tienne commence !

11

Paris
Rue Guénégaud
19 juin 2009

La voix cristalline de la chanteuse de Within Temptation résonnait dans tout l'appartement.

Running up that hill…

Antoine avait réglé à fond les enceintes de son iPod pour profiter du son depuis sa chambre à l'autre bout de l'appartement. Il adorait cette reprise électrique d'une chanson de Kate Bush et avouait un faible pour Sharon, la chanteuse brune du groupe gothique, qui voisinait dans son appareil avec les *Pièces pour clavecin*, de Rameau, ou *Stupid Girl* de Garbage. Que ce soit dans son nouveau lieu, un trois-pièces ensoleillé situé en face de la Monnaie de Paris, ou quand il traversait à scooter la place de la Concorde, il prenait un rare plaisir à vivre les oreilles saturées de musique.

Il vacilla légèrement. Debout sur une chaise branlante, il tentait d'accéder à sa valise coincée en haut du placard du dressing.

— Papa, tu pourrais pas baisser le son !

La voix de son fils, Pierre – un mètre soixante-dix-huit, la tignasse rêche après une semaine sans shampooing, et une profusion de boutons d'acné –, retentit derrière lui et faillit lui faire perdre l'équilibre.

— C'est de la daube, ton truc, ajouta l'ado en le regardant se dandiner pour attraper son bagage.

— De la daube… C'est du gothique !

— C'est ce que je dis. Le gothique, c'est à ièche.

Antoine poussa un petit cri de triomphe en attrapant la poignée de la valise qui vint doucement vers lui. Des sacoches de plastique posées dessus tombèrent à terre. Il descendit, son butin à la main.

— Si tu nous faisais une bonne entrecôte au lieu de jouer les critiques musicaux ? Tu me dois trois repas.

L'adolescent qui arrivait presque à sa hauteur prit un air fatigué. Ils faisaient régulièrement des paris entre eux. Invitations au fast-food pour le père, contre corvée de cuisine pour le fils, qui se réduisait d'ailleurs à des pâtes au jambon ou à un steak mal cuit. Cette fois, Pierre venait de perdre à leur jeu favori : les noms d'acteurs de séries télé. Il avait séché sur celui de l'interprète de *Californication*, David Duchovny, ex-agent Mulder des *X Files*, ce qui avait permis à son père de se débarrasser du tracas du repas.

— Ça, c'est pas cool ! Putain, Duchovny, quel nom pourri !

— Tout juste. Aux fourneaux.

Il regarda avec tendresse son fils s'éloigner vers la cuisine en traînant les pieds. Sa présence lui faisait du bien. Heureusement qu'il l'avait, c'était sa seule famille. Fils unique, ses parents morts, Antoine avait toujours rêvé d'une grande tribu et jalousait ces patriarches que l'on voyait trôner dans les films, entourés d'une progéniture aussi vaste qu'encombrante.

Il emporta sa valise dans sa chambre et la posa sur le lit. La voix de Sharon avait baissé d'un coup au passage de son fils vers la cuisine. Il hésita à aller remonter le son, rien que pour affirmer son autorité, mais renonça par pure fainéantise. Il remplit rapidement sa valise d'affaires d'été, sans oublier son costume en lin écru, puis s'installa à son bureau.

L'affaire n'avait pas traîné depuis la libération de Della Rocca. Les services français et leurs homologues israéliens avaient pris contact et Marcas avait eu le feu vert pour partir là-bas. Sans compter le jackpot : la France lui avait remis le dessin de Poussin pour le restituer à sa propriétaire légitime. Il devait le retirer le jour même auprès du laboratoire privé auquel le ministère de la Culture l'avait confié pour authentification.

Il avait rendez-vous à l'ambassade d'Israël dans moins de deux heures pour rencontrer l'attaché culturel et récupérer son visa. Un vol était prévu le lendemain matin, au départ de Roissy. Si tout se passait bien, dans vingt-quatre heures, il serait dans la cité des trois livres sacrés.

Très sourcilleux de leurs prérogatives, les Israéliens avaient cependant précisé que le Français n'aurait qu'un statut d'observateur. Le trafiquant russe serait arrêté et jugé sur place, selon la législation locale, beaucoup plus dure que celle en vigueur en France. Marcas ne s'en était pas formalisé. Sa hiérarchie savait qu'il était à l'origine de l'identification du cerveau, et il n'avait aucune envie de risquer sa peau dans un pays qu'il ne connaissait pas.

Son portable vibra. Il décrocha en posant sa sacoche sur la table du bureau.

— Oui, j'écoute ?

Une voix grave et onctueuse lui répondit.

— Frère Antoine, alors il paraît que tu t'es distingué ?

Le commissaire percuta aussitôt. Le frère Obèse était de retour. Au ministère de l'Intérieur, on surnommait ainsi ce commissaire en détachement permanent auprès du cabinet du ministre, maçon à l'embonpoint remarqué et dont les talents de *go between* étaient devenus quasi légendaires. On le voyait ainsi surgir comme par enchantement et proposer ses bons offices. Membre d'une obédience traditionaliste reconnue pour son entregent, redouté autant que courtisé, le frère Obèse ne prenait pas son téléphone pour rien.

— Je vois que les nouvelles vont vite, répondit Marcas, méfiant.

— Une œuvre d'art perdue depuis un demi-siècle, que veux-tu, ça fait jaser ! Sans compter la belle histoire qui va avec…

— La belle histoire…, reprit Antoine, comment ça ?

— Allons, ne te fais pas plus naïf que tu n'es ! Tu t'imagines bien ce que ça peut représenter, une telle histoire ! Un antiquaire renommé du Carré du Louvre qui se fait serrer avec une œuvre appartenant à une famille juive spoliée. Un rebondissement avec la découverte d'un réseau de trafiquants opérant en Israël, et notre cher Marcas qui s'envole là-bas. Toujours dans les bons coups, le frangin...

— J'ai payé de ma personne.

— Je sais. Le coup de l'infiltration, pas mal du tout.

— On ne peut rien te cacher.

Une odeur de viande grillée parvint à ses narines.

— Pour le coup, j'ai appris cette histoire en passant au cabinet ce matin : j'ai vu une copie de ton ordre de mission. Je me suis dit : tiens, je vais passer un coup de fil à mon frère Marcas. Et en plus, il paraît que le salaud de l'histoire, Della Rocca, est un des nôtres. On ne peut plus se fier à personne.

— Une brebis galeuse... Tu voulais quelque chose en particulier ?

Le frère Obèse se mit à glousser.

— Oui. Figure-toi que durant ton séjour aura lieu une grande tenue maçonnique internationale à Jérusalem. Juste sous l'ancien emplacement du Temple de Salomon.

Antoine tendit l'oreille. Il avait déjà entendu parler de cette cérémonie exceptionnelle. Des maçons triés sur le volet, venus du monde entier, qui se réunissaient dans un lieu où même les archéologues israéliens ne pénétraient pas.

— Et alors ?

— J'y suis invité cette année.

Marcas commença à se sentir fébrile.

— Toutes mes félicitations. Tu fais partie de l'élite de la corporation à ce que je vois.

— Élite… Élite… toujours les grands mots, avec les frères du Grand Orient ! Enfin, élite ou pas, il y a une place pour toi.

Antoine sentit sa respiration s'accélérer. Il brûlait d'accepter, mais il enrageait de devoir cette faveur au frère Obèse.

— Tu sais, je ne sais vraiment pas si j'aurai le temps. J'ai un emploi du temps déjà très chargé.

— Tu te fous de moi, là… d'autant que tu me dois quelques retours d'ascenseur. Tu te souviens de ton escapade à Venise il y a trois ans[1] ?

Antoine souffla. Il avait retourné la situation. Du moins en apparence. Car dans le fond, pareille invitation était tout sauf désintéressée.

— Je ne suis pas un ingrat… Si tu insistes…

— Bravo. Tu ne le regretteras pas.

— Je n'en doute pas ! Vu que je suis sûr que tu sais déjà quel bénéfice tu tireras de ma venue.

Un silence se fit à l'autre bout du fil. Antoine imagina le frère en train de savourer ce moment comme un gros chat devant une souris prise au piège.

La voix de son fils retentit à l'autre bout de l'appartement :

— Papa, ta barbaque est prête.

— Je viens, deux secondes !

---

1. Voir *Conjuration Casanova.*

Le frère Obèse reprit la parole :

— Je répondrai à ta question sur place. Je te laisse avec ton fils.

— Attends. Comment on se retrouve, à Jérusalem ?

— T'inquiète pas pour ça.

— Mais, je te joins où ? insista Marcas.

Un rire sonore lui répondit.

— Te bile pas. Je sais où est ton hôtel, c'est moi qui l'ai conseillé aux services comptables. Bye-bye… frangin.

Pierre surgit dans la chambre, torse nu, en train d'éventer avec son tee-shirt les relents d'une cuisson poussée à l'extrême.

— Je sais pas trop ce qui s'est passé avec l'huile chaude mais, si tu veux manger quelque chose qui ressemble encore à de la viande, va falloir te presser.

— Mets les couverts, j'arrive.

D'un coup sec, Antoine fit coulisser le clapet de son portable. Les pensées se bousculaient dans sa tête. Une fois encore, maçonnerie et enquête de police formaient un couple infernal. Comme les deux faces d'une pièce de monnaie. De quoi ravir ceux qui avaient la conviction d'un complot perpétuel, d'une manipulation incessante entre sociétés secrètes et politique. Le frère Obèse, à travers ses réseaux et ses relais, était l'incarnation même de ces arrangements à la marge, l'interface absolue où tous les pouvoirs se croisaient, se mêlaient jusqu'à n'en former plus qu'un.

— J'te préviens, hurla son fils, la viande est carbonisée. Tes dents de vieux vont pas tenir le choc !

— Attends de voir, petit morveux !

Antoine leva les yeux vers le miroir cerné de dorures, posé au-dessus du bureau, qui lui renvoyait son image. Un rare vestige de l'appartement de ses parents. Il s'immobilisa devant le visage aux traits tirés. Était-ce possible que ce soit le même miroir qui ait reflété ses jeux d'enfant ? Il venait d'avoir quarante-quatre ans et n'arrivait toujours pas à intégrer ce chiffre. Cinquante ans dans six ans, ça le faisait frémir. Soixante dans seize ans… Il chassa ces chiffres implacables. Jamais il ne s'était senti aussi fort dans sa tête et son corps. Malgré la mort d'Aurélia, il était débordant d'énergie et se sentait toujours plus proche de sa jeunesse que d'une retraite hypothétique.

Il détailla néanmoins son reflet. Son front était barré désormais de trois longues rides parallèles qui se creusaient au premier souci. Rien à voir avec le profil, lisse et blanc, de la photo de sa carte d'identité qui arrivait à expiration. Il se rapprocha de la glace. Depuis quelques mois, des cernes étaient apparus qui semblaient s'installer à demeure. Et il n'avait pas été le seul à s'en apercevoir. Un matin, il avait trouvé, posé bien en évidence sur son bureau, un tube de crème antirides. Blague de mauvais goût d'un collègue plus accablé que lui par l'âge ou délicate attention anonyme d'une secrétaire compatissante, il l'ignorait, mais, depuis ce jour, il ne cessait de se regarder dans les miroirs. Et le résultat commençait à l'inquiéter. Il ne faisait plus le même effet aux femmes. Certes, elles le trouvaient toujours charmant mais il avait remarqué que, certains jours de fatigue, les trentenaires croisées dans la rue ne lui rendaient pas son regard, comme s'il était devenu transparent.

— Papa, je commence sans toi, j'ai trop la dalle ! cria son fils.

Il sortit de sa contemplation.

— Pas question ! hurla Antoine.

Il traversa le couloir en direction de la cuisine. L'odeur devenait plus forte. Les paroles du frère Obèse lui trottaient dans la tête. *Une tenue sous les vestiges du Temple de Salomon.* Chaque année, surtout pour le solstice, le 21 juin, les obédiences aimaient célébrer des tenues dans des lieux insolites. Une tradition. La forêt de Brocéliande, le mont Saint-Michel, les pyramides égyptiennes, le temple de Delphes... autant de lieux mythiques où les francs-maçons se réunissaient à l'abri des regards des profanes pour bâtir des temples éphémères.

Antoine n'était pas dupe : le frère Obèse n'allait pas faire le déplacement en Israël uniquement pour la beauté d'une tenue.

Une irritation sourde monta en lui.

Il se sentait déjà manipulé.

12

Saint-Ouen
Marché aux Puces
19 juin 2009

La Peugeot 307 grise roulait au ralenti sur l'avenue Michelet depuis la porte de Clignancourt. De chaque côté de la rue, les trottoirs des Puces étaient encombrés d'étals de chaussures de sport de marque, tombées du camion, et de survêtements de contrefaçon. Une foule bigarrée, touristes, clients habitués, revendeurs à la sauvette, curieux, allaient et venaient avant de se perdre dans le dédale des différents marchés. Les camionnettes des commerçants garées sur les passages non autorisés rétrécissaient l'avenue, réduite à deux minces couloirs. Le conducteur de la Peugeot ne cachait pas son énervement.

— Je te l'avais bien dit, mon lieutenant, qu'on n'aurait jamais dû passer par là. C'est jour des Puces. C'est blindé de chez blindé. On a mis vingt minutes pour faire cinquante mètres sous le périph. Il fallait prendre par la porte de la Chapelle et l'autoroute, direct jusqu'à l'aéroport du Grand Charles.

Le passager assis à côté de lui semblait prendre son mal en patience.

— Fais pas chier. Ce trajet a été imposé par le central pour des raisons de sécurité. De toute façon, on est de permanence la journée entière. Poireauter dans une caisse ou au poste, c'est pareil. Et ici, on voit du paysage. En plus on fait découvrir à notre touriste canadien les beautés de la capitale. Hein, Hubert ?

Le passager menotté, assis à l'arrière, ne répondit pas. Son regard était perdu dans le vague.

— Le monsieur n'est pas très causant, ajouta le quatrième homme, assis à côté du prisonnier. Je le comprends. Vraiment pas terrible comme coin.

Le prisonnier ne voulait pas engager la conversation. Depuis qu'il avait été arrêté par la police française, « Valmont », de son vrai nom Hubert Landry, ne comprenait pas comment il avait été dénoncé. Il n'avait rien vu venir, lui qui faisait attention en toutes circonstances. Son esprit tournait en boucle. Se faire prendre pour un malheureux dessin de Poussin et deux toiles mineures, c'était plutôt stupide. Lui qui avait convoyé des Picasso, des Renoir et des Botticelli dans le monde entier, il tombait pour des peintres de second plan. Il n'aurait jamais dû accepter le transfert du Poussin, mais le prix versé par le commanditaire était trop alléchant. 600 000 dollars pour cette malheureuse esquisse : comment refuser une telle somme ? Il savait que l'œuvre avait été volée par les nazis mais, bon, ce n'était pas la première fois dans sa carrière qu'il achetait ce type de bien. À sa grande surprise, les flics français ne s'étaient plus intéressés à lui, se contentant de prendre sa déposition au cours de laquelle il avait nié tout en bloc, déclarant qu'il ignorait la présence des œuvres dans sa chambre. En revanche, il redoutait son extradition vers Montréal. Ses compatriotes avaient déjà dû perquisitionner dans son bureau et son appartement et trouver le listing de tous ses clients avec leurs coordonnées. Même s'il prenait soin de tout effacer d'une année sur l'autre, rien qu'avec ses contacts depuis janvier, il plongerait pour au moins trois ans.

La Peugeot s'arrêta à un feu.

— J'en ai marre, je mets le gyro, lança le conducteur excédé.

— On n'a pas le droit, répondit le lieutenant, on est en mission banalisée.

— Mais, putain, on en a au moins pour trois plombes ! Il est à quelle heure son vol à Roissy ?

— Dans cinq heures. Calme-toi. On le dépose chez nos amis de la Police Aux Frontières et on va se faire un couscous à Saint-Denis, c'est le meilleur. Le Palais du Couscous, ouvert à toute heure, un succulent bout de méchoui et un peu de gris pour arroser le tout. Ça te fera oublier les embouteillages. Ça te dit à toi aussi, Ramirez ?

Le jeune stagiaire à l'arrière maugréa. Il ne digérait toujours pas le fait d'avoir été désigné de permanence, lui faisant annuler une virée prévue de longue date avec sa copine. Et en plus il était de corvée de transfert du Canadien ; ordre de Marcas, ce fumier de franc-mac !

— Rien à foutre de votre couscous, vous me laisserez à Roissy, je prendrai le RER pour revenir.

— On parle pas comme ça à un supérieur, dit le conducteur d'un air agacé. Ce sera couscous et point barre.

Le feu passa au vert. Le conducteur engagea la première, mais le scooter devant lui ne bougeait pas. Son propriétaire essayait en vain de le faire redémarrer. Le passager assis sur la selle était descendu pour l'aider. Le policier klaxonna et abaissa sa vitre.

— Dégagez sur le trottoir, les mômes. On est pressés.

Les deux jeunes hommes casqués faisaient des gestes d'impuissance en montrant leur engin. Le policier capta le regard du pilote. Quelque chose dans son attitude le gênait, mais il ne savait pas quoi exactement. Soudain, la porte d'une camionnette grise stationnée derrière eux s'ouvrit avec fracas. Un homme casqué de noir surgit. Un signal d'alarme s'alluma aussitôt dans la tête du policier.

— Ferme ta vitre, tout de suite ! cria-t-il.

Son collègue venait lui aussi de comprendre, trop tard, en voyant le pilote du scooter sortir un long pistolet et le braquer dans leur direction. Le lieutenant plongea sa main dans sa veste mais il n'eut pas le temps d'agripper la crosse. Une balle lui traversa le crâne de part en part. Il s'effondra sur le tableau de bord au moment où son collègue conducteur était transpercé par deux balles dans la poitrine.

La foule fut prise de panique en entendant le crépitement des armes à feu. Des femmes et leurs enfants couraient de chaque côté de l'avenue pour se protéger et éviter les balles perdues. Dans la voiture banalisée, paniqué, Ramirez avait plongé derrière le siège du lieutenant et cherchait son arme de service dont il ne savait pas se servir. Le prisonnier, lui, tentait d'ouvrir sans succès la portière de la voiture. Tout se passa très vite. Le pilote du scooter qui avait abattu les policiers braquait son arme en direction des passants terrorisés. Le deuxième homme casqué fracassa une vitre avant et appuya sur le bouton de déblocage des portes. Ramirez attrapa enfin son pistolet mais une balle lui traversa l'épaule. Il hurla.

L'homme au casque noir extirpa le Canadien interloqué et le fit s'engouffrer dans la camionnette qui sortit de la file en percutant la Peugeot. Sous le choc, Ramirez se redressa et essaya de tirer, mais une rafale lui éclata la main. Il vit son agresseur approcher de lui et braquer son arme vers sa tête.

— Pitié… Je vous en prie.

Le tueur releva sa visière pare-soleil. Ramirez écarquilla les yeux en distinguant des traces de maquillage noir autour de ses yeux et sa bouche aux lèvres rouge vif. La dernière vision qu'il emporta alors que son cerveau explosait fut celle d'une jeune femme d'une beauté absolue et mortelle.

La camionnette grise s'arrêta au niveau du scooter. La femme s'engouffra à l'arrière et referma la porte dans un claquement sonore. Le Canadien était assis au fond, sur une vieille couverture grisâtre. L'autre homme, qui avait retiré son casque, était assis sur un strapontin collé à la paroi du véhicule.

Il s'était écoulé moins de deux minutes entre le moment où les policiers avaient été abattus et la fuite de la camionnette. Le conducteur jeta un regard dans son rétroviseur pour vérifier que personne ne les suivait. Il aperçut les mouvements affolés de la foule et ceux des badauds qui se dirigeaient en direction de la voiture banalisée aux portières ouvertes. À l'arrière, le Canadien n'arrêtait pas de trembler, il balbutia :

— Vous êtes fous ! Vous avez tué des flics !

La jeune femme sourit, s'approcha de lui en se tenant aux parois du véhicule. Elle s'assit à son tour sur la couverture. D'un geste brusque et précis elle projeta un index à l'ongle acéré à la jonction du cou et de la mâchoire de Landry. Le Canadien hurla de douleur et roula sur le côté. Elle se plaqua contre lui et enfonça aussitôt le même index dans l'orbite de sa victime. Le tissu mou de l'œil céda sous la pression et éclata dans un bruit sourd. L'homme hurla et tenta de se protéger avec ses mains menottées. La souffrance le faisait se tordre dans tous les sens. La tueuse contempla son index recouvert de liquide cristallin.

— C'est beau. L'œil crevé me rappelle le film de Buñuel, *Un chien andalou*.

— C'est presque de l'art conceptuel, dit l'homme qui était resté silencieux. Notre invité doit se sentir honoré.

Le Canadien, le visage en sang, éructa :

— Que… que voulez-vous ?

La jeune femme essuya son index trempé sur la tempe du trafiquant.

— Parler d'œuvres d'art. C'est ton rayon, paraît-il ?

Hubert Landry avait du mal à discerner son visage, un voile noir obscurcissait tout son champ de vision droit.

— Je vous en prie…

La camionnette s'arrêta. Une voix intervint de la cabine :

— La rue est tranquille. Tu peux y aller.

La blonde saisit un sac, en fit jaillir un miroir et alourdit son maquillage. D'une main habile, elle noua ses cheveux avec un ruban fuchsia. Une paire de talons fit son apparition, suivie d'une jupe courte en Tergal. En quelques minutes, la blonde diaphane se transforma en une banlieusarde mauvais chic mauvais genre. Elle ouvrit la porte quand son compagnon lui tendit un sac de courses en plastique rayé.

— Tiens, n'oublie pas ça. L'appareil est à l'intérieur.

Quand elle fut sortie, le jeune homme se tourna vers le Canadien qui gémissait.

— Un peintre étonnant, ce Poussin. Surtout ce dessin, *Les Bergers d'Arcadie*. Ça te dit quelque chose ?

13

Jérusalem
Golgotha
An 33

Marie Madeleine avait choisi de marcher la nuit, le long de la route pavée qui montait vers les hauteurs de la ville. Le chemin était désert. On n'entendait ni le cahot sourd des charrettes ni le bêlement plaintif des brebis menées au marché. Les paysans des environs étaient restés chez eux comme les habitants de la ville. On craignait l'émeute.

Partout dans les vieux quartiers, des espions parcouraient les rues, s'arrêtaient dans les tavernes et annonçaient qu'un grand complot allait éclater. Que les disciples du faux Messie qui avait été crucifié la veille se réunissaient en secret pour préparer l'insurrection. Que ces suppôts de Satan allaient provoquer une répression de la part des Romains. Que le sang des innocents allait couler à cause de ces traîtres et de ces hérétiques. Qu'il fallait les dénoncer et les livrer.

Marie Madeleine baissa son voile pour mieux voir. La lueur bleutée de l'aube gagnait le haut de la route. Déjà on voyait le feuillage des arbres se découper sur le ciel. Les jardins se rapprochaient de sa vue. Un cri rauque la fit sursauter. Sa respiration, haletante, s'accéléra. De nouveau un cri retentit suivi d'un coup de sifflet. Marie Madeleine sauta dans les fourrés qui bordaient le chemin.

Judas s'était levé tôt pour sortir dans le jardin. Il regarda sans la voir l'aube qui se levait et fixa en frissonnant les troncs gris et noueux des oliviers. Le monde lui faisait horreur. Il repoussa la porte d'un geste brusque et alluma la lampe à huile. La pièce unique sentait la sueur et l'abandon. Jetée au sol une paillasse achevait de pourrir. Cela faisait trois nuits que Judas s'était réfugié ici. Trois nuits à ne plus dormir, le démon au ventre.

Judas fixait la cruche d'eau. Un filet de salive humecta la commissure de ses lèvres et glissa sur sa barbe. L'ancien disciple avait de plus en plus soif, mais il n'osait pas boire.

La veille il avait aperçu son reflet dans l'eau.

Et ce qu'il avait vu lui faisait peur.

Une patrouille romaine venait de surgir. L'officier qui la commandait porta la main à sa bouche et siffla. Plus bas, en direction des champs, un même son lui répondit. Il se tourna à droite et siffla une nouvelle fois. Un écho remonta aussitôt. Marie Madeleine se tapit entre les arbustes. Les Romains étaient en train de ratisser les pentes de la colline. Elle porta la main à sa bouche pour assourdir sa respiration. À sa gauche, un bruit de sandales foulant l'herbe se rapprocha. Un cliquetis de métal résonna, puis s'éteignit. Un légionnaire venait de s'arrêter. Marie Madeleine leva les yeux vers lui. Le casque du soldat brillait sous les premiers rayons du soleil. Il observait le terrain, la main sur le pommeau de son glaive. Brusquement il abaissa sa lance et fouilla les fourrés. La lame siffla entre les herbes comme un serpent en colère. Marie Madeleine vit l'éclat frôler son visage. Un spasme déchira son ventre et la nausée envahit sa bouche.

Un sifflement retentit sur les hauteurs. Le légionnaire remit sa lance à la verticale et se dirigea vers la route. La poitrine de Marie Madeleine se contracta. Elle avait peur.

À pas cadencés, la patrouille descendait le chemin pavé, récupérant au passage les légionnaires qui avaient fouillé les bas-côtés. Le martèlement rythmé des sandales de cuir résonna entre les arbres, puis s'estompa.

Le silence revint.

Marie Madeleine était toujours au sol. Le sang battait à ses tempes. La peur contractait son ventre secoué de spasmes violents.

— Seigneur, murmura-t-elle, je remplirai ta mission. La Vérité n'est pas de ce monde.

La main de Judas cessa d'écrire.

« Moi, Judas, homme et fils de l'homme, j'ai écrit afin que ce que j'ai vu et entendu ne reste pas inconnu des temps à venir. »

Le doute venait de le reprendre. Qui oserait le croire, lui qui avait trahi ? Déjà les disciples du Christ, dans leur exil, le maudissaient, le couvraient d'opprobre. Pour eux, il était pire qu'un chien.

« Que mes amis me pardonnent, que ma famille ne se couvre pas le visage de honte en gémissant, que mon nom ne soit pas synonyme de trahison, que ma mémoire ne soit pas souillée à jamais par mon geste… »

Trop tard, sans doute. Ponce Pilate même l'avait lâché. Pire, il faisait courir le bruit que Judas avait été acheté. Que sa trahison avait un prix. Qu'il avait livré le Christ à la mort… pour quarante deniers.

Quand Marie Madeleine se releva, la voie était libre. La maison de Judas était située au-dessus de la vieille ville. À l'orée d'un champ d'oliviers qu'il exploitait lui-même. Marie Madeleine arriva par l'arrière. Le volet de la fenêtre qui donnait sur les arbres était ouvert. Des taches de lumière dansaient sur la chaux du mur.

Lentement, Marie Madeleine s'approcha. Dans la pièce où brûlait la flamme vacillante d'une lampe à huile, Judas écrivait. Elle entendait sa respiration.

« Je n'ai été que l'instrument du destin. Quand Caïphe m'a révélé la menace, la Révélation m'a foudroyé et Elle a effacé à jamais l'ancien Judas. J'ai su alors quelle était ma mission. Et je l'ai acceptée, quitte à être voué à l'ignominie et à l'exécration pour des siècles et des siècles. »

« … que l'on sache que j'ai pris mes précautions et que d'autres sont prêts déjà qui veillent et attendent les Signes. Quand viendra le Temps, ils se lèveront et frapperont à leur tour. »

Marie Madeleine se glissa par la fenêtre et s'immobilisa sur le sol en terre battue. D'un coup d'œil, elle balaya la chambre. Une paillasse, des jarres d'huile, une corde de chanvre suspendue à une poutre, des sacs remplis d'olives, un crochet où pendait une tunique… Judas venait de cesser d'écrire. Elle se colla contre le mur, près de la table. Elle pensa au Christ, à ses mains percées, à son front déchiré…

Une sourde colère s'empara d'elle.

L'ancien disciple s'empara des feuillets de papyrus et les glissa dans un étui de cuir usé. D'une main tremblante, il saisit une cordelette qu'il noua en croix autour de l'étui. Enfin, il prit un bâtonnet de cire rouge et l'approcha de la flamme de la lampe. Quand elle tomba sur le cuir, la première goutte de cire chaude éclata comme un soleil.

— Judas ?

Il se retourna brusquement. Ses yeux étaient exorbités.

— Qui es-tu ?

Sa voix balbutiait d'angoisse.

— Tu ne me reconnais pas ?

— Non…

Marie Madeleine se détacha du mur.

— Tu en es sûr ?

— Marie… Marie Madeleine… Mais qu'est-ce que tu veux ?

De sa main droite, elle dégrafa la fibule qui retenait les deux pans de sa robe. Le tissu tomba au sol.

— Ce que je veux ?

Un gémissement de tentation lui répondit.

— Tu crois que je n'ai jamais vu tes regards, Judas, quand ils se posaient sur mon corps ? Tu crois que je n'ai jamais deviné ton désir ?

Judas se leva, comme hypnotisé.

— Viens, maintenant.

Il avança, son corps maigre secoué de frissons.

— Viens...

Judas était au centre de la pièce. Juste sous la poutre. Marie Madeleine colla son ventre brûlant contre le sien. De sa main libre elle saisit la corde qui pendait, l'enroula autour du cou de Judas et s'y agrippa de toutes ses forces.

— ... et crève !

Les talons du traître tressautèrent. Une fois, deux fois, puis ce fut le silence. Marie Madeleine, haletante, contemplait son œuvre. Ses bras tremblaient. Elle ne comprenait pas comment elle avait eu la force de ce geste. Sitôt qu'elle avait saisi la corde, elle avait tiré jusqu'à se lacérer les mains. Déjà le corps de Judas ne touchait plus terre. Dans un ultime effort, elle avait noué la corde au crochet fiché dans le mur et elle avait regardé l'ancien disciple.

Regardé mourir.

Le corps ne bougeait plus. La poutre taillée dans un tronc d'olivier était solide. La corde aussi. Elle prit un escabeau et le jeta sous le pendu. Avec un peu de chance, le suicide ne ferait aucun doute.

Maintenant il lui fallait fuir.

Un bruit de voix la fit sursauter. Elle se précipita vers la fenêtre. Le visage dans l'ombre, elle regarda dehors. Deux hommes venaient d'arriver en lisière du champ d'oliviers. L'un d'eux portait une hache. D'un bond elle traversa la pièce jusqu'à l'entrée. Si elle courait droit devant elle, les bûcherons ne la verraient pas.

En ouvrant la porte, elle vit l'étui de cuir. Les taches sombres des sceaux de cire.

Indécise, elle les compta : trois… cinq… sept.

« Rien ne doit demeurer de Judas. Rien », avait dit le Seigneur.

Elle saisit l'étui, l'enfouit sous sa robe et s'élança dans la lumière du matin.

14

Paris
Ambassade d'Israël
20 juin 2009
15 heures

Le drapeau frappé de l'étoile de David flottait sur la hampe fixée sur l'escalier qui longeait les bureaux des formalités administratives. Deux gardes en civil, assis devant les premières marches, lisaient de façon nonchalante des magazines. Marcas supposa que s'il avait la moindre velléité d'avancer sans autorisation il se ferait immédiatement intercepter et plaquer au sol avant même de pouvoir protester. Une secrétaire lui fit un petit signe discret pour lui indiquer une porte qui venait de s'ouvrir au fond du couloir. Un homme jeune, pas plus de trente-cinq ans, habillé d'un costume sombre, sans cravate, se dirigea vers lui.

— Commissaire, c'est un plaisir de faire votre connaissance.

Marcas alla à sa rencontre.

— Je vous remercie de votre invitation.

L'attaché culturel lui tendit la main.

— Samuel Halimi, enchanté. Venez dans mon bureau.

Les deux hommes entrèrent dans une pièce de dimension réduite, à la décoration impersonnelle, égayée d'un poster montrant une plage de Jaffa où une jeune femme brune en Bikini était en train de boire un cocktail. Marcas prit place dans un large fauteuil. Le jeune homme lui tendit une grosse enveloppe.

— Voilà vos documents. Votre passeport visé, de la documentation sur notre service du trafic des œuvres d'art, un guide de Jérusalem et une lettre personnelle de l'ambassadeur que vous donnerez à votre homologue.

— Pourquoi ne la lui avez-vous pas transmise par courrier électronique ?

— Disons que c'est une marque de sympathie particulière. Vous nous avez rendu un grand service en nous révélant cette affaire. Je crois savoir que Deparovitch est sous surveillance jour et nuit, avec des cerbères branchés sur son téléphone. Il ne peut pas aller pisser sans que nous soyons au courant. Vos rendez-vous sont tous calés ?

— Oui. Mais j'ai aussi une requête à formuler.

— Je vous en prie.

— J'aimerais rendre en main propre le dessin du Poussin saisi chez le correspondant français de Deparovitch.

— Ah oui, je me souviens de votre demande par mail. Attendez une minute.

L'attaché culturel farfouilla dans un tiroir et en sortit un calepin.

— J'ai noté pour vous ses coordonnées. Hannah Lévy, soixante-quatorze ans, une maison de retraite, rue Tiferet dans le vieux quartier. Un cursus intéressant, cette femme.

— C'est-à-dire ?

— Veuve d'un colonel de Tsahal. Famille disparue pendant l'Occupation après avoir vécu à Carcassonne, émigrée en Israël en 1948, infirmière volontaire, responsable d'un kibboutz, etc. Une femme de tête, semble-t-il. Je ne vous cacherai pas que la remise officielle du dessin sera accompagnée, bien sûr, d'une cérémonie, mais celle-ci ne pourra avoir lieu qu'après l'arrestation de Deparovitch.

— Malheureusement je n'aurai pas le temps. Mon ordre de mission court sur trois jours maximum.

— Je vois. On s'arrangera pour que vous la voyiez avant, de façon discrète. Mais je ne suis pas certain qu'elle ait toute sa tête.

Le portable de Marcas sonna. Il vit s'afficher le nom de Tassard sur l'écran.

— Excusez-moi, dit le policier à Halimi.

— Je vous en prie.

— Oui ?

— Commissaire, on a un gros problème sur les bras.

— Du genre ? s'inquiéta Antoine.

— Genre massacre sur grand écran. Les trois policiers qui accompagnaient le Canadien à Roissy ont été butés à Saint-Ouen. Le prisonnier a disparu. Un vrai carnage. Parmi les victimes, il y avait Ramirez, le stagiaire.

— Quoi !

Le visage de Marcas blêmit.

— Ça bastonne déjà sur les radios et les télés. Des journalistes du *Parisien*, qui est situé sur la même avenue, sont arrivés les premiers, alertés par des badauds. Leur reportage vidéo montrant les collègues assassinés tourne en boucle sur les télés. Je vous dis pas !

— Merde. J'arrive tout de suite. C'est où exactement ?

— Allez directement là-bas. Tout le périmètre est bouclé depuis la porte de Clignancourt. C'est à l'angle entre l'avenue Michelet et la rue du Docteur-Bauwen.

— OK, merci.

Antoine raccrocha. L'attaché culturel prit un air grave.

— Des problèmes ?

— En effet, répondit Marcas en se levant. L'acheteur canadien du Poussin qui devait être extradé aujourd'hui a été récupéré par des inconnus. Trois de mes collègues ont été tués dans une fusillade. Je dois partir immédiatement.

Samuel Halimi se leva à son tour et lui ouvrit la porte.

— Je suis sincèrement désolé. Je vous raccompagne.

— Merci, je connais le chemin.

— En tout cas, bon séjour en Israël. Croyez-moi, c'est un voyage que vous n'oublierez pas.

Marcas se retourna.

— Étrange. C'est la seconde fois en vingt-quatre heures qu'on me dit la même chose.

Il pressa le pas jusqu'à la sortie de l'ambassade, bouscula une file de gens qui faisaient la queue pour leur passeport et enfourcha son scooter. Il démarra en trombe et se faufila dans les embouteillages qui obstruaient l'avenue. Pendant qu'il slalomait entre les voitures immobilisées, il essayait de se concentrer sur les éléments de l'enquête récoltés sur le Canadien. Les services de Montréal n'avaient jamais évoqué l'existence d'un gang. Hubert Landry n'était qu'un intermédiaire et n'avait aucun lien avec Deparovitch. Il évita de justesse une moto qui lui coupa la priorité et déboucha sur le périphérique en grillant allégrement un feu. Il mit plein gaz et fonça à 120 km/h à la hauteur du radar automatique de la porte de Clichy. Le paysage d'immeubles de bureaux défila à toute allure. Les panneaux de publicité formaient un kaléidoscope en mode accéléré.

Une autre évidence s'imposa à lui : si le commando avait pu intervenir pour libérer ou s'emparer du Canadien, c'est que ses hommes, qui procédaient au transport du prisonnier, avaient été suivis depuis le dépôt. Peut-être même depuis l'arrestation du suspect au Nemours.

Le panneau d'information du périphérique intérieur indiquait la fermeture de la porte de Clignancourt. Les voitures s'étaient rabattues sur la porte de Saint-Ouen, formant une longue file immobile. Marcas contourna les voitures et aperçut le gyrophare tournoyant d'un fourgon qui barrait la sortie au niveau de Clignancourt. Il décéléra et s'immobilisa devant un policier qui lui faisait de grands signes.

— Circulez ! hurla le flic pour se faire entendre dans le maelström des voitures qui fonçait vers la porte de la Chapelle.

Marcas extirpa sa carte de son manteau et la brandit. Le policier se redressa et salua.

— Tournez à gauche vers Saint-Ouen, passez sous le périph. C'est à quatre cents mètres sur l'avenue, vous tomberez dessus à un croisement, au second feu. Je vais prévenir mes collègues par radio.

Marcas se faufila entre le camion et le parapet et descendit la bretelle d'accès. Il régnait une pagaille indescriptible. Des centaines de voitures s'entremêlaient dans toutes les directions. Des agents faisaient reculer les automobilistes vers les boulevards des Maréchaux pour désengorger l'artère. La foule des badauds était contenue derrière des barrières qui bloquaient le début de l'avenue Michelet. Marcas virevolta entre les agents et fila droit devant lui.

Les échoppes des marchands étaient envahies de monde, deux types déguisés en marmotte distribuaient des prospectus. Personne ne se serait douté qu'un triple homicide venait de se dérouler non loin de là.

En moins d'une minute il arriva devant la voiture banalisée encerclée par trois camions de la police municipale. Des centaines de passants parqués derrière des barrières regardaient, avides de spectacle, espérant voir un bout de cadavre. Il gara son scooter devant le café-restaurant, Au soleil de

Loewenbruck, vidé de ses clients et occupé par des policiers en tenue ainsi que quatre hommes en civil.

Au fur et à mesure qu'il s'approchait de l'épicentre du drame, une boule remonta dans sa gorge. C'est lui qui avait imposé à Ramirez de convoyer le Canadien. Une mesure de rétorsion après les propos déplacés que le stagiaire avait eus. Il aurait très bien pu passer l'éponge et le jeune douanier serait encore vivant. Il s'en voulait à mort.

De nouveau, il montra sa carte à un policier en tenue pour franchir le cordon qui entourait la voiture accidentée. Deux hommes en blouse blanche relevaient les douilles, chacun avec une pince.

Dans la foule, les cliquetis des appareils photo crépitaient. Des paparazzi excités par les cadavres et des badauds qui immortalisaient le crime pour leur album de famille. Juchée sur la barrière de sécurité, une blonde, un sac Tati sur l'épaule, mitraillait la scène du crime. Un gardien de la paix la fit dégager.

La première chose qu'il vit fut une main à moitié en charpie qui pendait le long de la portière arrière, l'avant-bras recouvert d'une croûte de sang déjà séché. Il s'approcha et découvrit, l'estomac au bord des lèvres, le visage mutilé de Ramirez. Un gros trou sombre remplaçait une partie de la joue et de l'orbite. L'œil restant fixait Marcas, semblant lui adresser un reproche. Le corps du douanier était entièrement désarticulé. Marcas serra les mâchoires et passa aux passagers avant. Les deux collègues gisaient, tassés sur leurs sièges. Les tueurs ne leur avaient laissé aucune chance. Ironie cruelle, derrière la voiture, clignotait en arrière-plan l'enseigne d'une librairie, Paradis sur mesure, livres Werber.

Antoine serra les poings. Un homme en costume sombre, avec une cravate à incrustations mauve sur fond noir, le bras ceint d'un brassard rouge, arriva à son niveau. Un vol de corbeaux passa au-dessus d'eux.

— Saleté de bestioles, maugréa l'homme en jetant un regard mauvais vers les oiseaux noirs. Bonjour, commissaire Scalese de la Brigade de Répression du Banditisme en charge de l'affaire. On m'a dit que tu avais mené l'enquête sur le type qui s'est fait la malle. Tu as une idée de ce qui a pu se passer ?

Marcas détacha son regard des cadavres. Il connaissait Scalese de réputation, un dur, un mercenaire, qui avait démantelé le gang Chattam-Thilliez, dit la « horde sanglante de Bagnolet ».

— Je ne comprends pas. Le prisonnier achetait pour des tiers des œuvres volées. Un simple intermédiaire qu'on réexpédiait dans son pays. Rien qui justifie un tel massacre. On a des témoins ?

Scalese scruta Marcas comme s'il le soupçonnait d'être un fieffé hypocrite.

— Deux types interrogés par le capitaine Wietzel, répondit-il. Mais y a pas grand-chose à en attendre. L'opération a été menée en quelques minutes. Violent et efficace.

— Ça s'est passé comment ?

— Le pilote d'un scooter a calé devant eux et les a flingués à bout portant. Des complices dans une camionnette ont exfiltré le prisonnier.

Antoine contemplait toujours la voiture transformée en cercueil à trois places. Scalese continua :

— Il me faut la communication immédiate de tous les éléments de l'enquête de l'OCBC. Mon service va tout reprendre à zéro.

Marcas ne goûta guère le ton de commandement de son collègue, mais il savait qu'il n'avait pas le choix.

— Tous les éléments sont disponibles à Nanterre. Mon adjoint te transmettra les PV ainsi qu'un compte rendu détaillé.

— J'aimerais aussi que tu viennes m'en parler demain à mon bureau.

— Impossible. Je pars en Israël. Je...

— C'est pas vraiment le moment d'aller faire du tourisme, coupa Scalese.

Antoine sentit sa colère monter, mais se contrôla.

— C'est pas un voyage d'agrément. Déplacement dans le cadre de l'enquête en cours. Tu peux te renseigner auprès du ministère. Tassard te fournira toutes les précisions.

— Ça ne m'arrange pas. Il faudrait annuler.

Cette fois, Marcas perdit patience. Il fallait en finir avec ce cow-boy.

— Tu sais ce que disait l'ex-directeur central de la police, ce cher Descosse, que tu as peut-être connu ?

— Non...

— Il disait : Je respecte ce que tu dis...

— Et alors ? s'agaça Scalese.

— Ça voulait dire : Fais pas chier. Tu as la haute main dans cette saloperie et je te souhaite de choper ces fumiers, mais tu n'as aucune autorité sur mon enquête. À moins que tu ne veuilles que je fasse intervenir la hiérarchie.

Scalese le regarda en silence, puis sourit largement.

— OK. Va pour ton adjoint. Mais on se reverra. Fais-moi confiance.

— J'en doute pas. On peut déjà plus se passer l'un de l'autre.

15

Paris, XIV*e arrondissement*
Le sourire de la Joconde
Laboratoire d'analyse et de recherche
20 juin 2009

La première chose que Marcas demanda en entrant dans les locaux, ce fut un lieu où se laver les mains. Seul. Durant tout le trajet à travers Paris, il lui avait semblé qu'une odeur de mort le poursuivait. Devant son insistance, l'hôtesse à l'entrée l'avait conduit elle-même à la porte des W.-C. privés. Antoine n'avait pas osé se regarder dans la glace, il avait plongé ses mains sous l'eau froide jusqu'à ce qu'elles rougissent. Comme pour exorciser la culpabilité qui le gagnait. Mais il avait beau fixer l'émail du lavabo, les corps plombés de ses collègues ne quittaient plus son esprit. Surtout Ramirez. Il sentait sa tête tourner, comme l'eau autour du siphon, quand on frappa légèrement à la porte.

— Commissaire (la voix de l'hôtesse était aussi limpide que son sourire), le directeur, M. Webs va vous recevoir.

Antoine ferma l'eau, sécha ses mains glacées et fit un dernier effort pour ne pas contempler dans le miroir le désastre de son visage. Quand il sortit, l'hôtesse le conduisit directement dans un salon d'attente. Une pièce spacieuse et blanche à peine meublée. Ce minimalisme le réveilla de ses obsessions. Il n'y avait rien dans cet endroit où accrocher les images qui le hantaient. Il était là dans un espace neutre, purement fonctionnel. Il était en mission et devait s'y tenir.

— Commissaire... ?

Un homme jeune, vêtu comme s'il partait pour un parcours de golf, lui tendit la main.

— Marcas. Antoine Marcas.

— Fred Webs, enchanté. Entrez et asseyez-vous. Mon assistante arrive d'un instant à l'autre.

Antoine se laissa aller dans un fauteuil de cuir aux larges accoudoirs râpés. Un claquement de talons se fit entendre sur le parquet.

— Lena Venturio. C'est elle qui est en charge de l'étude du Poussin. Une vraie pro. Vous ne serez pas déçu.

Pour l'instant, Antoine était surtout bluffé par le galbe impeccable des jambes qui se tenaient devant lui. Il n'avait pas eu le temps de se lever et son regard butait pile sur le démarrage foudroyant de deux cuisses dont l'anatomie éclatante le laissa sans voix.

L'assistante tendit un dossier à Antoine en faisant un commentaire d'une voix neutre :

— Vous y trouverez le cahier des charges contractuel que nous a transmis le ministère de la Culture et les premières réponses que nous sommes en mesure d'apporter.

Le front du commissaire se plissa. Les papiers étaient tous surchargés de diagrammes et de mesures. Pire qu'un résultat d'analyse du cholestérol.

— Le ministère nous a demandé deux études. Authentification préalable et étude comparative de l'œuvre.

— Et comment savoir s'il s'agit d'un faux ? interrogea Marcas.

— Par une double analyse contradictoire : papier et encre.

Antoine dut avoir l'air quelque peu dépassé car Webs intervint :

— Le délai qui nous a été imparti pour authentifier le dessin ne nous a pas permis de faire appel à un laboratoire de référence pour une analyse au carbone 14. Il faut au minimum six semaines d'attente avant d'obtenir une première fourchette de résultats. Et vos services semblaient pressés.

Vu l'âge de la propriétaire, mieux ne valait pas trop tarder, songea Marcas.

— Nous avons donc prélevé un échantillon de papier afin d'en analyser l'origine végétale et la technique de fabrication : types de fibres, mode de pressage…

— Et nous l'avons comparé aux modèles de l'époque de Poussin. Notre laboratoire compte pas moins de trois cents références, ajouta Lena.

— Conclusion ?

— Le papier est bien du XVIIe siècle. Il n'y a aucun doute.

Le commissaire se sentit rassuré. Il se voyait mal révéler à une vieille dame que ce dessin mythique pour elle n'était qu'un faux vulgaire. Pour la première fois depuis son arrivée dans le laboratoire, il sourit.

— Sauf que ça ne prouve rien, lança Venturio en croisant les jambes, on peut sans problème trouver un papier de cette époque.

— Comment ça ? demanda Marcas qui sentait la douche froide arriver.

— Dans n'importe quelle librairie ancienne, vous pouvez acheter un livre imprimé en 1650. Il ne vous reste plus qu'à le démembrer pour récupérer les feuilles vierges en début ou fin de volume. Vous avez tout le papier qu'il vous faut !

Webs s'inclina devant sa collaboratrice.

— Et le tour est joué ! Ma petite Lena, il est heureux que tu travailles pour nous, du côté de la loi et de l'ordre, sinon tu serais une faussaire redoutable.

— Alors, vous ne pouvez rien prouver ? s'inquiéta le commissaire.

Un sourire discret illumina un instant le visage de Lena.

— Il reste l'encre. Si les faussaires connaissent les composantes de l'époque, il est très difficile, voire impossible, de reconstituer le dosage exact. Il suffit donc de le mesurer et de comparer avec des encres incontestables.

— Je suppose que vous avez procédé à la vérification ?

— Là aussi, c'est une analyse très longue, indiqua Webs en se levant, pourtant sans le savoir Nicolas Poussin nous a laissé un indice absolu.

— Vous voulez donc dire que l'œuvre est authentique ?

— Sans le moindre doute, répliqua le directeur en tirant du coffre le dessin entouré d'un film plastique.

Du doigt, il désigna la sandale droite de la femme qui se tenait debout près du tombeau.

— Regardez bien le trait. Il déborde. Comme si la main de Poussin avait tremblé.

— Je pense plutôt qu'il était pressé, suggéra Venturio, d'autres traits du dessin présentent ce même tremblement.

— La pression de l'inspiration peut-être..., lança Marcas.

— Ou alors, il n'a eu que peu de temps... pour recopier un modèle, proposa Webs.

— Un modèle ? s'étonna Antoine. Deux bergers couronnés de laurier et une beauté de village qui prennent la pose devant un tombeau abandonné !

— Le modèle pourrait bien être un autre dessin, une gravure... Vous savez, les artistes, à cette époque, se moquaient totalement du plagiat.

Le commissaire parut dubitatif.

— Dites-moi plutôt comment vous avez établi l'authenticité de l'encre ?

— L'oxyde de fer, il réagit à la lumière, répondit Lena.

— Traduction ?

— L'encre, quand elle est en faible densité, se décolore jusqu'à s'évanouir. Ce qui s'est produit ici. Quand on observe l'extrémité du trait au microscope, on voit qu'il se prolonge, mais que l'encre, elle, a fini par disparaître.

— Et il faut des siècles pour obtenir un pareil résultat, conclut Webs.

— *Quod demonstrandum erat*, prononça sentencieusement Antoine en se levant.

— Cela dit, notre travail ne se limite pas à authentifier le Poussin, il nous a aussi été demandé de l'étudier dans son contexte culturel.

— Je suis certain que votre étude doit être passionnante, mais maintenant qu'il est légalement certifié…

— Ce qui signifie, continua, imperturbable, Venturio, que nous avons lancé une recherche tous azimuts pour voir si ce thème avait déjà été traité ou cité quelque part.

— Un travail exigeant et de longue haleine, je n'en doute pas ; voici ma carte de visite, n'hésitez pas à me faire parvenir votre compte rendu par mail.

— Vous ne voulez pas savoir ce que nous avons pêché dans nos filets ? Eh bien, un procès du XVe siècle.

— Mais le dessin date du XVIIe, c'est vous-même qui me l'avez dit ! s'étonna Antoine. Ne me dites pas qu'il y a contradiction entre la datation d'expertise et un témoignage quelconque ?

— « Quelconque » n'est pas le mot que j'emploierais pour le procès de… Jeanne d'Arc.

— Jeanne d'Arc, la Pucelle ?

Une rougeur éphémère teinta les fines pommettes de Lena.

— Elle-même ! Dans l'un des procès-verbaux de son interrogatoire, elle raconte un souvenir d'enfance, à moins que ce ne soit une vision. Et elle décrit la même scène que Poussin dessinera deux siècles plus tard.

Déconcerté autant que pressé, Antoine fixa avec angoisse cette experte aux jambes de rêve. S'il continuait à la laisser parler, elle allait lui apprendre que, déjà, l'homme de Cro-Magnon, sur la paroi d'une caverne, lui aussi… Il se tourna vers le directeur.

— Le ministère vous a transmis les autorisations de levée de dépôt ?

— Bien sûr, confirma Webs, voici le formulaire de décharge. Si vous voulez bien le signer…

Marcas regarda sa montre. Juste le temps de faire un saut au ministère puis de prendre un taxi pour Roissy. Il fallait qu'il appelle Tassard afin qu'il prenne sa valise à l'appartement, en espérant que son grand dadais de fils soit rentré pour lui ouvrir.

— Vous êtes un homme pressé, commissaire, l'interpella Lena, c'est dommage : j'aurais bien aimé vous communiquer aussi les résultats de l'analyse comparative du dessin.

Antoine fouillait sa poche à la recherche du portable. À quelle heure son fils rentrait-il de son cours de guitare, le samedi ?

— C'est une ébauche préparatoire au tableau, n'est-ce pas ?

— Oui, sauf qu'il y a des variations.

Il venait de mettre la main sur son téléphone et faisait défiler la liste de ses contacts.

— Des variations ?

— Eh bien, dans le dessin qui est à l'encre, on voit certains détails qui n'apparaissent plus dans le tableau achevé.

Ça y est ! Il appuya sur la touche d'appel.

— Du genre ?

— Le voile que porte la femme est orné de trois bandes parallèles noires.

La sonnerie retentissait dans le combiné. Allez, dépêche-toi !

— Et alors ?

— C'est un symbole traditionnel : il signifie qu'elle était encore vierge !

— Sans rire, ne put s'empêcher de dire Marcas en pestant contre son fils qui ne répondait pas.

— Sauf que (la voix de Lena se fit plus grave)... elle porte une tunique...

Lui envoyer un SMS, voilà ! Pour qu'il rentre dare-dare à l'appartement, ouvre la porte à Tassard...

— Une tunique, vous dites ?

— Oui, une tunique fermée par une agrafe, une fibule exactement.

Antoine tapait son texto à toute allure et ne répondit pas. Lena avait des jambes superbes mais, comme toute spécialiste, une fois lancée, elle était incapable de s'arrêter. Sur ce jugement basique, il essaya d'appeler Tassard.

— Commissaire, vous m'écoutez ?

— Bien sûr, elle est vierge, elle porte une tunique et une... comment déjà... ah oui... une fibule.

Venturio hocha la tête.

— Allô, Tassard... et merde... le répondeur !

— Une fibule est une sorte d'agrafe à ressort qui sert à maintenir fermés les deux pans de la tunique. On l'a utilisée de l'Antiquité à la Renaissance. Et selon le statut de la femme, cette fibule...

— C'est passionnant, mademoiselle, la coupa Marcas, et je serais ravi d'en discuter avec vous, mais là il faut que je parte. Je dois prendre l'avion pour Jérusalem et je suis déjà horriblement en retard. Je lirai votre rapport dès mon retour.

Il se mit à sourire.

— Et croyez bien que j'ai hâte de savoir le fin mot de cette… comment déjà… ah oui… fibule.

— Commissaire, martela Lena Venturio d'une voix impérieuse, cette femme porte le voile des vierges, mais sa fibule est agrafée à droite. Vous comprenez ?

Marcas avait déjà la main sur la poignée de la porte. Il s'arrêta net :

— Franchement, non !

Lena le regarda fixement.

— Cette femme est enceinte !

16

Banlieue parisienne
20 juin 2009

Une odeur de putréfaction envahissait ses narines. Il essaya de se libérer de ses liens mais ses mains restaient entravées. La lumière de l'ampoule qui pendait du plafond dévoilait une cave remplie de cageots de légumes et de fruits pourris. Les effluves de décomposition organique lui tournaient la tête. Il tenta de se relever, mais se cogna contre le rebord de la planche d'un établi en métal. La douleur de son œil mort était insupportable comme si on lui avait injecté un jet d'acide brûlant qui lui rongeait progressivement l'intérieur du crâne. Pourtant, sa conscience restait intacte. Il pouvait entendre des sons au-dessus de lui. Des voix, de la musique et même des rires. Des rires : c'était totalement incongru ; ses kidnappeurs faisaient la fête après leur massacre…

Hubert Landry tremblait de peur à l'idée que ces tarés reviennent le torturer. Surtout la femme. Plusieurs fois dans sa vie, il s'était retrouvé dans des situations dangereuses mais jamais comme maintenant. Le dessin de Poussin. *Les Bergers d'Arcadie*. Voilà pourquoi ils avaient assassiné les flics. Ils étaient donc envoyés par son commanditaire. Il essaya de réfléchir avec le peu d'énergie qui lui restait. De se souvenir. Chaque détail pourrait l'aider à comprendre. Et peut-être à lui sauver la vie. Tout avait commencé dans ses locaux de Montréal, un matin, à l'ouverture. Trois ans plus tôt.

La mallette en cuir était posée sur son bureau, à moitié ouverte. L'homme, à l'accent américain prononcé, fumait une cigarette, guettant sa réaction. Il était arrivé avec une recommandation d'un de ses gros clients, un sésame suffisant.

De grosses liasses en coupures de cinq cents dollars étaient soigneusement rangées.

— 200 000 dollars, mon cher monsieur Landry. Je veux ce dessin et vous allez le trouver. Vous recevrez le double, sous forme de transfert sur un compte de votre choix quand vous me le rapporterez.

Le quinquagénaire en costume de ville gris, taillé sur mesure, les ongles soigneusement manucurés, avait posé à côté de la mallette une reproduction d'un dessin. Les Bergers d'Arcadie. *Nicolas Poussin. Landry se souvenait vaguement de la peinture originale, conservée dans un musée européen, la Pinacothèque de Munich ou le Louvre… il n'était pas certain. Il lut une inscription gravée sur la représentation du tombeau.*

— Et in Arcadia ego. *Je suis en Arcadie… C'est l'esquisse du tableau définitif ? demanda Landry d'un air détaché.*

— Non. Une variante, pourrait-on dire. Poussin a exécuté plusieurs versions des Bergers d'Arcadie.

— Et je suis censé le trouver où ?

L'homme le regarda d'un air amusé.

— C'est vous le spécialiste.

— Vous permettez ?

Landry avait allumé son ordinateur. L'argent liquide trahissait une volonté de discrétion qu'il ne connaissait que trop bien chez certains de ses clients. L'œuvre était d'origine douteuse. Naturellement. Il entra dans une base de données à accès restreint et tapa un nom de code, acheté très cher auprès d'un historien qui travaillait pour les musées nationaux. Il accéda rapidement à ce qu'il cherchait. Le recensement actualisé des œuvres de la période du XVIIe siècle, avec le classement alphabétique des peintres. Il tapa le nom de Poussin. Une longue liste défila devant lui. Il arrêta le curseur sur Bergers d'Arcadie *et sélectionna celui où était indiquée la mention « dessin ».*

La même esquisse que celle qu'il avait sur le bureau s'afficha sous ses yeux.

— Classé comme une œuvre spoliée. Je ne suis pas certain de vouloir me charger de cette commande, cher monsieur.

— Pourquoi ?

— C'est une pièce considérée comme volée pendant la guerre. Il est donc interdit de l'acquérir, sous peine de lourdes sanctions.

— Et alors ? D'après la réputation que je vous connais, cela n'a jamais constitué un obstacle pour vous.

Landry paraissait mal à l'aise.

— Je n'aime pas les œuvres confisquées par les nazis. À la fin des années 1990, sous la pression des associations juives, des commissions internationales se sont mises en place pour faire la lumière sur les spoliations

d'or et d'œuvres d'art pendant la Seconde Guerre mondiale. Les États ont suivi les recommandations et sont devenus très sourcilleux sur les biens de cette époque. Dit autrement, il est bien plus risqué maintenant d'acheter un dessin de cette provenance qu'il y a dix ans.

L'homme le scruta un moment et haussa les épaules.

— Tant pis pour vous. Si vous voulez vous asseoir sur 600 000 dollars, c'est votre affaire.

Il referma la mallette et fit mine de partir. Landry leva la main en signe d'apaisement. Il ne pouvait pas se permettre de rater cette affaire, ses finances étaient au plus bas depuis quelques mois.

— Attendez… Même si j'acceptais, qui vous dit que j'arriverais à mettre la main dessus ? Cela prendrait sans doute beaucoup de temps et je devrais engager des frais.

— Le temps est une création humaine et, à ce titre, il a à mes yeux une valeur toute relative. Je sais être patient. Ce dessin a un sens, disons métaphysique, que vous ne soupçonnez pas. Mettez-vous à sa recherche et gardez cet argent comme gage de ma bonne volonté et de ma détermination.

— Je vous contacte comment ?

— C'est moi qui vous appellerai, trois fois par an.

L'Américain avait pris congé et, depuis, il ne l'avait plus jamais revu. Régulièrement, il avait appelé, ne se formalisant pas des réponses négatives de Landry. Pendant trois ans, au gré de ses voyages d'affaires dans le monde, le Canadien avait lancé des sondes chez tous les trafiquants avec qui il était en contact. Il avait même promis une prime de 50 000 dollars à qui pourrait l'aider. Alors qu'il pensait l'œuvre définitivement perdue, la chance lui avait souri au mois de mai. L'un de ses contacts l'avait appelé, très excité, en lui certifiant que le dessin se trouvait à Paris. Son cœur avait bondi. Le tuyau s'était révélé juste, pour son plus grand malheur.

La porte de la cave s'ouvrit avec fracas. Une musique assourdissante envahit la pièce. Instinctivement, Landry se plaqua contre les cageots, le plus loin possible.

— Ce cher Hubert… On doit parler… Je m'appelle Tristan.

La blonde diaphane s'approcha de lui et s'assit à ses côtés.

— Mon nom à moi, c'est Kyria. T'aimes quoi comme musique ?

Landry ne savait pas quoi répondre.

— Pitié.

— C'est un nom de groupe ? Curieux, je connais pas. C'est quel genre ? Techno pop ? Funk progressif ?

Le Canadien tournait son unique œil vers elle, pour la voir complètement.

— Je vous en prie, je ne sais pas de quoi vous parlez.

Elle se rapprocha de lui et le gifla à toute volée. Le coup décupla la douleur.

— T'es qu'un vieux, t'as pas idée des bonnes vibrations qu'on peut avoir maintenant. Putain, mec, quand t'étais moins pourri, t'écoutais quoi ?

— Folle, vous êtes folle ! hurla-t-il. Les Beatles, Pink Floyd, Céline Dion…

Kyria sourit et commença de sucer l'ongle de son index. Long et verni de rouge sang.

— Faut choisir, pépé. Un seul nom.

Il fallait qu'il se décide. Vite. Le plus récent, ça pouvait peut-être marcher.

— Céline Dion.

Elle leva les yeux vers le plafond et d'un geste brusque écrasa sa botte à talon aiguille sur le ventre du trafiquant, qui hurla.

— Mauvaise réponse. C'est de la soupe. T'aurais besoin de refaire ton éducation musicale. Je vais te prêter mon iPod.

La fille lui inséra les écouteurs. Un chant grégorien lui envahit le cerveau. Une basse, lourde et monocorde, sonna entre ses tempes. D'un coup, elle poussa le curseur à fond. La conscience de Landry éclata en lambeaux. Le son apocalyptique lui vrillait les tympans, faisait exploser ses neurones en chaîne. Une main rapide lui enleva les écouteurs et une voix masculine résonna, douce, presque enivrante.

— La musique est d'essence divine… Tu ne crois pas ? Elle apaise, nous conduit à la sérénité.

— Pitié… Je vous en supplie… Pitié.

Un talon cerclé de fer se posa sur son entrejambe.

— Là, tu te répètes, papy, commenta la blonde.

— Tout ce qu'on désire, c'est la vérité, ta vérité, reprit la voix de l'homme, si tu nous racontais ton aventure ?

— Mais quelle aventure ?

— Écoute, on t'a suivi depuis ton arrivée à Paris. On t'a vu entrer au Café de Nemours et, juste après, un car de police a débarqué. Étrange. T'aurais pas voulu nous doubler, par hasard ?

De son œil valide, embué de larmes, Landry entraperçut le visage de son interlocuteur. L'homme qui était dans la camionnette.

— Pas moi ! Pas moi ! Au café, j'ai été arrêté par la police avant même de récupérer le dessin. Un flic m'a interpellé, puis…

— C'est lui ?

Kyria lui tendit une photo. On y voyait un quadragénaire, cheveux courts, le visage tendu vers la portière défoncée d'une voiture. Le Canadien aquiesça.

— Oui, c'est lui qui m'a arrêté dans le café.

— Son nom ?

— Je ne sais pas ! Je jure que je ne sais pas !

— Calme-toi.

Tristan lui caressa les cheveux, presque avec tendresse.

— On s'est renseignés sur ton vendeur, Della Rocca, après son arrestation. C'est toi qui l'as donné ?

— Non. Il devait m'appeler sur mon portable. Ce flic, là sur la photo, il a dû intercepter, il a dû…

— Il a dû… oui… bien sûr ! Sauf que ton vendeur, Della Rocca, vient d'être libéré il y a une heure. De plus en plus étrange, tu ne trouves pas ?

Les nerfs de Landry lâchèrent.

— Laissez-moi. J'ai… mal… si mal.

Kyria contempla le Canadien qui sanglotait et se tourna vers son compagnon.

— On fait quoi ? On va voir le vendeur ?

— Non. Della Rocca a dû passer un deal avec la police et le dessin est sûrement entre leurs mains désormais.

La blonde fixa la photo qu'elle tenait entre ses doigts.

— Putain de flic ! Je lui collerais bien une balle. Tu crois que c'est lui qui a le dessin ?

— Probable. De toute façon, la loi internationale exige désormais que les Français rendent l'œuvre à sa légitime propriétaire, et on sait où la trouver. C'est une piste qui peut se révéler très favorable. Je vais rendre compte. Quelque chose me dit que nous pourrions partir bientôt en Terre sainte.

— Et lui ?

Son compagnon jeta un œil vers le trafiquant.

— On va le remercier de nous avoir aidés dans cette mission.

— Je suis libre ?

— Vous ne le serez jamais autant, votre existence sur cette Terre a enfin pris tout son sens. Vous partez pour un voyage sans retour en Arcadie…

— Arcadie… c'est Acadie que vous voulez dire, chez moi, au Canada, murmura Hubert.

— Non. Arcadie. L'autre monde…

Landry frissonna. Tristan se tourna vers sa complice.

— Dans son métier d'expertise artistique, perdre un œil est un vrai handicap. Achève-le !

— Avec joie, mon amour, répliqua-t-elle en l'embrassant.

Le taxi filait sur l'autoroute A1. Antoine avait failli rater son départ à cause d'une ultime réunion de crise au ministère sur le triple meurtre. Le frère Obèse lui avait rendu un précieux service en faisant comprendre à Scalese de le laisser tranquille. Une surveillance de Della Rocca avait été mise en place par précaution, mais Marcas ne croyait pas à un autre enlèvement. Les meurtriers n'étaient intéressés que par le Poussin, il en était persuadé.

Il tenait précieusement dans sa main sa sacoche de cuir brun patiné par les ans. Il n'osait pas en extraire le dessin de Poussin, même s'il était tenaillé par la curiosité mais aussi par un sentiment plus morbide. L'esquisse était lourde de mystère et de sang. Et ceux qui l'avaient fait couler ne reculeraient devant rien pour mettre la main dessus. Les paisibles bergers d'Arcadie autour de leur tombeau ne promettaient pas le paradis. Ils gardaient la porte d'un enfer dont la clé devait se trouver à Jérusalem.

Une clé conservée par une très vieille dame.

Deuxième partie

Que ceux qui ont des oreilles entendent...

Apocalypse de saint Jean, II, 7

17

Londres
Hyde Park
Speaker's Corner
21 juin 2009

Le grand barbu essuya la déjection verte qui venait de tomber sur son épaule et jeta un regard mauvais à l'oiseau noir perché sur la branche, responsable de cet outrage inqualifiable à sa personne. La foule retenait son souffle, attendant avec impatience que l'orateur reprenne sa diatribe. Il leva les bras et les tendit vers l'assistance. Sa barbe et ses cheveux argentés bouclés accentuaient sa ressemblance avec le Moïse des *Dix Commandements*. Ses grands yeux noirs fixaient l'auditoire captivé.

— Partout dans le monde, les entreprises licencient des centaines de milliers de travailleurs. Le chômage gangrène vos vies. Deux milliards d'hommes et de femmes ne mangent pas à leur faim. Ils appellent cela la crise, mes frères. Ils disent que c'est la faute de la Bourse, des spéculateurs, des chefs d'entreprise rapaces, de ces vautours de financiers, mais nous savons tous ce qu'il en est.

Un vent brutal faillit rabattre le grand panneau qu'il avait posé contre son estrade.

DEAD TIME. KABBALA.

— Nous payons pour nos offenses à la face de l'Éternel. Nous payons notre orgueil démesuré. Les ondes des portables détruisent nos cerveaux et ceux de nos enfants, les océans sont pollués, le climat se réchauffe de jour en jour. Ne voyez-vous pas les signes ?

Une foule nombreuse s'était massée pour écouter Loew. La police avait calculé qu'en un mois le nombre de personnes qui venaient assister à ses oraisons vengeresses avait quasiment quadruplé. Sa popularité croissait de jour en jour, surtout depuis qu'il utilisait la Toile pour propager ses idées et lancer ses anathèmes à Hyde Park deux fois par semaine.

Sceptiques au début, les chaînes de télévision et les journaux avaient fini par envoyer des journalistes pour couvrir les prêches exaltés du barbu.

— Il parle avec ses tripes. Son regard est magique, répondit une jeune femme avec un bébé dans les bras à un journaliste qui lui tendait un micro. C'est un descendant de la lignée de David qui délivre son enseignement à tous les peuples de la terre.

— La Kabbale ne ment pas et Loew est son prophète, hurla un jeune type surexcité qui brandissait un poster à l'effigie de l'orateur.

La voix puissante du tribun se propageait dans la foule telle une onde magnétique.

— Je vous le dis. Yaveh envoie aux peuples de la terre ses élus à chaque génération, mais les puissants les rejettent. La Kabbale sacrée montre le chemin à suivre. Je vous le dis, vous êtes tous des êtres d'énergie, mais les forces de l'ombre vous enchaînent. Moi, moi seul, j'ai été envoyé pour vous libérer.

Deux policiers accoudés contre un muret regardaient la foule d'admirateurs avec lassitude.

— Gratiné, celui-là, dit le premier. Ça me tue, tous ces dingos qui accourent en masse. La connerie humaine est sans limites.

— Mais comment peuvent-ils gober toutes ces salades… Enfin, du moment qu'il ne les incite pas à se frapper sur la gueule.

— Hier, les gradés ont dit que si la foule continuait d'affluer, ils allaient l'expulser de Hyde Park. Trop de risques pour la sécurité.

Le plus âgé des *bobbies* regarda la foule d'un air sombre.

— Ça va tourner à l'émeute si on le dégage !

— Ben, j'espère que ça tombera pas pendant qu'on est de permanence.

Un hurlement se fit entendre. Les deux policemen tournèrent aussitôt la tête vers l'estrade. Loew se tenait la tête et affichait un visage crispé de douleur.

— Je souffre pour l'humanité, pour tous ses vices.

L'auditoire hurla à son tour.

— Je vous le dis, la fin des temps est proche ! Mais eux, les puissants, les riches, les hommes politiques, ils ne veulent pas entendre !

De nouveau la foule rugit.

— Je souffre pour vous. Yaveh choisit ses envoyés à chaque génération. Je suis celui que le nouveau millénaire attendait.

L'un des deux policiers haussa les épaules et porta un doigt à sa tempe.

— Ce mec est dingue. Il faut l'interner !

Un journaliste du *Sun*, qu'ils avaient déjà croisé, s'approcha d'eux.

— Dites, les gars, c'est une impression ou Loew a encore plus de succès que le week-end dernier ?

— Sûr que oui ! Même que les autres orateurs, dans le parc, se sont plaints : il leur a bouffé toute la place. Il devrait faire payer les entrées. Je sais pas d'où sort ce mec, mais il les rend tous cinglés.

Le journaliste contemplait le tribun qui pérorait en faisant de grands moulinets avec ses bras.

— C'était le patron d'une boîte informatique qui a coulé à cause de la crise économique. Il a eu la révélation qu'il était le nouveau prophète de la Kabbale et depuis un mois il met le feu à Hyde Park. Je suis sûr que…

Un coup de feu retentit brusquement.

Les trois hommes coururent vers l'estrade.

Loew venait de s'écrouler, les mains plaquées sur le ventre. Des hurlements de panique se propagèrent dans la foule.

— Oh ! merde ! cria l'un des deux flics. Appelle le Central et préviens l'équipe d'intervention sanitaire à Marble Arch, je vais récupérer Loew.

— Putain, s'écria le journaliste, c'est le scoop de l'année !

Des centaines d'hommes et de femmes couraient dans tous les sens. Le policier tentait de se frayer un passage pour approcher l'orateur.

À vingt mètres de l'estrade, caché dans un petit réduit qui servait à entreposer des outils de jardinage, un homme repliait vivement un fusil à lunette et à canon articulé. Il inséra l'arme dans un gros tube de canne à pêche, retira son gant de protection et sortit de la cabane. D'un pas rapide, il prit l'allée centrale, passa les grilles et s'arrêta près d'une Rover noire. Il ouvrit le coffre, y déposa son nécessaire de pêcheur, et s'assit à l'arrière.

— Bonne pêche ? demanda le chauffeur en démarrant.

Une ambulance remontait l'avenue à toute allure.

Le tireur saisit la Bible posée sur le siège avant, l'ouvrit à la page marquée d'un signet et répondit :

— Évangile selon Matthieu, verset 13 : 49-50 : *« Triez dès aujourd'hui les bons des mauvais poissons. Il en sera de même à la fin du monde. »*

18

New York
Hôtel Astoria
21 juin 2009

La première robe longue passa la porte à battant sous le feu roulant des flashs. La journaliste de *Vogue*, d'un doigt fébrile, indiquait à son photographe les shootings à ne pas manquer. Robe d'organdi à liseré bleu émail, soie de Chine sur les épaules, corset ruisselant de dentelle, rien ne devait échapper à l'œil vorace des objectifs. Le lendemain, la presse people mettrait en couverture ces icônes de la haute société venues en tenue d'apparat à la plus prestigieuse soirée de charité de l'année. En être ou pas, telle était la cruelle question qui torturait bien des consciences en attente du carton d'invitation, le sésame tant désiré. Une angoisse existentielle liée au fait que l'association caritative lançait ses invitations selon des critères connus d'elle seule et sur lesquels les journalistes mondains les plus subtils s'interrogeaient à longueur d'articles. L'American Faith Society ne donnait qu'une réception dans l'année et, en une seule soirée, elle récoltait assez de fonds pour financer l'intégralité de ses programmes de développement.

Nul ne savait qui décidait de la liste des 358 invités qui auraient l'insigne honneur de signer un des plus gros chèques de leur existence. Dans les salles de rédaction, on murmurait qu'une fortune personnelle dépassant les huit zéros était la première des conditions, ensuite d'autres considérations plus ténues entraient en jeu, mais la question demeurait entière. Certes, on remarquait que les détenteurs de fortunes acquises dans le monde du cinéma et de la musique étaient fort peu représentés tandis qu'avocats, financiers et politiques se taillaient la part du lion. Pour autant, à chaque nouvelle soirée, des exceptions remarquées venaient troubler le jeu des pronostics. Ainsi une star noire du hip hop new-yorkais venait de faire son entrée en robe Versace tandis qu'une fois encore le planétaire Bill Gates ne passerait pas les portes de l'hôtel Astoria.

À l'entrée de la salle de réception, John Miller, président de l'American Faith Society, se faisait un devoir de saluer lui-même ses invités. Une oreillette discrètement placée sous une mèche de cheveux gris le renseignait aussitôt sur le patronyme de l'inconnu en smoking lustré ou de la blonde en escarpins qui montait les marches. Un mot de bienvenue, un sourire appuyé et chacun entrait dans la grande salle, secrètement flatté d'être reconnu par un des hommes les plus puissants du pays. À l'intérieur, une noria de serviteurs prenait le relais, conduisait les invités à leur place avant de s'enquérir de leur moindre désir. Chaque table accueillait six convives, pour la plupart des couples, mais aussi des célibataires soigneusement appariés afin d'être immortalisés d'un flash. Chaque photo, après analyse de la responsable de communication, serait subtilement distillée, les jours suivants, dans les magazines les plus en vue. De quoi alimenter la chronique mondaine et la rumeur publique pendant des semaines. Un choix éminemment stratégique qui renforçait, s'il en était besoin, le prestige unique de cette soirée.

D'un regard, John Miller indiqua au responsable de la sécurité qu'il souhaitait faire une pause. Les prochains invités attendraient quelques minutes. Le président abandonna son sourire de commande et se dirigea vers un entresol protégé.

À l'intérieur, un jeune homme en chemise blanche inclina la tête et désigna un ordinateur portable posé sur une table :

— J'ai la connexion Internet que vous désirez, monsieur.

— Elle est sécurisée ?

— Au niveau maximum. Toutes les sept secondes, un rupteur modifie les paramètres de votre connexion. Impossible à détecter.

— Parfait, Harold. Vous pouvez me laisser.

Une enveloppe clignotante surgit à l'angle droit de l'écran. Miller cliqua sur la souris. Une page Web apparut, constellée de chiffres et de signes mathématiques. John enclencha le logiciel de décodage. Les lignes se brouillèrent et l'unité centrale se mit à vrombir à plein régime. Une minute d'attente.

Soudain un texte se dégagea : le compte rendu des opérations parisiennes de la veille. Le président de l'American Faith Society se cala dans son fauteuil et commença sa lecture. L'enlèvement du Canadien n'avait rien apporté, le dessin était entre les mains de la police française, néanmoins ses deux envoyés avaient fait leur travail.

Quand il eut terminé, il porta la main à sa poche intérieure et en sortit un étui à cigarettes. Il ne fumait qu'exceptionnellement. Quand il avait une décision définitive à prendre. Avant d'ouvrir l'étui, ses doigts caressèrent les deux initiales gravées sur le dessus.

J. B.

Un instant, il pensa à tous ses prédécesseurs qui, eux aussi, avaient eu à faire des choix cruciaux pour qu'un jour la Vérité survienne et que les Élus soient sauvés.

J. B.

Ils n'étaient qu'une poignée à connaître le sens véritable de ces deux lettres.

Lentement il prononça le nom secret de la confrérie.

Judas Brothers.

Maintenant il était prêt.

Il alluma sa cigarette et se concentra sur la photo qui accompagnait le rapport. Une quarantaine d'années. Le cheveu court et rebelle. Des yeux sombres dans un visage en amande. Miller fixa l'électron libre qu'il n'avait pas prévu. Toute opération clandestine comporte une part d'aléatoire. Elle venait de surgir sous la forme d'un flic français. John aspira une longue bouffée et la rejeta lentement.

L'imprévu allait devoir être géré. Pour l'utiliser ou pour l'éliminer. Restait à bien connaître son profil pour prendre une décision.

Il tapota sur la note jointe rédigée par ceux du groupe de Paris, qui avaient infiltré le ministère de l'Intérieur. Rapides et efficaces, ils connaissaient déjà sa fonction et son nom : un commissaire spécialisé dans le trafic d'œuvres d'art.

Antoine Marcas.

Il était indiqué que la France envoyait le commissaire Marcas à Jérusalem pour… Il ne continua pas sa lecture, connaissant la suite et tapa sur la rubrique *cursus*.

La biographie du commissaire défila rapidement. Naissance, études, entrée dans la police, progression dans la carrière, engagement dans la maçonnerie…

John Miller s'arrêta net. D'un clic, il revint à la photo et fixa le visage du Français qui s'était mis en travers de son chemin. Du chemin millénaire des *Judas Brothers*.

Cette fois sa décision était prise.

Il enclencha le logiciel de cryptage et tapa quatre mots sur la page de mail : *« Ne le lâchez pas ! »*

Dans la salle de réception, un présentateur vedette de CNN venait de faire son apparition. Paré comme dans son émission d'une chemise de soie safranée et d'une paire de bretelles rayée de noir, il serrait nonchalamment les mains qui se tendaient vers lui. Aux félicitations qui pleuvaient, il répondait par un sourire convenu, un mot rapide, tout en jetant un œil sur l'estrade où il allait animer la soirée. Trois heures de show ininterrompu pour convaincre les puissants de l'Amérique de faire pleuvoir une pluie de dollars sur l'Association. Déjà il voyait le sourire béat des donateurs quand il prononcerait d'une voix mielleuse leur nom et le montant de leur chèque. Il tourna discrètement le regard vers le prompteur où s'inscrirait le montant final des dons. Tous ces imbéciles qui se pressaient autour de lui, bourdonnant comme dans une ruche, allaient faire sa fortune. L'Association lui avait promis un pourcentage de rêve si, ce soir, il dépassait les cent millions de dollars. Eh bien, il allait les dépasser. Son sourire redoubla et il fit claquer ses bretelles sur son ventre rebondi.

Quand John reposa sa nuque sur le dossier du fauteuil, ses yeux brillaient. Il tapota doucement le bois de l'accoudoir. L'opération réussirait. Coûte que coûte. Le rythme de ses doigts s'accélérait. En quelques secondes, il se repassa le film des événements tel qu'il l'avait conçu, six mois auparavant. À l'époque, ce n'était encore qu'un scénario, une ébauche née peu à peu dans son esprit. Et voilà que la fiction devenait réalité. Il venait en secret d'écrire la première page d'une épopée qui s'inscrirait en lettres de sang dans l'histoire de l'humanité. La chaleur lui monta au visage. Il se ressaisit et croisa les mains sous son menton. Sa mission n'était pourtant pas terminée, il lui fallait maintenant convaincre le conseil d'administration de l'Association.

On frappa discrètement à la porte. La voix de Harold glissa dans l'entrebâillement.

— Vos invités, monsieur.

Le président se leva, coupa le portable et rectifia son nœud papillon dans la glace murale.

Un couple d'âge mur venait d'arriver. Un grésillement se déclencha dans l'oreillette. John produisit son sourire le plus efficace.

— Maud, quelle joie de vous voir parmi nous ! Et votre fille Betsy, toujours à Harvard ?

Le visage de la femme rayonnait déjà quand John se tourna vers son mari.

— Alors, Ted, comment se porte Wall Street ?

19

Israël
Tel Aviv
Aéroport Ben Gourion
21 juin 2009

Un vent chaud balayait le tarmac. Sitôt accomplies les formalités de la douane, Marcas avait été pris en charge par son alter ego israélien et conduit dans un parking bordé de barbelés où l'attendait une Jeep de l'armée. Devant l'air surpris du Français, le commandant Steiner avait haussé les épaules en signe de fatalité.

— C'est la guerre, avait cru entendre Antoine tandis que la Jeep s'élançait dans le vrombissement incessant des réacteurs.

Steiner pointa le doigt vers un hélicoptère stationné près d'un baraquement aux fenêtres grillagées. Il cria quelque chose, mais Antoine n'arrivait pas à entendre. Le conducteur de la Jeep accéléra, longea une piste déserte pour déboucher face à une barrière de sécurité gardée par deux femmes soldats, coiffées d'un béret vert. Le long de la piste, une batterie antiaérienne dardait vers le ciel une rangée de missiles au fuselage gris. Après un contrôle minutieux des passes, l'une des gardes ouvrit l'accès tandis que l'autre gardait le doigt sur la détente de sa mitraillette Uzzi.

— C'est pire qu'un tuilage à l'entrée de votre confrérie, hein ? lâcha Steiner.

Le commissaire lui lança un regard qui hésitait entre surprise et colère. Déjà qu'il n'appréciait que modérément cette atmosphère d'état de siège, si en plus il lui fallait subir une remarque ironique sur sa qualité de frère, son séjour risquait d'être plus court que prévu. Steiner ne s'y trompa pas qui se reprit aussitôt :

— Simple plaisanterie, cher Marcas, n'y voyez aucune offense. Ici, nous vivons comme si la fin du monde était pour demain, cela rend notre humour toujours un peu *limite*. Mais, que voulez-vous, si nous, Juifs, ne pouvons pas rire de tout, alors…

La phrase resta en suspens. Un Airbus A350 d'Olympic venait de s'engager sur une piste d'envol, les réacteurs en plein rugissement, prêts à catapulter l'appareil dans les airs. La Jeep stoppa. Les quatre pales de l'hélicoptère se mirent à tournoyer à leur approche. Marcas descendit et s'engouffra dans la carlingue. Cela faisait des années qu'il n'était pas monté dans un hélicoptère. Si sa mémoire était bonne, c'était pour une opération conjointe avec la gendarmerie en Corse, le temps d'une mission à Ajaccio. Le feulement des pales et le ronronnement du rotor emplissaient l'espace. Il s'assit sur un siège et boucla la ceinture de sécurité. Le conducteur les salua d'un bref signe de tête avant de refermer la porte coulissante. D'un coup Antoine sentit l'engin se soulever comme un ascenseur à propulsion rapide.

Il se colla contre le hublot pour avoir une vue d'ensemble de l'aéroport mais l'engin avait obliqué vers la droite et il n'aperçut qu'une étendue de terre ocre et caillouteuse. Steiner se pencha vers lui pour échapper au bruit assourdissant du moteur. La cinquantaine naissante, le policier était grand, le crâne dégarni, le regard fixe, presque minéral.

— Désolé pour ce transfert aérien impromptu, mais l'autoroute A1 qui mène à Jérusalem est bouclée à cause d'un attentat à une trentaine de kilomètres d'ici. Nous serons arrivés dans dix minutes. Et encore une fois, pardonnez-moi pour ma réflexion de tout à l'heure.

Antoine sourit en guise d'apaisement. Pour autant, il n'avait pas envie d'en finir.

— En tout cas, je vois que vos services de renseignements fonctionnent bien. Et que ma fiche, chez vous, est à jour. Y compris pour tout ce qui touche à ma vie privée !

— Détrompez-vous, commissaire, votre appartenance à une obédience maçonnique est une information récente. Vous devez participer à une tenue, ce soir, dans le centre historique de Jérusalem, n'est-ce pas ? C'est un secteur extrêmement sensible. Vous vous doutez bien que nous avons épluché avec beaucoup de soin la liste des participants.

— Je comprends mieux, concéda Antoine.

— D'ailleurs, toutes mes félicitations : pouvoir faire votre cérémonie dans un lieu aussi chargé d’histoire que les carrières du Temple de Salomon… même les archéologues chez nous sont sur une liste d’attente !

— Voyons, ironisa Antoine, vous savez bien que nous sommes le lobby le plus puissant de la planète ! C’est du moins ce que disent nos adversaires.

— C’est ce que disent aussi les nôtres ! s’exclama Steiner en lui tendant une cannette d’eau gazeuse. Quoi qu’il arrive, commissaire, vous êtes ici un hôte de marque. Grâce à vous, nous allons enfin mettre la main sur un trafiquant de première importance.

Antoine ne répondit pas. Si le volet international de l’enquête se présentait déjà comme une réussite, il n’en était pas de même en France où les fils étaient rompus. Il sortit son portable, mais le signal ne passait pas. Il lui faudrait attendre pour avoir des nouvelles de Paris. Certes, ils avaient récupéré le Poussin, mais à quel prix ?

— J’ai lu le compte rendu de votre enquête, continua Steiner, beau boulot. Nous prenons le relais avec un grand plaisir !

— Merci, répondit sobrement Antoine en regardant le paysage défiler à travers la vitre piquetée de sable.

— Déjà venu en Eretz Israël, commissaire ? l’interrogea Steiner.

— Jamais, mais cela faisait très longtemps que je le souhaitais. Simplement, j’aurais préféré d’autres circonstances…

— C’est-à-dire ? s’inquiéta Steiner.

Antoine passa la main sur son front moite. Il n’aimait pas raconter un échec. Surtout celui-là.

— Un événement imprévu s'est produit juste avant mon départ : l'escorte qui accompagnait l'intermédiaire canadien pour son extradition a été attaquée par un commando. Trois de mes hommes ont été abattus.

— On nous a mis au courant de ce... prolongement de l'affaire. C'est ce qui nous pousse à accélérer l'arrestation de Deparovitch. Peut-être que son interrogatoire livrera des éléments qui permettront d'identifier les tueurs. Je le souhaite. De tout cœur.

Marcas soupira et déplia ses jambes. Il fallait qu'il chasse ce sentiment de culpabilité et d'impuissance. Le commissaire tourna la tête vers le hublot. Au-dessous de lui, il apercevait un aéroport militaire où s'alignaient trois rangées d'avions de combat, des chasseurs F1 rutilant au soleil.

— C'est la base de l'armée de l'air de Sdandov. Dans trois heures, ils décolleront pour un exercice coordonné avec l'armée de terre et la marine. Nous avons de la chance, l'espace aérien va être bientôt bouclé.

Antoine pensa au dessin qu'il était sur le point de rendre à Hannah Lévy. Un peu d'amour et de beauté dans un monde au bord du gouffre.

L'hélicoptère vira sur la gauche et s'éloigna de l'aéroport militaire. La terre qui défilait était blanche, caillouteuse, entrecoupée d'une végétation aride. Pourtant, çà et là, de grandes taches vertes marquaient la présence de cultures et d'habitations. Marcas avala une autre gorgée d'eau. Le capitaine lui tapa sur l'épaule.

— Voilà le programme. Nous avons rendez-vous avec l'unité qui coordonnera l'arrestation de Deparovitch. Vous ne pourrez cependant pas assister directement aux opérations pour des raisons de sécurité évidentes. Ensuite direction l'hôtel. Nous avons prévu une visite guidée de la ville par l'un de nos agents, passage à la Knesset, puis au musée des Antiquités, dans la salle des faux. Ça devrait vous amuser. Puis le lendemain, visite d'un kibboutz Beth Alpha et cérémonie protocolaire dans la soirée pour la remise du dessin de Poussin à sa propriétaire. Cela vous convient ?

Antoine replia ses jambes et renifla. Il avait toujours été allergique aux voyages organisés. Bien sûr, il ne s'était pas fait d'illusions sur sa participation à l'opération Deparovitch, mais de là à jouer les simples touristes, aux frais de l'État d'Israël, il y avait certaines limites.

— Mon cher collègue, je suis très honoré, mais si vous pouviez oublier les visites touristiques... D'autant que, ce soir, comme vous le savez déjà, je risque de me coucher très tard. Pour le reste, je serai ravi de rencontrer mes homologues et d'assister à la cérémonie de remise officielle...

Steiner allait répondre quand le pilote lui tendit un casque directement branché sur la radio de bord. Une discussion s'engagea en hébreu pendant qu'Antoine se penchait vers le hublot pour tenter d'apercevoir les premiers faubourgs de Jérusalem.

Brusquement Steiner lui saisit la main. Une ride profonde barrait son front juste au-dessus des sourcils.

— Commissaire, vous connaissez un certain Lieberman en France ?

Antoine sursauta. L'avocat de Della Rocca, le receleur du Carré des Antiquaires.

— Il veut vous parler.

Marcas tendit la main vers le casque. Steiner plissa les lèvres.

— Je crois qu'il a une mauvaise nouvelle…

20

New York
Hôtel Astoria
21 juin 2009

Dans le fumoir, loin des rires qui résonnaient sous les lustres de la grande salle, se tenait le conseil d'administration de l'American Faith Society. Treize hommes d'âge mûr en smoking strict qui contemplaient en silence l'entrée des invités sur un écran plasma.

— On a une idée du chiffre des dons de l'an passé ?

— Soixante-dix-neuf millions de dollars. Tous ont été investis dans des programmes humanitaires et de recherche à travers le monde. Messieurs, si je vous ai réunis exceptionnellement ce soir, alors que notre fête annuelle bat son plein, c'est qu'un événement imprévu est arrivé.

— Un signe ?

— Un signe majeur.

Chacun des membres du conseil tourna un regard de surprise en direction du président.

— Avant de satisfaire votre curiosité et, vu la gravité des événements, je crois utile de rappeler à tous l'engagement qui est le nôtre et, pour cela, d'évoquer les circonstances qui nous ont fait devenir membres de notre confrérie. Chacun, ici, a une histoire différente, mais tous, nous avons vécu la même expérience qui a changé à jamais notre vie et modifié pour toujours notre regard sur le monde. Ted, tu es le plus jeune d'entre nous. C'est à toi de parler.

Ted se leva. Il passa sa main dans ses cheveux ébouriffés comme pour trouver une contenance, puis il entama son récit. Lentement.

— Hum… On dirait une séance des Alcooliques Anonymes…

Un rire discret salua ses paroles.

— Vas-y, Ted, l'encouragea Miller.

— C'était il y a quinze ans. À l'époque je ne fréquentais plus ma famille. Mon père dirigeait une société d'armement qui travaillait pour la Défense nationale. J'avais milité contre le Vietnam et il était hors de question pour moi de m'associer à cette activité. D'ailleurs, je ne voyais plus mes parents. Ils me versaient une rente suffisante pour vivre à ma guise et je n'en demandais pas plus. Je n'avais qu'une obligation : leur fournir un numéro de téléphone quand je partais en virée. Au cas où…

Ted se repassa la main dans les cheveux.

— Et ce soir-là, à Tijuana, le téléphone a sonné. Mon père venait de faire un AVC. Il était conscient encore, mais le diagnostic vital était engagé. Une question de jours. Ma mère pleurait au téléphone.

— Tu as fait quoi, alors ? demanda son voisin.

— J'ai pris une douche, réglé la note de l'hôtel et sauté dans la décapotable. Ah oui ! J'ai aussi jeté l'herbe dans les chiottes. Ne me demandez pas pourquoi, je n'en sais rien. Quand je suis arrivé au Memorial Hospital de San Diego, il respirait avec difficulté et ses yeux suaient l'angoisse. Pour la première fois, j'ai eu peur. Peur de la mort. Je l'avais toujours déçu. Et là, face à son lit de mort, je me voyais tel que j'étais vraiment. Un adolescent attardé, un junkie du week-end, un dragueur de serveuses de bar, un minable qui n'avait jamais rien fait. J'avais trente-cinq ans et tout foiré.

Son voisin lui prit la main et la serra.

— À ce moment, j'ai cru que ma vie était foutue. Et là mon père a parlé.

Miller se leva et posa la main sur l'épaule de Ted.

— Nous avons tous connu cette expérience. Nous avons tous été jetés face à la vérité. Et tous, nous avons eu le choix d'accepter ou non l'héritage. Levez-vous, mes frères !

Chaque membre prit la main de son voisin et une chaîne se dessina autour de la table. John prit la parole :

— À chacun de nous a été offerte la véritable Révélation !

— *Judas, notre père, nous sommes tes fils, ta chair et ton sang !* entonna d'une seule voix le conseil.

— À chacun de nous a été donnée la Lumière !

— *Judas, le Grand Ancien, que toujours ton savoir nous éclaire et nous guide !*

— À chacun de nous a été donné un destin !

— *Judas, Maître des Élus, nous poursuivrons ta vengeance !*

Le silence retomba. Sur les écrans de contrôle, le présentateur de CNN venait de faire son apparition, ovationné par les invités de la soirée.

— Mes frères en Judas, un signe s'est produit. Un signe majeur ! s'exclama Miller. Le dessin de Poussin a été retrouvé.

— Bon Dieu, John, ça fait combien de temps qu'on le cherche, ce dessin ?

— Près de soixante ans. Il a disparu pendant la dernière guerre.

Le président de l'American Faith Society regarda un à un ses douze frères. À l'exception de Ted, c'étaient tous des hommes qui étaient près d'aborder les rivages incertains de la vieillesse. Durant toute leur vie, ils étaient restés fidèles à la quête. Tout faire afin de retrouver ce dessin. La dernière pièce de l'échiquier pour achever une lutte qui se poursuivait depuis des siècles.

— Il est où, maintenant ?

Miller les regarda encore une fois. Non, ce n'était pas la peine de les mettre au courant de la transaction ratée du Carré du Louvre ni de l'exécution des policiers français. Et de toutes ses conséquences. Il répondit calmement, comme avec indifférence :

— En ce moment précis, sous la garde d'un commissaire qui est parti à Jérusalem pour le rendre à sa propriétaire. Une dame de soixante-quatorze ans. Le dessin a été volé à ses parents pendant la guerre. Elle est donc l'unique et légitime héritière.

— Alors il faut le lui acheter !

Un élan d'approbation accueillit cette proposition. Ted se tourna vers le trésorier de l'Association.

— Combien on peut mettre ? De façon discrète ?

— Sans toucher à nos programmes les plus visibles, je dirais qu'on peut monter jusqu'à 5 millions de dollars.

Le visage de Ted s'épanouit aussitôt.

— Avec une somme pareille…

La voix de Miller résonna dans la pièce :

— Une pacotille ! Et je vais vous dire pourquoi : Hannah Lévy, la future propriétaire, a déjà annoncé son intention de faire don du dessin à un musée national.

Un silence de mort tomba sur l'assemblée. Le président fixa Ted avec détermination.

— C'est un État que nous devons acheter désormais, plus une vieille dame !

Un coup sourd retentit dans la pièce. D'un poing rageur, Brettfield venait de frapper la table. Son regard était fixé sur l'image transmise de la salle de réception.

— Êtes-vous vraiment certain que l'American Faith Society doive se prêter à cette mascarade ?

Tous les membres tournèrent le regard vers l'écran plasma. Dans la salle de réception, le célèbre présentateur télé venait de commencer son discours. Sa voix chaude et vibrante enfla tandis que, derrière lui, une vidéo syncopée envahissait un écran géant : un enfant noir à genoux, les yeux fous, la peau prête à crever sous les côtes, hurlait de faim.

— Tout cela n'est que mise en scène, vous vous en doutez, quant à ce clown…

Miller ne daigna même pas jeter un œil sur le journaliste vedette en plein show.

— … nous en avons besoin. Comme je viens de vous le dire, nous devons augmenter rapidement nos réserves. Il nous faut des fonds nouveaux et importants pour financer…

— Une intervention *musclée* pour récupérer le dessin ? suggéra Ted.

John le regarda avec la patience que l'on a pour les jeunes enfants.

— Une intervention diplomatique, plutôt, et qui devra rester confidentielle. Ce qui explique que nous avons besoin de ce chauffeur de salle.

Le trésorier commença de tapoter avec nervosité le bois fraîchement ciré de la table.

— Et ça s'élève à combien ?

— Environ dix millions de dollars.

— Tu plaisantes ? Tu sais combien la rave de Bombay, à elle seule, a coûté ?

— Une couverture nécessaire. Nous avions plusieurs cibles potentielles et une *rave party* est le lieu rêvé pour toutes sortes d'accidents…

— Il a fallu transporter toute la sonorisation, graisser la patte au moindre fonctionnaire indien…

— Tous les signes étaient là : la conjonction d'Arcadie, le 17 janvier…

— À ce propos, s'étrangla le trésorier, tu sais à combien nous revient le financement du programme d'observation spatial, la logistique…

John le coupa sèchement :

— L'objectif a été atteint : la fille est morte.

Venue de l'autre bout de la table, la voix de Brettfield le reprit aussitôt :

— Une de plus. Ça ne s'arrêtera jamais !

— Voilà pourquoi il nous faut le dessin, lui seul peut nous indiquer l'ultime victime.

Un des membres, qui triturait son nœud papillon depuis un moment, prit la parole :

— Et si tu nous expliquais ton projet, John ?

Pour la première fois de la soirée, Miller se détendit.

— Messieurs, le nouveau Président des États-Unis m'a confié une mission.

21

Jérusalem
21 juin 2009

— Marcas, commissaire Marcas ? grésillait la voix de l'avocat dans le portable, je vous appelle de Paris, je suis dans vos locaux et…

— … comment avez-vous réussi à m'avoir, je suis en hélicoptère au-dessus de Jérusalem ?

— Vos collègues cherchaient désespérément à vous joindre. J'ai proposé mes modestes services. Je vous avais dit que si vous aviez besoin de quoi que ce soit en Israël…

Un bip sonore coupa court aux explications de l'avocat. La communication venait d'être interrompue. Le commissaire tendit le casque à Steiner.

— C'était bien Lieberman, confirma Marcas, mais nous avons été coupés.

Steiner plongea la main dans sa sacoche et en sortit une copie du dossier d'enquête transmis par la police française.

— Lieberman, c'est bien l'avocat du galeriste marron ?

— Lui-même, mais ne le jugez pas en fonction de son client.

Le commissaire plissa les lèvres.

— Je ne juge jamais un homme qui a assez de relations pour me joindre en plein vol.

L'implicite de la remarque n'échappa pas au commissaire. Un silence gêné s'établit dans l'habitacle. Chacun ruminait ses pensées. Marcas glissa un œil vers son collègue qui regardait ostensiblement vers le hublot de sécurité.

Une vibration, sourde et cadencée, monta du plancher de l'hélicoptère. Intrigué, le commissaire se pencha : le commandant battait du pied de manière énervée.

Il doit bouillir, songea Antoine, *à sa place j'aurais déjà explosé.*

De nouveau, le pilote tendit le casque-radio à Steiner qui, sans même le porter à son oreille, le passa à Antoine.

— Votre ami, commissaire !

Marcas saisit les écouteurs et reconnut le ton volubile de l'avocat.

— … en tout cas je suis ravi de vous être utile, je vous passe votre adjoint.

— Un instant, Lieberman, vous ne m'avez toujours pas dit comment…

— Je vous entends mal, Marcas, profitez bien de votre séjour en Israël et surtout embrassez frère Obèse pour moi ce soir !

La surprise figea les traits de Marcas. Instinctivement il écarta les écouteurs comme si le diable venait de lui souffler son haleine de soufre dans l'oreille.

— Commissaire… commissaire…

Tassard venait de reprendre la communication.

— Je suis là. Putain, c'est quoi, ce cirque ?

— Ben, on essayait de vous joindre et comme l'avocat était dans les locaux pour relire la déposition de Della Rocca, il s'est proposé pour…

— C'est bon, coupa Marcas, agacé, qu'est-ce que tu as à me dire ?

— On a retrouvé le Canadien !

— Dans quel état ?

— Mort…

Marcas respira profondément.

— … et… pas beau à voir !

— Nous allons atterrir dans quelques minutes. Coupez la communication, s'il vous plaît, et vérifiez votre ceinture.

La voix du pilote, amplifiée par le haut-parleur, résonna dans l'habitacle. Antoine s'exécuta, mais son esprit était ailleurs. L'hélicoptère survolait une zone urbanisée, des immeubles modernes apparaissaient de chaque côté des hublots. Des files de circulation ininterrompues convergeaient vers le centre. Il tenta d'apercevoir le dôme de la mosquée d'al-Aqsa, mais il ne vit que des buildings rutilants au-dessous de lui. Le bruit des pales se fit plus sourd, l'appareil s'était mis en vol stationnaire au-dessus d'une sorte de caserne.

— Atterrissage dans moins d'une minute !

Antoine sentit son estomac se soulever au fur et à mesure que l'hélicoptère se rapprochait du cercle blanc de la piste d'atterrissage. L'appareil se posa dans un souffle. Un policier ouvrit la porte et salua le commandant : une bouffée de chaleur envahit l'habitacle. Une odeur que Marcas n'arrivait pas à identifier mais qui ressemblait à du thym mêlé à de l'essence envahit ses narines.

Steiner lui montra les bâtiments cernés de barbelés et ponctués de miradors.

— Nous sommes dans l'unité 51 de la Police Aux Frontières, c'est un corps très puissant ici, ils s'occupent en particulier de la lutte contre le terrorisme. Elle abrite aussi une division du Shin Beth, nos services secrets, qui travaillent avec eux sur ce… dossier.

— Ceux qui font la chasse aux Palestiniens qui ne rentrent pas dans le rang ?

— Entre autres, répliqua le commandant d'un air gêné.

Ils contournèrent un bâtiment surmonté de deux grosses antennes paraboliques et arrivèrent devant un parking où une Ford noire attendait.

— Un dernier trajet, commissaire, et nous sommes arrivés. Toute l'équipe nous attend pour lancer la procédure d'arrestation de Deparovitch. D'ici là, si vous désirez me parler du coup de fil que vous avez reçu…

Le commissaire hocha la tête en montant dans la voiture qui démarra aussitôt. Un brouhaha envahissait l'artère bordée de palmiers nains, mélange de klaxons de voitures et de camionnettes pétaradantes. On aurait pu se croire dans n'importe quelle ville méditerranéenne si ce n'étaient les panneaux de circulation écrits en hébreu. Marcas se tourna vers le commandant :

— L'intermédiaire canadien a été retrouvé. Mort.

Steiner pinça les lèvres avant de répondre.

— Un cadavre de plus.

— Et plutôt abîmé, précisa Antoine.

— Vous voulez dire qu'il a été torturé ?

— Mes hommes attendent le rapport d'autopsie pour être sûrs.

— Je comprends mieux l'importance de cet appel, concéda Steiner qui se détendit. Si vous avez besoin de quoi que ce soit…

— Une boîte mail pour recevoir le rapport, si vous pouvez.

Le policier sortit son portable.

— Je m'en occupe tout de suite.

Antoine regarda de nouveau la rue. Les affiches de publicité vantaient les mérites de crèmes de beauté, d'enseignes commerciales que l'on trouvait partout dans le monde, des films américains ou des produits alimentaires standard. Au fur et à mesure que la voiture avançait, Marcas voyait défiler un mélange hétéroclite de bâtiments modernes et de vieilles maisons qui dataient de l'époque coloniale. Les premiers magasins de mode firent leur apparition. Les mêmes marques de Paris à Jérusalem et les mêmes cohortes de fashion victims agglutinées devant les vitrines.

— Où suis-je logé ? demanda Marcas en suivant du regard deux femmes aux cheveux décolorés, la mini-jupe conquérante, qui marchaient sur des talons compensés avec des sacs de chez Gucci et Prada à la main.

Cela sous le regard méprisant de Juifs orthodoxes en caftan noir corbeau et l'œil amusé de marchands de fruits arabes.

Steiner intercepta son regard et détailla leurs formes.

— *Ptzatza !* Mais trop *frecha* à mon goût.

— Je vais prendre des notes pour enrichir mon vocabulaire.

— Pardon ! *Ptzatza* est synonyme de canon et une *frecha* serait l'équivalent d'une bimbo mâtinée de bling bling. Généralement, elles se marient avec des *Arss*, des sépharades qui roulent en Mercedes, avec la chaîne en or autour du cou et la Rolex dernier modèle au poignet.

Antoine éclata de rire.

— Et pour répondre à votre première question : vous logez à l'American Colony. C'est un hôtel magnifique, moins grand que le King David mais tout aussi prestigieux. Il est à dix minutes à pied de la porte de Damas qui marque l'entrée de la vieille ville.

Sur son siège, le chauffeur pesta. Steiner lui indiqua du doigt une rue à droite.

— C'est l'heure des embouteillages sur les grands axes. Je lui ai dit de couper par les vieux quartiers.

La voiture bifurqua dans une rue moins animée et tourna plusieurs fois. Soudain le chauffeur ralentit et montra quelque chose sur la droite. Marcas tendit le cou et aperçut un panache de fumée noire qui montait dans le ciel d'un bleu métallique. Une sirène d'ambulance hurlait.

— J'espère que ce n'est pas un attentat. Ça s'était calmé depuis quelque temps, murmura Steiner, l'air pensif.

— Où allons-nous exactement pour retrouver votre équipe ?

Le policier israélien tapota sur le bord de la portière, un sourire moqueur aux lèvres.

— Je ne vous ai pas dit ? Chez les Templiers.

22

Rouen
7 mars 1430

Comme chaque jeudi, le marché s'ouvrait dans la vieille ville de Rouen. Autour de la halle qui venait d'être rebâtie, les vendeurs venus des campagnes environnantes attendaient la clientèle. Des paysans vêtus de loques, accroupis le long des murs de la place, proposaient sans mot dire les maigres produits de leur ferme : quelques œufs souillés de paille, des fromages rances et parfois un lapin dont les entrailles verdies attiraient les mouches malgré le froid. Réunie sous le toit du marché, l'aristocratie des marchands étalait, elle, des victuailles plus opulentes : quartier de cerf, canard gras et surtout du poisson, souple et luisant, pris au filet dans la Seine. Un silence inhabituel régnait en ce lieu où, d'habitude, résonnaient les cris du peuple et le bruissement des conversations.

Les plus avisés des marchands ne s'étonnaient qu'à moitié de ce calme trompeur. Depuis que Jeanne la Pucelle était enfermée dans les murs de

Rouen, la ville vivait dans le trouble et la peur. Les bruits les plus fous couraient les ruelles : on disait que les troupes du roi de France allaient attaquer la ville pour délivrer Jeanne, que les Anglais, par crainte, massaient des troupes qui ravageaient les campagnes, que la Pucelle avait passé un pacte avec le diable qui allait précipiter tout Rouen en enfer. Pire, certains affirmaient même que Jeanne était la Putain de Babylone, la femme qui annonçait l'Apocalypse. Les rumeurs, les angoisses se répandaient ; les bourgeois n'osaient plus sortir de leurs hôtels ; le clergé était divisé ; quant à l'aristocratie locale, elle craignait par-dessus tout de devoir prendre parti au risque de tout perdre. La tension montait, souterraine et perfide. Déjà, dans les villages proches, on parlait de signes. Une femme avait donné vie à un enfant à deux têtes, un troupeau de porcs devenu fou s'était précipité dans la Seine, une hostie avait saigné lors de la messe de dimanche.

Les autorités laissaient dire. Mieux valait que courent les bruits les plus étranges, les rumeurs les plus fantastiques pour masquer la vérité. De plus, des violences éclataient tous les jours dans les bas quartiers de la ville et les bourgs voisins. Des bandes armées s'en prenaient aux Français qui collaboraient avec l'Anglais. Des groupes spontanés et invisibles, qui s'évaporaient dans la nature aussitôt leur crime commis. Près du port, c'était un bourgeois faisant commerce avec Londres que l'on avait retrouvé embroché et rôti dans sa cheminée. Dans la forêt de Brotonne, un baron avait été torturé puis enchâssé vivant dans le ventre de son cheval que l'on avait recousu.

Une rébellion sourde montait parmi le peuple souffrant des rigueurs d'une guerre qui semblait sans fin. Pour prévenir une révolte générale, les échevins de la ville avaient multiplié les commandes publiques. On espérait désamorcer la crise en distribuant du travail. Ainsi, on avait passé commande de travaux avec la corporation des maçons. La toiture de la cathédrale devait être refaite, les gargouilles restaurées et les chéneaux remis à neuf. Du travail pour des mois. Les consuls n'avaient pas pris cette décision au hasard : la confrérie des maçons disposait de franchises et de privilèges exceptionnels. Nul n'était reçu en leur sein sans avoir passé des épreuves terribles et mystérieuses. Régulièrement, l'Église enquêtait sur ces pratiques qu'elle soupçonnait d'hérésie, mais elle n'avait rien pu prouver. On les soupçonnait d'avoir abrité les Templiers en fuite, de pratiquer des rites païens, de détenir des secrets perdus. Mais ce que craignaient par-dessus tout les autorités, c'était leur réseau qui, de chantier en chantier, couvrait la France. Les compagnons maçons ne cessaient de se déplacer, colportant informations et recevant instructions. Cet entrelacs de relations discrètes autant qu'efficaces inquiétait les clercs comme les prélats. Ouvrir le chantier de la cathédrale permettait de mieux contrôler ces artisans qui s'appelaient frères entre eux, et dont nul ne connaissait les secrètes intentions.

C'est ainsi que frère Aymon, assis sur une gouttière, contemplait la place de la halle en taillant la bouche de pierre d'une gargouille. Il était arrivé deux mois plus tôt de Compiègne où il avait aidé aux défenses de la ville assiégée par les Anglais. Il avait remonté des courtines, renforcé des parements, taillé des bouches à feu. Tout un savoir technique qui avait beaucoup intéressé maître Roncelin qui dirigeait le chantier de la cathédrale. Il avait longuement interrogé le compagnon avant de l'engager. Saurait-il travailler sur le chantier d'un château fort ? Cet interrogatoire avait surpris Aymon qui ne voyait pas le lien avec les travaux de restauration d'une église, mais il n'était que compagnon et devait obéissance absolue. Il avait répondu à toutes les questions et Roncelin avait fini par l'engager.

— Aymon ?

L'appel venait d'un frère avançant à pas comptés sur l'étroite planche terminant l'échafaudage. Le jeune homme leva les yeux de son ouvrage et vit Geoffroy, un compagnon passé maître, qui lui souriait.

— Alors tu contemples la ville ? Elle est bien calme, n'est-ce pas, pour un jour de marché ? Ni les bourgeois ni les nobles ne sont sortis de leur tanière, aujourd'hui. Ils ont peur.

Par principe Aymon n'interrogeait jamais un maître sur ses affirmations, mais Geoffroy venait juste d'être initié. Peut-être pouvait-il tenter sa chance ?

— Peur de quoi ?

Geoffroy s'assit à côté du jeune homme et contempla le cadran solaire sur la tour de l'hôtel de ville.

— Attends un peu et tu vas comprendre.

Aymon reprit son marteau et frappa de nouveau le burin. Depuis ce matin, il travaillait enfin en extérieur, il sculptait les dents en pointe de la gargouille. La pierre se taillait bien. Peu à peu la gueule du monstre prenait forme et vie : le museau saillant, les crocs aiguisés, un vrai chien de l'enfer.

Un tumulte retentit sur la place. Une cohorte de cavaliers apparut qui escortait un chariot bardé de fer. Le cocher fouettait ses chevaux comme s'il avait le diable à ses trousses. Jetée par une main anonyme, une première pierre fusa sur le cortège. Aussitôt les marchands se précipitèrent pour protéger leurs marchandises. Les femmes se mirent à courir en hurlant tandis que les cavaliers tentaient de disperser la foule, lance au poing. De plus en plus de pierres frappaient le chariot à la volée. Le cocher, affolé, tentait de se frayer un passage à coups de fouet, cinglant passants comme chevaux.

Aymon, stupéfait, regardait les scènes de violence aveugle qui gagnaient le marché. Il était fasciné par le lourd chariot blindé de fer qui creusait sa route de chair et de sang dans la foule paniquée.

— Mais qui est-ce ?

Geoffroy cracha de dépit.

— Cauchon, l'évêque ! Qu'il soit maudit, lui et son engeance de traîtres ! C'est ce chien qui juge la Pucelle.

Le convoi venait de franchir la halle et se dirigeait vers la colline de Bouvreuil. Sur la place, on secourait les victimes. Le chariot, lui, continuait sa route. Il grimpait vers le Castel Vieux qui surplombait la ville. Aymon fit un geste pour se lever. D'en bas montait le gémissement des corps piétinés. Geoffroy retint le compagnon par la main : il fixait le chariot qui venait de s'arrêter au pied d'une tour donnant sur la campagne. Geoffroy tressaillit. C'est là que Jeanne était détenue.

— Mais ces gens ont besoin d'aide, protesta Aymon, nous devons leur porter secours.

Geoffroy desserra son étreinte, le regard toujours fixé sur la tour, arrogante et massive, qui semblait le défier.

— Non ! Toi, tu as une autre mission !

23

Jérusalem
21 juin 2009

La Ford venait de s'arrêter devant une villa qui jurait avec l'architecture environnante : une maison de deux étages, bâtie en pierre de taille, de style typiquement européen. Une petite allée aux haies taillées avec soin par un jardinier arabe menait au perron d'entrée. Le bruit du sécateur, quand Marcas passa près de l'employé, lui provoqua un frisson dans le dos. Un mauvais souvenir[1].

Le commandant ouvrit la porte et lui fit signe d'entrer.

— Commissaire, bienvenue chez les Templiers.

Le policier français pénétra dans la demeure. La maison climatisée exhalait une légère odeur de lavande, Antoine entra dans un vestibule à l'ancienne, orné d'un tableau du XIXe siècle montrant des paysans en pleine moisson.

1. Voir *Le Rituel de l'ombre.*

— Je ne vois pas très bien le rapport avec les chevaliers du Temple. Ils ont campé sur ce terrain pendant les croisades ?

Steiner prit un air moqueur.

— À vrai dire, nous ne parlons pas des mêmes Templiers. Cette maison a été bâtie à la fin du XIXe siècle par des colons allemands qui faisaient partie d'une secte protestante appelée les Templiers. Ils se sont d'abord établis à Haïfa et, ensuite, ont essaimé dans tout le pays, dont à Jérusalem où vous trouverez de nombreuses maisons de ce type. Elles s'arrachent aujourd'hui à prix d'or mais, il y a une vingtaine d'années, le gouvernement en a récupéré quelques-unes pour installer en toute discrétion certains de ses services. Venez, nous allons rejoindre l'équipe qui travaille sur Deparovitch.

Ils descendirent un long escalier de pierre et la température chuta sensiblement. Dans une immense cave transformée en poste de guet ultramoderne, trois hommes et deux femmes fixaient avec attention deux larges écrans muraux. Steiner et Marcas se postèrent derrière eux.

Sur l'écran de gauche, assis derrière un bureau luxueux, un chauve en peignoir sirotait un verre. En arrière-plan, on apercevait des statues et des tableaux entassés contre un mur. Le commandant pointa du doigt l'homme qui portait un verre à sa bouche.

— Je vous présente Deparovitch. Nous avons truffé ses bureaux de caméras miniatures. Maintenant regardez l'écran de droite : ce sont des vues de l'extérieur.

Une femme blonde en tailleur, portant de fines lunettes de soleil, venait d'apparaître. Elle tenait à l'épaule un sac de plage strié de bandes rouges et jaunes. Un garde la fouilla dans l'entrée, avant de la guider vers le bureau du trafiquant.

— Cette belle blonde est le lieutenant Melieva, qui opère en toute clandestinité, comme vous à Paris. Elle vient proposer à notre ami Deparovitch d'acheter une statuette disparue depuis une quinzaine d'années. Elle est censée partir du pays et veut se faire de l'argent avec l'héritage de son père. En principe, la transaction doit être finalisée aujourd'hui.

— Et il ne se méfie pas ? Ces types-là sont pourtant d'une prudence qui tourne souvent à la parano, non ?

— Pas plus que ça, l'un de ses complices habituels a servi d'intermédiaire de confiance.

— Vous l'avez détourné comment ?

— On l'a piégé avec un demi-kilo de coke déposé dans le coffre de son véhicule et découvert inopinément lors d'un contrôle antiterroriste. Ici, c'est dix ans de tôle assurés. Depuis, il se montre très coopératif.

— Peu légal, mais efficace !

Steiner fronça les sourcils en regardant l'écran. Le trafiquant restait assis derrière son bureau et tapotait l'accoudoir de son fauteuil. D'un geste, il venait de refuser que la jeune femme sorte la statuette du sac.

— Peu légal ? Vraiment… vous croyez. Ah ! J'ai l'impression que notre ami Deparovitch fait traîner les choses. Quand va-t-il sortir son fric ? Il nous faut absolument un flagrant délit, on ne peut pas intervenir avant.

Le Russe continuait de fixer l'agent double, les secondes s'égrenaient de façon inexorable. La jeune femme faisait de grands gestes, l'air contrariée.

— On n'entend rien. Vous n'avez pas sonorisé la pièce ? interrogea Marcas.

— Hélas ! non. Notre infiltré chez Deparovitch a bien posé les caméras, mais a oublié d'activer le son. Et il était trop dangereux de mettre un micro à Melieva.

Le trafiquant secoua la tête, se leva. La jeune femme avait l'air effondrée. Ses mains se serraient avec nervosité. Son interlocuteur s'approcha d'elle.

— Je ne comprends pas, dit Steiner d'un air sombre, il s'était pourtant engagé sur l'achat. Si la transaction n'est pas conclue, l'opération est foutue. Il faudra tout reprendre à zéro.

Deparovitch se rapprochait de plus en plus. Autour de l'écran, les collègues de Steiner ne quittaient pas des yeux la scène, conscients de leur impuissance. Ils suivaient, comme hypnotisés, les deux protagonistes telles des marionnettes sans fils. Soudain, l'un des adjoints prononça un mot qu'ils répéta plusieurs fois. Le visage de son supérieur se rembrunit aussitôt.

— Le fils de pute… Il est en train de lui réclamer un supplément en nature pour la payer. Il profite de la situation, l'enculé.

De longues secondes s'écoulèrent. Le trafiquant, le visage moite, revint vers le bureau et sortit de son tiroir une enveloppe épaisse qu'il fit tournoyer devant son peignoir entrebâillé. Melieva hésita un instant puis se leva avec lenteur.

— *Sababa*, c'est bon, murmura Steiner. Cette fois, on y va.

Il donna un ordre rapide dans un micro et montra à Marcas l'écran sur la droite. Une camionnette aux couleurs de la poste israélienne venait de s'arrêter devant la porte d'entrée. Un facteur en descendit et sonna. La porte s'ouvrit et le postier montra au gardien un bordereau à signer. Avant même qu'il réagisse, des hommes en civil surgirent des deux côtés de la rue. L'un d'entre eux le plaqua au sol tandis que les autres se ruaient à l'intérieur. L'écran se connecta sur la caméra à l'intérieur des couloirs. L'un des hommes de Deparovitch tenta de sortir une arme, mais fut aussitôt maîtrisé.

Antoine ne pouvait détacher son regard des deux écrans. Jamais il n'avait assisté à une opération filmée en direct. Sur l'écran de gauche, le trafiquant se leva brusquement et tenta de refermer son peignoir, mais la jeune femme blonde le saisit et le plaqua sur le bureau.

Steiner sourit et se tourna vers le commissaire.

— Et voila. *Totach* : on l'a eu !

Antoine ne sut que répondre tant la scène qu'il avait vue se dérouler sous ses yeux lui paraissait irréelle. C'était comme s'il avait regardé une série télé américaine. Les personnages qui s'agitaient sous ses yeux paraissaient totalement désincarnés. Il était presque déçu.

— Et maintenant ?

— Deparovitch va être emmené chez un juge qui lui signifiera sa mise en examen, comme on dit en

France. Ses bureaux seront passés au peigne fin ainsi que ses trois entrepôts. Nous allons avertir les Russes pour qu'ils puissent remonter la filière. Il est cuit.

Antoine continuait à fixer l'écran. La caméra avait zoomé sur le visage de Deparovitch dévoré d'un rictus de haine. Le mal à l'état pur.

Steiner saisit un dossier qu'un adjoint venait de poser sur le bureau et prit Marcas par l'épaule.

— Venez, on va fêter ça !

24

Le Castel Vieux
Rouen
7 mars 1430

Le Castel Vieux de l'évêque Cauchon était un château aux murailles épaisses et aux douves profondes. Un repaire de pierre sombre, bâti sur une colline d'où s'élevait la lourde masse du donjon dont l'ombre, l'hiver, s'abattait comme un coup d'épée sur les alentours. Dans la cour d'honneur où donnaient les écuries, s'ouvrait la lourde porte du logis au bois massif bardé de têtes de clous. C'est là que se dirigeaient les pas de l'évêque.

Précédé d'un valet qui portait un flambeau, il monta l'escalier à vis qui menait aux appartements. Entre les murs suintant d'humidité, le souffle des respirations se condensait en de petits nuages blêmes que l'ombre dévorait aussitôt. L'hiver venait de prendre fin selon le calendrier, mais ni la terre ni le ciel ne semblaient en avoir eu vent. Les ténèbres étaient glacées, les champs craquaient sous le givre tandis que les loups hurlaient à la mort dans les campagnes.

La porte des appartements privés s'ouvrit et une bouffée de chaleur gagna le palier. L'évêque entra dans la grande salle où se tenaient les domestiques alignés. D'un geste, Mgr Cauchon les renvoya à leurs offices et se dirigea vers la cheminée où un tronc de chêne flambait dans un déluge d'étincelles. Sur les murs, de longues tapisseries au dessin naïf contaient les mérites et les hauts gestes des évêques de Rouen. On y voyait des prélats au regard éthéré laver les pieds des pauvres, de saints chanoines braver la mort pour écouter la confession de lépreux, des prêtres bottés et casqués combattre l'Infidèle, une épée rouge de sang à la main.

L'évêque Cauchon, lui, avait d'autres préoccupations.

— Le chevalier est-il arrivé ?

— Pas encore, monseigneur.

— Quand il sera là, conduisez-le aussitôt dans ma chambre. C'est là que je dînerai. Préparez la table.

Abandonnant la chaleur de la cheminée, l'évêque traversa la salle et ouvrit une porte dissimulée sous la tapisserie centrale. Une fois entré, il verrouilla de nouveau la serrure et refixa la clé à sa ceinture. Cette fois, il était chez lui, dans la tour Noire, la partie la plus ancienne du château dont on disait qu'elle avait été édifiée par les Romains, et avait résisté à tous les sièges. Il traversa la pièce, jeta un œil et alla ouvrir la porte de l'antichambre.

Un serviteur s'inclina et, silencieusement, alla préparer la table pour le dîner.

Une nappe brodée fit son apparition, suivie de deux couverts en étain et d'une carafe de vin couleur rubis.

Des torches, fixées dans des attaches de bronze, jetaient une lumière fugitive sur les murs. L'évêque s'était agenouillé dans l'oratoire et, les mains sur le visage, priait en silence.

La journée avait été mauvaise. Toute la matinée, il avait interrogé la Pucelle. Cette maudite, couverte de chaînes, qui puait comme un rat crevé. Si ses partisans pouvaient la voir, avec ses cheveux raides, ses habits d'homme et son odeur de merde, ils ne la prendraient pas pour une envoyée du Seigneur. Et pourtant, elle se défendait encore, d'une voix douce, invoquant sans cesse les Voix qui lui commandaient de délivrer le royaume de France.

Cauchon se signa, écœuré.

Depuis quand Dieu et les saints parlaient-ils à des bergères incultes, des fileuses de laine ? Une folle, une pauvre folle, mais que l'évêque ne parvenait toujours pas à faire passer pour une sorcière. Et les Anglais s'impatientaient. Sans compter le peuple. Ce matin, il avait encore essuyé des jets de pierre. De plus en plus violents. Il ne pouvait plus traverser la ville sans escorte, sinon il risquait sa vie.

Le visage en sueur, l'évêque s'essuya le front.

Le procès de Jeanne n'avançait pas. Depuis qu'on harcelait de questions la Pucelle, les juges n'avaient pas réussi une seule fois à la mettre en difficulté. Aux interrogations les plus délicates, elle répondait avec une naïveté confondante. Pire, ses réponses se répandaient dans le peuple, qui en faisait une sainte.

L'évêque soupira. Il était en train de perdre la bataille de l'opinion. À croire que cette démone avait un secret.

— Monseigneur, appela le valet, le chevalier vient d'arriver.

Cauchon se tourna vers l'une des meurtrières qui donnait sur la cour. Un cheval hennissait tandis qu'un bruit pressé de pas remontait l'escalier.

— Faites-le entrer avec les précautions d'usage.

Le chevalier fut arrêté dès qu'il arriva au palier des appartements. Un valet, d'une main experte, lui tapota le dos, les côtes, s'assura de son entrejambe et lui palpa les cuisses jusqu'aux chevilles.

L'évêque l'attendait dans la chambre. Aussitôt le chevalier franchit la porte et vint s'agenouiller près de la robe immaculée du prélat.

— Monseigneur, je vous demande votre bénédiction.

Cauchon esquissa un signe de croix, mais ne lui tendit pas son anneau épiscopal à baiser.

— Relève-toi, Guy, je t'ai attendu.

— Votre Seigneurie, j'ai été retenu en ville. Des affaires.

— Tu n'as pas d'autres affaires que celles que tu mènes pour moi ! Tiens-le-toi pour dit et…

Guy protesta de son dévouement. Toute la soirée, il avait parcouru la ville, errant de taverne en taverne. Lui, le futur prêtre, et tout ça pour informer Son Éminence sur l'état du peuple. Il avait dû boire avec des ivrognes, parler à des femmes de mauvaise vie…

— Des ribaudes, ricana l'évêque, n'est-ce pas pour les avoir trop fréquentées que l'on t'a chassé de l'université de Paris alors même que tu allais recevoir tes diplômes ?

— Un affreux malentendu, se justifia Guy, je me suis juste trouvé au mauvais endroit...

— ... au mauvais moment, le coupa Cauchon, c'est aussi ce que m'a dit ton père, quand il m'a supplié de m'occuper de toi.

Le chevalier s'inclina.

— Et je ne saurai trop remercier Votre Seigneurie de l'honneur qu'elle m'a fait de...

— Et cette cicatrice sur ton visage ?

Instinctivement d'Arbrissol porta la main à sa joue.

— Cette balafre qui joint si délicatement le lobe de ton oreille à la commissure de tes lèvres, un accident sans doute... à moins que ce ne soit le coup d'épée d'un mari jaloux ? Crois-moi sur parole, Guy, je n'ai accepté de te faire *oublier* dans ce diocèse de Rouen que pour une seule et bonne raison : que tu me trouves des preuves pour faire condamner la Pucelle au bûcher.

— Je cherche, monseigneur, je cherche ! Je vous suis dévoué comme un fils. Vous êtes mon protecteur, mon modèle...

D'un coup de poing, l'évêque Cauchon frappa sur la table, le visage rouge de colère.

— Cela fait deux mois que j'ai accepté de présider le tribunal qui juge celle que l'on nomme la Pucelle. Une hérétique. Une fille du peuple qui se croit investie d'une mission divine et veut renverser les saintes lois de l'Église. Seuls les hommes de Dieu peuvent parler au nom de Notre-Seigneur. Pas une femelle !

— Sans aucun doute, monseigneur. Vous craignez que...

Subitement inquiet, Cauchon le coupa.

L'évêque se retourna d'un coup, le regard enflammé, comme s'il allait lancer une excommunication.

— Qu'aurais-je à craindre, chevalier, selon toi ?

— Mais rien, monseigneur, je voulais juste dire que…

— Aurais-je à craindre quelque chose parce que je juge cette folle qui croit que Dieu lui parle ? Cette possédée de l'enfer qui prétend sauver la France ?

— Monseigneur, vous vous emportez ! Vous ne faites qu'exécuter la volonté de Dieu.

La colère de Cauchon sembla tomber d'un coup.

— Tu crois ? Tu crois vraiment ?

Guy s'agenouilla, saisit le bas de la robe de l'évêque et baisa le tissu.

— Je le crois sur ma vie, monseigneur, sur ma vie !

D'un coup de pied, l'évêque le fit rouler sur les dalles.

— Alors, si tu ne veux pas mourir jeune, trouve-moi quelque chose pour que cette maudite Pucelle crève sur le bûcher.

25

Jérusalem
21 juin 2009

Steiner avait entraîné son collègue français dans un escalier en colimaçon qui montait jusqu'aux archives pour donner sur une terrasse face au jardin.

— Alors ? lança l'Israélien.

Antoine écarquilla les yeux. Sous le soleil de plomb s'étendait un jardin typique de l'Europe du Nord : gazon étincelant, pins sylvestres, source gazouillant entre les fleurs aux couleurs délicates. Rien n'avait été oublié pour créer une atmosphère digne des Alpes bavaroises.

— Ne me dites pas que c'est vous qui avez imaginé ce jardin !

Steiner s'esclaffa.

— Nous nous contentons de l'entretenir ! Mais il était là bien avant nous. Un héritage imprévu des fameux Templiers dont je vous ai parlé. Mais, je vous en prie, servez-vous.

Marcas s'assit sous la toile écrue qui les protégeait de la chaleur déjà forte.

— Servez-vous, répéta Steiner, vous avez là des *samboussek*, des petits chaussons à base de pâte à pizza fourrés avec de la sauce tomate et du fromage fondu. À côté, des *pitas* sur lesquels vous déposerez un peu de *houmous*, des pois chiches écrasés mélangés avec de l'huile d'olive et des herbes. Il y a aussi de la *téhina*, à la graine de sésame. Et, bien sûr, des *falafels*, boulettes de farine de pois chiches avec de l'ail et du persil, frites à l'huile. Bon appétit.

— À vous aussi, répondit le commissaire en plongeant la main au hasard, mais parlez-moi de ces Templiers qui ont créé ce jardin, je vous avoue qu'ils m'intriguent.

— En fait, je ne vous ai raconté que le début de l'histoire. La suite est bien plus intéressante. Figurez-vous que cette communauté de protestants allemands vivait en bons termes avec ses voisins juifs jusqu'à l'arrivée de Hitler au pouvoir en 1933. Mais à partir de là tout a changé et ils ont ouvert une section du parti national-socialiste. Leur siège était dans cette maison et, dans ce jardin, un drapeau à croix gammée flottait au vent.

Marcas se redressa sur sa chaise.

— Des nazis en plein Jérusalem ? Je croyais que c'étaient les Anglais les maîtres des lieux, à l'époque ?

— Bien sûr, mais les Templiers étaient une colonie établie depuis longtemps et respectée par les autorités. Quand ils ont commencé à se véroler idéologiquement, ça s'est fait de façon insidieuse et la guerre n'avait pas encore éclaté.

— Incroyable !

— Cruelle ironie, cette maison bâtie au cœur de Jérusalem a été interdite aux Juifs et le portrait d'Adolf Hitler trônait dans l'entrée.

— Et que sont-ils devenus au moment de la guerre ?

— Par la suite, ces pseudo-Templiers ont été emprisonnés et expulsés, mais le fait est que des antisémites revendiqués comme tels ont vécu dans la cité sainte pendant des années.

Antoine contemplait le jardin au charme bucolique. Le mal se nichait partout, surtout là où on ne l'attendait pas. Comme la mort symbolisée par le tombeau dans le tableau de Poussin.

— *Et in Arcadia ego*, prononça lentement Antoine. Dites-moi, Steiner, vous avez fait du latin ?

— *In vino veritas*, proclama l'Israélien en sortant une bouteille de vin de sous la table.

Il détailla l'étiquette avec un plaisir évident.

— Mes supérieurs nous gâtent. C'est un excellent rouge d'ici, un Ben Ami, année 5762 de notre calendrier.

Marcas reprit l'information au vol.

— En termes de temps maçonnique, nous sommes exactement en 6009, après la date du Déluge, mais peut-être est-ce inscrit sur vos fiches.

Steiner fit couler le liquide rouge dans un verre en cristal taillé. Le breuvage miroita sous la lumière.

— Nos informations ne vont pas jusque-là ! En revanche, il va falloir que je parle à mon rabbi. Notre calendrier commence aussi au Déluge et nous sommes, nous, en 5770. Il y a comme un problème…

Antoine se mit à rire.

— Je ne suis pas assez savant pour trancher cette querelle chronologique mais il va falloir, moi aussi, que j'en parle à mon Vénérable.

— Je suis heureux de vous voir de bonne humeur, vous allez en avoir besoin. Tenez.

Steiner tendit un dossier de couleur grise.

— C'est le rapport d'autopsie du Canadien, je n'ai pas osé vous le donner pendant l'arrestation de Deparovitch.

— Vous l'avez lu ?

— Feuilleté seulement, pendant que vous contempliez le jardin.

Marcas posa la chemise sur la table.

— Il me suffit de voir votre visage pour savoir ce qu'il y a dedans.

La voix du commandant se décomposa.

— Croyez-moi, j'en ai vu des saloperies. Surtout depuis que les immigrés russes sont venus s'installer ici. Mais ce qu'ils ont fait subir à ce Canadien...

Antoine contemplait le dossier posé entre les *pitas* et les *falafels*. Quelques pages seulement mais qui disaient l'innommable.

— Si vous avez besoin de quoi que ce soit pour coincer ces salauds...

— Je voudrais rencontrer la propriétaire du dessin de Poussin seul à seule. Le plus rapidement possible.

— Rapidement, ça signifie quoi ?

Antoine fixa son homologue.

— Ça signifie tout de suite.

26

Rouen
Taverne des Deux-Étains
8 mars 1430

Chaque soir, après la fermeture du chantier, les ouvriers de la cathédrale se donnaient rendez-vous dans la taverne la plus proche. Les apprentis goûtaient au cidre local et jouaient aux dés tandis que maîtres et compagnons, installés au fond de la salle, parlaient à voix basse. Geoffroy, le jeune passé maître, s'était installé contre une des parois de la cheminée, le corps oubliant les rigueurs du froid dans la douce euphorie d'un bûcher de bois sec. À le voir, le dos collé contre la pierre, les yeux mi-clos, les mains croisées sur la table, on aurait dit un chat repu que le sommeil gagne. Pourtant, derrière la fatigue apparente des paupières, il observait avec attention la grande salle où buveurs impénitents et joueurs invétérés s'interpellaient dans un vacarme continu. À force de les observer, désormais Geoffroy les connaissait tous. De chacun, il savait le nom, les habitudes et les opinions, il lui avait suffi de laisser ses oreilles faire leur travail pendant que lui semblait dormir comme un bienheureux. À la vérité, sous ses paupières à demi closes, il traçait dans sa mémoire le portrait de chacun des habitués de l'auberge. Du commerçant raisonneur qui se plaignait de ses affaires et se laissait aller aux jugements politiques à l'artisan sans travail qui, sitôt ivre, mélangeait, dans ses prières, Dieu le Père et Jeanne la Pucelle. Les plus difficiles à mémoriser étaient les paysans qui venaient vider un pichet les jours de marché, mais ils apportaient de précieuses informations sur l'état des campagnes.

Chaque matin, avant l'ouverture du chantier, Geoffroy rendait compte de ses observations à maître Roncelin. Ce dernier l'écoutait avec attention, sans jamais le faire répéter ni l'interrompre. Quand Geoffroy avait fini son rapport, le maître du chantier se contentait de hocher la tête et de lui donner l'accolade fraternelle. Le jeune maître ignorait ce que Roncelin faisait de ses informations. Les gardait-il pour lui ou les faisait-il passer par un de ces compagnons qui parcouraient le pays de chantier en chantier ? En tout cas, depuis le début du mois, maître Roncelin avait le front plus plissé lorsqu'il écoutait Geoffroy et, un matin, après son rapport, il lui avait fait signe de l'écouter.

— Tu te rappelles que je t'avais demandé de veiller sur notre frère Aymon ?

Geoffroy s'inclina. Dès que le nouveau frère était arrivé, il l'avait pris en charge.

— Oui, vénéré maître, je l'ai affecté à la taille des gargouilles. Il voit peu de nos frères et descend rarement au sol. Il préfère rester dans les hauteurs de la cathédrale. C'est un solitaire.

— Est-il déjà allé à la taverne ?

— Une fois ou deux, pas plus.

Roncelin croisa les mains sur la poitrine, signe d'une décision d'importance.

— À partir de demain, je ne veux plus qu'il descende. Tu lui porteras toi-même la nourriture. Fais-le travailler à l'intérieur. Qu'il taille la pierre brute au dernier niveau. Et surtout que nos frères ne le voient plus.

D'un discret mouvement de tête, Geoffroy indiqua qu'il avait compris, mais une question le préoccupait.

— Et si l'un d'eux demande où est Aymon ?

— Dis-leur qu'il est parti pour un autre chantier. Un pont fortifié. Sur la Loire.

Geoffroy avait posé la main droite sur son cœur en signe d'obéissance et s'était dirigé vers la porte de l'atelier. La voix grave de Roncelin le rattrapa.

— Un dernier point. Sois plus attentif que jamais à la taverne. Ne néglige rien. Ni homme ni signe. Et surtout, si un nouveau venu fait son apparition, mémorise son visage et rends-moi compte aussitôt.

Depuis, Geoffroy avait scrupuleusement appliqué les nouvelles directives. Aymon vivait confiné dans un des ateliers de la cathédrale et passait ses journées à tailler des balustres de pierre. Aux frères qui s'inquiétaient de ne plus le voir, le jeune maître avait expliqué qu'Aymon avait fini son temps et qu'il était parti continuer son tour du royaume. Nul n'avait été surpris et tous avaient oublié ce compagnon qui, seul, sous les combles de la cathédrale, attendait son destin.

Ce soir-là, Geoffroy semblait succomber aux charmes conjoints de la chaleur du feu et d'un gobelet de cidre. Il était tard et les habitués se faisaient peu nombreux. L'un d'eux pourtant méritait une attention particulière. Le passé maître l'avait déjà observé à plusieurs reprises. Les commerçants lui parlaient avec déférence et n'hésitaient pas à lui payer à boire. Au fil des conversations, le maître maçon avait fini par comprendre que ce personnage, qui répondait au nom de Le Normand, était l'officier chargé de l'approvisionnement du Castel Vieux. C'était lui qui achetait victuailles, bois et chandelles, tout ce qui était nécessaire au tribunal qui jugeait la Pucelle. L'homme parlait peu, mais buvait sec. Il ne refusait jamais un gobelet et pouvait rester des heures à vider pichet sur pichet. Pourtant son ivrognerie restait contrôlée : jamais il n'élevait la voix ou ne sortait titubant de l'auberge. Il tient drôlement l'alcool, songea Geoffroy. Lorsqu'il avait parlé de Le Normand à Roncelin, le vieux maître avait levé un sourcil broussailleux et dévoilé un œil brillant ; Geoffroy en avait conclu qu'il devait se concentrer sur cet officier du château.

Un à un les habitués quittaient leur table pour aller dormir quand la porte de l'auberge s'ouvrit sur un inconnu qui balaya la salle du regard. Dès qu'il aperçut Le Normand, un sourire traversa sa joue jusqu'à l'oreille. Geoffroy tressaillit : une cicatrice en forme de faucille zébrait tout un côté de son visage. Le Normand posa précipitamment son gobelet et se leva pour accueillir l'hôte imprévu.

Aucun des deux ne regardait dans la direction des maçons installés près de la cheminée. Discrètement, Geoffroy quitta sa place et vint se couler entre deux apprentis qui jouaient une partie acharnée de dés. D'un geste, il leur fit signe de se taire et tendit l'oreille. Le Normand et l'homme à la cicatrice étaient juste à la table voisine.

— Alors, Guy, tu as vu l'évêque ? interrogea l'officier en se versant une nouvelle rasade de vin, on dit que le procès de la Pucelle n'avance guère.

— On fait plus que le dire, renchérit d'Arbrissol, même monseigneur le reconnaît. Si on ne trouve pas une preuve irréfutable pour condamner cette illuminée au bûcher, le peuple en fera une sainte.

— C'est déjà fait ! Chaque matin, je reçois des marchands qui viennent me proposer leurs produits et, tout en négociant, je les interroge sur l'état de l'opinion. Crois-moi, la Pucelle est déjà canonisée.

— Je le sais bien, soupira Guy, monseigneur m'oblige à faire la tournée des tavernes et à payer à boire à la populace. On ne jure que par Jeanne. Un colporteur m'a même proposé une médaille gravée à son effigie.

Un rire amer secoua Le Normand.

— Tu sais comment les paysans appellent notre bon évêque ?

— Je m'attends au pire.

— Judas !

D'Arbrissol ne pipa mot. L'officier répéta :

— Judas. Traître comme Judas ! Tu as compris ? Ces gueux ont toutes les audaces !

— Les chiens, murmura le chevalier, comparer Judas à...

— Qu'est-ce que tu racontes ? C'est le contraire...

— Bien sûr, le coupa Guy, bien sûr. Où ai-je la tête ?

— En tout cas, si ce procès se prolonge, la ville va se soulever d'un bloc et ce ne sont pas les vieilles murailles du château qui nous protégeront. L'évêque craint un coup de main des partisans de Jeanne. Le Castel Vieux est tout vermoulu. Les murs sont crevassés, les courtines prêtes à s'effondrer. S'il était attaqué, le Castel Vieux s'effondrerait comme un château de cartes.

— Monseigneur est au courant ? interrogea Guy en serrant son gobelet pour éviter qu'on ne voie sa main trembler.

— Penses-tu ! Personne n'ose rien lui dire ! Il n'y a qu'un endroit de sûr dans le château, c'est la salle où la Pucelle est détenue et uniquement parce que les gardes sont nombreux. Parce que les murs...

— Les murs ? reprit Guy d'une voix éteinte.

— Les murs ! s'esclaffa Le Normand. Ils sont tellement friables que la Pucelle passe son temps à dessiner dessus. À y graver des dessins.

D'Arbrissol posa son gobelet d'un coup. Son émotion était trop forte. Il devait se contrôler. Déjà tout à l'heure...

L'officier éclata de rire.

— Qui sait ? Elle veut peut-être laisser un message à la postérité avant de partir en fumée ?

Le patron de la taverne surgit brusquement de la cuisine. L'horloge du couvent voisin venait de sonner pour inviter les moines à la première prière de la nuit.

— Mes beaux sires, annonça-t-il, il est temps pour moi de fermer. Les soldats du guet ne plaisantent pas avec l'heure du couvre-feu.

Le Normand et son commensal furent les premiers à partir. En revanche une bordée de protestations monta du côté de la cheminée. Les frères maçons répugnaient à quitter la chaleur de l'auberge pour aller dormir dans le dortoir glacial de leur atelier.

— De quoi vous plaignez-vous ? insista le patron. Vous n'avez que quelques rues à traverser pour être rentrés. La cathédrale est à deux pas.

Geoffroy se leva, suivi par les compagnons et les apprentis. Il jeta une pièce d'or sur la table pour payer la dépense et interrogea l'aubergiste.

— Qui était donc cet homme qui parlait avec Le Normand ? Il me semble l'avoir déjà rencontré en ville. Il a un visage qui ne s'oublie pas !

— Le dernier entré ? On l'appelle Guy d'Arbrissol.

Le jeune maître retint le nom pour le donner, dès le matin, à Roncelin.

— Mais si j'ai un conseil à vous donner (le patron baissa la voix), ne vous en approchez pas ; ce client-là, c'est une âme damnée !

Geoffroy se pencha pour mieux entendre la confidence.

— Cet homme-là… sa balafre sur le visage… C'est le diable qui lui a faite !

27

Jérusalem
Quartier sud-est. Talpiot.
21 juin 2009

À l'intersection de deux grandes artères peu éclairées qui jouxtaient la ville nouvelle, la voiture décapotable grise filait tel un squale dans une eau sombre. Le conducteur affichait un sourire énigmatique et jetait de temps à autre un coup d'œil à sa passagère dont la tête reposait en arrière, les pieds nus appuyés contre le haut de la portière. Une musique stridente, syncopée, sortait des haut-parleurs et inondait les rues qu'ils traversaient à toute allure.

Il tourna à un feu et appuya sur le boîtier GPS posé à côté du tableau de bord. En surimpression du plan de la ville, une flèche luminescente verte formait un coude en direction d'un point rouge qui clignotait.

— Voyons. Nous allons arriver dans le quartier de Talpiot où se trouve la boîte, ce n'est plus très loin. J'espère que l'endroit n'est pas surfait. J'ai des doutes sur la musique dans ce pays. Les Juifs ne sont pas réputés dans ce domaine.

Kyria s'étira langoureusement.

— C'est pas bien de faire de l'antisémitisme musical.

— Cite-moi un seul groupe, un seul DJ israélien, de niveau international !

— Tu as dit pareil pour l'Inde avant d'aller là-bas et on a déniché DJ Rama. Une vraie perle. De toute façon, on n'est pas ici pour se huiler les tympans. Après avoir récupéré les infos pour la mission, tu pourras chercher des tuyaux sur la scène Transe de Jérusalem.

— Peut-être. Il n'empêche que ce que j'ai vu au sujet de la boîte où nous allons ne me branche pas. Sur leur site Web, c'est genre complexe bar-restaurant-boîte à touristes, ça fait partie d'une chaîne dans tout le pays. Tu me connais, je suis un puriste. Ils font même des soirées à thème. Tu te rends compte…

— Quelle horreur, se moqua sa compagne, mais comme on s'en fout…

Tristan mit son clignotant et emprunta une avenue bordée de grues et de pelleteuses.

— Jérusalem, dit la fille d'un air songeur. La ville du Christ. Nous qui travaillons pour la confrérie de Judas ! On n'arrête plus l'ironie ! Putain, je me ferais bien un pèlerinage d'enfer au Golgotha !

— Pour l'instant, on doit localiser le dessin. En douceur…

— « En douceur »… Je déteste ces putains de mots ! Moi, j'ai envie de voir le Golgotha. J'ai besoin de sentir l'atmosphère, d'imaginer le corps sur la croix, la sueur qui vire à l'aigre à cause de la peur, le bruit sourd des clous qu'on enfonce…

— Arrête, tu t'excites pour rien !

— La prochaine fois que je tue, ce sera avec les instruments de la Passion : le fouet qui lacère les chairs, les épines qui déchirent le front…

— Arrête, tu vas…

Kyria fixait, hypnotisée, les lumières qui défilaient. Soudain son pied posé sur la portière se raidit et tressauta. Tristan jeta un regard inquiet dans sa direction. Il savait ce que cela signifiait et prit peur. La fille commença à tressauter, ses membres se raidirent. Sa tête partit dans tous les sens comme une poupée désarticulée.

— Je le savais ! Merde ! Reprends-toi, bordel !

Elle n'entendait plus, une fine écume blanche sortait de ses lèvres. Il vit dans le rétroviseur ses yeux rouler dans leurs orbites. Il fallait qu'il s'arrête maintenant. Tout de suite.

Il freina brusquement et se gara à un arrêt de bus. Sa compagne gémissait et se débattait, retenue par la ceinture de sécurité. Il savait ce qu'il devait faire. Il prit dans la boîte à gants son sac à main et en sortit une barre en caoutchouc qu'il inséra avec difficulté dans sa bouche. Elle avait subitement une force surhumaine et s'agitait comme une possédée. Il prit ensuite une petite ampoule de couleur brune, la cassa en deux et, tout en lui bloquant la tête avec son avant-bras, fit couler le liquide dans sa bouche. Puis il la lâcha et la laissa se débattre. Une minute s'écoulerait avant que le médicament fasse de l'effet. Il regarda autour de lui, la rue était déserte :

seules quelques voitures filaient à toute allure sans se préoccuper de leur sort.

— La lumière brûle ! hurla Kyria.

Il posa ses mains sur le volant et calma sa respiration. Les crises se rapprochaient dangereusement et devenaient de plus en plus incontrôlables. Elles avaient commencé juste après le premier meurtre, un an et demi auparavant. Un médecin neurologue avait diagnostiqué une forme d'épilepsie très rare et lui avait fourni un médicament adapté. Tristan savait qu'une fois la crise terminée, elle ne se souviendrait de rien. La dernière manifestation était survenue à Saint-Ouen, juste après qu'elle eut achevé le Canadien dans le garage. Il n'aurait pas dû la laisser faire. Elle s'était jetée sur le cadavre et l'avait lacéré à coups d'ongles rageurs. Il avait dû batailler pour l'éloigner du corps et la maîtriser.

Kyria finissait de se calmer, ses jambes donnaient des coups plus faibles contre le tableau de bord. Ses paupières tombèrent, sa tête se posa contre la portière. Il prit un mouchoir, essuya sa bouche et retira le morceau de caoutchouc. Heureusement, elle ne s'était pas mordu les lèvres jusqu'au sang comme la dernière fois. Il réajusta sa jupe qui était remontée au-dessus de son string. Une onde de désir le submergea. Son sexe se durcit. Il hésita un instant, puis glissa sa main entre les cuisses entrouvertes. Il la retira aussitôt. Pas cette fois.

Quelques minutes s'écoulèrent avant qu'elle sorte de sa torpeur. Elle ouvrit les yeux et le regarda avec étonnement.

— J'ai dû m'endormir, nous sommes déjà arrivés ?

— Pas encore, mon amour. Je me suis juste arrêté pour régler le GPS. On repart.

La décapotable démarra et fila sur l'avenue. La circulation devenait plus dense. La voiture longea le centre commercial Kanyon Hadar sur Koenig Street qui ressemblait au décor d'un parc de Disney, puis tourna encore une fois pour déboucher sur Haoman Street. Sur le trottoir de droite, une longue file s'étirait sur une trentaine de mètres. Les barrières de sécurité accrochées les unes aux autres avaient du mal à contenir la centaine de jeunes qui faisaient le pied de grue pour avoir le privilège de rentrer au Bar Haoman 17. Deux videurs blond peroxydé qui ressemblaient à des catcheurs faisaient entrer au compte-gouttes la file des clients.

La Chrysler grise s'arrêta pile devant l'entrée. Posté derrière les videurs, un homme de quarante ans environ, vêtu d'un costume bleu électrique, aux épaules massives, les cheveux poivre et sel, vint immédiatement à leur rencontre. Il s'inclina brièvement pour les saluer.

— Andy Galbraith. Le gérant de cet établissement. Suivez-moi.

Il fit un signe de tête aux videurs qui s'écartèrent, sous les regards haineux des clients parqués devant la porte. Un flot de musique house les submergea. Ils passèrent rapidement l'entrée et arrivèrent dans une immense salle, une sorte de cube gigantesque orné de piliers sur lesquels une lumière rose montait et redescendait au rythme du son. Une foule en sueur s'agitait frénétiquement devant deux couples de danseurs à moitié nus qui mimaient des poses lascives.

— Ça commence à devenir civilisé ! Pas mal, le son ! s'écria Tristan.

Leur guide les conduisit devant un bar surplombé d'un miroir où l'on voyait se déhancher des danseuses en transe.

— Les Israéliennes te plaisent ? demanda Kyria.

— Pas mal du tout. Tu vois ? Je ne suis pas antisémite.

— Dans ce cas précis, je préférerais que tu le sois.

Le gérant les fit passer dans un salon privé protégé par des tentures bleu nuit. Il leur désigna un canapé en cuir élimé qui tranchait avec le décor résolument moderniste de la boîte. Galbraith les dévisagea de façon insistante.

— Je vous voyais plus âgés.

— La valeur n'attend point le nombre des années, répliqua la jeune femme. Où en est-on avec la cible ?

Le gérant pinça les lèvres, sortit son portable de la poche de sa veste, appuya sur un bouton et tourna l'écran vers les deux invités.

— La vidéo a été tournée il y a quatre heures à l'hôtel American Colony. Nous l'avons attendu à son arrivée. Il était accompagné d'un policier local. On tente de l'identifier.

L'image s'anima. Deux hommes entraient dans un hall de style colonial, l'un d'entre eux portait une valise et une serviette. Des clients allaient et venaient entre eux et la personne qui filmait. Les hommes se dirigeaient vers le comptoir, apparemment en grande conversation. La caméra zooma sur le visage du Français qui apparut en gros plan.

— C'est lui ! C'est bien le flic que j'ai shooté à Saint-Ouen.

Galbraith posa le portable sur la table alors qu'un serveur déposait trois coupes devant eux.

— Ensuite, il est monté dans sa chambre. Il vient d'en sortir, il y a à peine une heure.

— Où est-il maintenant ?

— Il se dirige vers la vieille ville, l'un de mes hommes le suit.

— A-t-il emporté quelque chose ? interrogea Kyria.

— Oui, la serviette.

— Alors il a le Poussin avec lui.

Tristan intervint :

— OK, pour le moment on ne bouge pas. On attend les ordres.

Le gérant s'adossa contre le divan, l'expression de son visage devint plus sombre, presque méprisante.

— Je ne comprends pas pourquoi on fait appel à vous. Je suis le responsable de l'organisation dans ce pays, je connais cette ville mieux que personne et j'ai des hommes dévoués pour exécuter le travail. Et puis j'aurais préféré un autre endroit pour se rencontrer, c'est mauvais pour ma couverture.

La jeune femme afficha un air doux et lui prit l'avant-bras.

— Joindre l'utile à l'agréable, quoi de plus harmonieux dans la vie ? On nous a dit que c'était la meilleure boîte du pays. Se détendre et écouter un peu de musique pendant une mission est un privilège. Maintenant, vous pouvez toujours contacter qui de droit pour vous plaindre.

— Monsieur peut aussi aller au mur des Lamentations, ça fera couleur locale, ajouta son compagnon.

Galbraith les toisa de haut.

— Je suis dans l'organisation depuis vingt ans. Miller est devenu cinglé de choisir des gamins comme vous.

Kyria crispa sa main sur la veste du type. Son visage avait perdu toute expression de douceur.

— Le problème, avec les vieux cons, c'est qu'ils ne pigent pas tout de suite. Écoute, papy, soit tu obéis, soit tu reçois un billet aller simple pour les States, demain à la première heure. On n'a pas de temps à perdre. Tu as reçu des ordres : tu les exécutes.

Le gérant hésita un instant. Le message de l'organisation, expédié deux jours plus tôt, était clair. Il devait se conformer en tout point aux exigences des deux envoyés. En tout point. Il poussa un soupir.

— OK. Je fais quoi, alors ?

— Tu nous amènes jusqu'au flic français. À partir de là, on prend la relève.

28

Au-dessus de l'Atlantique
21 juin 2009

— Monsieur… Monsieur ?

John Miller émergea de la courte sieste qu'il s'était autorisée. Pas plus de quinze minutes. Juste le temps de recharger les batteries.

L'hôtesse de l'air le regardait avec des yeux pétillant d'admiration. Miller lui renvoya un sourire. Il avait pour principe de toujours apparaître abordable aux yeux des inférieurs. En politique comme en affaires, il n'y avait qu'un secret : inspirer confiance, et il ne fallait jamais baisser la garde. Il regarda avec un peu plus d'attention l'hôtesse.

— Vous vous appelez comment ?

— Jody, monsieur.

Une voix un peu rauque pour son âge. Elle devait fumer pendant les escales.

— Il y a longtemps que vous travaillez pour le gouvernement, Jody ?

L'hôtesse rougit de plaisir malgré la couche de maquillage trop épaisse entre les pommettes et les lèvres. Recrutée il y a peu, sinon elle aurait appris à se maquiller avec plus de discrétion.

— Ne dites rien, vous venez de nous rejoindre, n'est-ce pas ?

— C'est-à-dire, monsieur, que je travaillais pour Delta Airlines et…

Elle nasillait légèrement. Une habitude qu'elle n'avait pas eu le temps de perdre dans une métropole du Nord.

— Vous venez du Sud. Missouri, je me trompe ?

— L'État d'à côté, monsieur, mais comment vous faites pour deviner ?

John Miller sourit, modeste. Elle avait combien ? Vingt-trois, vingt-quatre ans ? Elle avait commencé simple hôtesse chez Delta et se retrouvait sur un vol gouvernemental. Deux solutions. Ou elle suçait le sénateur de son bled ou bien son papa était un de ces gros propriétaires terriens sachant faire le chèque qui convient lors des élections. Mieux valait parier sur la dernière hypothèse. Même fausse, la fille en serait flattée.

— Mais je sais déjà tout de vous, Jody. Je vois la vaste maison d'enfance, les terres à perte de vue, les après-midi de bridge de votre mère, les soirs de réception sous la véranda… Il suffit de vous voir, racée, subtile, une vraie femme du Sud.

Un léger trou d'air sauva le visage de Jody de l'embrasement. Un mot de plus et elle se mettait à sauter de joie. Jamais elle n'avait rencontré un homme pareil. Vraiment, le président savait s'entourer de conseillers de qualité. De vrais gentlemen.

Pour John, en revanche, la comédie était terminée. Cinq minutes d'attention pour une simple hôtesse, c'était largement suffisant.

— Mais vous aviez sans doute quelque chose à me dire ?

Jody se mit presque au garde-à-vous.

— Bien sûr, monsieur. Le commandant de bord vous informe que nous atterrirons à Jérusalem dans moins de trois heures.

D'amical le sourire de John se fit paternel.

— Merci, Jody. Il faut que je travaille désormais. En sortant, prévenez Harold Tess de venir me rejoindre. Disons dans...

D'un geste lent, Miller sortit une montre de la poche à gousset de son veston. Il souleva le couvercle et contempla les fines aiguilles d'argent.

— ... dans dix minutes. Merci, Jody.

Posé sur la tablette, un dossier de couleur jaune bâillait légèrement. L'angle d'une feuille, frappée du logo d'une agence de renseignements, attira le regard de Miller. Il n'avait pas encore ouvert ce dossier, mais il savait ce qu'il contenait. Des cartes d'une des régions les plus chaudes du monde : le Golan.

Depuis des décennies, Israël et la Syrie se battaient pour ce bout de terre, ce plateau aride que les deux puissances revendiquaient à coups de raids aériens pour les uns, d'attentats sanglants pour les autres. Sans compter les déclarations péremptoires des deux côtés qui ne servaient qu'à envenimer les choses. Miller secoua la tête. Pourquoi un tel entêtement ? Certes, il y avait des raisons géostratégiques, des conflits historiques, mais rien, dans le fond, qui justifiât que l'on s'entretue durant des années pour ce carré de sable battu par les vents. Et pourtant, depuis des décennies, la moindre incursion, la plus petite escarmouche, manquait chaque fois d'embraser tout le Moyen-Orient.

Résoudre le problème du Golan était devenu une des clés de la paix dans cette région et peu à peu l'une des priorités de l'administration américaine. Émissaires, envoyés spéciaux, militaires s'étaient pressés dans les capitales arabes pour tenter de renouer les fils d'un dialogue impossible. Contacts secrets, tables rondes, invitations à Camp David, tout avait été tenté. En vain : Syriens et Israéliens campaient obstinément sur leurs positions. À tel point que quand la Turquie avait informé Washington qu'une première étape de négociation venait d'être formalisée, le département des Affaires étrangères américain avait failli classer l'information. D'autant que ce n'était pas la première fois qu'Ankara tentait de réunir les deux parties et, à chaque reprise, les négociations n'avaient pas dépassé le stade des déclarations de principe. Sauf que, cette fois…

On frappa discrètement à la porte.

— Entrez, Harold.

Le jeune homme posa un ordinateur portable sur la tablette.

— Faites-moi un topo sur les dernières informations de nos amis turcs.

Tess desserra le col de sa chemise et s'éclaircit la voix.

— D'après nos renseignements, les négociations auraient avancé beaucoup plus vite que prévu. Les deux parties seraient prêtes à d'importantes concessions. Comme vous le savez, Damas et Jérusalem doivent de plus en plus compter avec leurs opinions publiques. Les deux dirigeants ont absolument besoin d'un succès diplomatique majeur.

— Quelles seraient les conditions du deal ?

— Inespérées, monsieur ! Jérusalem, qui occupe le Golan, est prêt à le restituer et Damas à signer un traité de paix en échange.

John Miller ne réagit pas. Il se contenta de tapoter du doigt l'accoudoir gauche. Pure maîtrise.

— Et qu'est-ce qui bloque ?

La question désarçonna Harold.

— Ce qui bloque, monsieur ?

— Tout juste, monsieur Tess. À ce niveau de réussite diplomatique, il y a toujours un caillou dans le rouage. Un caillou encore invisible, mais qui demain va bloquer toute la machine.

Harold se passa une main sur le front.

— Je ne sais pas, monsieur, je croyais que…

— … que la Syrie et Israël étaient subitement tombés d'accord ? Que Jérusalem allait quitter dès demain le Golan ? Que Damas avait déjà sorti un Montblanc pour signer le traité ?

Une grimace de désarroi tordit le visage de Harold Tess. Miller daigna sourire.

— Vous allez voir que dans les heures qui viennent Israéliens et Syriens vont, comme par hasard, se découvrir un point de désaccord. Un point crucial qui, bien sûr, fera capoter la négociation. Sinon, pourquoi croyez-vous que nos amis turcs feraient appel à nous ?

D'un coup Harold comprit.

— Vous voulez dire qu'en fait ni Damas ni Jérusalem n'ont vraiment l'intention de faire la paix ?

— Je vous le confirme. Ils cherchent simplement à bluffer leur propre opinion publique. Soulever l'espoir, gagner en popularité et, demain, faire retomber sur l'autre la responsabilité de l'échec de la paix.

— Mais alors, si nous le savons, pourquoi nous…

— Parce qu'il y a un détail que Syriens et Israéliens ignorent, c'est que nous savons parfaitement quel est le caillou qui va en principe tout faire rater. Et ce caillou…

John appuya sur la touche de connexion Internet de l'ordinateur portable.

— … moi, je sais comment le réduire en poussière.

29

Jérusalem
Vieille ville
21 juin 2009

La lune resplendissait dans son premier quart et jouait à cache-cache entre les nuages qui venaient d'apparaître. Marcas marchait depuis une heure. Il était entré dans la vieille ville par la porte de Damas, avait emprunté la *via dolorosa* dans le dédale pittoresque du quartier musulman et s'était arrêté devant les stations du Chemin de croix. Au fur et à mesure de son périple, il s'était demandé comment les chrétiens en visite pouvaient éprouver une émotion quelconque au vu de l'ambiance si proche d'un souk de Tanger ou de Fez. Par mauvais esprit, il avait photographié l'échoppe d'une boutique de lingerie qui donnait sur la dixième station, étalant de superbes culottes taille 50 en dentelle rose d'un kitsch absolu. Il se promit de l'envoyer à l'un de ses collègues, abonné à la messe du dimanche, et qui se faisait un malin plaisir de lui faire parvenir le moindre article sur les *affaires* des francs-maçons.

Un geste puéril, certes, mais effectué sans la moindre honte. Il s'arrêta pour reprendre son souffle et s'asseoir sur une vieille pierre rongée par les ans, sous la voûte d'un porche. Il essaya vainement d'imaginer Jésus en train de porter sa croix devant lui, mais n'y parvint pas. C'était comme visualiser un personnage de conte de fées. La religion l'avait toujours mis mal à l'aise et l'initiation à la maçonnerie n'avait fait que renforcer son rejet de tout dogme. La croyance en un Christ, dieu de bonté et d'amour, avait pourtant tout pour le séduire, mais l'obligation de soumission envers une foi et une hiérarchie religieuses le révulsait. La croyance en l'homme était devenue son credo, même si secrètement il restait séduit par l'idée d'un Grand Architecte de l'univers.

Il déboucha dans le quartier juif, comme s'il avait changé de ville. Les rues impeccables, les maisons ravalées, tout avait l'air rangé, tiré au cordeau. Rien à voir avec l'ambiance de souk de la zone arabe. Il tira son plan de sa poche et repéra la rue de la maison de retraite.

Un quart d'heure plus tard, après s'être trompé de chemin deux fois et avoir demandé un renseignement à un boucher jovial, il arriva devant un immeuble de trois étages des années 1960 et sonna. L'Interphone grésilla. Une trentaine de secondes s'écoula puis une caméra de surveillance s'orienta dans sa direction.

— *Ken ?* demanda une voix d'homme.

— *Boker Tov*, Antoine Marcas, je viens de la part du commandant Steiner.

— Il m'a prévenu. Je suis le concierge. La maison de retraite comprend six appartements privatifs, celui de Mme Lévy est au dernier étage, la porte centrale sur le palier. Je lui annonce votre arrivée.

Le portail de l'entrée s'ouvrit et il s'engouffra dans un ascenseur en bois ciré avec des boutons dorés et une porte grillagée. L'appareil s'arracha avec un long craquement et monta à une vitesse d'escargot vers le troisième étage. Sur le palier, il vit apparaître une vieille dame aux cheveux de neige, vêtue d'une robe grenat à col dentelle.

— Monsieur Marcas, soyez le bienvenu.

Elle lui tendit sa main parcheminée, mais ses yeux noirs laissaient transparaître une vivacité d'esprit encore remarquable. Ses gestes étaient rapides. Seules ses jambes trahissaient son âge : elle s'appuyait sur une canne noire à gros pommeau.

— Entrez, dit-elle d'une voix ravie.

Antoine la suivit dans son appartement. La surprise le saisit aussitôt. Il se serait cru dans un intérieur français : une copie d'affiche de Sarah Bernhardt, dessinée par Mucha, décorait l'entrée, une grande photo en noir et blanc des Champs-Élysées trônait sur une commode Louis-Philippe, à côté du portrait d'un homme au visage buriné, portant un treillis de combat. Elle le fit pénétrer dans un salon donnant sur une baie vitrée. En face, à côté d'une horloge comtoise, était suspendu un tableau représentant la cité de Carcassonne dans le couchant. Les remparts crénelés flamboyaient sous les derniers rayons du soleil.

— Asseyez-vous, je vous prie. Je suis tellement contente de vous voir. Quand le commandant Steiner m'a appelée pour me dire que je verrais le dessin ce soir même avant la cérémonie, je ne tenais plus en place. Et quand il m'a dit que la personne qui l'apporterait serait le policier français qui l'avait retrouvé, j'ai mis ma plus belle robe.

Elle avait posé une bouteille de champagne sur la petite table basse, avec deux coupes écarlates en cristal de Bohème.

— Merci à vous, madame Lévy.

— C'est moi qui vous remercie ! À mon âge, c'est un plaisir de recevoir un homme séduisant. Ah ! si vous saviez, quand j'étais plus jeune, ces messieurs se battaient pour ma compagnie ! Comme ce temps est loin ! Mais, je vous en prie, débouchez-nous donc ce Bollinger. Je l'avais gardé pour de grandes occasions. En voilà une.

Antoine prit la bouteille et fit sauter le bouchon en prenant soin de ne pas faire couler le liquide sur les napperons de la table. Il versa une coupe à son interlocutrice et remplit la sienne à moitié.

— Trinquons, monsieur Marcas.

— À votre santé, madame.

— Appelez-moi Hannah.

— Santé, Hannah.

Ils reposèrent les coupes. La vieille femme le fixa d'un regard intense.

— Puis-je le voir ?

— Bien sûr, dit Marcas en extrayant délicatement le dessin recouvert d'une enveloppe buvard marron clair.

Hannah chaussa de petites lunettes et sortit le dessin de sa protection. Elle le prit entre ses mains, son regard semblait scruter chaque détail, s'attardant sur les courbes des personnages, le ciselé des traits, la profondeur de la perspective.

Ses doigts caressaient la texture presque craquante du papier jauni par le temps. Puis elle ferma longuement les yeux, comme endormie. Tout à coup, elle murmura :

— *Et in Arcadia ego*... Savez-vous où je me trouve, monsieur Marcas ?

— À Jérusalem, répondit-il prudemment.

Elle leva le dessin vers son visage pour l'approcher presque jusqu'à sa bouche, comme si elle inspirait une senteur connue d'elle seule.

— Non, en Arcadie. Je cours dans les couloirs de notre maison de campagne en France, à côté d'Arques, un petit village non loin de Carcassonne. Le dessin est dans un cadre de verre au-dessus du bureau de mon père. Il est assis sur sa chaise qui craque, une pipe à la bouche, une main sur un livre ancien. J'ai huit ans, il me permet de lui tenir compagnie pendant qu'il lit ses ouvrages précieux. Ma grande sœur Sarah joue au bord du ruisseau. C'était le bonheur, personne ne nous voulait de mal.

Elle ouvrit les yeux : une perle liquide coula le long de sa joue puis tomba sur le papier, à l'emplacement du visage du berger. Ses doigts se crispaient sur le dessin qu'elle posa sur la table.

— Je suis stupide. Le sel de mes larmes risque d'abîmer le papier.

Marcas lui tendit un mouchoir.

— Votre réaction est toute naturelle. Vous n'avez pas revu ce dessin depuis plus de soixante ans.

Hannah caressa encore une fois de sa main le papier jauni par le temps.

— C'est incroyable comme tous les souvenirs affluent grâce à ce simple bout de papier. Tant de belles choses. Nous étions vraiment en Arcadie. Notre paradis avant l'enfer.

— Vous voulez me raconter ?

— En 1941, à cause des lois antijuives, mes parents ont quitté la zone occupée pour se réfugier dans la maison familiale, dans le Sud. C'était horrible à Paris, nous n'avions même plus le droit de jouer dans les jardins publics. Une fois, j'avais caché mon étoile jaune pour assister à une représentation de Guignol au parc du Luxembourg. Un officier allemand s'est assis à côté de moi pour assister au spectacle. Je n'ai jamais eu autant peur de ma vie, je ne suis pas restée jusqu'au bout alors que les autres enfants riaient aux éclats. Eux, ils avaient le droit de rire, pas nous. Quand mon père n'a plus eu le droit d'exercer à l'hôpital, nous sommes passés en zone libre… qui ne l'est pas restée très longtemps, d'ailleurs.

Elle but à nouveau une gorgée de champagne.

— Nous étions dans cette maison refuge, dans l'Aude. Un jour, deux hommes sont arrivés en fin d'après-midi dans une voiture noire. Ils disaient qu'ils étaient des policiers français qui venaient de Toulouse. Ils ont demandé à voir mon père qui n'était pas là. Alors ils l'ont attendu. Je me souviens qu'ils étaient très polis. Il y en a même un qui m'a donné un carré de chocolat. Quand mon père est revenu, ils sont passés dans son bureau. Ma mère et moi, on a entendu des cris. Un coup de feu a éclaté. Ma mère a supplié notre servante de nous cacher dans la grange. C'était une femme très énergique. Mais elle n'a pas eu le temps de prendre ma sœur. C'est…

Elle avait la gorge nouée, et sa langue passait par à-coups sur ses lèvres sèches. Marcas se leva et passa une main sur son épaule.

— Vous n'êtes pas obligée d'en parler, Hannah.

— Non… Ce sont désormais des fantômes et, moi, je ne vais plus tarder à les rejoindre.

Elle réajusta ses lunettes et mit de l'ordre dans ses cheveux. Antoine se sentait mal à l'aise, n'osant plus lui poser de questions de peur de raviver le passé. Elle reprit d'une voix lasse :

— La suite, vous devez la connaître. Ma famille a été internée en France avant de disparaître à Auschwitz. Quant aux policiers français, en fait des types de la Gestapo, ils ont pillé le domaine, emportant le dessin de Poussin. Moi, j'ai été cachée et recueillie par notre servante et je suis partie en Israël cinq ans après la Libération. Je n'ai plus jamais mis les pieds en France depuis. La maison de campagne était administrée par un notaire qui m'envoyait les loyers jusqu'à il y a quelques années. Désormais je vis à Jérusalem, au milieu de mes souvenirs.

Une question brûlait les lèvres de Marcas :

— Le dessin de Poussin avait-il une signification particulière pour votre père ?

Elle le regarda fixement sans répondre. Seul le ronronnement de la climatisation trouait le silence. Antoine ne savait plus s'il devait reposer la question, de peur de paraître impoli. Elle opina.

— Oui. Il nous avait dit que c'était notre bien le plus précieux.

— Faisait-il référence à la valeur marchande du tableau ?

Hannah se racla la gorge.

— Monsieur Marcas, le commandant Steiner m'a appris que… comment dire… vous faisiez partie d'une association… enfin…

La voix du commissaire trahit un début de raideur.

— Si vous faites allusion à mon engagement en tant que franc-maçon…

Un sourire illumina le visage tout ridé de Hannah.

— Alors vous aussi, vous êtes un *fils de la Veuve* ?

Ébahi, Antoine se contenta de hocher la tête.

— Comme mon pauvre père ! Vous saviez qu'il y avait une loge à Quillan ? Elle a fonctionné jusqu'à l'invasion de la zone sud. Mon père l'a fréquentée toute sa vie. Je crois même qu'il y a été initié avant de partir faire ses études de médecine à Paris. Une tradition, mon grand-père aussi était un frère.

L'esprit du commissaire enregistrait toutes ces informations à plein régime. Subitement un soupçon le saisit, une question qui commençait à le tarauder.

— Ne me dites pas qu'il y a un rapport entre ce dessin et la franc-maçonnerie ?

— Sincèrement, je n'en sais rien. Mais un jour, mon père a dit que…

Une toux sèche arrêta la vieille dame. Antoine lui saisit la main droite qui tremblait. Son impatience était à son comble.

— Hannah, votre père a dit quoi ?

— … que le dessin donnait, à celui qui savait voir, la clé…

Une nouvelle toux lui déchira la gorge.

— La clé…

— … du paradis ou bien de l'enfer.

30

Rouen
Le Castel Vieux
9 mars 1430

L'évêque venait de renvoyer son conseil. Un à un les abbés, les chanoines, les juristes quittaient la salle d'audience en s'inclinant devant Cauchon. Une fois encore, la réunion avait échoué : ni les religieux ni les hommes de loi n'avaient trouvé le moyen légal de faire condamner Jeanne à mort.

C'était là l'obsession de l'évêque, que la Pucelle finisse sur le bûcher. Sinon le scandale serait trop grand.

Cauchon jeta un œil sur la porte derrière laquelle venait de disparaître le dernier des conseillers. Il se leva de sa cathèdre et vint lui-même donner un tour de clé dans la serrure. Il avait besoin d'être seul pour réfléchir. Réfléchir aux conséquences si jamais Jeanne ne mourait pas.

Il traversa la salle du conseil et regagna la Tour noire. Il n'y avait que là qu'il se sentait en sécurité.

Partout en ville, la colère montait, sourde et anonyme. Les espions pullulaient à la solde du roi de France. Il n'était entouré que d'ennemis et de traîtres, des chiens qui rêvaient de voir son cadavre traîné comme une ordure par les rues de la cité.

Arrivé dans sa chambre, il s'assit à sa table de travail. Devant lui, en une pile serrée, se tenait le dossier d'accusation. Toute la vie de la Pucelle. Il prit la première page.

« … Née à Donrémy, en 1410, le dix-septième jour de… »

Il en saisit une autre au hasard.

« Nous, Norbert de Villeroy, inquisiteur des Dominicains, avons entendu Jeanne, dite la Pucelle, qui nous a affirmé être bonne chrétienne et avoir, durant toute sa jeunesse, révéré et honoré les saints reconnus de l'Église. Elle affirme avoir une dévotion toute particulière pour Marie Madeleine. Interrogée par nous, elle dit s'être rendue en pèlerinage sur le tombeau de la sainte qui s'est manifestée à elle et lui a révélé sa véritable mission… »

Cauchon jeta la feuille sur la table. Cette fille était folle ! Il se dirigea vers l'oratoire et s'agenouilla. Il avait besoin de prier pour retrouver des forces. Les jambes nues sur la dalle, il fixa l'autel où se dressait un tableau peint sur bois : une *Crucifixion* réalisée par un artiste italien. L'évêque cherchait l'inspiration divine : il devait purger l'Église et le monde de cet objet de scandale : cette Pucelle maudite. Ses yeux s'embuaient tandis qu'il regardait la Passion du Sauveur. Les clous qui déchiraient ses mains, la couronne dont les épines faisaient ruisseler le sang. Autour du Christ, ses compagnons éplorés soutenaient la mère de Dieu, la Vierge Marie. À gauche de la Croix, penchait un olivier au large tronc dont le ramage noueux occupait tout l'arrière du tableau. Suspendu à une branche, un corps décharné flottait dans le vide tandis qu'à ses pieds une bourse laissait échapper des pièces d'or.

Cauchon se pencha vers le tableau. Le visage tourné vers le supplicié, Judas semblait en extase. Un sourire de haine lui balafrait la face comme un coup de faucille.

Deux coups discrets venaient de heurter le bois de la porte. Cauchon se signa et alla ouvrir. Guy d'Arbrissol venait d'arriver.

— Monseigneur, j'ai des nouvelles !

— Bonnes, j'espère ? interrogea l'évêque.

— Elles devraient vous satisfaire. Monseigneur, hier soir j'ai bu et parlé avec un des officiers du château.

— Lequel ? demanda l'évêque soupçonneux.

— Saviez-vous, monseigneur, que le château a été construit par des anciens qui étaient fort méfiants ?

Cauchon ouvrit les yeux comme si on se moquait de lui. Décidément ce d'Arbrissol était un insolent. Le déranger pour lui donner un cours d'histoire de l'architecture ! Guy vit le regard interloqué de son auditeur et se dépêcha d'effacer cette impression néfaste.

— J'entends par là que les premiers constructeurs du château se méfiaient autant des gens de l'extérieur que de l'intérieur.

— Mais que veux-tu dire à la fin ? explosa l'évêque.

Le chevalier ploya la tête sous l'orage qui s'annonçait et débita son discours à toute vitesse.

— J'ai appris que des couloirs secrets parcouraient la totalité du château. Ce matin, je m'en suis fait montrer certains. La plupart sont bouchés ou effondrés, mais l'un d'eux, justement, longe sur toute sa circonférence la salle où la Pucelle est enfermée.

— Une coursive inconnue ? s'exclama l'évêque.

— Oui, les anciens s'en servaient pour espionner leurs prisonniers. Dissimulés dans ces couloirs, ils écoutaient les conversations. Des gens méfiants... et habiles.

— Et tu l'as parcourue ?

— J'en ai seulement reconnu l'entrée, monseigneur. Plus loin la voûte s'est effondrée. Mais je suis certain qu'avec un bon maçon...

Cauchon ne le laissa pas continuer. Il se précipita vers la porte pour héler ses domestiques.

— Il faut absolument boucher cette entrée que tu as découverte. Aujourd'hui même.

— La boucher, monseigneur, vous êtes fou ?

Le mot frappa l'évêque comme une gifle. Il se retourna comme piqué par un serpent.

— Tu as dis quoi, misérable ?

— Je dis que si vous ordonnez de boucher cette coursive, vous vous privez à jamais d'en finir avec cette Jeanne qui vous obsède tant !

— En finir avec la Pucelle, tu veux dire…

— La condamner au bûcher ! Voilà ce que je veux dire.

De nouveau, Cauchon s'était agenouillé dans l'oratoire. Pendant que ses lèvres murmuraient silencieusement une oraison, son esprit revenait sur les révélations du chevalier. Il avait eu tort de négliger ce jouvenceau, de le prendre pour un gamin inconséquent. Dieu seul sait où il s'était fait couturer le visage, mais il était finalement plus sensé que sa réputation le faisait penser. Et son plan était diabolique.

L'évêque commença une nouvelle prière et se concentra sur la situation. Depuis qu'elle avait été conduite à Rouen et interrogée sans relâche par ses juges, pas une fois la Pucelle n'était tombée dans l'un des nombreux pièges que lui avaient tendus les inquisiteurs. À chaque question ambiguë dont la réponse risquait de la faire condamner pour hérésie, elle s'en était tirée en invoquant la parole de Dieu et les commandements de la sainte Église. Pour certains juges, cette facilité de Jeanne à éviter les pièges les plus subtils des théologiens était l'aveu même de la protection divine qui s'exerçait sur elle. Pour d'autres, dont Cauchon, c'était la démonstration qu'elle était l'instrument et la chose du Malin.

Il fallait donc une preuve décisive pour emporter la conviction. Et cette preuve, d'Arbrissol venait de la lui apporter sur un plateau d'argent.

Depuis le début de son épopée, Jeanne prétendait entendre des voix qui la guidaient dans sa mission. Principalement celle de l'archange saint Michel. Des voix auxquelles elle faisait une confiance absolue, des voix qui lui parlaient, surtout pendant la nuit, et lui inspiraient les réponses aux questions à venir de ses juges.

Des voix qu'elle était seule à entendre et qui désormais pourraient bien venir de derrière un mur. Il suffirait de dégager la coursive qui longeait la cellule, d'ouvrir une brèche en hauteur, de prévenir les hommes de garde pour qu'ils ne manifestent aucune surprise… Et là…

L'évêque se frotta les mains. C'est lui qui élaborait, avec les inquisiteurs, les questions qui étaient posées à Jeanne. La voix conseillerait à la malheureuse une réponse qui ferait d'elle une hérétique. Saint Michel allait souffler à la Pucelle sa propre condamnation à mort sans qu'elle en ait conscience.

De joie, l'évêque se prosterna devant la *Crucifixion* et remercia Dieu d'avoir envoyé au chevalier pareille inspiration. Une fois levé, il fit appeler le chef des gardes du château. Un sergent d'armes qui avait traversé bien des campagnes et savait se rendre utile.

L'homme, vêtu d'une cotte de mailles, la dague au côté, entra et se figea. Depuis des années, il commandait la garnison de Castel Vieux et connaissait la ville comme sa poche.

— Officier, j'aurai besoin de faire des travaux de déblaiement dans le château. Des travaux qui doivent demeurer discrets, très discrets. Que me conseillez-vous ?

Le chef des gardes prit son temps pour répondre. Il savait qu'avec les puissants une affirmation inconsidérée était souvent fatale.

— Monseigneur, si cet ouvrage doit demeurer secret, je vous conseille de ne le faire réaliser ni par mes hommes ni par la valetaille du château, c'est le plus sûr moyen de l'ébruiter au-dehors.

— Alors par qui ?

— Je vais aller rencontrer maître Roncelin qui dirige les travaux de la cathédrale et lui demander s'il n'a pas un compagnon qui ait déjà travaillé sur un chantier militaire.

— Pourquoi un compagnon et pas un maître ? s'étonna Cauchon.

— Parce que les compagnons voyagent, monseigneur. Si Roncelin me fournit un de ses ouvriers, sitôt le travail terminé au château, il partira pour un autre chantier. Cela évitera le risque d'indiscrétions.

L'évêque parut réfléchir. Sa décision pourtant était prise. S'il parvenait à faire entendre à la Pucelle la voix qui la mènerait à sa perte, il sauverait l'Église.

— Faites donc ainsi, et d'un geste il congédia le soldat.

Ses prières n'avaient pas été vaines. Enfin Dieu l'avait inspiré. Bientôt, ce qu'il avait appris ne serait plus qu'un horrible cauchemar. Il revoyait le visage de la matrone, celle qu'il avait mandatée pour vérifier que Jeanne était bien vierge. L'évêque se signa et demanda à Dieu son pardon. Il n'avait pas eu le choix : on avait retrouvé le cadavre de la matrone, violée et tuée, sur un banc de sable de la Seine. Un crime de rôdeur, avaient conclu les autorités.

Après son examen, il avait convoqué la matrone. Elle s'était jetée à ses pieds, toute tremblante. Ils étaient seuls dans la petite salle attenante à la cellule. Il avait pris la précaution d'éloigner les gardes. Une sage décision, sinon…

— Alors, elle est vierge ? avait-il interrogé avec impatience.

— Oui, monseigneur, oui, avait crié la matrone, les traits bouleversés, mais…

À cet instant, l'évêque avait compris que jamais plus dans sa vie d'homme il ne trouverait le repos.

— Mais ?

La matrone avait éclaté en pleurs avant de répondre :

— Elle est toujours vierge, oui, mais elle est enceinte.

31

Jérusalem
Vieille ville
21 juin 2009

Le battement de l'horloge emplissait désormais tout le salon. Il ne restait plus à Marcas qu'une demi-heure s'il voulait ne pas rater l'ouverture des travaux maçonniques dans les carrières de Salomon. Hannah s'était absentée pour aller « se rafraîchir » : il adorait cette expression désuète. Il passa sur le balcon. L'air était doux, le croissant de lune plus haut dans le ciel, presque à la verticale du dôme de la mosquée al-Aqsa.

Un instant, il imagina ce que serait son existence dans la ville, se mettre au rythme de cette cité qui ne cessait de le surprendre. S'octroyer un mois sabbatique et vivre comme ses habitants, prendre le petit déjeuner et les repas toujours au même restaurant pour se faire adopter, marcher dans les quartiers, louer une voiture et découvrir le pays. Il allait repartir deux jours plus tard et n'aurait fait qu'effleurer la réalité de Jérusalem, sans être sûr de revenir.

Un bruit de talons résonna dans le salon. Hannah le rejoignit. Elle passa à son tour sur le balcon et s'assit sur un canapé en osier recouvert de coussins safran qui avaient connu des jours meilleurs. Elle lui indiqua une chaise contre le mur.

— Prenons un peu le frais, le champagne m'a tourné les esprits. Vous pouvez fumer, ça ne me dérange pas, mon défunt mari consommait deux paquets par jour. C'est ce qui l'a tué. Il avait fait toutes les guerres de ce pays, participé à maintes opérations spéciales, sans une égratignure, pour finir terrassé par un cancer de la gorge. La nicotine a été plus forte que le Fatha et le Hamas réunis.

Il s'assit à son tour. Un long silence s'écoula, ils contemplaient le paysage millénaire qu'ils avaient sous les yeux.

— Cela fait trente ans que je m'assois ici et que j'observe Jérusalem comme la première fois, quand nous nous sommes installés, avec mon mari. C'est la vue qui m'avait séduite, lui voulait s'installer hors de la ville, il lui fallait les grands espaces. Pourtant, il a accepté. Pour moi.

Antoine laissa passer un moment de silence.

— Tout à l'heure vous m'avez dit que, selon votre père, le Poussin ouvrait les portes du paradis et de l'enfer. Ça pouvait signifier quoi ?

La femme aux cheveux de neige prit un air pensif.

— Mon père ne parlait jamais à la légère. C'était un homme grave, je ne l'ai jamais vu s'esclaffer. Quand il n'était pas en consultation, il restait enfermé dans son bureau. Il ne se montrait presque jamais avec nous.

— L'époque n'était guère favorable. Il devait vivre dans la hantise de vous voir tous arrêtés.

— Pourtant, un jour, il nous a emmenés avec ma grande sœur dans un petit village perché en haut d'une colline. Je ne me souviens plus du nom. En revanche, je me rappelle ma surprise quand il nous a fait entrer dans le cimetière.

— Drôle de visite pour des enfants, en effet !

— Il nous a expliqué qu'il s'y rendait chaque année, toujours le même jour, un 17 janvier.

Hannah Lévy ferma les yeux.

— C'était en fin d'après-midi, il avait neigé la veille…

Le soleil déclinait à l'horizon et n'allait pas tarder à disparaître derrière les contreforts des montagnes. À perte de vue, les champs étaient recouverts d'un manteau blanc, la neige s'accrochait toujours en dépit du redoux.

La traction avant montait avec peine la seule route, en mauvais état, qui grimpait au village. Le conducteur évita un troupeau de moutons qui descendait lentement sur le bord de la chaussée, guidé par un berger méfiant à la vue de la voiture noire. À l'intérieur, les deux filles se chamaillaient autour d'une poupée de chiffon qu'elles s'arrachaient des mains.

— Rends-la-moi, c'est la mienne.

— Non, c'est pas la tienne. Papa ! Sarah veut me voler Nina.

— T'es qu'une menteuse.

André Lévy se retourna et prit un air courroucé.

— Ça suffit, les enfants. Je vais vraiment me mettre en colère.

Les deux filles échangèrent un regard craintif et décidèrent d'un commun accord de cesser momentanément les hostilités.

La voiture arriva dans le village. Une affiche à moitié déchirée du maréchal Pétain pendait sur un mur décrépi. Le conducteur réprima une injure à la vue du képi du vieux militaire, longea une église et s'arrêta devant le portail d'une maison aux volets clos. Les deux petites filles s'étaient tues, intriguées par cet endroit inconnu.

— Mettez vos manteaux, les filles. On descend.

— On fait quoi, ici ? interrogea l'aînée qui avait entouré le cou de la plus jeune d'une écharpe en laine écrue.

— Voir une vieille amie de la famille, prendre un bol de chocolat chaud et visiter le parc.

Une dame voûtée, vêtue d'un châle bleu nuit, apparut comme par enchantement derrière la grille. Les deux petites filles croisèrent le regard de la vieille qui les fixait. Son regard perçant, son nez émacié, ses mains crispées sur une canne lui donnaient l'allure d'une sorcière.

Elles échangèrent un regard d'appréhension.

— Papa, tu vas pas nous laisser avec la dame ? implora la plus petite.

— Bien sûr que non, sauf si vous n'êtes pas sages.

Le décor qu'elles avaient sous les yeux les impressionnait : un immense jardin à l'abandon, envahi d'herbes folles et d'arbres, dont les troncs partaient dans des directions biscornues. Derrière cette végétation touffue, elles aperçurent une tour à étages, flanquée d'une fine tourelle et bordée de créneaux comme un château fort.

— Où on est, papa ? demanda Hannah, impressionnée.

— Chez une vieille amie. Elle s'appelle Marie. Venez, nous allons la saluer.

Le petit groupe rejoignit leur hôtesse qui les attendait sur le perron. Elle embrassa chaleureusement le père et l'étreignit avec force.

— Ça fait du bien de te voir, André. J'espère que cette horrible guerre va bientôt finir. J'ai été soulagée d'apprendre que tu étais revenu chez nous, les Allemands ne pourront pas vous faire de mal.

Elle tendit la tête vers les deux enfants. Hannah se colla contre sa sœur.

— Ce sont donc tes filles. Laisse-moi les contempler.

Son accent rocailleux faisait traîner les dernières voyelles avec malice. Elle devait avoir plus de soixante-dix ans. Sa peau fine était à peine parcheminée, il se dégageait d'elle une énergie et une force peu communes à cet âge. Ses yeux noirs scrutèrent les deux enfants intimidées. Leur père leur fit un signe. Elles s'inclinèrent comme on leur avait appris à l'école, le comportement qui s'imposait devant toute grande personne.

— Bonjour, madame, lancèrent-elles en chœur, sans oser croiser son regard quand elles se relevèrent.

— Vous êtes bien belles, répondit la femme. Bienvenue dans la villa Béthanie. Entrez, il fait chaud à l'intérieur.

Les fillettes suivirent leur père. Hannah ne put s'empêcher de se retourner pour jeter un coup d'œil furtif à la tour. Il lui sembla voir une ombre derrière la fenêtre en ogive. Elle saisit la main de sa sœur.

— Je n'aime pas cette maison. J'ai peur, murmura-t-elle.

— Moi aussi. Surtout, ne fais pas de bêtise, j'ai pas envie que papa nous laisse ici.

Ils passèrent dans une entrée décorée de tableaux de saints et de vierges à l'enfant, puis arrivèrent dans un grand salon. Les murs étaient recouverts d'un papier peint fleuri, jauni par le temps. Des reproductions de scènes parisiennes étaient accrochées un peu partout ainsi que des portraits du siècle dernier. Trois buffets avec des portes vitrées laissaient découvrir une collection impressionnante de services à vaisselle de différentes factures. Assiettes d'une blancheur immaculée, plats en porcelaine, flûtes en cristal coloré, gobelets en argent, carafes gravées au fil d'or, comme si la propriétaire des lieux avait l'habitude de recevoir des invités par dizaines pour des repas de gala.

— Asseyez-vous. Il y a du lait, du chocolat et des gâteaux au beurre pour vous, les enfants. Et toi, André ? Toujours le vieil armagnac de Bérenger ? Il ne m'en reste plus que deux bouteilles, le temps a passé.

— Avec plaisir, Marie.

Elle prit une bouteille recouverte d'une étiquette noircie et versa généreusement une rasade dans deux verres ciselés. Hannah allait se précipiter sur les gâteaux et le chocolat quand son regard s'arrêta sur le portrait en face d'elle. Un homme de haute stature, portant soutane, la regardait d'un air sombre. Sa chevelure noire de jais, ses sourcils épais, son cou de taureau lui donnaient un air inquiétant. Il croisait les bras avec un air de défi, devant la tour entrevue dans le parc. Hannah sut, de façon irraisonnée, qu'il était le véritable propriétaire des lieux. La vieille dame intercepta son regard.

— Eh bien, jeune fille, tu te demandes qui c'est ?

Hannah faillit cracher son bout de gâteau comme si elle avait été prise en train de voler dans un magasin. Marie se rapprocha du portrait pour le regarder avec tendresse.

— C'était Bérenger Saunière, le curé du village. Il est mort il y a vingt-six ans, jour pour jour. Un homme extraordinaire, comme on n'en fait plus ; je te souhaite, ma fille, de rencontrer dans ta vie un être de cette trempe et de t'en faire un mari.

— Les curés, c'est comme les rabbins, ils peuvent se marier ? interrogea Sarah, sous le regard désapprobateur de son père.

— Non, hélas ! répondit Marie. Un curé n'a pas le droit d'avoir une épouse. Je n'étais que sa servante. Toute ma vie.

Sa voix vibrait d'émotion.

— C'est un homme qui a soulevé des montagnes, ici.

— Il a aussi déterré de lourds secrets, Marie, ajouta d'une voix neutre André Lévy. C'est ce qui l'a tué, ne l'oublie pas.

— Je sais. Une bénédiction et une malédiction. Mais je ne regrette rien, j'ai vécu tant de choses magnifiques jusqu'à son dernier jour…

Tous virent que les yeux de leur hôtesse s'étaient embués. Hannah savait que les vraies sorcières ne pleuraient jamais et eut tout à coup moins peur d'elle. C'était une grand-mère comme sa mamie morte deux ans auparavant. Sarah pointa du doigt une photo posée sur une commode. La reproduction en noir et blanc d'un tableau : trois hommes et une femme, debout devant un tombeau rectangulaire.

— Regarde, papa. C'est le même que le dessin dans ton bureau.

— Pas tout à fait, si tu regardes bien, tu verras que certains détails sont différents. Dans le dessin, il n'y a que deux hommes, la position des mains n'est pas similaire et le décor autour du tombeau ne montre pas le même paysage. C'est pourtant le même peintre, Nicolas Poussin. Pour certains, c'est le tableau le plus précieux de toute l'histoire de France. Et peut-être du monde.

André Lévy reposa le verre d'armagnac sur la nappe lissée. Il regarda Marie d'un air doux.

— Si tu le permets, je vais me recueillir devant la tombe de Bérenger avant d'aller dans la tour Magdala.

André baissa la voix

— Le maître est arrivé ?

— Il t'attend depuis le début d'après-midi. Il est venu de Paris directement.

— Peux-tu t'occuper des filles pendant ce temps ?

Hannah poussa un petit cri.

— Non, papa, ne nous abandonne pas !

André Lévy passa la main sur les cheveux de sa fille et se leva.

— Ne t'inquiète pas, ma belle. Chaque année, le 17 janvier, je viens en ce lieu honorer la mémoire du curé qui a couvert notre famille de bienfaits et puis rencontrer un vieil ami dans la tour du domaine. J'en ai pour une petite heure. Ensuite, nous repartirons rejoindre votre maman pour le dîner. En attendant, Marie va vous montrer des choses merveilleuses.

32

Au-dessus de l'Atlantique
21 juin 2009

John Miller étouffa un bâillement et rectifia le nœud de sa cravate. Comme prévu, au dernier moment, Israéliens et Syriens s'étaient découvert un point de désaccord irrémédiable. Une bande de terre, à l'extrême limite du Golan, qui bloquait toute avancée de la négociation. Jérusalem considérait cette partie comme éminemment stratégique, et Damas exigeait que le Golan lui soit restitué dans son intégralité. Jusqu'au moindre caillou.

Officiellement, Israël considérait que cette zone d'altitude pouvait servir de base de lancement de missiles contre son territoire et refusait de le voir passer sous contrôle syrien. Un argument discutable d'un point de vue militaire, mais redoutable selon l'opinion. Si la Syrie voulait conserver à n'importe quel prix ce plateau de pierres et de broussailles, c'est donc qu'elle avait l'ambition de l'utiliser militairement contre Israël. Et déjà les spécialistes de la communication du ministère des

Affaires étrangères répandaient cette analyse dans les médias internationaux.

John Miller avait laissé la négociation s'enliser. Et, quand la lassitude avait gagné les deux parties, il avait abattu sa carte secrète. Le nouveau gouvernement américain était prêt à placer ce secteur sous mandat international, ce qui garantissait sa non-militarisation. Le temps que les négociateurs des deux camps réagissent à cette annonce officielle, Miller avait discrètement informé ses propres contacts politiques en Israël d'une contrepartie secrète : en échange d'un accord, l'American Faith Society était prête à investir en Israël plus de dix millions de dollars dans des projets de développement.

Bien sûr, quand il s'agirait de négocier les secteurs où cette manne financière pourrait se déverser, Miller conseillerait la création d'une fondation culturelle destinée à récupérer les œuvres d'art dérobées par les nazis, ainsi qu'à protéger et étudier celles déjà présentes dans les collections publiques israéliennes. De cette manière, le dessin de Poussin serait à leur disposition.

Il alluma l'écran plasma.

L'ambassadeur de Turquie à Tel Aviv apparut comme par enchantement. C'est lui qui, dans la journée, avait réuni les négociateurs des deux camps pour connaître leur réaction à la proposition américaine. Il voyait qu'un serviteur entrait et posait une tasse de thé sur le guéridon devant l'ambassadeur. De fines hachures interrompaient par intermittence la transmission satellite. Lui aussi commanda une tasse à l'hôtesse.

Le diplomate d'Ankara portait un costume clair, une chemise à fines rayures et, malgré les intenses tractations des jours derniers, un ineffaçable sourire.

— Bonjour, monsieur Miller. Vous atterrissez bientôt ?

John leva les yeux sur l'écran GPS au-dessus du siège.

— Si j'en crois la technologie moderne, nous nous apprêtons à passer le détroit de Gibraltar.

— J'ai hâte de vous voir, monsieur Miller, votre présence ici est très attendue.

— Entretemps, permettez-moi, monsieur Balmük, de vous remercier au nom de mon pays, pour vos incessants efforts en faveur de la paix dans cette région troublée du monde.

L'ambassadeur porta la main à son cœur en signe de remerciement.

— Savez-vous qu'il y a à peine plus d'un siècle, toute la Palestine était sous autorité turque ?

— L'empire Ottoman, répondit Miller, fut une grande puissance et l'État turc est son digne héritier.

Arak Balmük inclina la tête.

— J'ai toujours été étonné et agréablement surpris qu'un homme tel que vous ait réussi à comprendre les valeurs spécifiques de notre système politique. En particulier la laïcité qui n'est pourtant guère présente en Amérique.

Miller saisit délicatement la tasse d'où s'élevait une senteur délicate. On aurait pu croire qu'ils conversaient face à face alors qu'ils étaient distants de plusieurs milliers de kilomètres.

— La Turquie est un État *laïc*, certes, mais dirigé par un parti islamiste…

— … islamiste *modéré*. Nous sommes un pays tout en nuances.

— Il est vrai que, chez vous, même les francs-maçons ont pignon sur rue !

— Une preuve de tolérance, dans un pays musulman, vous ne trouvez pas ?

L'envoyé américain plongea ses lèvres dans le thé. Sans réponse.

— La Turquie a toujours été un pays de mélange et d'équilibre. Et son histoire réserve bien des surprises. Savez-vous, par exemple, que saint Jean, quand il écrit son *Apocalypse*, parle d'églises et de villes chrétiennes qui, après deux mille ans, existent toujours sur la côte turque ?

John ne réagit toujours pas. L'envoyé turc s'inquiéta subitement de l'éventualité d'avoir commis un impair diplomatique.

— Je disais cela, cher monsieur Miller, car je sais que vous dirigez l'American Faith Society et…

— Et que savez-vous donc de cette honorable société, monsieur Balmük ?

Une ride en accent circonflexe se dessina sur le front de l'émissaire d'Ankara.

— Mais qu'il s'agit d'une association caritative qui finance des opérations humanitaires. Partout dans le monde. Une excellente réputation d'ailleurs…

— Et quel rapport entre cette société et *L'Apocalypse,* selon vous ?

— Eh bien, je sais que votre association est surtout constituée de protestants et que depuis Luther, Calvin… (Arak faisait appel à tous ses souvenirs universitaires)… *L'Apocalypse* est pour votre courant religieux un texte de référence. N'est-ce pas ?

— C'est exact, fit Miller d'une voix volontairement neutre, mais en son for intérieur il jubilait. Puisque ce diplomate pensait que lui et ses amis étaient de véritables protestants, il allait lui donner une petite leçon de théologie.

Cette réponse soulagea le diplomate turc. Il osa aller plus loin dans son idée.

— Et d'ailleurs, les protestants en Amérique ne se considèrent-ils pas comme les Élus ? Ceux qui bénéficient de la grâce de Dieu ? Ceux-là mêmes qui seront sauvés quand viendra le jour amer de la Fin des Temps ?

Lentement John reposa la tasse de thé sur le guéridon. Son regard avait pris une certaine dureté.

— Avez-vous jamais songé à ce que nous faisons réellement dans cette région ?

— Eh bien, je…

— Connaissez-vous l'expression « danser sur le volcan » ?

— Non, je…

— Ne pensez-vous pas qu'en Israël l'Apocalypse soit déjà en marche ? Et qu'ici, dans ce coin du monde qui a vu naître trois religions, la fin du monde n'était en fait qu'une question de temps ?

— Ne sommes-nous pas là justement pour éviter le pire ? rebondit Arak, n'est-ce pas là le devoir, la mission sacrée des hommes de bonne volonté ?

Un rire sec s'échappa de la gorge de l'Américain.

— Bien sûr ! Sauf que si on y réfléchit de près…

— Je ne vous suis pas bien…, s'inquiéta le diplomate.

— Eh bien, pour que les Élus soient sauvés, il faut d'abord que se produise la Fin des Temps.

La tasse de thé commença de trembler imperceptiblement dans la main d'Arak.

— Je n'avais jamais envisagé que...

— ... qu'il fallait que l'Apocalypse se produise pour que les Justes soient sauvés ?

— C'est un point de vue, certes...

— Ce n'est pas un point de vue, mais une vérité. L'Apocalypse, avec son lot de destructions, de sang et de larmes, est une nécessité pour que survienne le règne des Élus.

Le diplomate turc reposa sa tasse de thé. John Miller reprit la parole :

— Mais, bien sûr, cher Arak, je ne suis pas là pour parler de la subtilité théologique de l'interprétation de l'Apocalypse. Comme vous le dites très justement, nous sommes là pour éviter que la poudrière moyen-orientale n'explose et n'embrase le monde.

— Je reconnais en vous le messager de paix !

— C'est pour cela que le nouveau gouvernement américain propose de placer la partie du Golan qui pose problème sous mandat international des Nations-Unies et que, pour ma faible part, j'ai fait une offre financière pour les bonnes œuvres du gouvernement israélien.

— Une offre plus que généreuse ! Dix millions de dollars pour des fondations culturelles...

— Et si maintenant vous me disiez quel accueil a obtenu ma suggestion ?

Arak Balmük posa les deux mains sur ses cuisses.

— Mon cher Miller, la Turquie accepte votre proposition.

Une onde de satisfaction parcourut le président de l'American Faith Society.

— Mais Israël rejette votre offre.

La voix de Miller se crispa.

— Vous dites ?

— Je suis désolé, John, mais Israël ne veut pas lâcher le Golan. Vous savez quelle est la coalition au pouvoir à Jérusalem ? La plus à droite depuis des décennies. Ils veulent donner des gages à leurs électeurs.

Mais déjà John ne l'écoutait plus. Son esprit était en train de prendre de nouvelles décisions. Il se leva de son siège.

— Monsieur l'ambassadeur, je prends acte de la réponse dont vous êtes le porteur et vais la transmettre directement et sans délai au président des États-Unis.

— « Directement », vous voulez dire…

— … que mon équipe et moi-même annulons les négociations en cours. D'ailleurs…

— Mais enfin…

— Je vais abréger cet entretien, monsieur l'ambassadeur.

Le visage décomposé du diplomate se tourna vers une porte derrière le bureau.

— La Turquie fera tout ce qui est en son pouvoir pour débloquer la situation, mais je crains que…

— Bonne journée, répondit Miller d'un ton sec.

L'écran s'éteignit sur le visage stupéfait du Turc.

— Harold ?

Le jeune homme apparut comme par enchantement.

— Dites au pilote de se dérouter. Nous repartons pour Washington.

— Mais, monsieur, nous allons atterrir à Jérusalem dans moins de…

— Vous pouvez me laisser maintenant, Harold.

Sitôt seul, Miller décrocha le combiné fixé à l'accoudoir et tapa le code d'accès puis la liste des contacts. Un seul mot apparut : *Darkness.*

Une voix de femme répondit.

John ne prononça qu'une phrase :

— Récupérez le dessin. À n'importe quel prix.

33

Rennes-le-Château
Villa Béthania
17 janvier 1943

Marie ramena son châle sur les épaules, jeta un bref regard sur l'unique bûche qui se consumait dans la cheminée, et se tourna vers les filles.

— Je vais vous montrer quelques photos des soirées qui se passaient ici. Là où vous vous trouvez, les belles dames et les messieurs élégants dansaient au son des orchestres. Parfois toute la nuit.

Hannah et Sarah n'étaient pas convaincues, elles voulaient rester avec leur père. Marie se leva, ouvrit les portes de la commode et prit un épais livre de cuir vert, bordé de fins liserés d'or. Elle s'assit sur un canapé et fit un signe aux fillettes.

— Asseyez-vous près de moi. Je vais vous raconter une histoire digne d'un conte de fées. J'ai gardé des photos où il y a de belles princesses vêtues de robes magnifiques.

Aiguillée par la curiosité, Hannah s'approcha la première tandis que Sarah disait d'un ton méfiant :

— Les princesses pour de vrai, elles viennent pas dans les maisons des gens, elles vivent dans les châteaux !

— Et pourtant, dans ce salon, sont venus un prince d'Autriche et une reine de l'opéra.

Sarah s'approcha de sa sœur et s'assit à sa gauche pendant que la vieille dame ouvrait la première page.

— Il était une fois, un curé très pauvre qui arriva à pied un beau soir d'orage dans le village perdu de Rennes-le-Château. Il avait marché toute la journée et frappa à la porte du presbytère.

— C'est le monsieur sur la photo, là-bas ?

— Oui, mais ne m'interromps pas, sinon je vais perdre le fil de l'histoire, répondit Marie en riant. Ce curé ne savait pas qu'il allait vivre une aventure incroyable.

Les deux fillettes étaient captivées et avaient déjà oublié leur père. Pendant l'heure qui suivit, elles entendirent le récit d'une légende, remplie de cachettes mystérieuses, de trésors oubliés, de parchemins secrets. Au fur et à mesure de l'histoire, Marie Dénarnaud tournait les pages de l'album photo dans lequel elles découvraient les portraits fanés de belles jeunes femmes en robe de soirée, d'hommes à l'allure aristocratique posant devant la tour et la promenade sur le rempart.

— C'est qui, celui-là ? demanda Sarah en pointant du doigt un homme à la moustache avantageuse.

Marie chaussa ses lunettes et regarda la photo. Avant de répondre, elle jeta un œil par la fenêtre vers la tour dans le parc.

— Un ami. Georges.

Les filles se turent. Elles se croyaient dans un conte de fées. La voix de Marie les berçait. Hannah se mit à bâiller. Une douce torpeur les gagnait. Encore quelques pages et elles allaient rejoindre le pays des songes.

La porte s'ouvrit brutalement sur André Lévy. Le visage livide, des larmes coulaient sur ses joues. Il se précipita vers Marie.

— Il est arrivé un malheur. Le maître est... mort.

La vieille dame se figea. Le sang reflua de son visage, comme si on lui retirait toute sa vie.

— Ce n'est pas possible !

L'enchantement était rompu. Les princesses, rois et actrices s'étaient évaporés. Hannah remarqua que les manches de la chemise de son père étaient tachées de terre. Ses chaussures souillées de boue laissaient des traces noirâtres sur le tapis. Sarah se raidit.

— Papa ! Qu'est-ce qui se passe ?

— Il faut partir. Laissez-moi seul avec Marie, attendez-moi dans l'entrée. J'en ai pour cinq minutes.

— Mais, papa...

— Faites ce que je vous dis. C'est un ordre.

Les deux fillettes se levèrent à contrecœur et sortirent de la pièce. Leur père referma la porte derrière elles. Hannah prit la main de sa sœur.

— Tu crois que c'était vrai tout ce qu'elle a dit sur le curé ?

— J'en sais rien, mais les photos étaient belles. Remarque, elle les a peut-être découpées dans un journal, en tout cas son histoire m'a foutu la trouille, dit Sarah.

— Pas moi. C'était beau et puis papa a dit que le curé avait aidé notre famille. Je la crois, moi.

Sans se soucier de la réponse de sa sœur, Hannah se pencha vers le trou de la serrure puis y colla son oreille.

Elle entendit distinctement la conversation des deux adultes, comme si son père lui parlait directement.

— ... et après je me suis lavé les mains dans la cuisine. Son corps est dans la citerne du jardin. J'ai remis des pierres et de la terre. On ne voit plus rien. Je te le redis, il avait perdu la tête. C'était la seule solution. Personne ne doit jamais savoir.

— C'était un de tes frères !

— Marie, c'était un vieil homme à bout de souffle. Mort de peur. Il m'a vendu à la police. C'était ça ou ils l'expédiaient en Allemagne. Il leur a donné mon adresse à Paris et leur a dit que je m'étais installé dans le coin. Ils doivent être en train de dévaliser l'appartement de la rue Vivienne. Quand il m'a annoncé ça, j'ai perdu la tête et je l'ai poussé contre la cheminée. Il s'est rompu le cou.

Marie s'était assise sur l'une des chaises, prostrée. Le docteur Lévy marchait de long en large dans le salon.

— La seule chose que je ne comprends pas, c'est comment ils sont parvenus jusqu'à lui.

— Un traître, résonna la voix de Marie dans le salon.

— Un Judas parmi nous ?

— Comment veux-tu expliquer sinon ?

Le docteur prit son manteau.

— Je ne peux pas prendre le risque d'être arrêté. Il n'y a plus que moi qui connais le secret. Je vais tenter de passer en Suisse avec ma famille dès que je peux. Je mettrai le dessin en lieu sûr.

Marie s'était levée pour le serrer dans ses bras.

— Brûle ce dessin, André, comme ça tout sera oublié. Il ne restera aucune preuve. Ils ne pourront plus te faire de mal.

André l'embrassa sur le front.

— Je ne peux pas. Un jour, quelqu'un sera digne de le posséder. Souviens-toi des dernières paroles de Bérenger sur son lit de mort.

— Et in Arcadia ego… *Je sais. Cette phrase me hantera jusqu'au dernier jour. Veux-tu de l'argent pour ton départ en Suisse ? Il m'en a laissé plus qu'il ne m'en faut.*

Derrière la porte, Sarah tira la manche de Hannah et haussa la voix.

— C'est pas bien, tu ne dois pas écouter à la porte. Si papa te voit, il va être en colère.

— Tais-toi ! Tu vas me faire prendre.

Le docteur s'arrêta de parler et tourna la tête vers la porte. Hannah posa à nouveau son œil sur le trou de la serrure. Elle poussa une exclamation et releva la tête.

— Il vient. Vite, à l'entrée.

Les deux fillettes bondirent vers le fond du vestibule. Leur père ouvrit la porte du salon dix secondes plus tard, alors qu'elles faisaient semblant de s'habiller. Il était suivi par la vieille dame qui marchait lentement, appuyée sur sa canne.

— Les filles, on s'en va. Saluez Marie.

— Attends, André. Avant de partir. Prends une photo avec l'appareil. J'aimerais garder un souvenir de votre passage.

— On n'a pas le temps, Marie, vraiment !

— Je t'en prie, supplia la femme voûtée. C'est peu de chose. C'est pour mon album, c'est tout ce qu'il me reste : des souvenirs et des photos.

Il hésita un instant et prit l'appareil qui se trouvait contre le portemanteau. Il installa le trépied, régla l'objectif, vérifia que le flash marchait.

— Venez près de moi, les enfants, dit Marie. Vous serez dans l'album à côté des princesses et des rois.

Hannah se précipita la première, suivie de sa sœur. Elles se mirent chacune du côté de Marie et tentèrent de sourire. La vieille dame avait posé ses mains autour de leurs épaules. L'éclair du flash les aveugla.

34

Rouen
29 mai 1430

Le printemps s'attardait sur la ville. Un vent chargé d'effluves remontait la Seine et gagnait les vieux quartiers. Dans les vergers, l'odeur lente des fruitiers montait avec le soir et enveloppait jusqu'au clocher de la cathédrale. Accoudé à un balustre, maître Roncelin, les yeux fermés, humait ces senteurs avec une joie d'enfant. Aveugle à la nuit qui tombait, sourd au bruit de la ville, il respirait le parfum de la terre. Un moment, il se crut au paradis, loin de la fureur des hommes et des soubresauts de l'histoire. Mais une odeur, âcre et imprévue, le fit sursauter. Il ouvrit les yeux et aperçut une fumée lourde et grise qui venait de la place du Vieux-Marché. Un frisson le saisit et le fit choir brutalement de son rêve. Sous le nuage qui montait à l'horizon, un rideau de flammes crépita. Effrayé, Roncelin se signa : il venait de reconnaître le bûcher que le bourreau essayait pour le supplice du lendemain.

L'odeur amère de la fumée que portait le vent le fit tousser. Il baissa les yeux vers la rue. Elle était déjà noyée dans l'ombre, pourtant on distinguait l'éclat furtif de lanternes qui se dirigeaient vers un bâtiment trapu, accolé au mur de la cathédrale. Les maîtres arrivaient un par un.

Traditionnellement, la loge où se réunissaient les maîtres maçons était construite contre l'édifice en cours. C'était une construction banale, faite de bois et de torchis, où les maîtres se retrouvaient pour planifier les travaux. Au centre de la loge se tenait un rectangle de plâtre qu'il fallait toujours soigneusement éviter : c'est là qu'était dessiné, à la pointe de charbon, le tracé d'architecture, l'épure que les maçons devaient réaliser. Quand la partie dessinée du bâtiment était terminée, on la recouvrait d'une nouvelle couche de plâtre et on dessinait un nouveau plan à exécuter.

En face se trouvait la place du maître de l'atelier : un siège de bois où reposait un maillet. Tout autour des bancs accueillaient les maîtres en titre et parfois les autres ouvriers. Car la loge ne servait pas que de lieu de travail, elle était aussi l'endroit, où deux dimanches par mois, on venait débattre de l'avancée du chantier comme de l'organisation de l'atelier ainsi que le prescrivaient les *Devoirs* qui régissaient la vie des maçons dans tout le royaume.

Ce que ne disaient pas les Devoirs, en revanche, c'est ce que faisaient, un soir de printemps, les maîtres de l'atelier qui arrivaient, d'un pas lent, devant l'entrée de la loge.

La porte ne s'ouvrait qu'après qu'on eut frappé d'une manière étrange et rythmée. Et même ce n'était pas la porte qui s'ouvrait, mais un rectangle de bois à hauteur d'homme. Là, il fallait pencher son visage dans l'obscurité et chuchoter à un auditeur, invisible et attentif, les mots de passe.

— Vitruve et Vengeance, murmura Aymon, vêtu d'une bure noire et d'une large capuche qui dissimulait ses traits.

— Entre, mon frère, et la porte s'ouvrit sur une pièce sombre où se tenait le gardien du seuil, une dague effilée à la hanche.

Une bougie s'alluma et éclaira une sorte d'antichambre étroite aux murs nus.

— Pose tes outils à l'angle de la porte. Nul n'est admis en chambre s'il ne se défait de ses instruments de travail. Nul métal ne doit souiller nos réunions.

Obéissant, Aymon tira de la musette qu'il portait sous sa bure compas et équerre, maillet et burin et les déposa à l'endroit indiqué. Il n'était pas le seul à avoir fait ce geste symbolique, des outils jonchaient le sol, parmi lesquels la règle graduée et le fil à plomb qui désignaient les maîtres.

— Maintenant, attends là, indiqua le gardien en montrant une niche avec un banc dans l'épaisseur du mur, quelqu'un viendra te chercher.

Maître Roncelin descendait lentement l'escalier vers la nef. Il se rappelait ses années d'apprentissage. Sept ans à obéir sans discuter sous la férule d'un maître rigoureux. Puis l'époque du vagabondage heureux, quand il avait parcouru le royaume de chantier en chantier. Il se souvenait encore de l'odeur des cyprès quand il avait taillé la pierre à l'abbaye Sainte-Roselyne, sous le ciel transparent de Provence. Ou de sa joie, quand à l'église de Beaulieu, remontant l'abside effondrée, il avait retrouvé, gravées dans la pierre, les marques de maçons, ses ancêtres dans le métier, qui avaient travaillé là, des siècles avant lui. Puis il était devenu maître, dirigeant à son tour, construisant des chapelles pour les confréries de pénitents, des châteaux pour des seigneurs de guerre et des églises toujours plus hautes, toujours plus belles.

Jusqu'à travailler pour le roi de France.

Et pas seulement pour lui construire palais et forteresse, mais pour lui conserver son royaume.

Quand il était arrivé à Rouen, Roncelin s'était entouré de compagnons de confiance et il ne doutait pas que le roi fasse appel à eux pour délivrer la Pucelle.

Et il avait attendu.

Toutes les semaines, un compagnon quittait Rouen et, au gré des chantiers, parvenait jusqu'à Chinon où résidait la cour de France. Là, il rendait compte des informations et des nouvelles collectées par Roncelin sur l'évolution du procès de Jeanne.

En principe, un nouveau compagnon devait aussitôt prendre la route à son tour afin de transmettre les consignes en retour.

Mais aucun ordre n'arrivait jamais de Chinon. Comme si le sort de Jeanne n'intéressait plus la couronne de France, et Roncelin en était réduit aux hypothèses les plus pessimistes.

Jusqu'à la veille, où un compagnon s'était présenté à la porte du chantier, une fleur de lys en argent suspendue à son cou. Roncelin l'avait reçu aussitôt.

Le frère n'avait eu qu'une consigne qui avait stupéfié le vieux maître :

« Récupérez le dessin de la Pucelle. »

Aymon sortit brusquement de sa torpeur. Le gardien du seuil lui secouait l'épaule.

— Eh bien, tu t'es endormi ? Dépêche-toi, ils t'attendent à l'intérieur.

Le compagnon se leva et se dirigea, encore étourdi, vers le rectangle de lumière qui venait de s'ouvrir dans l'antichambre. Il entra. Toute la loge était illuminée par des centaines de bougies disposées en rangs serrés entre les bancs et le centre de la pièce. Une fois que ses yeux furent accoutumés à tant de lumière, Aymon s'aperçut qu'il ne pouvait rien distinguer derrière ce mur de feu. Ceux qui l'avaient convoqué et maintenant l'observaient demeuraient invisibles. Le grincement d'une porte du côté du mur de la cathédrale, suivi d'un bruit de pas, troubla encore plus le compagnon. Mille idées confuses résonnaient dans sa tête. Qui venait d'arriver ? Pourquoi l'avait-on convoqué ?

Une voix grave brisa le silence :

— Aymon, sais-tu pourquoi tu es ici, dans la chambre ardente ? N'as-tu rien à te reprocher ?

Brusquement Aymon fut saisi d'un doute. Qu'avait-il fait ces derniers mois ? Il réfléchit comme si sa vie en dépendait. Mais, non, rien ! Rien d'autre que de tailler la pierre dans l'atelier sous la charpente de la cathédrale.

— Non, je n'ai rien fait.

La voix s'éleva, impérieuse et violente :

— Tu mens, frère !

Tout à coup la lumière se fit dans l'esprit d'Aymon. Il venait de reconnaître cette voix. La même qui, trois semaines auparavant, lui avait confié une mission particulière au Castel Vieux en lui faisant jurer le secret absolu. Une mission simple d'ailleurs : désobstruer une coursive effondrée.

Aymon souffla.

Roncelin était en train d'éprouver sa foi. Son initiation de maître venait de commencer.

— Je n'ai fait que ce qui est prescrit à un compagnon : obéir et travailler.

— As-tu obéi dans le silence ?

— Oui.

Une première rangée de bougies à gauche s'éteignit, comme soufflée par un vent invisible.

— As-tu obéi sans doute ni remords ?

— Oui

À droite, la haie de lumière disparut comme par enchantement.

— As-tu obéi au péril de ta vie ?

Aymon balança avant de répondre. Il savait, pour l'avoir vécu lors de son passage au grade de compagnon, que, dans le rituel des *augmentations de salaire,* venait toujours une question piège à laquelle il fallait répondre avec une lucidité accrue.

— Non.

Devant lui la dernière barrière de lumière brûlait toujours.

— Aujourd'hui, es-tu prêt à obéir au péril de ta vie ?

Cette fois le compagnon n'hésita pas.

— Oui.

La loge plongea dans la nuit.

Roncelin avait des yeux de chat. Dans l'obscurité qui venait de s'abattre, il distinguait la silhouette d'Aymon. Le compagnon n'avait pas faibli. Il se tenait droit et ferme, digne de la mission qu'on allait lui confier. Le maître saisit le maillet et frappa deux coups sur l'accoudoir de son siège. Aussitôt, des veilleuses à la flamme tremblotante s'allumèrent, par groupes de trois, aux angles de la loge. Une faible lueur rayonna dans la salle. Assis sur des bancs de bois, on devinait les maîtres qui portaient de longues capuches dissimulant leur visage. On aurait dit une assemblée de spectres. Au centre, Aymon, les yeux fiévreux, fixait l'orient. Là où était Roncelin.

Le vieux maître inspira profondément avant de parler.

— Frère Aymon, les maîtres ici présents ont statué sur ton sort. Ils t'ont jugé digne d'être accepté parmi eux et de prendre rang sur la Colonne du Midi.

Un murmure d'approbation parcourut les bancs de l'assemblée.

— Frère Aymon, reprit Roncelin, nul ne peut recevoir la lumière de l'esprit, s'il n'a vaincu en lui sa part de ténèbres. Es-tu prêt ?

— Je suis prêt à vous obéir, maître, répondit Aymon avec humilité.

— Es-tu prêt à risquer le sacrifice pour le bien de l'humanité ? interrogea Roncelin.

— Ma vie vous est acquise. Commandez et j'obéirai, dussé-je périr à la tâche.

— Alors approche, ordonna Roncelin, car nul ne doit savoir quelle sera ta gageure.

Le compagnon s'avança, le cœur tonnant dans la poitrine.

— Agenouille-toi et tends l'oreille.

Aymon colla sa joue contre celle, parcheminée, du vieux maître.

— Tu n'as aucune idée de la tâche que tu vas accomplir et de ses conséquences, Aymon ! Tu vas devoir…

Un bruit de pas cadencé qui frappait le pavé de la rue résonna dans la loge. Une ronde anglaise patrouillait autour de la cathédrale, faisant sonner le fer des lances contre les murs.

— … changer le sens de l'Histoire.

35

Jérusalem
Vieille ville
21 juin 2009

Hannah avait fini son récit. Elle s'épongea le front.

— Voilà. C'était le 17 janvier 1943. Nous sommes partis de la maison. Trois jours plus tard, on venait arrêter mon père.

Marcas semblait abasourdi. Quelques jours auparavant, il avait traversé la place Colette pour aller appréhender un receleur d'objets d'art, et voilà qu'il était au cœur de Jérusalem à écouter une vieille dame lui révéler un secret de famille enfoui depuis des décennies.

— Avant d'être arrêté, votre père vous a reparlé du dessin ?

— Quand nous sommes rentrés à la maison, à Arques, mon père m'a prise à part dans son bureau. Il m'a demandé si j'avais entendu quelque chose. Je n'ai pas osé lui mentir. Il ne m'a pas grondée. Pour lui, le dessin donnait la clé d'un secret mais, pour le comprendre, il fallait aller dans l'église du curé.

Il m'expliquerait quand je serais grande. Vous connaissez la suite.

— Et cet homme qu'il devait rencontrer dans la tour ?

— Un frère, en tout cas je le suppose, que les nazis avaient retourné et qui nous a dénoncés.

— Votre père l'a…

Les traits de Hannah se durcirent.

— Il l'a tué, oui ! Il n'a sans doute pas eu le choix.

— Vous n'avez pas voulu retourner là-bas, après la guerre ?

— Non. Après la Libération, j'ai continué mes études et j'ai rencontré mon mari très jeune. Il m'a emmenée en Israël. Il y avait un pays à construire et c'est ce que nous avons fait. Je n'avais plus le dessin et pas envie de repartir sur la trace de vieux fantômes.

Marcas sentit qu'elle cherchait ses mots : ses paroles devenaient plus espacées. Il fallait qu'il abrège. De toute façon, il devait se rendre à la tenue maçonnique.

— Et voilà que j'arrive, plus de soixante ans plus tard avec ce dessin. Je comprends votre émotion. Je suis désolé du choc.

Cependant Antoine restait sur sa faim. Mille questions se bousculaient dans sa tête. Le père de Hannah était un frère, il avait sûrement dû fréquenter une loge à Paris avant la guerre. Mais surtout, le policier commençait à avoir des doutes sur la véritable raison de l'enlèvement du trafiquant canadien. En tout cas, il ne fallait pas que l'esquisse reste chez la vieille dame. La remise officielle qui serait médiatisée risquait d'attirer les tueurs.

— Je ne sais pas comment vous le dire, mais des gens risquent de vouloir récupérer votre dessin. Ils sont prêts à tout. À tuer, s'il le faut. Je vous propose de reprendre le Poussin pour votre sécurité et aussi d'annuler la cérémonie publique de demain.

Hannah Lévy respira profondément. Elle se leva avec peine. Sa voix devint presque métallique.

— Non. C'est un signe de Dieu qu'il soit réapparu. Je veux le garder chez moi. Si vous voulez annuler la cérémonie, ça ne me gêne pas mais je ne vous rendrai pas le dessin. Comprenez-moi : c'est tout ce qui me reste des miens.

Antoine sentit au ton de sa voix qu'elle ne fléchirait pas. Au moins la cérémonie serait-elle reportée. Mais une autre idée germa en lui. Vicieuse, limpide, immorale. Si la réception était maintenue, elle attirerait l'attention de l'acheteur fantôme, le responsable du massacre de Saint-Ouen. Il suffisait de faire surveiller la maison de Hannah les jours suivants. Tôt ou tard, il viendrait la voir, lui ou ses complices. Elle jouerait le rôle d'appât sans le savoir. Une chèvre attachée à un piquet dans l'attente du prédateur. D'un coup il éprouva du dégoût pour lui-même. Et dire qu'il allait participer à une tenue maçonnique pour célébrer les vertus de l'humanisme !

Il enfila sa veste et s'inclina devant Hannah.

— Je comprends. Nous verrons avec le commandant Steiner si la réception doit-être annulée ou non. Je vous laisse. Ne vous levez pas, je fermerai la porte en sortant.

— Merci. Tout cela m'a bouleversée. Appelez-moi demain. Et merci encore pour tout ce que vous avez fait.

Il serra sa main frêle et tourna les talons. Juste avant qu'il passe la porte du séjour, elle l'appela.

— Ça y est, je me souviens !

— De quoi ?

— Du nom du village. Il s'appelle Rennes-le-Château.

Antoine sortit et tira la porte vers lui. Il descendit l'escalier, songeur, l'esprit en ébullition. Tout se bousculait dans sa tête. Le curé richissime, l'Occupation, cette histoire de confrérie qui faisait peur au père, le dessin et l'église. Il avait mal à la tête. Sa montre indiquait 19 h 30. Il lui restait à peine une demi-heure pour se rendre à la tenue. Il poussa la porte de l'immeuble et laissa passer une jeune femme blonde qui entrait. Elle portait un bébé dans un sac ventral et paraissait essoufflée. Antoine détailla ses courbes fines le temps que la porte se referme et arriva sur le trottoir. Il avait juste le temps de repasser à l'hôtel et de se changer. Il héla un taxi et articula dans le meilleur anglais possible le nom de l'hôtel et l'adresse. La berline démarra dans un souffle. Des nuages sombres obscurcissaient le croissant de lune.

La jeune femme finit de monter les deux étages et sonna trois fois à la porte. Elle attendit quelques instants et sonna de nouveau. Une voix résonna en hébreu derrière la porte. Kyria se mit à hurler.

— *Help me. My baby. Please.*

Hannah Lévy ne comprenait pas ce que cette femme voulait. Elle regarda à travers l'œilleton. La sonnerie résonna une fois de plus. Elle ouvrit, persuadée qu'il y avait un problème. Souvent les voisins venaient la voir pour lui demander du sel ou un accessoire de cuisine. C'était peut-être une nouvelle habitante. La mère caressait la tête de son bébé emmailloté et demanda d'une voix plaintive :

— Avez-vous du lait pour mon enfant ? Pour l'amour du ciel…

Hannah restait figée sur le pas de la porte. Cette femme lui parlait en français, invoquait Dieu pour lui demander du lait. Ça n'avait pas de sens.

— Euh… non. Je…

Elle n'eut pas le temps de finir sa phrase. D'un coup la jeune femme la poussa dans le couloir de l'appartement. Hannah vacilla et s'accrocha au buffet de l'entrée. Kyria la frappa en plein visage.

— C'est pourtant pas compliqué, la vioc ! Je veux du lait. Tu ne vas pas laisser mon bébé mourir de faim ?

— Vous êtes folle… droguée !

Sans ciller, Kyria la frappa encore. Hannah s'écroula au sol. Dans la chute, son épaule percuta l'angle droit du meuble, une douleur vive lui cisailla le haut de la clavicule. Elle essaya de se relever et vit son agresseur qui la contemplait d'un air moqueur.

— Pas la peine de me regarder avec ces yeux de chien battu, la pitié, je sais pas ce que c'est. Regarde !

Comme si c'était un vulgaire sac, elle prit son bébé par la tête, le sortit du sac ventral et le jeta à côté de Hannah qui vit, horrifiée, la tête de l'enfant cogner contre le parquet. Ses gros yeux bleus la regardaient avec fixité. Hannah voulut lui porter secours : elle tendit le bras pour l'attraper et agrippa la barboteuse brodée. Elle finit par l'attirer contre sa tête et sentit quelque chose de dur sous ses doigts. Hannah réalisa soudain que c'était un poupon en plastique. Kyria ricana.

— Bébé va faire dodo pendant que maman va s'occuper de la mamie juive.

Elle se baissa vers la vieille dame et d'un geste sec attrapa ses cheveux de neige. Hannah hurla de douleur. Lentement, la blonde la traîna vers le salon. Hannah tentait désespérément de s'accrocher aux pieds des meubles. La tortionnaire continua de tirer sa victime sans se soucier de ses cris. Comme si c'était un fétu de paille, elle la plaqua contre le canapé.

— Heureusement que tu ne portes pas de perruque. J'aurais eu l'air fine, dit-elle en se débarrassant des maigres touffes de cheveux accrochées à ses doigts.

Hannah essayait de reprendre son souffle, mais la douleur gagnait tout son corps : sa vue se brouillait, sa gorge était comme envahie d'un plâtre chaud, ses muscles lui pesaient comme du plomb. Elle ne comprenait pas pourquoi elle souffrait autant. Elle voulut cracher mais ne parvint qu'à expulser un filet de bave. La jeune femme s'était accroupie à côté d'elle et lui caressait la tête.

— Mamie, tu vas nous faire gagner du temps. Je veux le dessin que le gentil monsieur français t'a ramené et ensuite quelques précisions. Tu réponds vite et je te laisse la vie sauve ; tu me fais perdre mon temps et ce que tu viens de subir ne sera qu'un petit début d'une série de gâteries...

Malgré la douleur, Hannah sentit la colère monter en elle. Son bourreau mentait, comme les policiers qui avaient emmené sa famille il y a très longtemps. Elle l'achèverait sans doute, mais n'aurait pas la satisfaction de la voir humiliée. Sa nuque était déjà rigide, son corps ne lui obéissait plus, elle savait qu'elle ne survivrait pas à une telle épreuve. Son esprit basculait peu à peu, le décor familier de son appartement dansait devant elle. Hannah sut que son dernier jour était arrivé. À cause du dessin. Ce même dessin qui avait abrégé la vie de ses proches plus de soixante ans plus tôt. Dans un ultime sursaut, elle se redressa et fixa la jeune femme de tout son mépris.

— Je vous plains, ma pauvre fille, balbutia-t-elle. Vous avez l'air stupide.

La tueuse la regarda, interloquée. Sa tête tourna légèrement autour de son cou, comme si elle assouplissait sa nuque. Une vague de fureur indicible l'envahit. Ses mains agrippèrent Hannah par le col de sa robe de chambre.

— Tu te fous de moi, vieille truie ? De toute façon, je trouverai le dessin sans toi. Tu n'as pas eu le temps de le cacher !

Hannah tenta de réagir, mais son corps n'obéit plus. L'os de son bras droit craqua. Elle sentit la douleur, comme un souvenir. Elle était loin déjà. Quelque part en Arcadie. Dans un album photo où souriaient des fées en crinoline et des princes en souliers vernis. Elle murmura comme en extase :

— Rennes-le-Château...

Kyria leva les yeux vers le plafond et brandit son index droit sous la lumière. L'ongle pointu laqué de rouge carmin scintilla un instant et s'engouffra dans l'œil de Hannah.

36

Rouen
30 mai 1430

Seul dans la loge, Aymon attendait. Une heure auparavant, on l'avait fait descendre de la cathédrale, on lui avait passé de nouveaux vêtements et recommandé d'attendre. Désormais, il ne ressemblait plus à un maçon, mais à un pèlerin. Équipé de solides chausses, d'un pantalon élimé et d'une tunique grise, un chapeau décoloré par la pluie sur le front, il tenait dans sa main une longue canne recourbée d'où pendait une coquille Saint-Jacques.

— Tu t'appelles Jean le Servien, lui annonça Geoffroy en entrant, tu viens de Compostelle et tu rentres chez toi en Artois.

— En passant par Rouen ?

— Tu as longé la côte, car tu voulais aller porter tes dévotions au Mont-Saint-Michel. Voilà pourquoi tu es de passage dans notre bonne ville.

La mine indécise, Aymon contempla de nouveau ses habits d'emprunt.

— Et je suis censé faire quoi, habillé en pèlerin ?

Geoffroy le regarda avec malice.

— Mais ce que fait tout bon pèlerin : demander l'hospitalité.

— Et où ?

— Au Castel Vieux.

— Détachez-la.

Le cachot sentait la fiente et la paille pourrie. Un des soldats s'exécuta et s'approcha de la prisonnière. Elle était debout, les pieds nus entravés par une chaîne. À sa vue, l'évêque Cauchon laissa échapper un geste de dégoût. Ses cheveux courts coupés au couteau étaient noirs de crasse. Ses vêtements grouillaient de vermine. Seuls ses yeux semblaient encore refléter un peu de pureté. La chaîne tomba au sol, dans un bruit mat, amorti par la paille souillée d'urine. Pour autant, Jeanne ne put bouger. Autour de son cou, un collier de fer relié par de lourds maillons à un piton scellé dans le mur la maintenait encore captive. Comme un animal.

— Détachez-la totalement, répéta Cauchon, qu'on en finisse.

Le regard incrédule, Aymon fixait Geoffroy qui vérifiait son costume de pèlerin.

— Et je fais quoi au Castel Vieux ?

— Tu vas prendre tes quartiers à l'hospice. Tu as beaucoup marché ces jours derniers et tu as besoin de repos. On t'offrira une paillasse au dortoir et, si tu as de la chance, une écuelle de soupe.

— Je n'ai jamais été pèlerin, j'en ignore les coutumes !

— Tu as été compagnon. Tu sais mendier ton pain !

Le visage d'Aymon se rembrunit. Il n'aimait pas le ton que prenait la conversation.

— Je veux voir le maître du chantier.

Geoffroy éclata de rire.

— Roncelin ? Mais il est déjà sur la place du Vieux-Marché, assis à la tribune au milieu des notables de la ville. Il est crucial qu'il soit vu de tous.

Devant l'air ahuri de son frère en maçonnerie, Geoffroy expliqua :

— Nul ne doit nous soupçonner. Pour les autorités, Roncelin est un homme sûr. D'ailleurs à qui l'évêque s'est-il adressé quand il a eu besoin d'un travail de confiance au Castel Vieux ?

Aymon baissa les yeux. C'est lui que Roncelin avait désigné pour aller rouvrir une coursive effondrée. Geoffroy enfonça le clou.

— Et, à ton avis, pourquoi Roncelin t'a choisi pour cette première mission ?

Résigné, Aymon hocha la tête. Le maître du chantier avait tout prévu. Il n'y avait plus qu'à obéir. Mais une question le gênait.

— Au Castel Vieux, il y a la Pucelle…

Geoffroy ne répondit pas. Un choc sourd, venu de la place, ébranla les murs de torchis de la loge. Comme de lourds fagots de bois jetés sur le sol. Il se signa.

— Quand tu arriveras au château, elle sera déjà sur le bûcher.

L'évêque n'était pas seul. En plus des gardes et de Guy d'Arbrissol, il avait choisi des témoins parmi les ecclésiastiques de la ville. L'un d'eux, le clerc Pierre Maurice, avait apporté une hostie consacrée pour Jeanne. Doctement consultés, les théologiens avaient autorisé la Pucelle à communier avant de mourir.

— À genoux, Jeanne, ordonna l'évêque, tu vas recevoir le corps du Christ. Crois-tu en sa présence réelle en la sainte Hostie ?

— Oui, et c'est lui seul qui peut me délivrer.

Jeanne se mit à pleurer tandis que le clerc tendait le sacrement vers ses lèvres maculées.

— Reçois, Jeanne, le corps de Notre-Seigneur et sois purifiée. À jamais.

La Pucelle ouvrit la bouche et tendit une langue sèche et râpeuse pour recevoir l'hostie.

L'effet fut immédiat.

Elle se tordit aussitôt et porta ses mains au niveau de son nombril.

— Mon ventre ! hurla-t-elle, mon ventre !

L'évêque brandit sa crosse comme pour exorciser le démon, mais il interrompit son geste.

Un filet de sang, qui s'épaississait, coulait entre les cuisses de la prisonnière.

— Je saigne, gémit Jeanne, je saigne.

Le clerc allait se précipiter quand l'évêque le retint avec force.

— Non, elle est maudite.

Et d'une voix sans réplique, il hurla aux soldats :

— Allez, vous autres ! Emmenez-la tout de suite ! Au bûcher ! Au bûcher !

Tous se précipitèrent. L'évêque retint d'Arbrissol.

— Suis-nous, mais éclipse-toi discrètement pour revenir ici…

Guy ravala un sourire de victoire. Cauchon lui montra la paille souillée.

— … et ne laisse aucune preuve.

37

Jérusalem
Porte de Damas
21 juin 2009

Marcas se sentait ridicule à se balader en cravate anthracite et chemise blanche, en plein quartier touristique, en ce début de soirée, mais le code vestimentaire pour la tenue maçonnique était impitoyable : hommes en costume sombre, femmes en robe noire.

Le commissaire arriva au niveau des hautes murailles de la porte de Damas. Il se repéra sur le plan, emprunta le grand escalier qui descendait, longea la muraille et arriva devant l'entrée de la grotte où un groupe de quatre touristes consultait le panneau d'informations en anglais. Le site archéologique était fermé, pourtant trois hommes en veste noire prenaient en charge les frères et les sœurs qui commençaient d'affluer. En longeant la file qui se formait, Antoine reconnut le frère Obèse qui faisait office de *tuileur*. À proximité, deux touristes ventripotents, habillés en bermuda kaki et sweat-shirt bariolé fulminaient à côté de leurs compagnes. Antoine tendit l'oreille.

— Je te dis que c'est ouvert, mais ils voudront pas qu'on rentre, Marcel. On n'est pas habillés pour.

— T'es con. C'est un site archéologique protégé. Sans doute une connerie de synagogue souterraine. Y a que les Juifs qui peuvent entrer là-dedans. Regarde, ils sont tous habillés en costard noir. Ils doivent faire une de leurs cérémonies, genre circoncision. Ils ont l'air malins, ces charlots. Mate, y en a un qui approche, répondit le second en dévisageant Marcas d'un air ironique.

Antoine soupira intérieurement. Même ici, il fallait qu'il tombe sur un groupe de beaufs français au QI proche du score du PSG en ligue ! Et en plus, ils le prenaient pour un Juif orthodoxe. Il fit semblant de ne pas avoir entendu. Le plus âgé des touristes s'esclaffa derrière lui.

— Hé ! Salomon, garde-la bien au chaud, ta queue ! Faudrait pas qu'ils te la coupent une deuxième fois !

Le groupe partit en chœur d'un rire gras. Le commissaire s'arrêta net. Lentement, il se retourna et fixa les quatre touristes. Il appréciait les blagues antisémites quand elles étaient racontées par des Juifs. La bêtise le révulsait, surtout quand elle baignait dans du racisme ordinaire. Il les jaugea pendant plusieurs secondes, l'air mauvais. Il avait besoin de se défouler. L'une des deux femmes se rapprocha de son mari et chuchota :

— Il a pas l'air content, Jean-Pierre. Je crois qu'il comprend le français. Je t'avais dit d'arrêter de balancer tes vannes sur les Juifs, dans leur pays.

— Mais non, je vais lui faire un salut amical, à ce con. Il va se casser, dit le gros qui offrit son plus beau sourire en agitant la main vers Marcas.

Antoine s'approcha du groupe et brandit sa carte de police.

Les yeux des beaufs s'écarquillèrent.

— Messieurs dames, bonjour. Je suis français moi aussi. Commissaire Marcas, chargé de la sécurité à l'ambassade de Tel Aviv. Je vous ai entendus prononcer une expression antisémite. Savez-vous que, si je témoigne en tant qu'officier assermenté, c'est passible de deux ans de prison ici ?

Celui qui avait interpellé Antoine devint rouge pivoine en échangeant un regard craintif avec ses amis. Il balbutia :

— Je suis désolé, c'était pour rire un peu. On... on est crevés après une journée à marcher dans cette ville. On aime beaucoup les Juifs, je vous assure. Hein, Marcel ? Le pédiatre des enfants, il s'appelle Cohen.

— Vraiment ? répondit Marcas d'un air glacé, en faisant mine de prendre son portable. Vous ne vous rendez pas compte de la situation. La semaine dernière, j'ai dû aller visiter cinq de nos compatriotes dans la prison d'État pour le même délit. Ça faisait cinq mois qu'ils attendaient leur jugement. Vous voulez que j'appelle mes collègues israéliens ? Vous pourrez ainsi témoigner de votre amour de la tradition hébraïque au poste ?

L'une des deux femmes réagit aussitôt :

— Monsieur le commissaire, ne faites pas ça. Il est stupide, c'est tout. Il ne recommencera pas.

T'as compris ce que t'a dit monsieur le commissaire, crétin ?

Marcas les toisa. Il assumait son abus de pouvoir avec une satisfaction toute perverse.

— Bon. Je veux bien vous oublier, mais il va falloir faire amende honorable. Sinon…

— Tout ce que vous voulez, glapit l'homme au visage cramoisi.

— Vous voyez l'entrée ? Vous aviez raison, il va y avoir une cérémonie religieuse très importante. Dites au gros homme en costume noir que vous êtes tous ravis d'être dans ce si beau pays. Et demandez-lui sa bénédiction, même si vous n'êtes pas juifs. C'est un grand rabbin, très sage. Il a mauvais caractère, mais il faut insister. Je reste là et je vous observe. Allez !

— T'as entendu monsieur le commissaire ?

Le groupe se précipita vers l'entrée de la grotte. Marcas se mordit les lèvres en voyant les quatre péquenauds parlementer avec le frère Obèse. Il s'assit sur un banc et s'alluma une cigarette. Apparemment, le ton montait, le frère Obèse s'emportait. Antoine réprima un grand éclat de rire, tira quelques bouffées puis se leva. Le groupe était revenu vers lui, décontenancé.

— Votre rabbin n'a rien voulu entendre. Il a même nié qu'il était juif. On fait quoi ? On peut partir ?

— Filez. Mais ne prononcez plus de remarques déplacées. Ici… et en France.

— C'est promis, merci beaucoup, monsieur le commissaire.

— Je suis trop bon, ça me perdra, marmonna Marcas de nouveau au bord du fou rire.

Il vit s'éloigner le groupe et s'approcha de l'entrée de la grotte. Le frère Obèse lui donna l'accolade fraternelle tout en lui montrant les touristes qui quittaient les lieux précipitamment.

— Tu sais quoi ? Ces tarés m'ont demandé de les bénir. Ils m'ont pris pour un rabbin. L'un d'entre eux ne voulait pas en démordre, j'ai cru que j'allais le virer à coups de pompe !

— Eh bien, voilà une carrière qui s'offre à toi, mon frère, d'autant que tu n'es pas sans relations dans la communauté juive de Paris. Dis-moi, ton copain Lieberman…

— Notre frère Lieberman, tu veux dire ?

— Lui-même. En personne, ironisa Antoine.

Le frère Obèse eut ce regard oblique qu'il ne pouvait réprimer, chaque fois qu'il devait avouer une de ses nombreuses arnaques.

— À te dire la vérité, c'est lui qui m'a appelé après la garde à vue de ton marchand d'art véreux. Le Poussin lui avait rappelé quelque chose.

— Rappelé quelque chose, s'étonna Marcas, mais quoi ?

Rajustant sa cravate, le frère Obèse baissa la voix.

— Tu en sauras plus tout à l'heure. En attendant, laisse-moi te présenter le frère qui *tuile* avec moi.

Le commissaire se tourna vers un petit homme à barbiche et lunettes cerclées.

— Isaac Sharanski, rabbin et Vénérable de la loge *Le Lion de Judée* de la Grande Loge de l'État d'Israël, annonça le frère Obèse, je suis certain que vous allez bien vous entendre.

Antoine salua rituellement son frère. Isaac s'approcha et lui prit aussitôt le bras.

— J'ai entendu parler de toi, Antoine. J'avais un vieil ami, le professeur Marek de l'Institut archéologique, assassiné il y a quatre ans alors qu'il était en possession d'un trésor. J'ai su que tu avais puni les coupables. Un réseau néonazi. Marek était un membre très estimé de notre loge[1].

Marcas s'inclina sans répondre. Le souvenir de sa lutte à mort avec le groupe de Thulé était encore vif. Trop de haine. Il préféra interroger son nouveau frère. D'un geste, il montra l'escalier où s'engouffraient les derniers invités à la tenue.

— Ça mène où ?

Isaac lui fit signe de le suivre, ils passèrent un portail codé et empruntèrent des marches taillées dans la roche. Le rabbin posa sa main sur son épaule.

— C'est la Grotte de Sédécias, du nom du roi qui a eu les yeux crevés par Nabuchodonosor. Il y a plus de trois mille ans, les ouvriers du roi Salomon sont venus extraire les pierres qui ont servi à bâtir le Temple du plus sage des rois. Elle a été redécouverte à la fin du XIXe siècle par des frères canadiens et américains qui menaient des fouilles archéologiques. En 1868, ils ont fondé *Réclamation*, la première loge sur la terre d'Israël. C'est une

1. Voir *Le Rituel de l'ombre.*

émotion puissante de savoir que la pierre qui nous entoure a servi à bâtir le Temple sous les ordres de l'architecte Hiram.

Le frère Obèse les avait rejoints, le souffle court.

— Mon cher Antoine, j'espère que tu goûtes cet honneur. C'est une tenue spéciale organisée pour les frères français. Seule entorse à mes yeux : les sœurs sont admises.

— Gloire au Grand Architecte de l'univers qui sait reconnaître les siens et les siennes, plaisanta Marcas en se tournant vers Sharanski. Votre grande loge est-elle uniquement constituée de frères de confession israélite ?

— Absolument pas ! Nous pratiquons l'œcuménisme, mon cher ! Les trois religions du Livre sont représentées et les frères de nos quatre-vingt-cinq loges appartiennent à sept confessions. On y trouve des chrétiens orthodoxes comme des druzes, des maronites comme des musulmans. Bien des frères, aux États-Unis, seraient surpris s'ils savaient que c'est sur le Coran qu'un nouvel initié prête son serment maçonnique dans certaines loges de Jérusalem !

Ils arrivèrent dans une salle voûtée qui précédait l'entrée de la grotte. Antoine ne put résister à la tentation de toucher la roche. C'était là que les ouvriers de Hiram avaient extrait les blocs pour la construction du Temple, là que la légende maçonnique avait pris racine.

Le parvis était comble. Des frères sortaient une cravate à la hâte, d'autres enfilaient leur cordon ou serraient leur tablier autour de la taille. Antoine observait cette précipitation avec une curiosité en éveil. Même au milieu de ses frères, il ne pouvait s'empêcher de raisonner en policier. Il se mordit les lèvres. Sa déformation professionnelle le démangeait alors même qu'il allait entrer en tenue.

Le frère Obèse vint vers lui.

— Des nouvelles de l'enquête de Paris ?

— On a retrouvé le corps du Canadien. Dans un sale état.

— Des suspects ?

— Quasiment aucune piste. De toute façon, les tueurs n'appartiennent pas au monde des trafiquants d'art. L'enlèvement, la torture… ça ne colle pas. En attendant, si tu éclairais ma lanterne. Le frère Lieberman…

D'un geste des deux mains, le frère Obèse imita la forme d'un maillet. Antoine comprit aussitôt.

— D'accord, tu ne m'as jamais rien dit…

— Figure-toi que Lieberman travaille comme bénévole pour la Fondation Wiesenthal et, dans leurs placards, il y a un drôle de dossier…

— Wiesenthal, le chasseur de nazis ? s'exclama Antoine.

— Tout juste. Il y a quelques années, ils ont mis la main sur les archives d'un indic de la Gestapo, un certain Georges Balmont qui s'intéressait beaucoup à Nicolas Poussin.

— Et… ? souffla Antoine.

— Il y avait beaucoup de notes sur un tableau intitulé *Et in Arcadia ego*. C'est bien le titre de ton dessin, non ?

Stupéfait, Marcas hésita un instant avant d'interroger à son tour :

— Et toi, en quoi ça t'intéresse ?

Son interlocuteur baissa d'un ton.

— Tu sais bien que je n'aime guère voir sortir des affaires où des maçons sont mis en cause !

— Je ne comprends pas.

— Eh bien, c'est qu'avant de travailler pour les Allemands, ce Georges Balmont était un frère. On l'appelait même le Maître.

Antoine n'eut pas le temps de réagir, le frère Obèse venait d'apercevoir un officier de la loge qui lui faisait signe.

— Tiens, toi qui t'intéresses aux Assassins[1], regarde notre premier surveillant, il s'appelle Ibrahim ben Kacem. C'est un universitaire du Caire. Spécialiste des courants messianiques de l'islam. Autant te dire qu'en ce moment, il a du boulot.

Marcas acquiesça. Depuis l'invasion de l'Irak, les illuminés d'Allah pullulaient entre Bagdad et Bassorah. Certains levaient même de véritables armées et maintenaient des régions entières en état permanent d'insurrection.

— Il n'a pas de problème en Égypte ?

— Disons que les intégristes lui mènent la vie dure. Si en plus ils savaient qu'il est franc-maçon.... Tu imagines. Bon, je dois y aller. On va installer le collège des officiers. Surtout reste discret sur tout ce que je t'ai dit.

Marcas le regardait s'éloigner, abasourdi, quand il entendit une voix douce derrière lui.

— Antoine...

1. Voir *La Croix des Assassins*.

Il se retourna, surpris. Un sourire vint à sa rencontre qui le fit aussitôt vaciller.

— Cécile ? Ici, à Jérusalem…

Le sourire remonta doucement jusqu'aux fossettes qui s'illuminèrent un instant.

— Tu te souviens de moi ? Ça me fait plaisir !

Antoine hésita avant de répondre. Une vague du passé remontait en lui. L'estomac lui brûla. Des images anciennes jaillissaient en rangs serrés. Cécile…

— Ça fait combien de temps ?

Le sourire s'éteignit.

— Depuis que tu m'as quittée. Dix ans. Pile.

38

Rouen
30 mai 1431

Les rues de la ville commençaient à se remplir. Le supplice de la Pucelle avait été annoncé… Les Anglais surtout s'étaient faits les hérauts de cette condamnation, la diffusant auprès de tous leurs vassaux et alliés. Dans leur stratégie politique, la mort abjecte de Jeanne, brûlée pour hérésie, ne pouvait mieux les servir. Il fallait donc que le plus de monde possible puisse assister à l'exécution pour bien se convaincre que la Pucelle n'était point une sainte envoyée par Dieu, mais une vulgaire et misérable sorcière.

Aymon remontait à contre-courant le flot de passants avides d'assister au spectacle. Geoffroy se tenait à ses côtés.

— Non, passe par là.

— Ce n'est pas le chemin pour monter au Castel Vieux !

— Exact, mais c'est le plus court pour aller à l'église Saint-Blaise.

— Pour y faire quoi ? s'étonna Aymon.

Un groupe de paysans, pris de vin, les sépara. Les mêmes qui, hier, jetaient des pierres sur les juges de la Pucelle fêtaient aujourd'hui sa mort prochaine. Geoffroy saisit son compagnon par la manche.

— Que crois-tu que tu vas faire quand tu seras entre les murs du château ?

Entre les murs : l'expression fit sourire Aymon.

— Je ne pense pas que l'on m'ait fait dégager la coursive de la tour de la prison pour rien.

— Exact, tu vas t'y engager jusqu'à l'endroit où tu as laissé une brèche à hauteur d'homme, tu t'en souviens ?

— Oui, il y a une pierre amovible.

— Eh bien, tu la descelleras et tu te glisseras à l'intérieur de la cellule.

Aymon frissonna : il avait compris.

— La cellule de la Pucelle, c'est ça ?

— Oui. À l'intérieur, tu repéreras le piton de sa chaîne et tu iras juste sur le mur d'en face. Maintenant arrête-toi. Nous sommes arrivés.

Le porche de Saint-Blaise était encombré de mendiants, estropiés, mutilés, crétins à la lèvre pendante qui réclamaient la charité. Geoffroy les écarta avant de reprendre :

— C'est sur ce pan de mur, le seul qu'elle pouvait atteindre avec sa longueur de chaîne.

— Qu'est-ce qu'il y a sur ce mur ?

— Un dessin. Un dessin gravé avec ses ongles.

Aymon réfléchit rapidement.

— La cellule sera dans l'obscurité. Si j'allume une torche, les gardiens le verront, alors moi je fais quoi ?

— Toi ? Rien ! C'est elle qui fera tout. Sans lumière.

D'un geste, Geoffroy l'arrêta devant une jeune femme qui tendait une main fine. Deux longues nattes brunes encadraient ses joues roses. Elle sourit légèrement. Ahuri, Aymon fixait ce visage d'une grande douceur.

— Lève tes paupières, Mathilde, commanda Geoffroy.

Aymon pâlit. Deux yeux blancs comme la neige venaient de s'ouvrir.

D'Arbrissol avait mis du temps pour remonter au Castel Vieux. La foule l'avait retardé. Maintenant, il était seul dans la cellule. Vite, il recueillit la paille souillée du sang de la Pucelle et en fit un tas qu'il roula dans sa tunique. L'évêque serait content. Ce naïf, vaniteux et stupide, qui croyait avoir sauvé le monde et l'Église et qui n'était que le jouet de la confrérie de Judas ! Pauvre imbécile, il venait juste de faire le contraire.

Guy saisit le flambeau et inspecta minutieusement la surface des murs. Le revêtement intérieur était en pierre friable, facile à graver. La Pucelle n'avait eu besoin que de ses ongles. Cette idiote n'avait pas pu résister. Quand il avait appris que Jeanne dessinait sur les murs, le cœur de Guy avait failli défaillir de joie. Des semaines qu'il lisait les minutes d'interrogatoire et rien… rien… Pourtant, la confrérie de Judas n'avait pu se tromper dans ses calculs : la conjonction d'Arcadie avait bien eu lieu, le dix-septième jour… La main d'Arbrissol s'arrêta net. Il venait de sentir quelque chose. Son cœur s'accéléra. Il baissa aussitôt le flambeau.

Un cri de rage lui échappa : une main anonyme avait recouvert le dessin d'un treillis impénétrable de traits et de rayures.

Le convoi, escorté de quatre-vingts hommes d'armes, arriva sur la place. Jeanne était seule sur la charrette, les mains liées. Un soldat la fit descendre pour la conduire à l'échafaud. Face au lieu du supplice, se tenait l'estrade où prélat et bourgeois attendaient lecture de la sentence. Mgr Cauchon, vêtu de ses habits sacerdotaux, trônait au centre, l'œil rivé sur la Pucelle que l'on faisait monter sur le bûcher. Tout autour de la place se tenait une double rangée de gardes, tous soldats d'Angleterre, pour contenir une possible émeute, mais le peuple était silencieux. À l'instant crucial où Jeanne allait périr dans les flammes, nul cri de haine, ni hurlement d'ivrogne ne venait troubler l'horreur de la scène. Ce silence inquiéta l'évêque. Il craignit que la foule, sous le coup de l'émotion, ne soit prise de pitié pour la coupable et n'en fasse une victime. D'une voix habituée à prêcher dans l'immensité des cathédrales, il se mit à proclamer la sentence :

— … Nous décidons que toi, Jeanne, membre pourri dont nous voulons empêcher que l'infection ne se communique aux autres membres, tu dois être rejetée de l'unité de l'Église, tu dois être arrachée de ton corps…

Un frémissement saisit la foule à la lecture du verdict. On multiplia les signes de croix. Des pleurs se firent entendre. L'évêque haussa le ton :

— … Nous te rejetons, nous t'arrachons, nous t'abandonnons…

Le hennissement d'un cheval couvrit la fin de la phrase.

Deux sergents se précipitèrent vers la Pucelle et la coiffèrent d'une mitre de papier où était écrit en lettres noires : « Hérétique, relapse, apostate, idolâtre ».

Le bourreau s'approcha et alluma une torche à un brasero de résine qui flambait au pied du bûcher. Le silence figea toute la place. L'évêque roula lentement le parchemin de son discours, le glissa dans un tube de bois et le tendit à un prêtre. Sa main droite était gantée de rouge et portait l'anneau épiscopal ; elle s'éleva comme pour faire un signe de croix et tomba d'un coup, aussi brutale qu'un couperet.

Le bourreau jeta sa torche dans le bûcher.

Quand ils quittèrent le Castel Vieux, le couple de pèlerins remercia une fois encore le portier de l'hôpital. L'homme, un vieux soldat mutilé, ne put s'empêcher de songer à l'injustice du sort : une si belle jeune fille, aveugle ! Il la regarda pendant que son « mari » rassemblait ses affaires. Elle portait une robe déchirée et de misérables chausses blanchies par la poussière. Elle tenait ses mains croisées sur sa poitrine. Un détail frappa le mutilé : le bout de ses doigts était crevassé et couvert de chaux. La malheureuse devait avancer à tâtons !

Mathilde saisit la main d'Aymon. Le chemin qui descendait du château vers la Seine était caillouteux. Elle sentait la chaleur du soleil danser sur sa poitrine. Elle respira à pleins poumons, mais une odeur âcre la fit tousser.

— Un paysan fait brûler des broussailles ?

Aymon regarda vers la ville avant de répondre. Une fumée noire montait en lourde spirale.

— Non, ne t'inquiète pas ! Au fait, tu es certaine d'avoir bien retenu le dessin ?

Mathilde se mit à rire.

— Mes doigts ne me trompent jamais. Et puis il vaut mieux, car j'ai tout effacé.

Elle chercha à tâtons la main d'Aymon pour la serrer dans la sienne.

— Dis-moi, où allons-nous ?

Le soleil brillait au loin. Comme une promesse.

— À Chinon, auprès du roi de France.

39

Jérusalem
Grotte de Sédécias
21 juin 2009

Dix ans !

La précision du chiffre ébranla Antoine. Et Cécile était là, devant lui, menue et blonde, les yeux brillants.

— En fait, je… parce que…

— Je ne te demande rien. Que fais-tu ici ?

— En mission. Une affaire en coopération avec la police israélienne.

— Tu n'es plus aux Renseignements généraux ?

— Non, répression du trafic des œuvres d'art. Je suis passé commissaire.

Cécile hocha la tête poliment. Cette promotion ne semblait guère l'impressionner.

— J'ai appris que tu avais divorcé…

La rougeur monta au front d'Antoine et la réponse lui manqua. Durant les deux ans de leur liaison, elle l'avait supplié de quitter sa femme. Il avait toujours refusé.

— Et tu vois ton fils ?

— Oui, il vient d'avoir quatorze ans. Il est...

— Je suis sûre qu'il est déjà plus grand que toi, coupa-t-elle, je me rappelle, il promettait beaucoup.

Marcas devint cramoisi. Un après-midi, Cécile l'avait accompagné à la sortie de l'école et elle avait longuement caressé les cheveux de cet enfant qui le privait de l'homme de sa vie.

— Et toi, tu...

— Non. Ni fils ni fille.

Un coup sec retentit sur le parvis. Le maître de cérémonie, sa canne à la main, donnait le signal de pénétrer dans le Temple.

— On se retrouve après la tenue.

L'orateur avait déjà bien entamé son sujet, sous l'œil attentif du Vénérable, le rabbin Isaac. Mais Marcas ne l'écoutait pas. Dans la semi-obscurité qui baignait le Temple, il tentait d'apercevoir Cécile.

Elle avait pris place à l'extrémité de l'une des Colonnes, là où Antoine ne pouvait la voir. Il avait juste eu le temps de voir filer la longue robe noire que portaient les sœurs de la Grande Loge féminine de France. C'est d'ailleurs dans l'atelier de cette obédience qu'il l'avait rencontrée et que sa vie avait basculé. Les souvenirs affluaient, comme portés par une rivière en crue. Tout ce qu'il avait cru enfoui à jamais ressurgissait avec la puissance d'un cheval au galop. Tout. Étrangement, le souvenir d'Aurélia s'était dissipé.

Antoine, impuissant, assistait à ce déferlement de sentiments. Il serra les poings et tenta de se reprendre. Après tout, il était venu pour assister à une planche sur un sujet qui l'intéressait et il allait s'y tenir. D'un coup sec, il tourna son regard vers l'orateur.

« *... comme je viens de le développer, le Temple de Salomon tient une place capitale dans l'imaginaire et le rituel maçonniques. Il est l'image, la métaphore de notre propre destin de frères. Comme lui, nous sommes inachevés et comme lui, nous aspirons à notre propre construction.* »

Dans la salle, plusieurs frères hochèrent la tête. Depuis sa création, la maçonnerie s'était emparée de l'histoire du Temple de Salomon et en avait fait son mythe fondateur. Ce temple bâti à la gloire du dieu des Hébreux avait été deux fois détruit et il n'en subsistait plus qu'un long pan de mur, témoin mutilé d'un rêve d'absolu. Les francs-maçons en avaient fait le symbole de leur quête : la perfection de l'homme, toujours en chantier.

« *... pour autant, le Temple de Salomon n'est pas qu'une légende des origines, il est d'abord une réalité historique dont la Bible donne une description précise, un sanctuaire religieux qui abritait un trésor spirituel inestimable dont nombre de traditions ésotériques se font l'écho.* »

Au mot « trésor » un frémissement saisit l'assemblée. Antoine fixa l'orateur. C'était un homme d'une cinquantaine d'années, vêtu d'un strict complet gris, mais dont les yeux clairs irradiaient une énergie singulière.

« … *les Tables de la Loi données par Dieu à Moïse, l'Arche d'Alliance, la Ménorah : le chandelier à sept branches, tels sont, parmi d'autres, les éléments matériels qui composaient le trésor déposé dans le Saint des Saints du Temple de Salomon. Or ce trésor, mes frères, a fasciné les générations de toute époque et il s'est trouvé nombre d'aventuriers pour partir en vain à sa recherche.* »

Marcas hocha la tête. Il se rappelait un vieux maçon, qui, lorsqu'il était en verve, prétendait que la symbolique maçonnique du Temple de Salomon ne servait qu'à masquer la quête d'un trésor réel qui avait été préservé et dissimulé. Et il allait même jusqu'à affirmer que ce secret, transmis d'initié en initié, se trouvait désormais dans les passages des plus obscurs rituels des hauts grades. Comme si toute l'aventure maçonnique n'était qu'un jeu de piste dont le sens ultime avait fini par se dissoudre dans la nuit des temps.

L'orateur considéra son auditoire.

« … *loin de moi, mes frères, l'idée de vous engager dans cette quête où tant se sont égarés. Sans doute les trésors perdus du Temple de Salomon ont-ils depuis longtemps disparu de la surface de la terre et je doute qu'ils ressurgissent jamais un jour. Pourtant, quand je contemple tout ce que la maçonnerie, par son engagement répété dans la vie sociale, a apporté à l'évolution de l'humanité, je me dis, comme La Rochefoucauld, que peut-être* “nos vertus publiques ne sont que nos vices déguisés” *et que, derrière les hautes réalisations de la maçonnerie doit se cacher une aspiration bien plus secrète : celle de découvrir un trésor de légende.*

J'ai dit, vénérable Maître. »

Conformément au rituel, aucune approbation, ni critique, ne vint saluer le discours de l'orateur. Après les salutations d'usage, le Vénérable consulta sa montre. La planche avait duré une heure et subjugué l'assistance. Si on se lançait dans des questions, la tenue risquait de tourner au débat sans fin. Il était plus formateur que les frères demeurent en leurs interrogations et méditent ainsi par eux-mêmes.

Le Vénérable frappa un coup de maillet.

— Mes frères et sœurs, veuillez vous lever, nous allons former la chaîne d'union.

La tenue était close.

Un par un, les frères et les sœurs sortaient, commentant la planche présentée. Marcas avait le regard rivé à la porte du Temple, mais aucune robe noire n'en franchissait le seuil. Elle ne l'avait pas attendu.

— Antoine ?

La même voix douce le figea. Il se retourna d'un coup. L'orateur se tenait devant lui. La main sur l'épaule de Cécile.

Elle sourit.

— Je te présente mon mari.

40

Chinon
Tour
21 juin 1430

— Amen, prononça le prêtre tandis que le roi de France, qui venait d'assister à la messe, se levait avec difficulté.

Depuis sa naissance, ses jambes le portaient mal. Il avait les genoux cagneux et la cheville fragile. Il s'accouda au rebord de la fenêtre pour reprendre son souffle. Il avait toujours eu honte de son corps. De faible constitution, il avait les bras étroits comme des clous de charpentier et ses mains tremblaient dès qu'il levait un verre de vin. D'ailleurs jamais personne ne l'avait vu manier l'épée, ni aller au tournoi : un comble pour un homme dont le pays était en guerre depuis des décennies. Pourtant il était roi, et roi légitime, depuis que Jeanne d'Arc l'avait fait sacrer souverain dans la cathédrale de Reims. Il tenta de se souvenir du visage de la Pucelle. Et ce furent ses cheveux qu'il revit, hirsutes, taillés au couteau et courts comme ceux des moines. Une vraie bergère ! Et pourtant, grâce à elle, le royaume reprenait vie. Comme si sa mort en martyre avait insufflé un courage nouveau à tout un peuple décidé, cette fois, à chasser définitivement l'Anglais de la terre de France.

— Sire ?

Le roi se retourna précipitamment. En plus de ses disgrâces physiques, Charles était peureux. À tout moment, il craignait qu'on ne l'assassine.

— Gilles, mon beau cousin, que me voulez-vous ?

Le seigneur de Rais, maréchal de France, s'inclina dans un vacarme de métal. C'était la coutume, à la cour, que les militaires de haut rang se déplacent en armure et tout harnachés de leurs épée et dague.

— Sire, il y a là les deux envoyés que vous attendez depuis plusieurs jours déjà.

Le cœur du roi s'accéléra. Une violente rougeur fouetta ses pommettes pâles. Il regarda vers le sol comme toujours quand il cherchait à dissimuler sa gêne.

— Où sont-ils ?

— Dans la vieille ville. Ils attendent votre bon vouloir.

Charles acquiesça, mais ne prononça pas un mot. Gilles de Rais ne se découragea pas : il était habitué au mutisme royal.

— Dois-je les faire venir auprès de Votre Majesté ?

De nouveau, le roi baissa les yeux. Depuis la mort de Jeanne, il était devenu plus méfiant encore. Il est vrai que nombre de ses partisans lui en voulaient de n'avoir rien tenté pour la sauver. Mais il avait ses raisons.

— Les a-t-on…

— Oui, sire, on les a interrogés et fouillés. Il n'y a rien de suspect.

— Alors… qu'on me les amène dans ma chambre. Sur-le-champ !

Gilles de Rais s'inclina. Comme toujours après un accès de doute, Charles succombait à son défaut favori : un excès d'autoritarisme. Le maréchal le salua, passa dans l'antichambre et appela son chambellan.

— Va chercher le couple qui vient d'arriver. Tout de suite.

Aymon avançait lentement pour que sa compagne s'habitue au pavé inégal de la cour d'honneur.

— Dis-moi ce que tu vois, demanda Mathilde.

Aymon hésita avant de répondre. Depuis qu'ils avaient franchi le pont-levis, le tailleur de pierre qu'il était nageait dans le ravissement. Partout ce n'étaient que tours, puissantes et hautes, courtines de pierre blanche, échauguettes à la toiture dorée… Il ne savait où jeter les yeux tant, depuis des siècles, architectes et maçons n'avaient cessé de fortifier et d'embellir les lieux.

— C'est le plus beau château du royaume de France ! s'écria-t-il avec enthousiasme.

Mathilde, qui lui tenait la main, allait lui demander des précisions quand le chambellan qui les guidait s'arrêta et héla un garde.

— À partir de maintenant, vous ne devez plus rien voir, ordre du roi.

Le garde sortit une cagoule et masqua le visage d'Aymon. Il s'apprêtait à faire de même avec Mathilde quand le chambellan l'arrêta.

— Non, pour elle ce ne sera pas la peine.

— Marie…, prononça le roi.

— … Madeleine, répondit Aymon en s'agenouillant.

Il tira du scapulaire porté autour de son cou une page de parchemin qu'il déposa aux pieds du monarque. La veille, il avait retranscrit le dessin sous la dictée de Mathilde.

Le roi saisit prestement le manuscrit et se leva pour aller le consulter près de la fenêtre. Un à un, il vérifia les détails. Jeanne la Pucelle n'avait pas menti. Il se rappela la fois où il l'avait reçue, ici même à Chinon, et qu'elle lui avait révélé la vérité.

— Sais-tu ce que signifie ce dessin ?

— Non, sire, je ne suis qu'un humble messager.

Charles fixa la nuque du compagnon. Un instant, il se demanda s'il ne serait pas plus sûr de faire tomber cette tête, mais les frères maçons venaient de lui rendre un immense service. Mieux valait compter sur leur discrétion que se les aliéner.

— Que comptes-tu faire désormais ?

— Je vais rejoindre un chantier avec ma compagne.

Le roi jeta un regard sur la jeune femme agenouillée à ses pieds. Ses mains tremblaient de peur sur le dallage.

— Et où vas-tu ?

— En Aragon, mon roi, au Mas Deu.

Charles eut une pensée toute politique. L'Aragon était loin. Près de la mer. Et les routes étaient infestées de pillards. Avec un peu de chance… Il se leva.

— Alors porte mon salut à tes frères et dis-leur de toujours rester fidèles à la couronne de France.

Aymon allait répondre quand le bandeau retomba sur ses yeux. Une main le saisit à chaque bras. L'audience était terminée.

Le roi revint s'accouder à la fenêtre qui donnait sur la vieille ville. Au pied de l'église, un prêcheur exhortait la foule. Charles n'avait pas besoin de tendre l'oreille pour saisir son discours enflammé. Tous les jours, depuis le martyre de Jeanne, la populace se rassemblait et réclamait sa canonisation. Pour la première fois depuis longtemps, Charles sourit.

S'ils savaient !

Lentement il plia le manuscrit et le glissa dans son pourpoint juste au-dessus de son cœur.

Désormais, les rois de France détenaient le plus grand des secrets.

41

Jérusalem
Vieille ville
Restaurant de l'Acacia d'or
21 juin 2009

Les agapes venaient de commencer. Tous les participants à la tenue avaient été transférés en bus dans un restaurant du quartier arménien. En sortant de la grotte, Marcas avait laissé un message à Steiner pour qu'il envoie un policier s'assurer de la sécurité de Hannah. Elle ne méritait pas de jouer les appâts.

Il s'était ensuite installé entre le conférencier, Édouard Debac, le frère Obèse et le rabbin Isaac. Les plats et les bouteilles de vin, la poudre en langage maçonnique, arrivaient de toute part : le Vénérable avait bien fait les choses. En face, de l'autre côté de la table se tenait Cécile qui discutait en riant avec une de ses sœurs. Antoine la regardait à la dérobée, frappé par sa parfaite aisance. Déjà, du temps de leur liaison, il avait été subjugué par sa capacité à masquer ses sentiments en public. Cette femme qui passait ses nuits à pleurer son amant gardait un regard impassible et un sourire aux lèvres la journée.

— Cécile m'a beaucoup parlé de toi, dit Édouard.

— En bien, j'espère ? lança Antoine qui s'en voulut aussitôt de faire le matamore.

Un silence prévisible lui répondit. Le conférencier se pencha vers son oreille.

— Tu l'as beaucoup fait souffrir, mais je ne t'en veux pas. Si tu ne t'étais pas comporté comme un salaud, elle ne serait pas avec moi aujourd'hui.

Antoine encaissa le coup.

— Elle m'a tout raconté. Les nuits passées à t'attendre, les mensonges, les crises de jalousie et même...

Marcas serra le poing. Putain, ce connard n'allait quand même pas lui faire la leçon ! Il le coupa brusquement :

— Écoute, même si la tenue est terminée, nous sommes toujours entre frères. Alors si tu pouvais oublier ta rancœur, je t'en saurais gré. Et ne crois pas que je sois sorti indemne de cette histoire. Moi aussi, j'ai payé le prix et je le paye...

Une boule dans le larynx l'empêcha de terminer.

— Alors pourquoi tu ne le lui dis pas ?

La voix d'Édouard s'était adoucie.

Le regard embué, Antoine contempla Cécile. Quand elle riait, ses mèches caressaient ses yeux et son visage rayonnait. Elle était heureuse.

Marcas fixa le bois de la table sans répondre.

— Mes frères et sœurs (le Vénérable Isaac venait de se lever), je propose que nous portions un toast à notre frère conférencier et à sa charmante épouse qui est aussi notre sœur.

Toute la tablée se leva et d'un geste unanime leva son verre en prononçant les paroles rituelles. Antoine seul eut un temps de retard.

Le brouhaha des conversations reprit. Pour obtenir à nouveau le silence, le Vénérable frappa trois coups de cuillère sur son verre.

— Mes frères, durant sa planche, notre invité a fait plusieurs fois allusion à un trésor véritable qui serait dissimulé au cœur de la légende du Temple de Salomon. Et ce seul mot de « trésor » a sans doute piqué la curiosité de bien des auditeurs. Pourrait-il en dire juste quelques mots ? Je sais qu'il doit nous quitter afin de préparer sa conférence de demain pour l'Alliance française.

— Volontiers, répliqua Debac.

Tous les regards se tournèrent vers lui. Celui de Cécile brillait de joie.

— Comme vous le savez, le Temple de Salomon abritait les œuvres d'art les plus sacrées du culte du dieu des Hébreux. La Bible d'ailleurs les énumère un par un. Je ne vous ferai pas l'insulte de vous les citer, mais les Tables de la Loi comme l'Arche d'Alliance font aujourd'hui partie de l'imaginaire universel. À l'époque d'ailleurs, ce trésor était considéré comme un des plus fabuleux du monde. C'est dire s'il a dû susciter bien des convoitises.

L'orateur jeta un œil circulaire à l'assemblée silencieuse et reprit :

— En 70 de notre ère, les Romains se sont emparés de Jérusalem et ont pillé le Temple. Apparemment, les Hébreux n'ont pas eu le temps de mettre à l'abri leurs biens les plus sacrés et les envahisseurs ont rapatrié à Rome tous les trésors de la Ville sainte. Le trésor du Temple de Salomon est donc resté dans la Ville éternelle durant trois siècles jusqu'au jour où l'Empire s'est effondré.

Le conférencier fit une pause pour raviver l'attention de son auditoire.

— Mais advint un retournement de l'Histoire. Après avoir été les conquérants du monde, les Romains à leur tour devinrent victimes des invasions. Et en 410, un chef barbare, Alaric, fit tomber Rome, la capitale de l'Empire, qu'il pilla de fond en comble.

— Et c'est lui qui s'est emparé du trésor du Temple ?

— C'est ce que prétendent les chroniqueurs. On dit que durant des années de guerres et de conquêtes, le trésor a suivi cette tribu de guerriers wisigoths à travers ses errances en Europe. Pour certains, il est resté en Espagne. Pour d'autres, dans le sud de la France.

Antoine tourna son regard vers Cécile. Elle regardait son mari avec admiration. Antoine ne pouvait manquer d'en ressentir de la jalousie. Un sentiment qu'il jugeait stupide, mais dont il sentait tout le mordant en écoutant Debac parler.

— Où, dans le Sud ? s'écria un frère.

Édouard se rassit.

Le frère Obèse intervint :

— On dit qu'il est caché dans un petit village de l'Aude, n'est-ce pas ?

Debac aquiesça :

— Une rumeur qui court depuis l'Occupation.

Marcas tiqua. Il se rappela la confession de Hannah deux heures plus tôt.

— Ce ne serait pas Rennes-le-Château ? murmura-t-il à l'oreille du conférencier.

Édouard le regarda avec surprise.

— Si, Rennes-le-Château, reprit-il en se levant, tu es décidément un bien curieux frère, Antoine.

Édouard s'approcha de sa femme, l'embrassa et se dirigea vers la sortie. Antoine baissa les yeux, gêné. Cécile restait jusqu'à la fin des agapes. Marcas prit sa décision. Il se leva et vint s'asseoir à la place libre, près de Cécile. Elle ne marqua aucune surprise ni désapprobation.

— Alors, Antoine ? Si tu me parlais de toi ?

Résumer dix ans d'existence était un exercice risqué. D'autant que la vie sentimentale du commissaire n'avait pas brillé par sa stabilité. Et qu'être toujours un électron libre passé quarante ans ne parlait pas en sa faveur.

— Je mène ma barque. Le travail. Mon fils…

— Tu vis seul ?

— En ce moment, oui. J'ai aimé une femme extraordinaire qui est… morte.

— Je suis désolée.

Un frère passa derrière eux et leur servit le café. Cécile fit glisser un sucre dans sa tasse.

— Tu en veux un ?

— Non, toujours sans sucre, tu le sais. Enfin, je voulais dire…

— Désolée, j'avais oublié.

Marcas sentit qu'il s'enfonçait à nouveau. Durant dix ans il avait tout fait pour que l'emprise de cette femme ne le hante plus et maintenant qu'il était près d'elle, il se comportait comme un collégien tétanisé devant un examinateur.

— Écoute, je ne m'attendais pas à te voir et, franchement, je suis troublé.

— Si ça peut te rassurer, moi aussi.

— Sauf que toi ça ne se voit pas.

— C'est bien ce que tu m'as toujours reproché, non ?

Marcas répliqua à la volée :

— Un point pour toi. Je vois que tu as le sens de la repartie.

— Je l'avais déjà avec toi.

— Désolé, j'avais oublié.

Cécile éclata de rire.

— Nous voilà à égalité désormais. Bon, si on mettait le passé entre parenthèses et qu'on discutait comme frère et sœur ? En vrais francs-maçons ?

— Il est minuit passé, nos travaux sont finis. Où habites-tu ?

— À Carcassonne. Tu connais ?

Antoine allait répondre mais son téléphone vibra. Le numéro de Steiner s'afficha.

— Excuse-moi, Cécile. Oui ?

— Hannah Lévy a été tuée…

Marcas serra convulsivement le portable.

— … Et le Poussin a disparu.

Troisième partie

Terribilis est locus iste

Genèse, verset 17

42

Sud du Soudan
Djanoub Darfour
23 juin 2009

Le soleil pointait à l'horizon des montagnes du levant et embrasait les toiles blanches déchirées du camp de réfugiés, à l'entrée de la chaîne montagneuse.

Le massacre avait commencé une heure plus tôt. Cent cinquante hommes, femmes et enfants avaient été assassinés par balle ou au couteau. Les combattants janjawids n'avaient fait aucun quartier. Les cadavres étaient éparpillés un peu partout, par grappes à l'intérieur des tentes quand ils avaient été surpris dans leur sommeil, ou aux alentours. Les rigoles de sang humidifiaient la terre sèche, déposant un voile écarlate sur le sol battu. Des charognards déployaient leurs ailes sombres en faisant des cercles autour des fumées grises qui montaient vers le ciel.

À l'issue du carnage, les combattants avaient rendu leurs armes aux sous-chefs de brigades qui les rangeaient dans les 4 x 4 rutilants. Fusils chinois, grenades bulgares incendiaires : les armes étaient arrivées une semaine plus tôt par bateau. Un cargo battant pavillon du Liberia avait fait escale à Port-Soudan pour décharger les armes qui avaient ensuite transité jusqu'à Khartoum. Les douaniers locaux n'avaient pas été dupes des liasses de certificats accompagnant la cargaison, un container censé transporter des pièces détachées pour des tracteurs russes, à destination des exploitations agricoles de l'ouest du pays. De mémoire de Soudanais, on n'avait jamais rien cultivé dans les zones désertiques du Darfour. Une unité de l'armée régulière avait ensuite convoyé le contenu du container à travers le pays pour le livrer dans le camp des combattants janjawids, à l'est d'El Hadj City.

Moussa Alnasrif, chef Beggara de la première milice janjawid, se tenait debout devant la tente médicale frappée du sigle d'une ONG occidentale, et dont les dix membres avaient été égorgés sous les yeux des réfugiés, en prélude au massacre. Un mètre quatre-vingt-dix de muscles épais, le crâne rasé, le regard de braise, Alnasrif regardait avec satisfaction ses miliciens vêtus de treillis verdâtres souillés de taches sombres. Du sang des victimes. À ses pieds gisaient les cadavres d'une femme et d'un bébé qu'elle tenait encore dans ses bras. L'écho de sa voix retentit entre les parois des gorges toutes proches.

— Loués soient Dieu et son Prophète. Bientôt viendra le temps où le souffle d'aucun chien d'Infidèle ne polluera plus l'air de ce pays.

Il posa sa botte sur la tête de la femme abattue, comme s'il s'était agi d'un déchet traînant à ses pieds.

— Prenez ce que vous voudrez, c'est votre juste tribut pour votre action de purification.

Les soldats s'éparpillèrent vers les tentes pour rafler leur butin.

Alnasrif triomphait. À seulement vingt-cinq ans, après trois années passées dans les rangs d'Al-Qaïda en Afghanistan à guerroyer contre les Occidentaux, il avait créé une unité de choc dont la réputation dépassait désormais les frontières du pays. Fervent défenseur de l'Islam, il avait eu une nouvelle révélation trois mois auparavant, avant le ramadan, lors d'un songe. Le Très-Haut l'avait visité la nuit, sous la forme d'un arbre enflammé et lui avait révélé son destin. Le Prophète l'avait choisi, lui et lui seul, pour rétablir le royaume d'Allah sur cette terre. Il serait le nouveau Mahdi, celui qui porterait la parole unique pour rétablir la justice sur terre et conquérir à nouveau la corne de l'Afrique pour la plus grande gloire de Mahomet.

Alnasrif gardait sur lui le portrait de Muhammad Ahmad ibn Abd Allah Al-Mahdi, le chef politico-religieux du Soudan à la fin du XIXe siècle, qui avait embrasé le pays, soulevant les populations contre l'occupant anglais. *« L'épée étincelante du prophète »*, celui qui avait tué de ses propres mains le général Gordon à l'issue du siège sanglant de Khartoum, la première grande victoire de l'Islam soudanais contre les chrétiens. Mais il n'avait pas pu mener sa mission jusqu'au bout, car il avait été assassiné par les diables anglais quelques mois plus tard. Et lui,

Moussa Alnasrif, avait été choisi pour devenir le nouveau Mahdi.

Le chef des Janjawids rentra dans la tente médicale, posa son pistolet sur lequel était gravée la première sourate révélée au prophète :

Al-Alaq, le caillot de sang. Récite au nom de ton Seigneur qui a créé tout, qui a créé l'homme à partir d'un caillot de sang.

Le sang, ses mains s'y baignaient depuis tant d'années. Il s'assit sur une chaise de toile. L'odeur des cadavres des Occidentaux empuantissait l'air confiné mais pour lui c'était comme un parfum délicieux. Il prit une cannette de soda dans le frigo qui contenait les médicaments et les poches de sérum.

Cela faisait trois ans qu'il faisait régner la terreur dans les zones autonomes, multipliant les raids meurtriers, pillant et dévastant pour imposer sa loi. La présence de tribus rebelles lui était intolérable jusqu'au plus profond de son âme. Comme une souillure. Fier de son inflexibilité, il avait lui-même montré à ses partisans comment exécuter un enfant en le tenant par les cheveux avant de lui trancher la gorge d'un geste rapide. Alnasrif n'y mettait aucun sadisme particulier, c'était juste une question d'efficacité. Si l'on tuait les pères et les mères en épargnant les enfants, ceux-ci brandiraient un jour l'épée de la vengeance.

Alnasrif ajusta son treillis et mit sa casquette. Il tenait à ce que lui-même et ses combattants aient une allure militaire. Au moment où il allait sortir de la tente, son aide de camp surgit en trombe, tout essoufflé.

— Le colonel arrive par hélicoptère. On doit l'attendre avant de repartir pour la base. Il vient d'envoyer un message au poste de transmission. Il sera là dans quelques minutes.

Alnasrif fronça les sourcils. Il n'aimait pas les visites surprises.

— Ce n'était pas prévu. Tu es sûr de la réception ?

— Absolument. Il a donné les codes d'identification.

Alnasrif congédia son subordonné. Le colonel, un militaire haut placé dans l'état-major à Khartoum, l'avait toujours soutenu. Il lui avait fourni les armes, obtenu toutes les informations sur les déplacements des populations qu'il attaquait et écoulait le butin des razzias. On disait que le colonel venait des tribus chrétiennes d'Éthiopie mais qu'il s'était converti depuis longtemps à l'islam. Homme de l'ombre, le colonel avait été d'un excellent conseil en matière d'exactions. Un an plus tôt, il avait donné l'ordre de punir une tribu musulmane rebelle. Il avait exigé que les enfants soient tous exécutés, mais que l'on épargne les parents. Le massacre des innocents avait provoqué une onde de terreur dans toute la région. Depuis, Alnasrif n'hésitait plus à utiliser le même procédé. Toutefois, depuis quelques semaines, il sentait que le militaire prenait ombrage de sa popularité grandissante dans la région. Le nom du Mahdi revenait sans cesse sur les lèvres de ses partisans comme un nouveau Prophète.

Il entendit le grondement sourd d'un hélicoptère qui se posait à côté du campement dévasté. Alnasrif cracha par terre de colère. Il ne supportait plus les visites du colonel, il n'avait même plus besoin de lui, sauf pour les armes et les munitions. De toute façon c'était un ancien chrétien. Lui était le Mahdi. Personne, sauf Dieu, ne lui donnait des ordres. Il sortit de la tente. Le soleil était monté de quelques coudées dans le ciel, mais déjà la température dépassait les vingt degrés. Une odeur pestilentielle montait de partout. Il vit arriver le colonel, un homme coiffé d'un béret, de petite taille avec une moustache noire ridicule, escorté par l'un de ses hommes. Alnasrif afficha un sourire éclatant.

— La paix soit sur toi, mon frère. Bienvenue chez ces chiens. Viens dans la tente, il y a de quoi boire.

Ils passèrent dans ce qui restait de l'antenne médicale. Le colonel inspecta avec dégoût les cadavres survolés par un essaim de grosses mouches vertes.

— La paix soit sur toi, Alnasrif. Mais je vois que tu as encore transgressé mes ordres. Je t'avais dit : plus de massacres, dit le petit homme d'une voix dure. Tes exploits sont connus des pays occidentaux, maintenant, et nous avons le plus grand mal à les calmer. Ils veulent renforcer les troupes de l'ONU.

Alnasrif éclata de rire.

— Parfait, mes hommes en ont assez de se battre contre des civils, ils se feront un plaisir de les étriper.

— Tu es bien sûr de toi.

— Ne suis-je pas le Mahdi ? J'ai eu la révélation de Dieu lui-même. Je suis invincible.

Le colonel s'assit sur le bord de la table.

— Alnasrif, c'est moi qui t'ai choisi et armé. Tu devais uniquement exécuter certaines missions dans cette région, pas la transformer en mer de sang.

Alnasrif frappa du poing sur la table. Le ton du colonel ne lui plaisait pas.

— Oublies-tu que c'est toi qui m'as demandé de tuer tous les enfants l'année dernière dans ce camp de pouilleux ? Tu m'as donné le goût du sang.

— J'avais mes raisons, répliqua le colonel, et tu n'as pas à les connaître.

— Comme j'ai les miennes. J'ai de grands projets et je te veux à mes côtés. Aide-moi et je te comblerai de bienfaits. Le Prophète m'est témoin. Tu as devant toi le nouveau Mahdi.

Le militaire le regarda d'un air énigmatique.

— Le Mahdi... Je sais, tu m'as déjà raconté ton rêve. À ce propos, Alnasrif, j'ai une question à te poser. Ton dossier au quartier général indique que tu es né le 17 du mois de Muharram. Ce détail m'avait échappé. Est-ce exact ?

Le seigneur de la guerre ricana.

— Tu es venu jusqu'ici pour me demander cela. Es-tu sérieux, colonel ?

— Toujours.

— Si cela peut t'éclairer : c'est vrai, tout juste comme le Mahdi qui a surgi sur cette terre il y a deux siècles. Tu comprends pourquoi j'ai été choisi ? Je suis celui qui va embraser la terre, je...

Un coup de feu interrompit sa logorrhée. Puis un deuxième. Alnasrif contempla, incrédule, le colonel qui pointait sur lui son pistolet, puis posa les mains sur sa poitrine. Une large tache rouge s'étendait sur son treillis au niveau de la poitrine. Il voulut se jeter sur son agresseur, mais une troisième détonation le stoppa net. Le colosse s'écroula en arrière, sa tête cogna sur le rebord d'un lit de camp métallique. Le colonel rangea son arme dans son ceinturon et posa sa chaussure sur la poitrine du chef des Janjawids.

— Alnasrif, les voies du Seigneur sont vraiment étranges. Je t'avais choisi pour exécuter une tâche cruelle mais juste : tuer des enfants car parmi eux pouvait se trouver quelqu'un de dangereux. Et le dessein du Tout-Puissant a fait que je l'avais confiée à un homme marqué par le sceau de l'Apocalypse.

Le mourant hoquetait. Une bile de sang perlait de ses lèvres.

— Je ne comprends pas. Je suis le… Mahdi.

Le colonel tourna la tête en signe de dénégation.

— C'est bien là le problème. Quand tu m'as dit cela il y a deux mois, j'ai compris que Dieu m'avait envoyé sur ton chemin. Le monde n'a que faire de messies, encore moins quand ils sont envoyés par Mahomet. Garde tes derniers instants de conscience pour mettre ton âme en règle. Bon voyage au paradis d'Allah, mon ami.

— Chien ! hurla Alnasrif dans un ultime sursaut, sa bouche bouillonnante de sang.

— De Dieu, oui, chien de Dieu…, articula le colonel en quittant la tente.

Il sortit et faillit buter sur le cadavre d'un vieil homme à moitié nu. Le principal lieutenant d'Alnasrif le salua. Il n'avait pas bougé pendant les coups de feu, le prix pour prendre sa succession, offerte par le colonel un mois plus tôt.

— Tu diras à tes hommes que le Mahdi est devenu fou. Tu es désormais le chef de la milice.

— Ils s'en doutaient déjà, colonel. Quels sont les ordres ?

— Les massacres des rebelles sont terminés. Le gouvernement veut trouver un accord avec les Occidentaux. Suis-je clair ?

— Oui. Mes hommes aussi commencent à être las.

Le colonel salua le nouveau chef, fit un signe de tête à son escorte et s'éloigna vers l'hélicoptère de l'armée soudanaise. Il détailla avec un profond dégoût les cadavres qui parsemaient le campement. C'est lui qui avait allumé la mèche en confiant à Alnasrif le premier massacre, et son homme de main était devenu incontrôlable. L'odeur des corps chauffés par le soleil lui monta à la gorge. Un adolescent mort, les bras en croix, affalé contre une toile de tente le regardait, les yeux grands ouverts. Au fur et à mesure qu'il approchait de l'hélicoptère il devait enjamber les cadavres encore tièdes.

Un décor d'Apocalypse.

Fils de chrétien d'Éthiopie, le colonel s'était converti à l'islam très jeune à la demande des missionnaires de l'American Faith Society qui avaient pris sous leur aile protectrice sa tribu. On lui avait expliqué le but de sa mission. Sa foi allait être soumise à rude épreuve : il deviendrait un espion au milieu des partisans du Prophète. Quand il était arrivé à un haut poste de commandement dans l'armée soudanaise, Miller lui avait ordonné d'organiser le massacre des enfants d'une tribu du Darfour uniquement pour abréger la vie d'un être maléfique, et il avait senti sa foi vaciller. Faire tuer des innocents allait contre les paroles d'amour du Christ. Mais le maître l'avait rassuré : c'était nécessaire pour établir enfin le royaume de Dieu sur terre, et puis tant de malheureux avaient déjà été exterminés dans cette zone, preuve que le Tout-Puissant était à l'œuvre lui aussi derrière ces massacres. Après de longues hésitations, il avait fini par obéir. Il avait sélectionné Alnasrif, l'instrument déjà utilisé par le gouvernement central pour mater les tribus rebelles du Darfour. Un choix judicieux.

Les pales de l'Y546 russe commencèrent à tournoyer. Il monta dans l'appareil, suivi de son aide de camp. L'hélicoptère décolla rapidement, tournoya un instant au-dessus du campement et fila vers le sud.

New York
23 juin 2009

La nuit s'installait sur la mégalopole située à des milliers de kilomètres du Soudan. Dans l'un des gratte-ciel illuminés de Manhattan, siège de l'American Faith Society, à l'avant-dernier étage, un écran d'ordinateur clignota. John Miller consulta la boîte mail cryptée. L'élimination avait eu lieu. Satisfait mais blasé, il tourna son fautcuil vers la baie vitrée qui donnait sur le rectangle verdoyant de Central Park.

Un assassinat de plus. Le sort de Moussa Alnasrif était réglé.

John Miller avait brièvement contemplé la photo de la victime. Combien de ses prédécesseurs avaient reçu de tels messages de leurs frères depuis l'existence de la société de Judas ? Des centaines. Il se leva pour se diriger devant la grande toile de Poussin accrochée sur un mur banc.

Les Bergers d'Arcadie.

Une copie, certes, mais il la contemplait toujours avec ravissement. Surtout depuis qu'il possédait le dessin original.

Il appuya sur un minuscule bouton situé à côté de la toile. Le tableau coulissa vers la gauche pour faire apparaître la porte mate d'un coffre-fort.

Il tapa la combinaison sur l'écran électronique à reconnaissance digitale. La porte s'ouvrit, dévoilant un grand livre à la reliure ancienne. Il prit l'ouvrage et le posa sur son bureau. Il saisit son stylo à capuchon d'or et ouvrit le *Livre du Sang*.

Le téléphone sonna : celui des appels prioritaires. Le nom de Tristan s'afficha. Il décrocha immédiatement. La voix jeune résonna dans le combiné :

— Nous venons d'arriver.

— Parfait. Trouvez la cible et faites le nécessaire. Retrouvez le tombeau. Vous êtes tout près du but.

Il raccrocha et reprit son stylo pour inscrire le nom de Moussa Alnasrif dans le *Livre du Sang*. Non loin du nom de la tribu qu'il avait lui-même massacrée sans pitié un an auparavant.

43

Paris
Aéroport de Roissy
24 juin 2009

Comme d'habitude le hall de Roissy était bondé. Devant la queue pour la navette Paris-Toulouse, Marcas avait décidé, en attendant, de se rafraîchir au sous-sol. L'idée désormais lui paraissait nettement moins bonne. Un coup d'œil à la glace lui avait ôté bien des illusions sur sa prochaine rencontre avec Cécile à Rennes-le-Château. Il y voyait un homme aux traits tirés, aux yeux rouges de fatigue et à la barbe plus que naissante. Il tira de son sac un rasoir à main, emprunté à l'hôtel de Jérusalem, et commença le lent travail destiné à se donner figure humaine. Se raser lui avait toujours paru une corvée, mais au moins ça lui donnait le temps de se poser, de réfléchir sur la violence des derniers événements.

Tout en contemplant son visage, Antoine tenta de remettre de l'ordre dans la chronologie des dernières heures.

Il venait de sortir d'une réunion d'urgence au ministère où il avait essayé d'expliquer, à une cohorte de hauts fonctionnaires méfiants et incrédules, la succession de meurtres qui jalonnaient sa route depuis qu'il avait en charge l'affaire du Poussin. Quatre cadavres, dont ceux de trois flics, en moins de vingt-quatre heures, voilà qui avait de quoi rendre sa hiérarchie nerveuse.

— Et vous nous expliquez que toutes ces morts sont dues à un simple dessin ? s'indigna presque un représentant du ministère.

— Un dessin qui a à voir avec un mystère ancestral, celui de Rennes-le-Château, tenta de justifier le commissaire, d'ailleurs je vous ai amené toute une littérature à ce sujet.

Devant les yeux effarés de son auditoire, Antoine sortit de sa sacoche une série de livres aux couvertures criardes où l'on devinait pêle-mêle un diable grimaçant, un Christ en croix et une tour crénelée.

— Bon Dieu, c'est quoi, ce délire, laissa échapper le représentant du ministère de la Culture, déjà chauffé à blanc par le vol du Poussin, vous vous foutez de nous ?

Pour la première fois de sa carrière, Marcas douta de son pouvoir de conviction.

— C'est-à-dire que…

— J'ai autre chose à faire que d'écouter ces conneries, répliqua son interlocuteur, et pourquoi ne pas ajouter le trésor des Templiers ou l'Arche d'Alliance ?

— Justement…, dit Marcas avant qu'il ne réalise qu'il s'enfonçait à pieds joints dans les sables mouvants.

Une voix calme et ferme lui coupa la parole. Celle du frère Obèse qui était revenu dans le même avion que Marcas :

— Nous aurions tous grand tort de négliger cette piste ; depuis des années, nous surveillons le site de Rennes-le-Château et la faune qui fréquente les lieux.

— Mais enfin, quelqu'un m'expliquera-t-il pourquoi, depuis le début de la réunion, le nom de cette commune ne cesse de revenir ?

— Monsieur le conseiller aux Affaires réservées, débuta le frère Obèse, les musulmans ont La Mecque, les Juifs Jérusalem, les catholiques Rome, eh bien, l'ésotérisme mondial n'a qu'un centre : Rennes-le-Château.

Si c'est moi qui avais dit cela, pensa Antoine, *je serais déjà révoqué ! En tout cas, chapeau, le frangin, il a scotché tout le monde !*

Autour de la table, les visages s'étaient figés et attendaient une explication. Le frère Obèse, satisfait de son effet, prit tout son temps.

— Je vais essayer de faire simple.

Antoine grimaça discrètement. Ça allait être difficile. Le mystère de Rennes-le-Château, déjà énigmatique, n'avait cessé de s'obscurcir.

— En 1885 un prêtre, Bérenger Saunière, prend possession de la paroisse de Rennes-le-Château. C'est un homme jeune, apprécié de son évêque, mais qui hérite d'une église en ruine et d'une population déchristianisée.

— C'était souvent le cas à cette époque en province, intervint le représentant du ministère de la

Culture, le curé était royaliste et les paroissiens républicains.

— Tout à fait. Et notre curé ne manque pas de cœur à l'ouvrage : il entreprend la restauration de l'église et là, il fait une étrange découverte.

— Laquelle ? interrogea le conseiller aux Affaires réservées, le sourcil interrogateur.

— Selon une tradition orale : des manuscrits, mais rien ne le prouve formellement. En tout cas, dès ce moment, il fouille le sol de son église, défonce son cimetière, passe ses jours à prier et ses nuits à creuser.

— Et il trouve quelque chose ?

— Les avis divergent mais, après avoir mis sens dessus dessous sa paroisse, Bérenger Saunière se met à fouiller les environs avec une prédilection marquée pour les grottes, et il n'en manque pas dans le secteur.

— Bref, votre curé s'est transformé en chercheur de trésor, mais je ne vois pas ce que…

— Les gens du pays, eux, le voient très bien, répliqua le frère Obèse. En quelques années, le curé dépense une fortune considérable, il reconstruit l'église, achète des terrains, construit un véritable domaine, avec villa néogothique, tour médiévale, rempart, parc, jardin… Sans compter qu'il tient table ouverte et reçoit des membres du gouvernement de l'époque, jusqu'à des princes de l'Empire d'Autriche-Hongrie.

Avec une forte prédilection pour des francs-maçons, songea Marcas, *ce qui est plutôt étrange pour un curé réputé royaliste.*

— Mais d'où venait l'argent ?

Le frère Obèse se pencha vers ses interlocuteurs.

— Pendant longtemps on a pensé qu'il avait trouvé un trésor. Les légendes ne manquent pas dans le secteur. Wisigoths, Templiers, Cathares… on a le choix et c'est ce qui explique pourquoi autant d'amateurs d'occultisme se précipitent à Rennes-le-Château.

— À commencer par François Mitterrand, précisa Marcas, qui visita le domaine de Saunière alors qu'il était en pleine campagne présidentielle.

— Élections qu'il va gagner d'ailleurs, reprit le frère Obèse tout sourire, à croire que sa visite à Rennes lui a porté chance !

— Vous plaisantez, là ?

Le frère Obèse posa négligemment sur la table une photo. On y voyait le futur président, de profil, en train de contempler une statue du diable portant un bénitier.

— Il s'agit de l'intérieur de l'église de Rennes-le-Château, entièrement redécorée par notre curé. Les symboles ésotériques abondent et le diable, à l'entrée, est un des nombreux apports de Bérenger Saunière.

— Un trésor ! s'exclama le représentant de la Culture.

— C'est ce qu'on a effectivement pensé, sauf que l'on s'est aperçu que, durant toute sa carrière, le mystérieux abbé avait reçu, de partout, des sommes considérables. Des dons, comme il disait.

— Vous voulez insinuer que…

— … que, peut-être, le curé de Rennes n'a jamais vendu ce qu'il avait trouvé, mais plutôt qu'il l'avait négocié.

Marcas regardait son frère en maçonnerie avec surprise. Jusqu'ici il avait pensé que, comme lui, le frère Obèse venait juste de se documenter sur le mystère de Saunière. Mais là, son analyse était trop fine, réfléchie... pour ne pas avoir été préparée de longue date.

— Ou alors qu'on a acheté son silence.

On frappa discrètement à la porte. Une secrétaire entra et murmura à l'oreille du chargé des Affaires réservées.

— Et vous pensez que le dessin de Poussin a à voir avec cette histoire ?

— Tous les commentateurs du mystère, justifia Antoine, mettent le tableau *Les Bergers d'Arcadie* au centre de l'affaire. Pour beaucoup, il permet de localiser le lieu de la cache.

— Une précision : ce tableau a été la propriété de Louis XIV. À croire que les rois à travers l'Histoire ont eu vent de ce mystère, ajouta le frère Obèse.

— Mais le dessin ? interrogea le fonctionnaire du ministère de la Culture.

Antoine en déplia une copie que lui avait fait parvenir, le matin même, Lena Venturio, la spécialiste qui en avait confirmé l'authenticité.

— En fait, le dessin est une ébauche du tableau avec lequel il présente d'importantes variantes.

— Des variantes qui peuvent se révéler très instructives, suggéra le frère Obèse.

Le silence se fit dans la salle de réunion. Chacun méditait la portée de ces dernières informations.

— Vraiment, je ne sais que penser..., commença un des participants.

Le conseiller aux Affaires réservées interrompit brutalement le débat qui s'annonçait :

— Le commissaire Marcas, ici présent, est confirmé en charge de l'enquête. Son autorité s'étend désormais à tous les développements de l'affaire.

La stupéfaction s'abattit sur la réunion tandis que le frère Obèse dissimulait un sourire de triomphe sous sa main potelée.

— Commissaire, vous partez séance tenante pour Rennes-le-Château !

Un flot de paroles éclata dans la salle. Le conseiller les stoppa net :

— Messieurs, un meurtre vient d'être commis à Rennes-le-Château.

La secrétaire entra et posa l'ordre de mission de Marcas sur la table. Avant de le signer, le conseiller balaya l'auditoire du regard.

— L'information n'a pas été rendue publique pour ne pas affoler la population, mais la victime a les yeux crevés.

44

Rennes-le-Château
24 juin 2009

Le soleil de midi frappait déjà fort sur le petit village perché sur la colline. Les parkings à touristes étaient remplis et la ronde des cars, venus de toute l'Europe n'arrêtait pas.

Antoine grimpait dans la ruelle avec Cécile, en direction de la tour Magdala. Il serra la poignée de la sacoche contenant la reproduction du dessin. Ils restaient tous deux silencieux, n'osant évoquer le mystère qui régnait entre les murs de l'antique Rhédae, cette cité, aujourd'hui un minuscule village, qui avait connu son heure de gloire du temps des Wisigoths. Le sol crissait sous leurs pas, un corbeau passa au-dessus du clocher de l'église.

— C'est là qu'on a retrouvé le corps ? demanda Antoine. C'est bizarre qu'on n'ait pas vu de gendarmes, d'ailleurs.

— Oui, juste sous le porche. Gilles Carlino, quatre-vingt-huit ans. Un des plus vieux chercheurs de

Rennes-le-Château. Il était arrivé dans les années 1950, quand le mystère de Rennes a commencé d'intéresser les médias.

— Comment ça ?

— Quand le curé est mort, en 1917, il a laissé tous ses biens à sa servante, Marie Dénarnaud. Une femme discrète, qui vivait en marge du village. Pour beaucoup, elle était la maîtresse de l'abbé.

— Un vrai personnage de roman, ce Bérenger Saunière !

Cécile ne releva pas.

— En tout cas, à la fin de sa vie, Marie a vendu ses biens en viager à un entrepreneur, Noël Corbu. Quand la servante est morte en 1953, il a transformé le domaine en hôtel-restaurant, mais les clients ne se pressaient guère. Alors il a eu une idée de génie…

— Plus rien ne m'étonne désormais dans cette affaire, vas-y !

— Il a convoqué la presse et a dévoilé l'histoire, je cite : *du curé aux milliards*. En ajoutant que, selon lui, Bérenger Saunière n'avait fait qu'écorner le trésor. La plus grande partie restait donc encore à trouver.

— J'imagine l'effet !

— Immédiat ! Des quatre coins de France, les chercheurs ont débarqué, une pioche à la main, un pendule dans l'autre. Parmi eux, Gilles Carlino. Sauf que lui est resté.

— Et il a continué ses fouilles ?

— Il y a passé sa vie. Dans le milieu des chercheurs, il était considéré comme un mythe vivant. D'après certains, sa théorie sur la découverte du curé était la plus incroyable de toutes, mais je ne la connais pas. Enfin, on t'en dira sans doute plus dans peu de temps.

Cécile lui avait déjà ménagé un rendez-vous à Rennes-le-Château avec un vieil érudit aristocrate désargenté, le marquis de Perenna, la mémoire vivante du sulfureux village.

Le portable d'Antoine se mit à sonner. Sur l'écran lumineux s'afficha l'appel du frère Obèse. Le commissaire remit le téléphone dans sa poche. Depuis la réunion au ministère, ses doutes ne cessaient croître. L'avocat Lieberman, la tenue à Jérusalem, Rennes-le-Château... beaucoup de coïncidences où le frère Obèse jouait un rôle déterminant autant qu'ambigu. Il décrocha cependant.

— Alors frangin, t'es où ?

— À Rennes-le-Château, un village qui ne sent pas la panique. Pourtant, après le meurtre de ce vieillard...

— Officiellement, ce n'est pas encore un meurtre.

— Comment ça ? Un cadavre qui a les yeux crevés !

— On s'en est aperçu seulement dans l'ambulance. Il était face contre terre quand les habitants l'ont découvert et ils ne l'avaient pas retourné. Pour eux, il est mort d'une crise cardiaque.

— J'y crois pas !

— Tu ne communiques cette information à personne, OK ?

Marcas était abasourdi.

— Écoute, j'ai des questions à te poser...

— Plus tard, Antoine, j'ai un déplacement urgent pour l'étranger. Je te rappelle.

Le commissaire resta un instant interdit devant son portable. Il regarda Cécile et décida de rester discret.

— Dis-moi, il est comment, ce marquis ?

— Un cas, s'exclama Cécile, complètement suranné, volontiers provocateur, totalement fin de siècle, sauf qu'on ne sait pas lequel !

— Ça promet, commenta Antoine en baissant la tête pour se protéger du vent qui venait de se lever, tu le connais depuis longtemps ?

— C'est surtout Édouard qui le connaît. Il est venu manger à la maison quelquefois. L'occasion de disputes homériques.

— Mais pourquoi ? s'inquiéta Antoine

— Tu connais la passion de mon mari pour le trésor du Temple de Salomon. Bien qu'il s'en défende officiellement, il est convaincu qu'une bonne partie, si ce n'est la totalité, est dissimulée dans la région.

— Et ce n'est pas l'opinion du marquis ?

Cécile sourit mystérieusement.

— Pas vraiment, mais tu vas t'en rendre compte par toi-même. D'autant que, ce soir, tu tombes à pic. Il reçoit à dîner, pour leur réunion mensuelle, l'association officielle des chercheurs de Rennes-le-Château.

— Il existe une association officielle ? s'étonna Antoine.

— Sans compter toutes les autres, se mit à rirc Cécile, enfin celle-là regroupe les plus éclairés des chercheurs. Au fait, pour ne pas alimenter les rumeurs, je te présenterai comme un ami d'Édouard. N'oublie pas, pour tout le monde, tu es antiquaire de profession. Sauf pour le marquis auquel je ne cache rien.

Ils passèrent dans la rue principale et ralentirent devant la devanture de la librairie-atelier Empreintes. La vitrine proposait un assortiment à la Prévert de livres parus sur le village et sur les grands classiques de l'ésotérisme, allant des Templiers aux Cathares en passant par les Rose-Croix, mais aussi des traités de cartographie et de détection de trésors. Un grand portrait de l'abbé Saunière trônait au milieu, dévisageant les passants de ses yeux sombres. Marcas soutint son regard.

— Dis-moi, Cécile, Saunière et Rennes-le-Château c'est comme Mahomet et La Mecque ou Elvis Presley et Graceland ? Il est partout, je l'ai déjà vu dans une boutique de souvenirs et sur une affiche de conférences.

Cécile pouffa de rire au milieu des touristes qui se pressaient dans la rue.

— Tu sais, sans lui, Rennes ne serait qu'un village anonyme parmi des dizaines de milliers d'autres. Son histoire a été popularisée dans le monde entier. En pleine saison, dans la journée les rues sont pleines de Japonais et d'Américains.

Antoine repéra dans un coin de la vitrine un grand livre vieilli, à la couverture racornie. *Le Paradis perdu* de Milton, préfacé par Chateaubriand. Il se promit de revenir l'acheter. Elle le vit regarder l'ouvrage avec convoitise.

— Pour ça, tu n'as pas changé. Cette passion des ouvrages reliés… Ils ont un excellent fonds de livres anciens, en particulier dans les domaines ésotérique et religieux. Je connais le libraire, il te fera un prix.

Avec Internet, ils se sont taillé une sacrée réputation aux quatre coins du monde et ils rééditent aussi, grâce à leur maison d'édition, l'Œil du Sphinx, des ouvrages maintenant disparus ou des études pointues sur une foule de sujets.

— Tu ne m'empêcheras pas de penser qu'il y a là un fonds de pacotille dans cette histoire de curé transformé en Crésus.

Elle ne répondit pas et accéléra le pas.

— Je ne voulais pas te vexer, je t'assure.

— Je m'en fous. Je préfère mille fois être ici que dans un village touristique quelconque, rempli de boutiques de souvenirs criards, de fausses épées médiévales et de bijoux *made in China*. Les gens qui se sont installés dans ce village se sont laissé envoûter par l'histoire du curé. Ils vivent un rêve éveillé.

Tout en écoutant le discours enflammé de son ex, le commissaire décryptait un panneau écaillé. Tout autour de lui des touristes frénétiques prenaient des photos.

RENNES-LE-CHÂTEAU
FOUILLES INTERDITES
ARRÊTÉ DU 28…

Le temps et les intempéries avaient effacé la suite. Cécile suivit son regard et retrouva le sourire.

— Dire que ce panneau a plus de quarante ans ! À l'époque, des chercheurs impénitents avaient même dynamité le parvis de l'église ! Tu te rends compte ! Moi, c'est ça que j'aime, ici. Qu'importe que l'histoire soit vraie, que le curé ait trouvé un trésor en pièces d'or ou le Saint Graal. On s'en tape. Ce village est une porte d'entrée, l'une des dernières en ce monde, dans le royaume du mystère.

Marcas revit passer, frôlant le haut des toits, le corbeau dont l'ombre semblait les suivre.

— Tu sais, je ne te juge pas, Cécile, je me méfie seulement de tout ce qui est irrationnel. Au cours de mes enquêtes, j'ai trop vu d'hommes et de femmes basculer dans la nuit, à cause de leur imaginaire devenu fantasme.

— Ton indécrottable esprit cartésien ! C'est curieux, nous sommes frère et sœur en maçonnerie et pourtant nos attentes divergent complètement. Toi, tu veux tailler ta pierre pour atteindre à la maîtrise personnelle, changer la société afin qu'elle soit meilleure. Et moi, je désire traverser les portes de corne et d'ivoire.

— Nerval, *Les Chimères*… Tes références sont toujours les mêmes. Le monde, lui, ne cesse de bouger. Pas toi.

Cécile s'arrêta devant une haute grille en fer forgé. Brusquement elle se retourna vers le commissaire :

— C'est pour ça que tu m'as quittée, Antoine ?

45

Rennes-le-Château
24 juin 2009

Ils venaient d'arriver devant une grande maison en pierre de deux étages, recouverte de lierre sauvage. Les trois fenêtres laissaient filtrer des éclats de voix. Cécile sonna. On entendit un carillon résonner à l'intérieur et un homme, enveloppé dans une cape, ouvrit la porte de chêne massive sur laquelle était fixé le portrait gravé d'un diable grimaçant.

— Ma belle Cécile. Passe la grille et entre dans ce lieu terrible, dit-il d'une voix de stentor.

Marcas s'était attendu à voir surgir un vieux rat de bibliothèque, chaussé de bésicles, avec une voix de fausset. Il avait devant lui un gaillard de haute taille qui ne faisait absolument pas son âge. La chevelure argentée, des yeux très clairs enchâssés dans un visage marqué au burin, le marquis de Perenna avait dû faire des ravages auprès des femmes dans sa jeunesse.

Le noble le contempla de haut en bas, avec un air ironique.

— Et vous, vous êtes le policier franc-mac qui a poignardé le cœur de ma tendre Cécile, il y a des années. Je devrais vous pendre à un croc de boucher, mon ami. Enfin, il y a prescription, semble-t-il. Soyez le bienvenu dans cette humble demeure qui voit passer en ce moment plus d'huissiers de justice que de gentilshommes.

— Merci, j'espère seulement ne pas finir pendu à l'issue de cette soirée.

Ils montèrent à l'étage et se retrouvèrent face à une dizaine d'invités assis autour d'une table.

— Messieurs, faites place à ma très grande amie Cécile que certains connaissent déjà : la seule femme que je n'ai pu chevaucher dans tout le comté du Razès ! Et à son ami, antiquaire de profession. J'espère qu'il ne vient pas rafler mes meubles, il ne m'en reste plus beaucoup.

Les convives saluèrent les nouveaux arrivants avec sympathie. De Perenna s'assit en tête de table en réservant le siège à sa droite à Cécile. Marcas, lui, se trouva relégué à l'autre bout, entre un barbu qui ressemblait à un vieux druide, la tunique en moins, et un type maigre comme un clou, au regard hautain. Devant lui, un homme en chemise rouge sang le regardait avec bienveillance. Le marquis tapa du poing sur la table.

— Je déclare ouverte la trente-troisième réunion des compagnons de l'abbé Saunière. Mais tout d'abord, je propose de porter un toast à la mémoire de notre compagnon, Gilles Carlino, mort hier soir.

Chaque invité se leva.

— Gilles était le plus ancien parmi nous. Il avait consacré sa vie à notre passion. Souvent, ici même, nous l'avons entendu évoquer ses souvenirs de la grande époque, quand les mystères de Rennes-le-Château n'étaient pas encore tombés dans les mains des marchands du Temple. Que Bérenger Saunière l'accueille en Arcadie ! Et maintenant, que la joie et la folie président à nos débats. Gilles n'aurait jamais supporté que nous soyons tristes à cause de lui

Le marquis se tourna vers Marcas.

— Vous avez devant vous des chercheurs, des poètes, des scientifiques, des littéraires et des fous. Quoique nous le soyons tous pour avoir consacré notre vie à ce maudit curé et croire encore que son foutu trésor existe.

L'assemblée émit des rires joyeux. Les bouteilles de vin déjà largement entamées circulaient entre les invités.

— Chacun d'entre nous est obsédé par sa version de l'énigme et, bien sûr, persuadé d'être dans le vrai, ce qui signifie que tous ses amis, ici présents, ne sont que de vils crétins. Mais cela ne nous empêche pas de passer d'excellentes soirées. La parole est lancée. Racontez donc à notre invité votre version préférée.

L'homme habillé de rouge leva son verre de vin.

— Henri, l'interpella le marquis, si tu veux commencer.

— Moi, je suis partisan du trésor des Templiers. Juste après la chute de l'ordre du Temple, des chariots conduits par des chevaliers, échappés à l'arrestation de Philippe le Bel, sont venus cacher des coffres dans les grottes des alentours. Le trésor est enterré du côté de l'ancienne commanderie du Bézu.

— Et même que, dans la nuit du 13 octobre, leurs fantômes sortent des tombes et chevauchent dans la nuit, ajouta ironiquement un des voisins d'Antoine. Soyons sérieux, le trésor ne peut être que celui du Temple de Salomon, pillé par les Wisigoths à Rome et qui provenait de Jérusalem. L'Arche d'Alliance et la Ménorah sont cachées dans le lit de la rivière Sals.

Une dame au chignon en déséquilibre sortit de la cuisine et apporta deux gros poulets fumants qu'elle déposa au centre de la grande table.

— Madame, messieurs, bon appétit, fit le marquis en désignant les volailles d'un large geste du bras.

Le barbu qui cultivait son côté Panoramix intervint, avec un accent anglais à couper au couteau :

— L'Arche d'Alliance... Et pourquoi pas Indiana Jones aussi ? Non, ce n'est pas un trésor tel qu'on l'entend. Vous le savez tous, il s'agit tout bonnement du corps du Christ, enterré près d'ici, au mont Cardou.

Antoine faillit avaler son vin de travers et regarda son voisin de table avec effarement. Ce dernier continuait avec entrain :

— Saunière a découvert un incroyable secret qui a fait trembler le Vatican et ils l'ont payé. Cardou veut dire corps de Dieu en occitan. J'ai publié un ouvrage à ce sujet qui a fait grand bruit. Il est honteux que le ministère de la Culture ait refusé de financer mes travaux pour percer la montagne.

Le marquis regarda Marcas avec un sourire complice, mais laissa parler les convives. Un homme à la voix fluette tapa avec le dos de sa cuillère sur son verre à vin pour prendre la parole.

— John n'est pas loin de la vérité mais son explication est inexacte. Le Prieuré de Sion, la plus vénérable des sociétés secrètes, est à l'origine de tout et a confié à Saunière le soin de retrouver non pas le corps du Christ, mais sa véritable descendance : les rois mérovingiens qui sont les vrais souverains légitimes de la France.

De Perenna frappa de nouveau du poing sur la table.

— Bien dit, mon ami ! Tu pourrais préciser à notre hôte que tu es le nouveau grand maître du Prieuré, association loi 1901 déposée en sous-préfecture.

— Je suis modeste, vous le savez bien, monsieur le marquis, dit le petit homme d'un ton faussement contrit.

Cécile regardait Marcas avec malice comme si elle était contente de lui avoir joué un bon tour.

— Le Prieuré de Sion n'est qu'une fumisterie, tempêta un homme au cou de taureau. Bérenger Saunière a retrouvé l'Évangile secret des cathares : la véritable parole du Christ. D'ailleurs, on a retrouvé la trace de parfaits qui ont fui dans la région après le bûcher de Montségur.

Pendant l'heure qui suivit, les uns et les autres s'étripèrent avec joie sur leurs récentes découvertes et les derniers livres publiés sur le sujet. Quatre cent quatre-vingts au dire d'un des convives, lui-même instituteur et auteur d'un fascicule sur l'enfouissement du Graal sous l'église de Rennes. Six cent cinquante-deux, lui rétorqua un jeune universitaire de Montpellier qui finissait un mémoire sur l'hypothèse d'un trafic de messes, taillé en pièces par un partisan d'un complot rosicrucien.

Arrivé au dessert, Antoine se massait la tempe, il s'était attendu à tout sauf à ça. Il avait un début de migraine à écouter toutes ces théories abracadabrantes même s'il en avait lu une partie. Il consulta discrètement l'horloge de son portable. Le frère Obèse lui avait laissé trois messages. Il fallait qu'il le rappelle. Un bon prétexte pour quitter cette réunion de fous.

Le marquis leva la main pour demander le silence et s'adressa à Antoine. Il se mit à jouer avec la pelle à tarte.

— Cher monsieur qui, j'en suis sûr, devez nous prendre pour des frappadingues, je crois que vous aviez des questions à poser sur cette affaire. Nous vous écoutons. Peut-être que l'un d'entre nous pourra vous éclairer ?

Marcas sursauta. Il leva les yeux vers l'assemblée devenue subitement muette. Il jeta un œil désespéré à Cécile qui croisa les bras et le laissa se débrouiller. Il se lança :

— À propos du tableau de Poussin. *Les*...

— *Bergers d'Arcadie !* s'exclamèrent en chœur les convives.

— *Et in Arcadia ego*, tonna de Perenna d'un air joyeux. Traduction : « Et va te faire mettre chez les bergers grecs en Arcadie, ego gogo ! »

Toute l'assemblée éclata de rire.

Marcas se demanda s'il n'avait pas été invité pour un dîner de cons, où la place d'honneur lui était réservée. Cécile chuchota quelque chose à l'oreille de Perenna hilare, qui reprit ses esprits. Il hocha la tête en regardant un Marcas devenu écarlate.

— Messieurs les chevaliers de l'absolu saunierien, vous allez nous excuser. Il est déjà tard et je dois m'entretenir avec nos deux amis… Merci d'être venus, et au mois prochain pour le pique-nique annuel dans les ruines du Bézu. N'oubliez pas d'apporter quelques bonnes bouteilles.

Un à un, les convives quittèrent la pièce en multipliant les accolades et les remerciements. Dix minutes après, le trio se retrouva assis dans des fauteuils confortables sur une terrasse qui donnait sur la vallée. Le commissaire avait accepté un cigare, un Cohiba sorti spécialement pour l'occasion. La domestique apporta un plateau d'argent sur lequel étaient posés une bouteille d'armagnac et trois petits verres. Elle les remplit et s'effaça. Antoine brisa le silence :

— Vous vous êtes tous bien foutus de moi.

Le vieux marquis à la chevelure argentée lui tapota l'avant-bras.

— N'y voyez pas malice. On est pires entre nous.

— Quant à leurs différentes théories, le malheureux Bérenger Saunière doit se retourner dans sa tombe.

De Perenna secoua la tête d'un air faussement attristé.

— Ne vous plaignez pas ! On vous a épargné le mage du Bugarach, persuadé que des ovnis se posent ici régulièrement et qu'ils ont enlevé le curé. Ou encore, la grande prêtresse qui croit que la topographie des lieux correspond à l'immense vagin de Vénus.

— On se retrouve à l'asile pour moins que ça !

Le marquis fit délicatement tomber les premières cendres de son cigare.

— Chacun de mes invités de ce soir a passé des années dans les bibliothèques pour arpenter la campagne environnante, persuadé de tenir une piste. Ils ne trouveront probablement rien, mais peu importe, leur vie est infiniment plus riche que celle du commun des mortels. Ils possèdent en eux une part de mystère. Le moindre signe gravé dans la pierre, le plus petit détail dans le Chemin de croix de l'église, la citation latine obscure, tout prend sens. Ne nous jugez pas avec vos yeux d'ignorant. Nous sommes de pauvres chevaliers perdus dans la quête de merveilleux.

Marcas avala une bouffée aux délicats arômes de vanille. D'un coup, il se sentit comme apaisé.

— Reconnaissez néanmoins qu'il y a de quoi être surpris. Pourquoi ont-ils ri quand j'ai parlé du tableau de Poussin ?

— *Les Bergers d'Arcadie* font partie de la mythologie locale depuis des décennies. Vous trouverez ça dans la plupart des enquêtes publiées sur le sujet. Selon une tradition invérifiable, le bon curé en avait une reproduction dans son bureau. La plupart des hypothèses tablent sur une énigme cachée dans ce tableau et qui conduirait à une cache secrète. Bah ! rien de neuf sous le soleil du Razès.

Marcas se leva, irrité. Il en avait assez de jouer. Il haussa la voix :

— Écoutez, marquis. Je ne suis pas ici pour faire du tourisme ésotérique. Trois de mes collègues et une vieille dame ont été assassinés à cause d'une esquisse du tableau. Quelqu'un prend suffisamment au sérieux vos histoires débiles pour tuer sans merci. Et il se trouve que *ce* ou *ces* malades mentaux sont désormais en possession du dessin.

Le marquis s'était figé. Sa main tremblait. Il posa son verre sur le plateau.

— Vous avez retrouvé le dessin ?

Marcas se tourna vers Cécile.

— Tu ne lui as rien dit ?

— Non, je pensais que tu lui en parlerais.

De Perenna s'était levé, blême de stupeur.

— Ce n'est pas possible. Vous avez vu ce dessin ? Répondez ! dit-il en attrapant Antoine par le col, complètement exalté. Vous ne comprenez pas… ce dessin, c'était la théorie de…

Le marquis s'abattit sur sa chaise, incapable de continuer.

Cécile l'interrompit d'une voix blanche :

— … la théorie de Gilles Carlino, c'est ça ?

46

New York
Manhattan
24 juin 2009

Les pages n'étaient même pas jaunies par le temps. La blancheur du papier éclatait comme au premier jour de la fabrication du livre. Les enluminures rouge et or de la couverture jetaient des reflets de feu.

John Miller caressa machinalement les bords cerclés de fer de l'ouvrage.

Chaque grand maître de la confrérie de Judas se le transmettait depuis des siècles. Le nom de chacun était dans la liste inscrite sur les deux premières pages de l'ouvrage. John Miller y avait écrit le sien comme l'avaient fait avant lui ses prédécesseurs.

Lorsqu'il parcourait ces lignes, il éprouvait un vertige. La liste des noms des maîtres de la confrérie traversait les siècles et les pays. Le premier dirigeant de l'ordre, un marchand nommé Zebdias, avait été le successeur direct de Judas, l'un de ses proches. Devenu disciple du Christ par calcul, il avait suivi Paul à travers la Grèce, après sa conversion. Il n'avait dirigé l'ordre que pendant trois ans, incapable de venger son maître. Sa meurtrière, Marie Madeleine, s'était enfuie vers la Gaule, où l'on avait perdu sa trace. Ses successeurs avaient continué leur quête qui allait bien au-delà de l'acte de vengeance.

John Miller passa son doigt sur le nom du quatrième maître. Jean de Patmos, l'auteur du seul livre sur l'Apocalypse reconnu par l'Église. Celui qui avait été choisi pour donner la vision officielle des derniers temps. Jean, retiré dans sa grotte pendant des jours et des nuits et qui en était ressorti avec son grand œuvre scellant la fin de l'humanité et le début d'une nouvelle ère.

La confrérie avait traversé les siècles, poursuivant sa mission implacable. D'une main de fer. Chaque maître portait la lourde responsabilité de décider des exécutions et de noter les noms des victimes ou, à défaut – et c'était souvent le cas –, le nombre de morts anonymes des massacres planifiés.

C'était à la fin du XIIe siècle que le grand maître de l'époque, chanoine de l'abbaye de Limoges, avait eu l'idée de ce livre pour garder la mémoire des événements tragiques. Le français était resté la langue utilisée par les grands maîtres successifs.

1282. Les vêpres siciliennes, naissance d'un enfant qui avait tous les signes à Palerme dans une famille française. Plus de mille personnes exécutées par la foule ivre de violence.

1348. Le carnage de la peste noire, douze mille Juifs massacrés à Mayence, rendus responsables de l'arrivée de la peste. Douze naissances suspectes un 17 janvier dans la population juive.

Il tournait les pages. Son regard s'arrêta sur un nom.

1430. Jeanne d'Arc, Pucelle et enceinte.

Cette note avait toujours intrigué Miller. Elle était de la main de Guy d'Arbrissol qui, devenu grand maître, avait ajouté une apostille.

Nul ne saura jamais comment cette pucelle est tombée grosse. Mais un soir l'évêque Cauchon m'a confié que la matrone qui l'avait examinée lui avait affirmé que Jehanne était enceinte de dix semaines et qu'elle ne se trompait jamais. J'eus tôt fait de calculer sur mes doigts, Jehanne donnerait un enfant deux semaines après Noël.

Miller hocha la tête. D'Arbrissol avait éliminé un messie potentiel. Il passa les époques. Les exactions sautaient parfois les continents.

1782. Gnadenhutten. Amériques. Une tribu indienne des Lenapes est capturée par les troupes américaines, tous tués et scalpés. Quatre-vingt-seize morts dont trente-huit enfants et trois identifiés par les marques.

Le *Livre du Sang* de la confrérie déroulait au fil des pages sa litanie de carnages et d'assassinats à travers les siècles.

1903. Massacre d'un camp de bédouins à Alep. Cinquante-six morts. Deux naissances suspectes.

John Miller savait que chacun des maîtres de la confrérie avait donné son accord en pesant longuement sa décision. Les massacres n'étaient que l'ultime solution quand l'identification précise de l'enfant à venir était impossible. Heureusement, le Très-Puissant les aidait dans cette mission effroyable ; très souvent des noms de victimes isolées apparaissaient devant les dates des exécutions. Des hommes et des femmes anonymes surgis et retournés dans le néant car identifiés comme potentiellement dangereux par la confrérie.

2007. Canada. Lycée de Mount Royal. Carnage de la Saint-Valentin. Douze morts, élèves et professeurs, abattus par deux tireurs non identifiés.

Tous reposent en Arcadie, songea Miller qui était le seul à savoir que les deux tueurs étaient aussi ceux de la petite Indienne de Bombay. Ses anges de la mort, Tristan et Kyria, ses protégés. Ceux-là mêmes qui allaient enfin briser la roue séculaire des tueries.

2009. Gilles Carlino.

Le seul qui avait eu une prémonition. Dès que le village de Rennes avait été identifié, Miller avait lancé Harold sur la piste. Grâce aux blogs qui foisonnaient sur les mystères de Rennes, il avait pu lui fournir rapidement un résumé des hypothèses en cours. Carlino était le seul qui avait eu l'intuition de la vérité. À tel point que Miller avait pensé qu'il en savait plus qu'il n'en disait. Mais l'interrogatoire poussé mené par Kyria n'avait rien donné.

Il y a très longtemps, Miller avait fait un rêve étrange : il était debout au bord d'une rivière et voyait apparaître des têtes de toutes les victimes de l'ordre, par centaines, qui dérivaient au fil du courant. Les têtes ballottées par l'onde avaient toutes croisé son regard.

Son regard se détacha du livre et erra sur les tours illuminées dans la nuit. Le Seigneur avait enfin envoyé un signe fort à la confrérie. Le tombeau et ce qu'il contenait seraient enfin visibles et l'Apocalypse pourrait commencer.

47

Paris
Assemblée nationale
2 septembre 1792

« Tout s'émeut, tout s'ébranle, tout brûle de combattre […] le tocsin qu'on va sonner n'est point un signal d'alarme, c'est la charge sur les ennemis de la patrie […] Pour les vaincre, messieurs, il nous faut de l'audace, encore de l'audace, toujours de l'audace, et la patrie est sauvée. »

Danton se rassit, le visage en feu. Des bancs de l'Assemblée un tonnerre d'applaudissements monta vers l'orateur. Déjà des journalistes se précipitaient au-dehors pour rapporter au peuple les paroles du tribun. Bientôt les presses, dans les imprimeries, allaient s'activer et, partout dans la capitale, la nouvelle de la patrie en danger allait se répandre.

Dans la tribune des visiteurs, le marquis de Chefdebien ne participait pas à l'euphorie générale. Il regardait le visage de taureau de Danton, l'encolure puissante, tout le corps prêt à bondir pour un nouveau combat. Une force animale jaillissait de l'orateur, la force des torrents que l'Histoire transforme en crue. Cet homme lui faisait peur. Il avait le pouvoir de déchaîner les passions, mais pas celui de les contrôler. Au pied de la tribune, des membres de la Commune de Paris, des sans-culottes, discutaient avec acharnement. Certains arboraient le bonnet rouge de la révolte. D'autres quittaient l'Assemblée d'un pas rapide pour rejoindre les faubourgs où des hordes populaires attendaient depuis des jours le signal de la guerre civile.

Le marquis se leva. Une dernière fois, il regarda Danton ; une file bruyante de députés attendait pour serrer la main du héros du jour. Le tribun avait le regard étrangement figé. Il remerciait d'un hochement de tête, d'un sourire usé. Son rôle était terminé. Il venait de semer le vent qui allait devenir tempête.

— Alors, marquis, vous avez apprécié le discours de notre grand homme ?

Chefdebien se retourna et aperçut le journaliste Voyron, un de ses frères maçons de la loge *Les Vrais Amis réunis,* un modéré qui tentait encore de sauver la Révolution de ses propres démons.

— Comment ça, mon cher, vous n'êtes pas dans votre journal à tirer une édition spéciale ?

Voyron soupira et baissa la voix. Dans l'enthousiasme général, il n'était pas bon d'afficher son pessimisme.

— Que le Grand Architecte de l'Univers nous protège, les jours qui s'annoncent vont être terribles.

Le marquis ne répondit pas. Depuis la fuite avortée du roi Louis XVI à Varennes et son emprisonnement, la folie semblait s'être emparée du pays. La nation des Lumières plongeait dans l'obscurantisme sans fond de la haine et de la violence. Chaque jour, des torchons fraîchement imprimés réclamaient des têtes à abattre, encore des têtes, toujours plus de têtes. On dressait des listes de suspects, on fouillait les maisons à toute heure, on arrêtait et on jugeait en un tour de main. Au nom de la liberté, un sang impur devait abreuver tous les sillons du royaume.

— Mais ce n'est pas pour me lamenter avec vous que je suis venu, reprit Voyron, le visage grave, notre loge se réunit exceptionnellement, dans moins d'une heure. Votre présence est impérative. Venez !

Sans poser de questions, le marquis emboîta le pas à son frère.

Dans la rue, le bruit des tambours était assourdissant. Des cortèges d'hommes, la pique sur l'épaule, remontaient la rue en chantant. Une à une les églises des paroisses firent sonner le tocsin. Les gens sortaient sur leur pas de porte, le visage inquiet. D'un coup le canon du guet tira, une détonation isolée d'abord, puis une rafale suivit. Chaque coup éclatait comme un avertissement lugubre. D'habitude on ne tirait au canon que pour les événements heureux : naissance, anniversaire, mais là, c'était l'annonce du malheur qui tonnait, prémonitoire, dans le ciel de la capitale.

— Je suis venu à cheval, annonça Voyron, et j'en ai pris un pour vous. Dépêchez-vous.

Toute la ville semblait répandue dans les rues. Des torrents d'hommes et de femmes engorgeaient chaque passage. Sur le Pont-Neuf, des orateurs improvisés debout sur les parapets hurlaient des appels à l'émeute dans un chaos continu. Enveloppé dans une cape grise, son cheval au pas, Chefdebien tentait de comprendre les motivations de cette convocation imprévue. D'habitude, sa loge se réunissait deux fois par mois, et jamais depuis qu'il était arrivé à Paris cet ordre immuable n'avait varié. Il est vrai que les événements politiques ne cessaient de s'accélérer. À chaque tenue, les discussions se faisaient de plus en plus vives entre les frères encore partisans d'une royauté constitutionnelle et ceux d'une république de plus en plus égalitaire. Toute la maçonnerie menaçait de s'effondrer, minée par la division. Sans compter qu'en Angleterre les aristocrates en exil publiaient d'infâmes pamphlets qui dénonçaient les maçons comme les instigateurs occultes de la Révolution. Quant aux sans-culottes, ils réclamaient ouvertement la dissolution des loges soupçonnées de tiédeur révolutionnaire.

Le marquis se rapprocha de son compagnon :

— Dites-moi, mon frère, vous connaissez la raison de cette réunion exceptionnelle ? D'habitude...

Voyron ralentit le pas de son cheval.

— Vous avez entendu le discours de Danton ? Vous savez ce que ça signifie ?

D'un geste rapide, le journaliste indiqua l'est de Paris. Chefdebien pâlit. C'est là, dans l'ancien enclos du Temple, que depuis le mois d'août était enfermé le roi Louis XVI.

— Jamais ils n'oseront..., commença le marquis.

— Vous croyez ? Regardez !

Ils venaient d'arriver devant l'église Saint-Germain. La place était noire de monde. Une foule agitée martelait le pavé en hurlant. Dans la rue principale un convoi protégé par quelques cavaliers en uniforme tentait de se frayer un passage. C'étaient des charrettes bâchées qui se dirigeaient vers la prison de l'Abbaye. C'était là qu'on entassait les suspects en attente de jugement.

Le convoi n'avançait plus. Tout autour la clameur augmentait. Une femme aux cheveux défaits tira sur une des bâches qui résista. Elle s'acharna, et le drap se déchira, découvrant, recroquevillés et enchaînés, des prisonniers aux vêtements en loques, aux visages terrifiés.

— Des ennemis de la nation ! lança une voix anonyme.

— Vengeance ! hurla la foule.

Le marquis de Chefdebien allait éperonner son cheval pour fendre le peuple en folie, mais Voyron le retint.

— C'est trop tard ! Vous voulez vous faire tuer ?

Déjà les autres charrettes étaient découvertes. Des dizaines de mains avides empoignaient les prisonniers et les faisaient rouler sur le pavé. Un des cavaliers de l'escorte tira en l'air. Une pique le déchira au bas-ventre ; il resta un instant en selle, à contempler ses viscères béants, avant de s'effondrer et d'être piétiné par la foule. Plusieurs prisonniers n'étaient déjà plus que des amas sanglants. Un suspect qui s'accrochait désespérément à l'arceau de la charrette poussa un cri de bête sauvage : un sabre venait de lui trancher la main. Rampant au sol, un prisonnier tentait d'échapper à la folie populaire ; une masse lui brisa les deux jambes tandis qu'à coups de sabots rougis de sang, des femmes hystériques lui brisaient le crâne.

— Descendez de cheval, hurla Voyron, descendez, nom de Dieu, ils vont nous massacrer !

Chefdebien sauta de sa monture et se colla contre la grille de l'église. Un blessé roula sur le pavé. Deux hommes se précipitèrent sur lui, une hache à la main. Le premier coup entailla l'épaule jusqu'à l'os, le deuxième traça un chemin de sang à travers son visage. Le blessé n'était plus qu'un long hurlement. Le dernier coup de hache lui trancha la gorge, mais buta sur les cervicales. Un des hommes se pencha : d'un coup de couteau, il décolla les vertèbres et trancha dans le vif de la moelle épinière.

La tête martyrisée rebondit sur le pavé. Une pique l'enfourcha en plein front et la leva au ciel. La foule hurla de joie.

Voyron poussa son frère le long de la grille.

— Mais ne restez pas là ! Courez ! Bon sang ! Courez !

Chefdebien se précipita. Une main lui arracha sa cape, une autre fit voler son chapeau. Une odeur de sang montait du pavé. Devant lui une femme, corsage ouvert, criait des obscénités. Le rire aux lèvres, elle montrait ses seins nus à un corps tressautant que la foule venait d'empaler sur la grille. Chefdebien se retourna pour appeler Voyron.

Un cri le glaça :

— Un aristocrate ! Mort au traître !

D'un coup de canne, le journaliste tenta de se dégager de la meute qui le cernait. Tout autour de lui, des visages ivres de colère hurlaient à la mort. Des mains, rouges de sang, commencèrent à frapper. Dans un dernier sursaut, Voyron se retourna et agrippa les grilles qui longeaient le cloître Saint-Germain. Un coup de reins et il pourrait échapper à ses bourreaux.

Chefdebien vit son frère sauter, saisir les barreaux, lancer un pied en avant quand un éclat de métal vola au-dessus des têtes. Tranchante comme un rasoir, la faux fendit l'air.

Quand elle retomba, Voyron était mort.

48

Rennes-le-Château
24 juin 2009

Le marquis avala son verre d'un trait et se lissa les cheveux en arrière. Antoine réajusta sa veste et s'adossa contre la cheminée pendant que Cécile ouvrait la grande sacoche qui contenait la photo en taille réelle de l'esquisse. L'aristocrate reprenait ses esprits.

— Navré, le choc a été si fort quand vous m'avez parlé du dessin…

— Je croyais que *Les Bergers d'Arcadie* n'avaient aucune valeur, sauf sur le plan humoristique, dit Marcas d'un ton acide.

— Je n'ai pas dit cela, seulement qu'aucun chercheur n'avait trouvé quoi que ce soit avec le tableau du Louvre. Et puis on croyait tous que Gilles délirait quand il disait qu'une ébauche existait.

— Mais cette information, il la tenait d'où ?

De Perenna grimaça.

— Ce serait plutôt à vous de me le dire !

Antoine se figea tandis que le marquis reprenait :

— Gilles était discret là-dessus, mais on le savait tous.

— Mais quoi, enfin ?

— C'était un frère, un initié comme vous. Maintenant que votre curiosité est satisfaite, je peux voir le dessin ?

Antoine ravala sa colère. Ce n'était pas le premier frangin qui apparaissait dans cette histoire. Déjà ce Georges Monti dont lui avait parlé le frère Obèse. Et maintenant ce vieillard assassiné.

Cécile posa sur la table la photo : une reproduction parfaite du dessin volé. Le marquis sortit une paire de lunettes d'une boîte de fer oblongue, les chaussa et inspecta le cliché. Son œil parcourait chaque détail, sa main droite tapotait nerveusement le bord de la table. Il jubilait comme un enfant devant un cadeau encore dans son paquet.

— Extraordinaire. Cécile, veux-tu me passer la reproduction du tableau des *Bergers d'Arcadie* accrochée au mur, à côté de la porte ? Et ma loupe qui est dans le premier tiroir du buffet.

— Bien sûr.

Elle revint vers eux avec un grand cadre en bois dans lequel était inséré le Poussin. Elle le posa au-dessus du dessin. Le marquis avait sorti un stylo plume laqué noir de la poche de sa veste et le pointa alternativement sur les deux œuvres, puis il approcha la grosse loupe de la photo.

— C'est bien ce que je pensais. Raisonnons logiquement, mes amis. Le tableau du Louvre a été réalisé par Poussin à la suite d'une commande d'un cardinal romain. C'était une œuvre officielle.

L'esquisse, elle, n'a jamais été mise sur le marché. Regardez alternativement les deux créations. Les différences sont là, ça crève les yeux.

Marcas s'approcha.

— Oui, je sais, dans le dessin il n'y a que trois personnages, il a oublié l'un des bergers en cours de route.

— Ne dites pas de sottises. Un peintre de ce niveau ne commettait pas d'erreurs ou alors elles étaient volontaires. Certes, il manque un personnage, mais ce n'est pas tout. Prenez la loupe. Regardez bien, c'est sur le tombeau. Le personnage ne pointe plus du doigt, comme sur le tableau, la lettre R de l'expression *Et in Arcadia ego*, mais désigne la suite.

Antoine prit la loupe. Il poussa un juron : il n'avait pas repéré que le peintre avait rajouté d'autres mots à la suite de la célèbre expression latine.

On pouvait lire : *Et in Arcadia ego sum Maria Magdala.*

— « Et moi aussi, Marie Madeleine, je suis en Arcadie », articula lentement Antoine. Mais que vient faire ce personnage des Évangiles dans une composition païenne ?

Le marquis s'était levé, le regard brillant.

— C'est la preuve que l'on attendait depuis des années. La femme sur le tableau est bien Marie Madeleine. Quand il a entrepris ses travaux gigantesques, Bérenger Saunière a dédié tout le village à cette sainte. L'église lui est consacrée. Quant à la tour Magdala et la Villa Béthania, elles font référence à Marie Béthania, sœur de Lazare, plus connue sous le nom de Marie Madeleine. Mais vous n'avez pas tout vu, approchez la loupe du bord gauche du tombeau, là où il n'y a plus le berger du modèle du Louvre. Que voyez-vous à la place ?

Antoine inspecta minutieusement cette partie-là du dessin.

— C'est difficile. Une autre expression, je crois : *Liber... Judae... caput.*

De Perenna s'était levé et ne tenait plus en place.

— La tête de Judas, le Livre... Il n'y a qu'un seul endroit où sont réunis tous ces symboles. Vous savez où ?

— Dans l'église Marie-Madeleine, confirma Cécile, ici, à Rennes.

— J'ai un double des clés confié par la mairie. Elles vont servir. On y va tout de suite.

Avant même que ses invités ne puissent répondre, le marquis avait traversé le salon et descendait l'escalier. Cécile et Antoine lui emboîtèrent le pas. Dans la rue, l'aristocrate avait retrouvé une seconde jeunesse et marchait à vive allure.

— Mes amis. Cela fait plus de vingt ans que je me suis engouffré dans cette quête sans fin. Et voilà qu'un signe apparaît enfin.

Ils prirent une petite rue sur leur droite et débouchèrent sur une minuscule place où se dressait l'église. Antoine repéra aussitôt le corbeau posé en haut du fronton. Immobile, on aurait pu croire qu'il était soudé à la pierre. Un jardin arboré jouxtait la façade qui donnait sur la placette où se dressait un monument de pierre. Le style n'avait rien de remarquable, le porche d'entrée se terminait en haut par une petite toiture en triangle. Le marquis s'avança vers la porte. Des touristes entraient et sortaient, mitraillant la façade. De Perenna brandit une clé ouvragée.

— Mesdames et messieurs, nous fermons l'église une petite heure pour assurer son nettoyage. Si vous voulez bien sortir. Vous pourrez revenir plus tard.

Tout en souriant aux touristes, il se pencha vers Marcas :

— Je vous conseille de lire l'inscription gravée en haut du fronton.

Antoine et Cécile levèrent la tête.

Terribilis est locus iste, déchiffrèrent-ils.

De Perenna haussa la voix : ses paroles résonnaient sous le porche.

— *Ce lieu est terrible, c'est la maison de Dieu, la porte des cieux*. Un passage tiré de la Bible, de la Genèse plus précisément, verset 17.

— Pas très catholique ; il voulait dissuader ses ouailles de venir à la messe ? demanda Cécile.

— On n'a jamais su. De toute façon, cette église est truffée d'anomalies volontaires : elle fait partie intégrante du mystère.

Des coups de tonnerre résonnèrent dans le lointain. Un vent frais venait de se lever. Le corbeau s'envola du pignon.

Sitôt entré dans l'église, le marquis enclencha sans hésiter l'antique clé noire dans la serrure. Un craquement sinistre fit vibrer la lourde porte qui se referma sous la force de son poids. Il appuya sur un bouton-poussoir et la minuterie électrique se déclencha, illuminant l'intérieur de l'église.

— C'est étrange, murmura Antoine en découvrant la décoration, vaguement mal à l'aise.

Des statues en plâtre, colorées de manière criarde, étaient disposées un peu partout contre les murs, eux-mêmes recouverts de petits tableaux représentant le Chemin de croix. Marcas se figea devant le bénitier sur la gauche. La vasque était bien soutenue par un diable grimaçant, les yeux exorbités, le corps difforme à moitié nu. Le regard fou, le démon fixait le sol.

— Selon la légende, il s'agit d'Asmodée, gardien du trésor du Temple de Salomon, dit le marquis. Quant à la tête, elle vient d'être refaite, des fanatiques ont décapité la précédente.

De Perenna remonta la nef et se dirigea sans hésiter vers l'autel, au bout de l'église. Il se pencha sur un bas-relief éclairé à la verticale.

— Approchez-vous et contemplez.

À genoux, Marie Madeleine priait dans une grotte. À côté d'elle étaient posés un crâne et un livre ouvert. En arrière-plan, dans l'ouverture de la caverne, se dessinait un décor de montagne surmonté d'une chapelle en ruine.

— La sainte, le livre et la tête de mort. *Liber… Judae… caput*, répéta le marquis d'un ton sentencieux. Nous y voilà.

Il prit la reproduction du dessin et la posa à côté d'un spot lumineux.

Cécile éprouvait une sensation singulière. Comme un souvenir, une coïncidence qui s'imposait à son esprit. Elle leva la tête vers le plafond, fronça les sourcils puis regarda le sol. *Le livre, la tête de mort*. Non, ce n'était pas possible ! Elle était victime d'une hallucination !

— Comment est orientée cette église ? s'écria-t-elle.

— Le chœur à l'est, je crois. Comme la plupart des lieux de culte.

Elle posa sa main sur l'autel pour s'appuyer. Elle avait l'impression que les statues venaient de s'éveiller et la regardaient. Sa voix résonna dans le silence :

— Vous me dites que c'est une église mais, moi, ce que je vois...

La tête lui tournait, elle saisit le bras d'Antoine.

— Tu ne vois donc pas, mon frère ?

Marcas la retint avant qu'elle ne tombe.

— Mais tout y est ! Du sol au plafond ! *Ce lieu terrible*...

De Perenna la regardait, effaré.

— ... c'est un temple maçonnique !

Église de Rennes-le-Château. Bas-relief de l'autel.

49

Paris
Loge Les Vrais Amis réunis
2 septembre 1792

Le marquis de Chefdebien arriva en tenue les vêtements déchirés, mais nul ne lui posa de questions. Tous les visages étaient tendus, certains frères portaient un pistolet à la ceinture. Sur le parvis du temple, les officiers de la loge avaient le plus grand mal à rétablir le calme.

— Mes frères, nous allons entrer en tenue, annonça le Grand Expert, je vous en prie, faites silence, quels que soient les événements du monde profane, notre réunion ne peut commencer que dans la concentration et la sérénité.

Un silence immédiat lui répondit.

— Comme vous le savez, cette tenue est exceptionnelle et seuls ont été convoqués les frères qui peuvent se prévaloir des hauts grades.

Chefdebien jeta un œil surpris sur ses compagnons. Il n'y avait là que des maçons qui appartenaient aux ateliers de perfection. Des hommes qui pratiquaient l'art royal depuis des années.

— Mais à quel grade ouvrirons-nous nos travaux en loge ? interrogea un frère.

— Au grade de maître. Préparez-vous.

Un coup de canne sur le sol dallé vint ponctuer cette dernière parole et un à un les frères pénétrèrent dans le temple.

Le rituel d'introduction se déroula sans que le marquis de Chefdebien ait repris ses esprits. Tandis que le Vénérable prononçait les paroles sacramentelles, il revoyait le visage disloqué de Voyron, son corps qui s'affaissait sous les coups.

— Mes frères, je déclare la tenue ouverte.

À sa gauche l'orateur se leva. Il tenait ses mains dissimulées sous le pupitre. *Il doit trembler*, pensa Chefdebien.

— Mes frères (la voix marqua un temps d'hésitation), l'Assemblée a décidé de la mise en accusation du roi. Il sera jugé dans quelques semaines. Et il n'y aura que deux sentences possibles : l'acquittement ou… la mort.

C'était comme si la foudre tombait sur les visages. Le marquis sentait monter dans sa gorge un son qui allait se muer en cri. Il serra les poings et baissa les yeux. Nul n'avait le droit de profaner une tenue par ses émotions.

— Mes frères, reprit l'orateur, je sais ce que cette nouvelle a de terrible. Tous nous avons rêvé d'une monarchie éclairée, d'un gouvernement juste, d'un pays de droit et de liberté. Et…

Cette fois la voix lui manqua. Depuis le discours de Danton qui décrétait la patrie en danger, le peuple s'était transformé en loup féroce. Partout, en ville, on attaquait les prisons et on massacrait les suspects. Les cadavres se comptaient par centaines. Certains horriblement mutilés. On égorgeait sur le pas des portes, on violait dans les rues, la folie assassine avait infesté Paris.

D'un hochement de tête, le Vénérable autorisa l'orateur à s'asseoir. Le plus délicat restait à venir.

— Mes frères, il faut nous préparer au pire.

Chefdebien, du regard, fit le tour de ses frères. Tous appartenaient à des loges prestigieuses. Comme la loge des *Neuf Sœurs* qui avait initié Voltaire et Benjamin Franklin. Et beaucoup faisaient partie de l'ordre des Philalètes, fondé par le Vénérable Savalette de Lange, une fraternelle où l'on se passionnait pour tous les mystères de l'occulte.

Une main se leva qui demandait la parole. Le marquis reconnut Villermoz. Ce Lyonnais jouissait, dans tout le monde initiatique, d'une réputation exceptionnelle. Il avait été initié aux rites des élus Cohen, le plus ésotérique des ordres maçonniques, et il était à l'origine de nombre de hauts grades. Chefdebien se demanda par quel miracle ce chef mythique, qui quittait rarement les bords du Rhône, se trouvait à Paris, désormais livré à l'émeute et au chaos.

— Mes frères, le roi est condamné. Le roi va mourir.

Un murmure de protestation parcourut les Colonnes. D'un simple geste de la main, Villermoz imposa le silence.

— Louis XVI est déjà un roi martyr. Ce n'est plus qu'une question de jours. Nul ne peut arrêter l'Histoire quand elle est en marche.

Chacun contemplait le visage impassible de Villermoz. Ne disait-on pas que les élus Cohen avaient acquis le don de connaître le futur ? Que dans le secret de leur loge, ils avaient vu naître la Révolution qui, aujourd'hui, emportait tout sur son passage ?

— Mes frères, continua Villermoz, si nous sommes réunis en ce jour de détresse où le monde ancien s'écroule, c'est parce que nous autres maçons avons un devoir, un devoir face à l'avenir.

Ces paroles étonnèrent Chefdebien. Au début de la Révolution, Villermoz s'était fait remarquer pour son engagement prononcé en faveur des idées nouvelles. Et voilà que ce fervent républicain parlait du roi comme d'un martyr !

La main gantée posée à plat sous son cou, Villermoz fixait le Delta lumineux suspendu au-dessus du Vénérable. Tout autour, les maçons des hauts grades le regardaient, le souffle coupé.

— Mes frères, il existe un secret terrible.

Un brouhaha secoua les Colonnes. Le Vénérable frappa du maillet pour rétablir le silence. Lui-même, qui était une des éminences grises du Grand Orient, ne pouvait détacher son regard de l'initié lyonnais.

— Mes frères, ce secret existe… et il va disparaître.

Le tumulte éclata. Sans en tenir compte, Villermoz continua :

— Il me revient, ce soir, dans l'enceinte sacrée de notre temple, de vous révéler ce que je sais. Car ce soir, l'un d'entre nous sera choisi afin de remplir une mission vitale pour l'avenir de la maçonnerie.

Chefdebien, quoique brisé par l'émotion de la mort horrible de Voyron, ne pouvait détacher son regard de l'orateur. La réputation de Villermoz, dans le monde maçonnique, était sans tache. Et de sa vie de frère, il n'avait jamais affirmé quoi que ce soit qu'il ne pût prouver ou justifier.

— Comme vous le savez, j'ai toujours été fasciné par les nombreux rites que notre ordre a générés au fil de son histoire. Ils sont nombreux, parfois fantaisistes, souvent imprévus, mais ils méritent tous d'être étudiés, comparés et appréciés à leur juste valeur. C'est à ce devoir que j'ai consacré ma vie de maçon. Ainsi, chaque fois que j'ai découvert un rituel nouveau, j'ai tenu à m'y faire initier.

Savalette de Lange, qui dirigeait la commission des rituels au Grand Orient, hocha la tête en signe d'approbation.

— Il y a maintenant un an, j'ai été reçu dans une obédience maçonnique particulière, la Pure Observance. J'ai été séduit par la rigueur du rituel, sa progression initiatique et la haute valeur de ses symboles liés au compagnonnage médiéval.

Des raclements de gorge se firent entendre. Pour beaucoup de frères, l'origine médiévale de la maçonnerie était une atteinte aux Lumières du siècle actuel.

— Cet ordre, en hommage à ses prédécesseurs, a restauré certains édifices bâtis par les maîtres maçons du Moyen Âge, dont une chapelle localisée au Mas Deu, à côté de Perpignan. Lors des premiers travaux, le sol sous l'autel s'effondra et révéla une cavité. À l'époque, j'étais en tournée pour mes affaires dans le Sud et comme j'étais le plus haut gradé de la confrérie, on m'appela et je vins sur place.

— Et qu'avez-vous trouvé ?

La question jaillit des Colonnes, comme sortie de toutes les bouches des frères. La voix de Villermoz ne se troubla pas :

— Deux squelettes et un…

Le marquis lui-même retenait avec peine son impatience.

— … et un message.

Le frère de Lyon ne laissa pas à l'assemblée le temps de reprendre son souffle.

— Un homme et une femme enlacés. Aymon et Mathilde, selon les inscriptions, enterrés en 1470. L'homme portait encore les outils de son métier : un burin et un maillet.

— Que disait le message ? demanda Chefdebien.

— J'y viens. Cet Aymon écrivait qu'il était présent à la mort de Jeanne d'Arc.

L'assemblée retint son souffle.

— Il était au courant d'un secret terrible, transmis par la Pucelle, brûlée pour l'avoir détenu. Malheureusement son parchemin ne faisait pas mention de la nature du secret. En revanche…

L'attente se lisait sur le visage de tous les frères.

— … il révèle qui en sont les détenteurs. De génération en génération.

Villermoz balaya l'assemblée du regard.

— Mais qui ? s'exclama Savalette de Lange.

L'initié lyonnais fixa le Vénérable.

— Vous me demandez qui connaît actuellement ce secret ?

Un silence oppressant figea la loge. D'un coup sec Villermoz fit craquer la jointure de ses doigts.

— Le roi de France.

50

Rennes-le-Château
26 juin 2009

Toute l'église avait retenti de la révélation de Cécile. De Perenna, inquiet, s'était retourné vers la porte dont la poignée venait de jouer.

— On ne peut pas rester trop longtemps ici. Il va falloir ouvrir pour que les touristes entrent. Quant à toi, tu délires. Le curé était un catholique monarchiste qui montait en chaire afin d'exhorter ses ouailles à voter pour le parti royaliste. La république et les maçons étaient les ennemis jurés des curés de l'époque.

— Regarde le sol, c'est un damier noir et blanc. Antoine, ça ne te rappelle rien ?

— Soixante-quatre cases, le nombre a été compté par un chercheur, précisa le vieux noble. Pour lui, bien sûr, c'est l'étendard des Templiers, le Beaucéant.

— Fous-moi la paix avec les Templiers ! C'est un pavé mosaïque, le même que l'on trouve dans tous les temples maçonniques. Au-dessus de l'autel, on reconnaît très bien la Voûte étoilée.

Marcas leva les yeux, sidéré.

— Regardez la position des statues ! La même que celle des surveillants lors d'une tenue. Quant au diable, Asmodée, il garde l'entrée, pareil au tuileur.

Cécile continua :

— Mais c'est le bas-relief avec Marie Madeleine qui m'a mise sur la piste. Elle est assise dans cette grotte, un lieu exigu et sombre, avec à ses côtés un crâne humain, un livre et un arbre stylisé semblable à un flambeau.

— Le cabinet de réflexion ! cria Antoine en se rapprochant du marquis. Avant de passer l'initiation, le profane est enfermé dans le cabinet noir et doit rédiger son testament philosophique, à la lueur d'une bougie, devant une tête de mort. Pourquoi n'y ai-je pas pensé moi-même ?

Cécile s'agenouilla contre le bas-relief. Elle passa sa main sur la représentation du corps de Marie Madeleine. Sa voix vibrait sous le coup de l'émotion.

— Antoine, tu sais pourquoi tu n'y as pas pensé ? Tout simplement parce que c'est une femme. On voit bien que tu appartiens à une obédience masculine. C'est une chose de croiser des sœurs en tenue, c'en est une autre de se les imaginer en pleine initiation. Moi, je me suis tout de suite projetée.

Marcas la regarda avec stupeur. Son esprit, rationnel et laïc, ne pouvait concevoir qu'une église puisse dissimuler un Temple de la fraternité. Pour lui, les valeurs d'une église et celles d'un temple étaient diamétralement opposées. Dans l'une on célébrait l'asservissement de l'être humain à une divinité, dans l'autre on travaillait à la libération et au perfectionnement de l'homme. Et de la femme.

De nouveau, il parcourut l'intérieur de l'église et scruta les principaux éléments symboliques. Ses préjugés lui criaient qu'il nageait en pleine absurdité, mais sa raison devait reconnaître que Cécile voyait juste.

Le marquis s'était aussi agenouillé près de la jeune femme.

— Une église qui dissimulerait une loge cachée, c'est fou.

Cécile passa son doigt sur le livre ouvert recouvert de poussière.

— Voyons, la maçonnerie n'a jamais été composée que de républicains laïcs. Ce n'est qu'au XIXe siècle que ce courant est devenu puissant en France, mais il a toujours existé une maçonnerie chrétienne, majoritaire dans le monde. Saunière a peut-être été initié au sein d'une loge catholique, ce ne serait pas le seul ecclésiastique à passer sous le bandeau, loin de là.

Marcas opina. Des prêtres jusqu'aux évêques, les membres de l'Église catholique avaient toujours été présents en maçonnerie.

Un craquement de bois résonna dans la nef. Ils se retournèrent vers l'extrémité de l'église. Le marquis les tranquillisa :

— N'ayez pas peur. Le fantôme du curé ne rôde pas ici, c'est seulement l'humidité qui fait des ravages, hélas !

Il sortit la copie du dessin, la posa sur le damier du dallage et chaussa de nouveau ses lunettes.

— *Liber, Judae caput. Liber* pour livre. *Judae caput* serait la tête de Judas. Je ne me souviens pas que la tradition dise que Marie Madeleine ait récupéré le crâne de l'apôtre maudit. Il s'est pendu et son corps a été enterré.

Cécile avait le regard tendu.

— Si l'on considère que, sur ce bas-relief, le livre est le testament philosophique de la future initiée, lors du passage dans le cabinet de réflexion maçonnique, elle est donc censée avoir écrit quelque chose. Quelqu'un a emporté la loupe ?

De Perenna fouilla sa poche, en sortit un carnet effrangé, une pipe d'écume et, pour finir, la loupe qu'il essuya minutieusement avant de la tendre à Cécile. La jeune femme la plaqua contre le bas-relief.

— Rien. Les pages du livre sont blanches comme neige.

— Gratte, lui intima Marcas alors que le marquis lui tendait un laguiole ouvert.

— Mais pourquoi ?

— Le bas-relief a été posé en 1887 et, depuis, plusieurs fois restauré. J'ai lu ça. Les successeurs de Saunière ont très bien pu passer un coup de peinture sans y regarder de plus près. Allez, gratte !

Par petits coups, Cécile fit sauter la couche de blanc. Peu à peu l'état d'origine apparut. Elle saisit la loupe.

— Oh merde ! C'est bien ça… Il y a une inscription minuscule dans le livre.

Marcas sortit un stylo et un relevé froissé de carte bleue. L'excitation le gagnait.

— Vas-y !

— *1… 7… Ma… ri… a… ni… gra… ca… tin. 66… 6… 5… 4. Et… in Arc…* Là, c'est plus simple… *in Arcadia ego…*

Elle se releva, courbaturée, et se massa le cou.

— Alors, marquis ? Marie la Noire, une vierge noire je suppose, pour le reste… *Catin* ? Marie Madeleine était une prostituée. Mais…

Le vieux noble avait à nouveau un regard exalté. Il joignit ses mains comme pour une prière. Un autre craquement retentit.

— *Maria nigra. Catin.* Mon Dieu, ce n'est pas possible ! Tout colle, vous n'avez pas idée de ce qu'on vient de trouver.

Marcas lui posa la main sur l'épaule. L'aristocrate n'était plus le tribun tonitruant, il tremblait de tous ses membres, comme s'il avait reçu une décharge électrique.

— Saunière a fait de nombreuses fouilles dans le cimetière du village et il s'est particulièrement intéressé à une tombe, celle de la dernière descendante des seigneurs de Rennes, Marie de Nègre d'Ables. C'est elle, sans aucun doute, la *Maria nigra*.

— Et catin ?

— Le mot se retrouve dans l'épitaphe gravée sur la stèle. Mais ne vous y trompez pas, il lui faut donner son vrai sens. Dans le patois local, *catin* signifie *grotte*.

— Et le 17 ? demanda Cécile, intriguée.

Le marquis s'appuya contre l'autel. Son visage s'était empourpré.

— 17 janvier 1781, le jour de la mort de la comtesse, inscrit sur la stèle. Sans compter que c'est aussi un 17 janvier que Bérenger Saunière est tombé victime d'une apoplexie qui lui a été fatale. C'est un chiffre qui joue un rôle récurrent et étrange dans l'énigme de Rennes-le-Château.

— Il ne nous reste plus qu'à trouver cette stèle ! s'exclama Antoine.

— Sauf que l'abbé Saunière l'a détruite : il a effacé l'inscription.

— Alors notre piste s'arrête là. C'est trop stupide ! s'écria Cécile en s'asseyant sur une marche de l'autel.

Le saint Jean-Baptiste de plâtre les regardait avec ironie.

— Il s'est bien foutu de nous, le curé !

De Perenna éclata de rire.

— Non. La pierre tombale a disparu mais il existe… une copie. Une copie fidèle jusqu'à la perfection. Venez, il est temps que vous rencontriez Bérenger Saunière et sa servante.

Antoine et Cécile échangèrent un regard ahuri.

— Ils nous attendent, ajouta le marquis.

51

Paris
Place de la Révolution
21 janvier 1793

— Combien ? demanda Sanson, incrédule.

— Vingt mille hommes, répondit Garat qui venait de quitter l'Assemblée, on craint un coup de main des aristocrates.

Sanson jeta un œil sur le député, puis sur les troupes amassées depuis les Tuileries jusqu'à la place de la Révolution. Des gardes nationaux, des fédérés venus de Province, des sections de sans-culottes. Toute une armée prête à la répression. Certes, depuis des jours, la rumeur courait à Paris d'un complot fomenté par des royalistes. Une tentative désespérée des partisans de l'Ancien Régime pour sauver Louis XVI du couperet de la guillotine. Mais Sanson contempla encore la masse compacte des soldats : le roi n'avait plus aucune chance d'être sauvé. Son destin était scellé.

— Nous procédons aux vérifications ? interrogea Garat, il faut que je me rende à la prison du Temple.

Sanson hocha la tête en signe d'acquiescement. Exécuteur public sous le roi, il était devenu le bourreau de la République. Une fonction que sa famille occupait de père en fils, depuis des générations. Il connaissait son métier et jamais sa main n'avait tremblé. Il avait décapité des nobles déchus, pendu des financiers véreux, supplicié des fils de famille débauchés, brûlé des empoisonneurs publics et, aujourd'hui, il allait faire tomber la tête d'un roi. De son roi.

— Combien d'aides avez-vous ?

— Deux, répondit le bourreau en se dirigeant vers l'échafaud.

— Des hommes de confiance ?

Sanson retint son souffle avant de répondre.

— Comme moi-même, mais vous ne verrez pas leur visage. Ils portent une cagoule.

— C'est la tradition ?

— Depuis toujours. Pour éviter d'éventuelles représailles.

— Et vous ?

— Moi, j'officie tête nue.

— Et jamais…

— … je n'ai eu peur d'une quelconque vengeance, c'est ça ?

Garat esquissa un sourire. Ils étaient au pied de l'escalier. L'échafaud sentait la suie.

— C'est bien ma question.

— Ce n'est pas moi qui tue, citoyen, je ne suis que la main de l'État.

— Une main impitoyable, cependant !

— La main de la justice des hommes.

Garat se tut. Devant eux, dans le jour naissant, une forme compacte se dressait, sombre et menaçante.

La guillotine.

Prison du Temple

— Monsieur l'aumônier, le roi souhaite vous voir.

Egdeworth, qui venait de célébrer la messe dans la chapelle, hocha la tête. Il prit son missel, joignit les mains et suivit le gardien.

La tour du Temple n'avait guère subi de modifications depuis le Moyen Âge. C'était un dédale d'escaliers à vis, de portes étroites, de salles voûtées. À chaque étage, un soldat en armes contrôlait les autorisations de l'Assemblée et fouillait les visiteurs. Un rituel humiliant que le prêtre supportait pourtant avec stoïcisme. Il lui suffisait de penser au roi qui attendait la mort dans sa cellule pour retrouver force et vigueur. Depuis sa condamnation, Louis XVI avait trouvé une volonté et une dignité qui lui avaient manqué tout son règne durant. Son âme de monarque s'était subitement révélée dans la tragédie.

Dans l'antichambre, les soldats se levèrent. L'un d'eux alla ouvrir la porte de la cellule et Egdeworth entra.

Le roi était de dos, agenouillé sur son prie-Dieu. D'un geste, il fit signe à l'abbé de s'installer près de lui.

— Viendrez-vous avec moi, ce matin, monsieur l'aumônier ?

— Oui, sire.

— Ainsi j'aurai donc un prêtre auprès de moi jusqu'au dernier moment.

— Sire, je me tiendrai à vos côtés jusqu'au pied de l'échafaud. Ensuite…

— Ensuite ?

— Vous serez seul.

Louis XVI se leva lentement.

— Seul, c'est bien ça ?

Edgeworth se leva à son tour.

— Sire, il faut que je vous…

Le roi l'interrompit du regard.

— Monsieur l'aumônier, hier, quand vous m'avez entendu en confession, vous m'avez dit des paroles bien singulières.

— Quelles paroles, sire ?

— « N'avez-vous rien oublié ? » : ce sont vos propres mots, n'est-ce pas ?

— Oui, sire.

Louis se tourna vers son confesseur.

— Avez-vous voulu suggérer que ma confession pourrait être incomplète ?

Edgeworth tressaillit. Le moment était venu.

— Sire, j'ai entendu la confession de l'homme, du chrétien, mais j'ignore si j'ai reçu celle du roi.

Le visage de Louis XVI demeura impassible.

— Un roi n'a de comptes à rendre qu'à Dieu, n'est-ce pas ?

— Un roi se doit d'abord à la vérité, sire.

— La vérité…, répéta Louis, la vérité… Vous oubliez qu'à l'ultime moment, je n'aurai personne pour m'écouter.

Un bruit de pas se fit entendre dans l'antichambre, puis des voix. On frappa à la porte.

Louis XVI se redressa, le regard sans expression. Edgeworth tomba à genoux.

— Sire, je vous en supplie, au dernier moment… Prononcez un seul mot : Jeanne…

— Jeanne, reprit le roi, l'air absent.

De nouveau on frappa à la porte.

— … Et une voix vous répondra : Jeanne la Pucelle. Alors, vous saurez que vous pourrez soulager votre conscience.

La poignée de la porte tourna.

— Jeanne d'Arc, mon Dieu… Vous êtes donc au courant du secret légué par mes aïeux…

— Une partie seulement.

— C'est déjà trop, je…

Louis XVI n'acheva pas sa phrase. Un officier de la garde nationale entra. Ses mains tremblaient.

— Sire, il est l'heure.

Loge des Vrais Amis réunis

Villermoz regardait Chefdebien s'habiller. Il était torse nu et s'apprêtait à revêtir une chemise rouge. Pour un homme qui allait remplir une mission capitale, il était étrangement calme. La veille, un frère était venu le prévenir. Désormais son destin personnel se confondait avec celui de l'Histoire.

— Les vêtements sont les mêmes que ceux des assistants, précisa Villermoz. Quant à la couleur, vous vous doutez, je pense...

Chefdebien l'arrêta du regard.

— Bien sûr, se reprit Villermoz, excusez-moi. Un de nos frères, membre de la garde nationale, va venir vous chercher et vous conduira directement place de la Révolution. Là, le...

— Vous pouvez prononcer le nom, lâcha le marquis.

— Là, le bourreau vous conduira à l'échafaud. Il vous montrera votre place.

Le marquis inspira longuement. Son cœur commençait à taper dans la poitrine.

— En ce moment, un de nos frères est près du roi. C'est sur lui que tout repose.

— Qui est-ce ?

Villermoz hésita un instant.

— Le confesseur.

— Un prêtre !

— Allons, marquis, vous savez bien que nous avons toujours initié des hommes d'Église.

Chefdebien ne répondit pas. Il pensait au confesseur, à cet homme seul devant un roi aux portes du supplice. Qu'allait-il lui dire pour le convaincre ?

— Louis est très croyant. Nous comptons sur sa volonté de se purifier de tout avant d'affronter le jugement de Dieu. D'ailleurs...

— Et d'abandonner un secret que ses pères lui ont légué ? le coupa le marquis.

— Il aura le choix. Jusqu'au dernier moment. Et c'est à vous qu'il choisira ou non de livrer la vérité. Vous vous rappelez le mot de passe ?

— Oui. Quel sera mon rôle auprès du bourreau ?

— C'est vous qui vous chargerez du panier. Vous le remplirez de son, qui sert à absorber le sang, et vous le placerez juste sous la lunette. Puis…

— De son ! s'exclama Chefdebien. Et ensuite ?

Villermoz tapa de sa canne sur le parquet. Il n'aimait pas être interrompu.

— Il va s'écouler à peine moins d'une minute entre le moment où Louis aura la tête bloquée et le fauchage par la lame. C'est à ce moment qu'il risque de parler.

Chefdebien baissa la tête. Un nœud commença à se former dans son estomac. Brusquement une clameur immense qui venait de la rue traversa les persiennes.

— Le roi vient de quitter la tour du Temple, annonça Villermoz, vous êtes prêt ?

Sans répondre, Chefdebien s'avança vers la porte. La voix de son frère l'arrêta :

— Vous n'oubliez rien, marquis ?

Chefdebien se retourna. Villermoz tenait dans la main un morceau de tissu rouge sang.

— Prenez, votre cagoule.

52

Rennes-le-Château
26 juin 2009

L'orage grondait à nouveau sur le village. Antoine, Cécile et le marquis avaient passé un portail attenant à l'église qui donnait sur une maison d'aspect ordinaire. Une petite pancarte qui indiquait « musée » trônait sur une plaque accolée au mur de pierre. Le marquis fit un signe au gardien qui les laissa entrer.

Marcas s'arrêta net.

Assis dans un fauteuil, engoncé dans une soutane noire, Bérenger Saunière les fixait d'un regard figé. Les lèvres minces, le visage blafard, les mains posées sur les accoudoirs, la statue de cire ressemblait à la perfection à son illustre modèle. À son côté, Marie Dénarnaud, en blouse gris et blanc, s'affairait à une tâche ménagère.

Cécile saisit la main d'Antoine.

— C'est stupéfiant. Avec le jeu de l'éclairage, ils ont l'air si réels… Ils me foutent la chair de poule.

Le marquis fit un petit signe de croix devant le curé.

— Salut à toi, mon Bérenger. Venez, ce que nous cherchons est à l'étage.

Il les précéda et grimpa une volée de marches qui débouchait sur une vaste salle. Ils s'arrêtèrent devant une grande dalle de pierre juxtaposée au mur.

— Manque de chance pour le curé, des archéologues de la Société des Études scientifiques de l'Aude avaient procédé à un relevé de la dalle avant sa profanation. Le musée l'a fait reconstituer d'après ce descriptif. D'ailleurs, si ça vous tente, la boutique à l'entrée la vend, gravée sur parchemin, pour deux euros. Là encore, les anomalies sont légion.

Un éclair stria la fenêtre, suivi d'un grondement menaçant.

Marcas et Cécile se rapprochèrent, ils n'avaient pas besoin de loupe, les caractères étaient assez gros, visibles à l'œil nu et les erreurs plus que visibles. Des lettres minuscules surgissaient çà et là, les retours à la ligne étaient reportés en dépit de toute logique. Les coupes de mots ne collaient pas, comme si la dalle avait été l'œuvre d'un enfant de dix ans ou d'un tailleur analphabète.

— *Requies catin pace* au lieu de *Requiescat in pace*, remarqua Marcas et *catin* qui signifie grotte. Voilà du grain à moudre.

— Des chercheurs ont travaillé des années entières pour décrypter cette dalle, en vain. Personne n'avait le code… Jusqu'à présent. Retournons chez moi, j'ai un exemplaire imprimé. Je vais pouvoir me servir des chiffres du bas-relief et du dessin. Je...

La voix du marquis tremblait.

— ... Tant d'années passées à fouiller cette histoire sans rien trouver, et maintenant j'ai peur d'arriver au but.

Un nouveau coup de tonnerre ponctua les paroles du vieil érudit.

— Venez : nous n'avons pas de temps à perdre.

Antoine s'agitait dans son sommeil.

Il marchait dans la travée centrale de l'église et aperçut, devant l'autel, la silhouette d'un prêtre, le dos tourné, en train de saluer le Christ sur la croix. À la première rangée de bancs, une vieille dame priait, le visage penché, les mains jointes. Une légère supplique s'échappait de sa bouche. Au fur et à mesure de sa progression, Antoine découvrait les tableaux du Chemin de croix, reproduisant les étapes du Calvaire. Cela lui rappelait la *via dolorosa* qu'il avait empruntée à Jérusalem. L'église entière suintait quelque chose de triste, de profondément désespéré, comme si les murs gardaient depuis des siècles les requêtes des fidèles. Il n'était plus qu'à trois mètres de l'autel mais quelque chose clochait. Le prêtre n'était pas dans sa robe blanche d'officiant mais portait sa soutane de jais. Antoine entendit les sanglots de la paroissienne qui montaient dans la nef. Elle avait la tête recouverte d'une voilette noire. Le curé marmonnait des paroles en latin que Marcas n'arrivait pas à comprendre. Il s'avança vers la vieille femme et lui posa la main sur l'épaule. Elle se dégagea d'un geste sec comme s'il

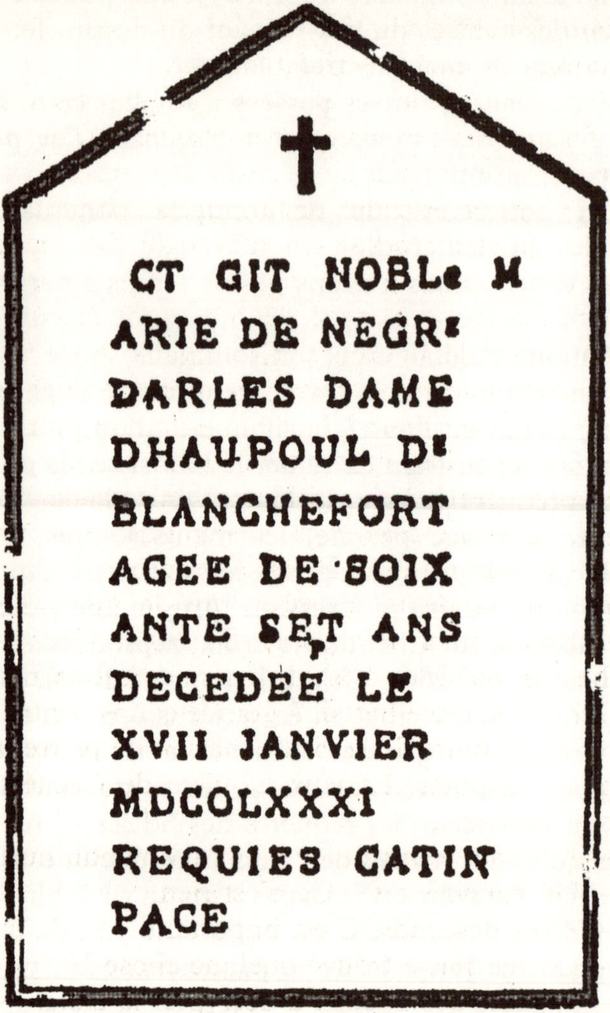

Stèle de la tombe de la marquise Marie de Nègre d'Ables. Cimetière de Rennes-le-Château.

l'avait souillée. Il recula, surpris, mal à l'aise. Tout à coup elle tourna la tête vers lui.

Antoine poussa un cri de stupeur.

Hannah Lévy le regardait de ses orbites vides. Un filet de sang coulait de sa bouche tordue. Elle lui agrippa le poignet de sa main décharnée.

— Je suis en Arcadie, je suis en Arcadie.

Elle riait en agitant sa tête d'aveugle. Ses cheveux de neige volaient dans l'air.

Il retira son bras avec dégoût et vit le curé se retourner et le contempler, les yeux aussi noirs que sa soutane. Bérenger Saunière pointa son doigt vers lui.

— Qu'as-tu fait, mon frère ? Qu'as-tu fait ?

Antoine hurla et se redressa brutalement dans le lit. Il tenta de calmer sa respiration, son cœur battait à tout rompre. Il regarda autour de lui : il était dans la petite chambre que le marquis lui avait prêtée pour se reposer. Sa montre indiquait 22 heures. Sa sieste avait dégénéré en cauchemar.

Dehors, la pluie battait à grands coups contre les vitres et les murs de la vieille maison de pierre. On frappa à la porte. La voix inquiète de Cécile traversa l'huisserie.

— Antoine, tout va bien ? Je t'ai entendu hurler.

— Un mauvais rêve. Ce n'est rien.

— Alors descends. C'est important.

— Le marquis a trouvé quelque chose ?

— Il pense avoir réussi à décrypter la dalle.

Il entendit les pas de la jeune femme s'éloigner dans le couloir. Les yeux rougis, le dos courbaturé, il enfila son pantalon, un pull, et sortit de sa chambre. Le bruit sourd de la pluie qui tombait sur le toit résonnait dans toute la maison. Il descendit l'escalier et les aperçut, penchés sur la table du bureau. De Perenna releva la tête.

— Ah, mon ami, j'ai bien cru que j'allais devenir fou. Prenez un siège.

Le commissaire se posa lourdement sur une chaise de paille. L'érudit se massait les yeux.

— Je vous passe les détails. C'était à la fois simple et complexe. Les chiffres 66654 donnent un intervalle régulier de lettres que l'on doit compter sur l'épitaphe de la marquise Marie de Nègre, en omettant les minuscules ou les majuscules décalées.

Cécile glissa la photocopie de la dalle sous les yeux d'Antoine.

— Je commence donc : la sixième lettre donne N. Je passe six lettres et j'arrive à I. Vous comprenez le principe ?

— Oui, enfin je pense.

— En appliquant ce code 66654 on arrive à cinq lettres qui, réunies, forment le mot suivant : NIGLA.

Marcas se cala sur le dossier de la chaise, la nuque encore douloureuse.

— Et alors ?

— Eh bien, c'est notre amie Cécile qui a trouvé, grâce à sa brillante culture.

La jeune femme secoua la tête.

— Non, c'est le pur hasard. Lors de mon voyage à Jérusalem, j'ai assisté avec mon mari à une conférence sur les évangiles apocryphes. Or, *nigla* est un mot hébreu qui revient souvent.

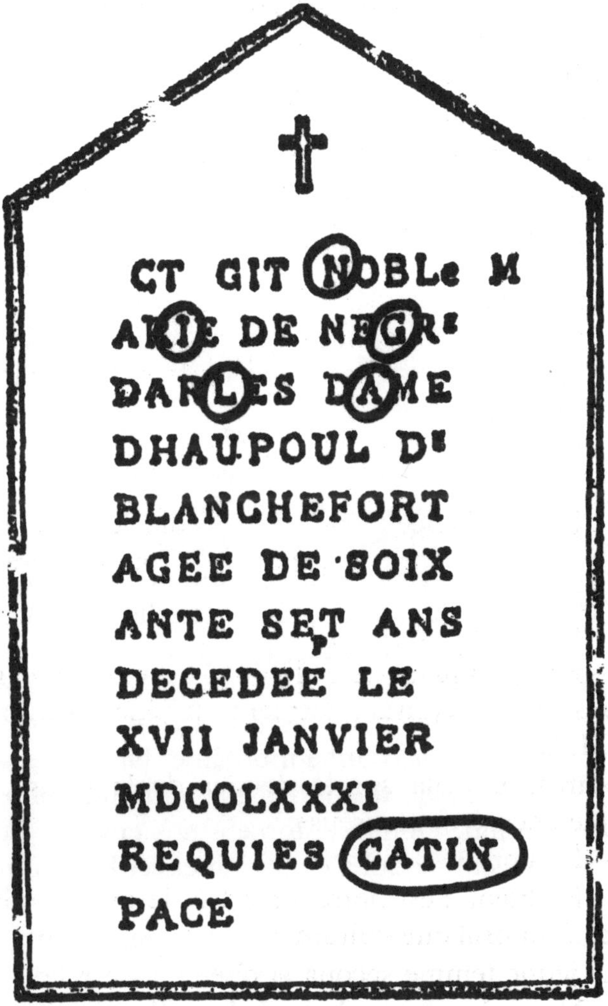
CT GIT NOBLe M
ARIE DE NEGRe
DARLES DAME
DHAUPOUL De
BLANCHEFORT
AGEE DE SOIX
ANTE SEpT ANS
DECEDEE LE
XVII JANVIER
MDCOLXXXI
REQUIES CATIN
PACE

— Et ce mot signifie quoi ?

Cécile regarda fixement son ancien amant.

— Ça veut dire : Apocalypse !

New York
24 juin 2009

Agenouillé dans la petite chapelle privée située au dernier étage du gratte-ciel, John Miller joignit les mains. Face à lui, sur l'autel, posé sur un pupitre s'étalait le *Livre du Sang* de Judas. Derrière, s'élevait une longue croix latine de bois noir, rongée par le temps, haute de plus de deux mètres. Une croix sans Christ.

John Miller priait pour le salut de son âme et celui des membres de la grande famille de Judas.

— Dieu tout-puissant. Tu m'as choisi pour porter le lourd fardeau de notre père bien-aimé, maître Judas. Mes mains sont rouges d'un sang qui me souille à jamais. Purifie mon âme, fais couler sur elle l'eau claire de ta source. Fais que ma mission s'achève enfin. Donne ta force à nos envoyés pour qu'ils achèvent ce qui a été commencé. Envoie-moi un autre signe pour fortifier ma foi.

Il se plaqua face contre terre et resta ainsi un long quart d'heure à méditer. Puis il se releva, se signa, rangea le *Livre du Sang* dans le coffre-fort et retourna à son bureau.

Un nouveau message apparut sur la boîte mail. Il reconnut l'identifiant de Tristan et Kyria.

Nous y sommes. N'attendons que votre autorisation pour agir. Ils sont comme les agneaux du sacrifice.

John Miller répondit rapidement :

Mes anges noirs. Ne tardez plus. Le Seigneur vous regarde et vous juge. Soyez impitoyables.

53

Paris
Place de la Révolution
21 janvier 1793

La rumeur montait depuis le palais des Tuileries. Des dizaines de milliers de Parisiens avaient l'œil rivé sur une masse sombre qui grossissait à l'horizon. Des cavaliers en uniforme noir prenaient position tandis que des fantassins maniaient nerveusement leur fusil. Au loin, précédé d'une escorte de la garde nationale, un carrosse avançait lentement.

Sanson, une dernière fois, tâta le tranchant du couperet. Une lame neuve qui ne servirait qu'une fois. Délicatement, il passa son pouce sur le fil du métal qui brillait à la lumière du matin. Aucune aspérité, aucune entaille. La mort serait instantanée.

Autour de lui, ses assistants se tenaient immobiles. Tout était prêt. Sanson vérifia la corde qui devait libérer le couperet, examina le bois de la lunette, plongea même la main dans le panier de son. Il multipliait les gestes de routine pour se rassurer. Si ça tournait mal…

— Bourreau ?

Garat venait d'arriver. Il avait le visage pâle des insomniaques. La guillotine semblait le fasciner.

— Ça prendra combien de temps ?

— Le temps d'un éclair.

Le député baissa la tête et demanda d'une voix sombre :

— Vous êtes croyant, Sanson ?

Surpris, le bourreau ne répondit pas.

— Moi pas. Je ne l'ai jamais été. Aujourd'hui, moins que jamais.

Un bruit métallique résonna sur la place. Les unités de cavalerie venaient de mettre sabre au clair. Garat se retira sans un mot de plus. Rapidement, il rejoignit d'autres députés pour assister à l'arrivée du roi. Pour la première fois de sa vie, Sanson sentit la peur courir sur sa peau. Il se retourna et regarda ses assistants. Ils étaient toujours immobiles, figés comme des serviteurs de pierre.

Quelque chose s'anima au pied de l'échafaud. Le carrosse du roi venait de s'arrêter.

Un abbé sortit en premier, puis le roi apparut. Il posa le bras sur l'épaule du prêtre et commença de marcher. La rumeur s'était éteinte. Sanson, debout sur son échafaud, entendit un pas sourd sur le pavé. Brusquement, les tambours roulèrent. Instinctivement, la foule recula, des chevaux se cabrèrent. Une clameur éclata, soudaine et terrible.

Louis XVI était face à la guillotine.

Derrière sa cagoule, Chefdebien se sentit frissonner. Sanson était en train de lier les mains du roi. La foule bruissait comme une forêt avant l'orage. Autour de l'échafaud, la troupe serrait les rangs.

Juste avant de se coucher sur la planche, Louis XVI se tourna vers le peuple. Il ouvrit la bouche, mais une vague de hurlements couvrit ses paroles.

Les genoux tremblants, Chefdebien s'agenouilla près du panier. La tête de Louis XVI n'était qu'à quelques pouces de la sienne, enserrée dans l'ouverture de bois. Le sang lui battait aux tempes. Le bourreau s'approchait de la guillotine. Chefdebien prononça un seul mot à l'oreille du roi.

— Jeanne !

Le roi tourna légèrement la tête vers l'homme cagoulé.

— Êtes-vous l'envoyé d'Edgeworth ?

— Oui, sire. Nous n'avons que très peu de temps.

— Écoutez-moi, prononça la voix étouffée du monarque. Un secret a été transmis de roi en roi depuis Charles IV. C'est un secret terrible.

— Parlez, le bourreau va faire son office.

Debout, face à la foule, Sanson saisit la corde du couperet. Le roi essaya de tourner la tête mais n'y arriva pas.

— Son secret est inscrit dans un dessin du peintre Nicolas Poussin. *Les Bergers d'Arcadie*. Une église… un petit village dans le sud de la France. L'ancienne… province du Razès. Mon Dieu, j'ai peur.

La foule se mit à hurler. Le roi baissa la tête.

— Pourquoi les Français me haïssent-ils ?

Chefdebien était à bout.

— Son nom, sire ! Le nom du village ?

Un bruit sec fusa. Une gerbe de sang éclaboussa la chemise du marquis.

La tête de Louis XVI venait de tomber dans le panier. Les yeux du monarque étaient grands ouverts, regardant fixement Chefdebien.

54

Rennes-le-Château
24 juin 2009

L'averse s'était transformée en une fine pluie qui constellait la fenêtre d'une myriade de gouttelettes. La lumière du réverbère se diffractait en autant de perles scintillantes. Antoine se tenait debout, les mains derrière le dos, le regard perdu vers la rue déserte. Il se sentait toujours fatigué. Cécile, elle, était en pleine forme.

— La pierre tombale de Marie de Nègre nous indique quc l'énigme est liée à l'Apocalypse, mais je ne vois pas le rapport avec le trésor du curé. À moins qu'il n'ait trouvé l'heure et la date de la fin du monde et qu'il ait monnayé l'information auprès du Vatican…

Le marquis s'étira contre le dos de son fauteuil.

— J'ai trouvé autre chose.

Antoine se retourna vers lui.

— Souvenez-vous, continua l'érudit, dans le bas-relief il est écrit : *Et in Arcadia ego sum Maria*

Magdala. Ce qui fait référence au dessin. Je vous rappelle que, pour beaucoup de chercheurs, Poussin aurait peint un tombeau existant dans la région. Or, il y a bien une sépulture maçonnée à l'identique, rectangulaire avec des bords arrondis en haut, la copie exacte du tableau, dans une propriété privée à côté de la commune d'Arques, à quelques kilomètres d'ici.

— Étonnant. Je suppose que tous vos chercheurs se sont rués là-bas avec pelles et pioches.

— Vous pensez... Une ruée vers l'or ! Tenez, j'ai une photo dans un livre récent.

Marcas prit l'ouvrage que lui tendait de Perenna. On y voyait un petit garçon de cinq ans debout devant le tombeau. Il le compara avec la photo du dessin et le tableau : la ressemblance était stupéfiante.

— Là, j'avoue que c'est troublant.

Avec un petit sourire, le marquis reprit le livre et le referma.

— Seulement voilà, ce tombeau n'a pas été construit à l'époque de Poussin mais seulement au siècle dernier. Et il a été rasé à la fin des années 1980 par ses propriétaires, excédés des intrusions constantes des chercheurs de trésor.

Cécile s'étira et se versa un verre d'eau.

— Cette histoire est sans fin, les indices surgissent, on ouvre des portes et, au moment où on croit trouver quelque chose, elles se referment immédiatement.

— Je vous ai dit que j'avais trouvé quelque chose, mes amis. Quand on compare le dessin et le tableau, il y a une autre différence, outre le personnage en moins et l'inscription. Les bords du dessin sont noircis et présentent un aspect crénelé, irrégulier. Au début, je croyais que c'était une altération de l'esquisse ou une ombre sur la photo. Maintenant, regardez à nouveau le bas-relief de l'église où Marie Madeleine est agenouillée dans une grotte. La clé est là. Le dessin, à la différence du tableau, nous indique que l'on voit le tombeau et les personnages depuis l'ouverture d'une grotte. Là où serait censé se trouver le peintre. Le tombeau n'est qu'un leurre. C'est la caverne qui est l'élément central.

Antoine s'assit à côté de lui, la fatigue en lui était toujours présente, mais l'excitation le réveillait.

— Il y a beaucoup de grottes dans la région ?

— Oh oui, un vrai gruyère ! La colline de Rennes est truffée de *catins* et les montagnes aux alentours aussi. On pourrait passer des centaines d'années à arpenter les environs, on serait encore loin du compte. En revanche…

Le regard du marquis s'illuminait à nouveau.

— La coïncidence avec le tombeau dont je vous ai parlé est plus que troublante. Pourquoi quelqu'un s'est-il amusé à construire la réplique du tombeau de Poussin au début du XXe siècle ? J'ai repensé à ce que vous m'aviez dit sur la famille juive qui possédait le dessin.

Cécile s'était approchée d'Antoine et lui avait passé la main sur l'épaule. Il la laissa faire. De Perenna désigna sur l'étagère un livre à la fine reliure rouge.

— Je possède un opuscule sur les familles propriétaires de terrains dans la région. Et devinez quel est le nom de celle qui possédait le terrain sur lequel était le tombeau ? Lévy.

Antoine se souvint des paroles de la vieille dame. Elle ne lui avait jamais parlé de l'endroit exact où se trouvait la villa de sa famille. Seulement du trajet pour aller à Rennes-le-Château qui prenait une vingtaine de minutes. Il n'y avait pas prêté attention. Il fronça les sourcils.

— Elle m'aurait parlé du tombeau si elle l'avait vu quand elle était jeune. Elle aurait fait le rapprochement avec le dessin de Poussin.

— Pas forcément, je connais cet endroit et je vois très bien la maison du propriétaire, le lieu où se trouvait le tombeau en est éloigné, à un kilomètre, pas plus.

— Puisque vous connaissez le coin, il y a des grottes sur la propriété ?

— Non, répondit le noble, mais attendez...

Il se leva et alla chercher le livre rouge dans la bibliothèque.

— C'est bien ça ! Selon la tradition, la maison a été construite sur les ruines d'une ancienne ferme bâtie par des moines. Elle reposerait sur une cavité naturelle, utilisée au Moyen Âge pour entreposer des vivres pendant les invasions des soudards venus d'Aragon, qui ravageaient le pays. Regardez.

Deux dessins au fusain étaient représentés. La première gravure montrait des moines qui effectuaient des travaux domestiques devant un corps de bâtiment ressemblant à une ferme fortifiée. La seconde illustration présentait l'entrée d'une grande cave voûtée remplie de tonneaux et de barriques.

— Lisez le passage sous le deuxième dessin, il y est indiqué le nom du lieu, ajouta l'érudit.

Antoine et Cécile prirent l'ouvrage. La jeune femme poussa une exclamation.

— C'est dingue !

Marcas croisa les bras, décontenancé. Le nom était sans équivoque.

Arca Nigla.

— *Arca* fait référence à la commune d'Arques, où se trouvait la ferme mais c'est aussi la traduction occitane du mot arche. Quant à *Nigla*...

— L'Arche de l'Apocalypse, articula Marcas.

Antoine se leva brusquement. Il repensa à Hannah qui avait vécu deux brèves années dans cette maison, juste au-dessus de ce qui pouvait subsister d'un très ancien secret. Le père, ami de l'abbé Saunière, confident de la servante, Marie Dénarnaud, en avait été le gardien. Et l'ultime détenteur.

Ils entendirent un cri qui venait du rez-de-chaussée et levèrent la tête. Un gémissement suivit.

— Vous avez entendu ? dit Cécile avec inquiétude.

— Oui, il y a quelqu'un d'autre dans cette maison ? demanda Antoine.

— Non. À part Gisèle, la cuisinière. J'espère qu'elle n'est pas tombée dans la cave, je lui avais dit de ranger les bouteilles qui traînaient.

Ils descendirent l'escalier pour se retrouver dans le vestibule. Une sorte de grognement plaintif se fit entendre.

— Ça vient bien de la cave, dit Perenna. Suivez-moi.

Ils passèrent dans une pièce qui servait de débarras, encombrée de caisses, de bidons et d'outils enrobés de toiles d'araignée poussiéreuses. Une odeur de vinasse flottait dans l'air. Le marquis ouvrit une porte qui donnait sur un escalier dont l'ampoule était allumée. Le petit cri qui se transformait imperceptiblement en gémissement se faisait plus présent. Ils descendirent les marches luisantes d'humidité.

— Faites attention, le plafond s'abaisse pendant la descente, dit le marquis.

Ils arrivèrent en bas de l'escalier, dans une grande salle voûtée soutenue par deux colonnes de pierre rongée par une moisissure grise. Le sol en terre battue amortissait le bruit de leurs pas. Une ampoule pendouillait devant le premier pilier. Les gémissements provenaient du fond de la cave. Une forme ondulait sous une vieille couverture à carreaux. Marcas avança prudemment tout en regardant autour de lui mais la salle était truffée de recoins sombres. Il s'agenouilla et retira lentement la couverture. Des cheveux gris surgirent.

Le visage tuméfié de la cuisinière apparut alors. Un œil pendait de son orbite, retenu par un filet nerveux blanchâtre. L'autre œil regardait fixement Marcas. Il eut un premier mouvement de recul mais posa quand même son doigt sur le cou, à l'endroit de la carotide.

— Gisèle, mon Dieu ! s'écria le marquis tandis que Cécile détournait son regard de la morte.

Le marquis s'était assis sur le bord du tas de gravats sur lequel était couchée la cuisinière et lui caressa la chevelure. Des larmes perlèrent sur son visage. Il releva les yeux vers Antoine et Cécile : l'âge creusait ses rides, il faisait dix ans de plus.

— Pourquoi ? Elle n'avait jamais fait de mal à personne…

Cécile intervint :

— Je ne comprends pas. Si ce n'est pas elle qui gémissait, c'est…

— Vite, il faut sortir d'ici. Tout de suite ! aboya Marcas d'une voix sourde.

Il retrouvait ses réflexes de flic. Le tueur devait se trouver dans la cave. Les plaintes n'avaient été qu'un piège pour les faire descendre dans cette souricière. Antoine regretta de ne pas avoir son arme de service. Il essaya de garder son calme et s'adressa au marquis. Surtout, ne pas céder à la panique.

— Avez-vous une arme dans votre maison ?

— Oui. Dans la cuisine, une 22 long rifle, mais elle n'a pas servi depuis des années. Dans le bas du buffet peint en vert.

Tout à coup, la lumière s'éteignit. Ils se retrouvèrent plongés dans l'obscurité totale.

— Antoine !

— Je suis là, Cécile. De Perenna ?

— Je n'ai pas bougé. Bon Dieu de salauds, montrez-vous ! cria-t-il.

Soudain, le même gémissement plaintif résonna. La voix était aiguë, presque chantante. Antoine essayait de garder son sang-froid mais les ténèbres l'oppressaient. Il tendit sa main devant lui.

— Faites comme moi, écartez vos mains autour de vous, et parlez, on va essayer de se rejoindre pour avancer. Ils veulent nous effrayer.

Des chuchotements se propageaient autour d'eux, comme s'ils étaient environnés par des créatures nyctalopes qui se jouaient de l'obscurité. Cécile cria :

— Antoine ! Je suis ici. Il y en a plusieurs. Ils me frôlent.

Soudain, des applaudissements retentirent depuis le bas des marches de l'escalier. Des battements lents puis plus rapides. Antoine se figea. Une voix masculine retentit :

— Vous êtes désormais dans le royaume des ombres. Le savez-vous ?

Marcas voulut avancer vers la voix mais à peine fit-il un pas qu'un coup le frappa en plein visage. Il s'écroula à terre.

— Antoine, que se passe-t-il ?

— Bande de connards, vous croyez nous faire peur avec vos petits tours. Fils de pute, je te...

Le marquis ne finit pas sa phrase, un coup de poing expédié dans son ventre le fit se courber en deux. Le souffle coupé, il s'affala. La voix reprit :

— Vous êtes en Arcadie, vous aussi. Comme Marie Madeleine dans sa grotte, dans sa solitude totale. Elle n'avait même pas une voix pour la guider. Moi, je suis là et je vais être votre guide.

Antoine se reprit et sentit une main lui prendre le poignet. Il agrippa Cécile par l'épaule et la maintint contre lui.

— Ne dis rien, laissons-le parler, ça nous fait gagner du temps, chuchota-t-il.

La voix invisible continua :

— Flic chéri, nous te suivons depuis Jérusalem. Les choses auraient été tellement plus simples si tu n'avais pas arrêté notre… ami canadien. Tu serais tranquille chez toi à regarder la télévision ou à t'envoyer en l'air. Au lieu de ça, tu es ici à notre merci avec tes amis. Nous avons droit de vie et de mort sur vous trois. En es-tu conscient ?

Antoine recula insensiblement, guidant Cécile vers ce qu'il pensait être le mur sur la gauche du cadavre de la servante.

— Du bluff. Vous n'y voyez rien, comme nous, gronda Marcas.

— Vraiment, cher commissaire… Je vois distinctement tes yeux qui regardent dans tous les sens, je remarque que ta compagne te presse la main, la tête sur ton épaule. C'est charmant… ça s'appelle lunettes infrarouges. Excellent pour les randonnées la nuit dans la campagne et les expéditions dans les caves des patelins.

— Que voulez-vous ? C'est vous qui avez tué Hannah Lévy ? Vous avez le dessin ?

Un rire strident monta dans la cave.

— Jackpot ! Et à présent c'est toi qui vas le déchiffrer pour nous !

— Crevure, menaça Antoine qui revoyait le doux visage de l'Israélienne.

— Merci… On vous a suivis à l'église et au musée. Alors maintenant vous allez parler !

Antoine chuchota à l'oreille de Cécile :

— On va continuer de reculer contre le mur et passer derrière le renfoncement. On aura peut-être une chance.

Elle lui serra la main pour acquiescer. La voix haussa d'un ton :

— Où est le tombeau ?

— Jamais, cria le marquis, allez-vous faire foutre ! J'ai passé une partie de ma vie dans ce village à vouloir mettre la main sur le trésor. Je ne vous…

Il ne put finir sa phrase. Un coup de matraque s'abattit sur sa nuque, il tomba comme une masse.

— Et d'un. À qui le tour ? Le tombeau, Marcas, où se trouve le tombeau ?

Antoine enrageait, ils étaient pris au piège. Le coup pouvait venir de n'importe quel côté. Il percevait des bruits diffus de chaque coin de la cave.

— Et ensuite, répondit-il, vous allez nous tuer ?

Antoine sentit le corps souple et chaud de Cécile contre lui. Il ne voulait pas qu'il lui arrive du mal.

— OK, rallumez la lumière, céda-t-il.

— À la bonne heure. On va s'entendre.

Antoine chuchota à l'oreille de Cécile :

— On fait semblant de lui obéir. Notre situation ne pourra pas être pire.

— Sûrement pas !

Marcas se figea. La lumière s'alluma comme par enchantement, inondant la cave. Il baissa la tête et découvrit avec stupeur que ce n'était pas Cécile qu'il avait dans les bras, mais une jeune femme inconnue qui le regardait avec un sourire en lame de rasoir.

— Tu ne me reconnais pas ? On s'est pourtant croisés à Jérusalem ! Très galant, tu m'as même tenu la porte quand je suis entrée dans l'immeuble de la vieille.

Il voulut se détacher de son étreinte mais n'y arriva pas : elle s'accrochait à lui, le serrant avec force.

— Bonne nuit, connard.

Avant même qu'Antoine ne réponde, une douleur fulgurante irradia sa nuque. Il sombra.

55

Rennes-le-Château
1er juin 1885

Il s'était levé tôt. Dans la maisonnée endormie, aucun bruit ne venait troubler la nuit qui commençait juste à blanchir au-dessus des collines. À pas lents, il passa devant la chambre de son frère. Un rayon de lumière tremblait sous la porte. Bérenger soupira : une fois encore son frère Alfred avait passé la nuit à lire à la lueur d'une maigre chandelle. Cette frénésie de lecture inquiétait toute la famille. Pour un simple curé de campagne, il n'y avait pas besoin de tant de savoir. Bérenger fit un signe de croix pour conjurer le péché d'orgueil et entama un *Notre père* pour l'âme de son frère, tenté par le démon de l'ambition. Tout en descendant l'escalier vers la cuisine, il se demandait comment deux frères, aussi proches dans leur enfance, pouvaient être devenus si différents à l'âge mûr. Certes, ils étaient prêtres tous les deux, mais l'identité désormais s'arrêtait là. Alfred était insatisfait, fébrile, toujours empli de projets de grandeur ; Bérenger, lui, vivait dans la sereine acceptation de son destin. Ce que Dieu choisirait pour lui suffirait à sa vie.

Arrivé dans la cuisine, il alluma la mèche de la lampe à pétrole et une lumière blonde illumina les lourdes dalles du sol polies par des générations de Saunière. Délicatement pliée sur une chaise, une soutane attendait. La veille, sa mère l'avait longuement repassée en prévision du grand jour. Un sursaut d'émotion envahit Bérenger. Dans quelques heures, il deviendrait le curé de Rennes-le-Château.

Sa nomination était arrivée quelques jours auparavant de Carcassonne. Un courrier signé de l'évêque qui lui confiait le devenir des âmes de cette paroisse du Razès. Quand il avait annoncé cette nouvelle à sa famille, tous les siens avaient manifesté leur joie. Tous sauf Alfred qui, un sourire en coin, avait ironisé sur cette paroisse oubliée au milieu d'un plateau de genêts. Sans compter, avait-il ajouté, que les habitants étaient réputés pour leur mauvais esprit. Cette dernière remarque, seul Bérenger l'avait parfaitement comprise. Rennes-le-Château était un bastion républicain où les catholiques, fidèles au roi, n'étaient pas en odeur de sainteté. Les élections devaient avoir lieu bientôt et l'arrivée d'un nouveau curé pouvait troubler le jeu politique déjà très tendu. À tel point que la République se refusait de donner le droit de vote aux femmes, de peur qu'entraînées par les prêtres elles ne votent massivement pour les candidats royalistes.

Bérenger, lui, n'avait pas d'états d'âme. Royauté et Église étaient indissociables. Quant à la République et son gouvernement d'impies, il était du devoir du prêtre de tout faire en son pouvoir pour en dénoncer l'hérésie.

Dehors, la nuit finissait de tomber. L'aube perçait à travers les arbres. Bérenger tira la porte, jeta un dernier regard sur la maison de son enfance et se mit en marche d'un pas résolu.

Les chemins du Razès incitent à la méditation. Caillouteux, étroits, parsemés d'herbe rase et jaune, ils serpentent à flanc de colline, longent des lits de rivières desséchés, quand ils ne se perdent pas au détour d'une broussaille. Une métaphore de l'existence humaine, en somme, qui ne pouvait que faire réfléchir un prêtre. Ce n'était pourtant pas la première fois que Bérenger empruntait ces chemins, un bréviaire à la main et révisant son rosaire. Lors de ses rares sorties du séminaire, quand il revenait dans sa famille, il avait passé de longues heures à parcourir ces sentiers perdus. Une perdrix, escortée de ses oisillons, qui s'envolaient à travers les buis, un chêne vert au tronc perclus, déformé par le vent, tout le ramenait à son apostolat. À cette vie des hommes qu'il allait devoir accompagner, de la naissance à la mort.

L'évêque de Carcassonne lui avait confié un troupeau de fidèles dont il allait devenir le pasteur. Cette responsabilité le rendait grave et le faisait se recueillir. Peu à peu, comme la côte devenait rude, il avait ralenti le pas. Au loin, le plateau de Rennes émergeait dans l'aurore, les premiers toits de tuiles rosissaient sous le soleil levant. Bérenger s'arrêta pour évaluer la distance. Encore une heure de marche et sa vie allait changer.

C'est un homme à dos de mulet que Bérenger Saunière croisa en premier. Le visage mal rasé, coiffé d'un large chapeau crasseux, il fixa le prêtre et cracha par terre.

Bérenger s'arrêta net. Il avait beau être prêtre, son sang se mit à bouillir. Nul ne lui avait jamais manqué de respect ainsi. L'Évangile avait beau enseigner le pardon des offenses, il sentit monter en lui une colère qu'il maîtrisait mal. L'homme et son mulet avaient déjà disparu au coin d'une rue. D'un pas vif, Saunière reprit sa marche vers l'église. Le village semblait à l'abandon. La plupart des maisons avaient des façades décrépies, les volets avaient perdu leur peinture, un chien aux côtes saillantes surgit au milieu de la poussière, flaira le vent chaud qui montait du Sud et déguerpit, la queue basse.

Face au nouveau curé se dressait la masse rocailleuse du château. La plupart des volets en étaient brisés, la toiture d'une des tours laissait voir sa charpente. Nul ne semblait habiter ce vaisseau fantôme. Un instant, le découragement s'abattit sur les épaules du jeune prêtre. Ce village était oublié de Dieu. Il releva la tête et vit le clocher dont la pointe brillait à la lumière du soleil. Il se ressaisit et accéléra son pas. La maison du Seigneur lui offrirait un premier asile.

Sa déconvenue fut rapide. Comme le reste du village, l'église semblait avoir été frappée de malédiction. Un corbeau, dérangé dans son sommeil, jaillit d'un vitrail fracassé en croassant de colère. Bérenger se signa. Le sanctuaire était en ruine. Les murs menaçaient de s'écrouler, des débris de tuiles s'entassaient devant l'entrée.

Décontenancé, Bérenger obliqua vers le presbytère. Il posa son sac et saisit la poignée en fer forgé. La porte ne résista pas et s'écroula d'un coup.

Le visage couvert de poussière, Saunière avança d'un pas. Devant la cheminée noire de suie, un rat le contemplait, les yeux brillants, prêt à défendre son territoire contre l'intrus.

De rage, Bérenger l'écrasa d'un coup de galoche. Désormais il était le nouveau curé de Rennes-le-Château.

Six ans plus tard

Il ne pleuvait plus dans l'église. L'abbé Saunière, comme on l'appelait désormais dans le village, avait puisé dans ses économies familiales pour refaire la toiture. Une générosité qui avait ranimé des animosités latentes. Les langues les plus venimeuses rappelaient que le père de Bérenger avait été le régisseur d'un noble et qu'il s'était enrichi à la tête d'une minoterie. Rien d'étonnant que le fils gaspille l'argent gagné sur les prolétaires qui avaient sué à couvrir de tuiles neuves le temple de la superstition, et certains avaient intrigué pour le faire déguerpir.

À la suite de ses sermons enflammés contre la République, il avait été contraint à changer de paroisse avant de revenir quelques mois plus tard, assagi sur le plan politique mais toujours déterminé à faire de sa paroisse la plus belle des alentours.

Peu à peu, les habitants avaient repris le chemin de l'église. Peu d'hommes et beaucoup de femmes. À tel point que le curé avait dû dessiner un plan d'occupation des travées pour éviter rivalités et jalousies féminines. À la messe du dimanche, il n'y avait quasiment plus de place disponible. Presque toutes les habitantes du village se pressaient pour entendre le jeune abbé prêcher du haut de sa chaire. Cette présence féminine qui entourait l'abbé Saunière ne se limitait pas à la messe dominicale, on venait plus souvent à confesse, on proposait ses services au presbytère et on parlait de plus en plus de Bérenger dans les foyers. Un sujet de conversation qui menaçait d'envenimer la paix de certains ménages.

Depuis son réveil, Saunière contemplait les deux feuilles de papier posées sur sa table. Inlassablement il reprenait le nom de ses paroissiennes : Louise Sauzède, Marguerite Clamou, Rosalie Péchou, Victoire Maury... Il y avait soixante-dix noms féminins d'inscrits. Pour chacun Bérenger revoyait un visage, un sourire, une natte sur une robe, mais aussi et surtout les confessions. Il savait tout du village : les alliances, les haines, les amours illégitimes et les bâtards insoupçonnés. Tous les secrets de la communauté finissaient dans le confessionnal comme dans un égout souterrain. À la différence que rien ne disparaissait, tout retrouvait sa place dans la mémoire subtile de l'abbé Saunière.

Encore une fois Bérenger répéta la litanie des noms de ses paroissiennes. Des femmes qu'il tenait par des liens invisibles qui allaient de la fascination à la crainte, du désir à la honte. Une toile d'araignée tissée avec patience grâce à laquelle le prêtre espérait bien prendre sa revanche.

Il se souvenait encore de ce paysan à la barbe naissante, au chapeau raide de crasse, qui avait craché sur son passage. Un exalté qui voterait républicain sans aucun doute. Un homme qui rêvait d'égalité, de partage, mais qui voudrait être l'égal de cet homme, sans éducation, ni religion ?

Saunière haussa les épaules. L'égalité, quelle folie ! Il n'y avait d'autre vérité que la soumission à la volonté de Dieu. Et si le Tout-Puissant avait choisi que vous passiez votre vie à suer sang et eau sur une terre ingrate, vous n'aviez qu'à vous résigner. Une vie meilleure vous attendrait après votre mort. Sinon, pourquoi Dieu laisserait-il vivre tant de pauvres ?

Il en discutait parfois avec son frère qui avait suivi une autre voie mais dont il restait très proche. Tous les deux mois, il lui rendait visite à Narbonne et lui demandait conseil sur beaucoup de choses. Lucide, Bérenger reconnaissait à son frère des qualités qu'il ne possédait pas, dont une intelligence sociale vive et affûtée. Alfred était devenu le précepteur attitré de la puissante famille Chefdebien et vivait dans leur palais à Narbonne.

Le curé de Rennes-le-Château fit un signe de croix. Si Dieu avait voulu que des deux frères, l'aîné soit le plus brillant, qu'il en soit ainsi. D'ailleurs, cette proximité d'Alfred avec les puissants pourrait peut-être lui servir. Il y songeait depuis plusieurs semaines. Chaque soir, il priait le

Seigneur de l'éclairer sur la conduite à tenir. Devait-il, oui ou non, écrire au marquis de Chefdebien, pour lui demander une aide financière afin d'entamer la restauration de son église ?

Ce matin, quand il avait ouvert la porte et que la lumière du ciel avait inondé son regard, il n'avait plus douté.

Il lui restait encore une demi-heure avant la première messe du matin ; il s'assit à l'unique table de la maison et prit sa plume d'oie.

56

Arques
Villa Nigla
24 juin 2009

Antoine se réveilla, le crâne parcouru d'une douleur intolérable. Il ouvrit les yeux. Des visages dansaient devant ses yeux. Il sentit une main lui caresser le front.

— Réveille-toi. Je t'en prie.

La voix de Cécile avait du mal à se frayer un chemin dans les méandres de son cerveau. Il se redressa sur les coudes. Un courant d'air frais s'insinua dans l'entrebâillement de sa chemise. Un goût amer remonta dans sa gorge.

Il était couché sur un canapé, dans ce qui ressemblait à un salon. Il frissonna. Cécile le regardait avec inquiétude.

— Où sommes-nous ? demanda-t-il avec angoisse.

— Presque dans ton tombeau, lança une voix grave derrière lui.

Il reconnut la voix de la cave. Il tourna la tête et vit un jeune homme élancé en pull noir qui le dévisageait avec ironie. Il tenait un revolver dans sa main. Marcas tourna sa tête de gauche à droite pour chasser la douleur dans sa nuque.

— Qui êtes-vous ?

— Peu importe. Ta première question était beaucoup plus intelligente.

— Ils ont torturé le marquis, jeta Cécile d'un air las. Ils nous ont emmenés en voiture dans la maison des Lévy. La Villa Nigla.

— C'était simplement de la persuasion, ajouta une jeune femme qui venait de surgir sur leur gauche.

Antoine reconnut celle qu'il avait croisée dans l'immeuble de Hannah.

— Nous sommes dans la salle à manger de la maison qui a appartenu à la vieille Juive. Elle était abandonnée depuis longtemps, entrer là-dedans a été un jeu d'enfant. Vous vous réveillez à temps pour la visite touristique.

Antoine échangea un regard furtif avec Cécile.

Le jeune homme fit un geste avec son arme en direction d'une porte.

— Lève-toi, prends ta copine et passez devant nous, direction la cave.

— Où est le marquis ?

— À côté, il récupère, ricana Kyria. Otto va nous l'amener. Dépêchez-vous.

Antoine se leva, aidé de Cécile. Ils passèrent dans un long couloir qui sentait le papier peint humide.

Une porte s'ouvrit sur leur droite. Un homme de haute stature, le visage fermé, le crâne rasé, vêtu d'un blouson noir et chaussé de rangers s'avançait en tenant par le bras le vieil aristocrate, qui portait un bandeau sur le front masquant son œil droit.

— Mes amis, souffla l'érudit, je n'ai pas eu la force de me taire. Ils m'ont...

— ... arraché l'œil, acheva Kyria. Mais je ne suis pas si méchante, nous avons anesthésié son orbite pour qu'il ne souffre pas... enfin tant que durera l'action du produit.

— Vous êtes dingues, gronda Antoine, et il s'avança vers la jeune femme.

Otto s'interposa en souriant et lui colla un automatique contre le front.

— Cesse de nous faire perdre du temps, le flic. On a du travail.

Kyria braqua sa torche sur une porte peinte en blanc, à moitié ouverte, laissant entrevoir un escalier.

— Suivez-la, ordonna Tristan d'une voix tendue. Si les suppositions du marquis sont exactes, la cave donne sur une grotte où se trouverait le tombeau de Marie Madeleine.

L'escalier n'avait qu'une volée de marches. Ils arrivèrent dans une sorte de cellier où étaient entreposés de vieux meubles, des caisses remplies d'objets hétéroclites, des tas de jouets cassés et des volets rouillés. La pièce était close, aucune porte, aucune ouverture n'apparaissait. Les murs étaient en béton gris.

Tristan et Kyria inspectaient les lieux pendant qu'Otto braquait sa torche sur le centre de la pièce.

Antoine jeta un œil sur le contenu d'une des caisses. Des verres ébréchés, des assiettes fêlées, vestiges de temps anciens. Son regard s'arrêta sur un petit cadre qui contenait une photographie protégée par une plaque de verre poussiéreuse. Par curiosité, il le sortit du carton et le plaça sous le faisceau de la torche de l'homme de main. Cécile se mit à ses côtés. Antoine souffla sur la poussière. La photo vieillie par les ans avait pris une teinte pastel, mais on pouvait distinguer les visages. Deux petites filles à l'air intimidé entouraient une vieille dame au regard perçant. La plus petite tenait dans sa main une poupée de porcelaine. Derrière eux, on distinguait sur un portrait un homme en soutane, l'abbé Saunière. Antoine passa son doigt sur le visage de la plus jeune des filles.

— Je te présente Hannah Lévy avec sa sœur, murmura Marcas à Cécile. Elles posent avec la servante du curé. Quand elles étaient encore en Arcadie…

— Qu'est-ce que vous racontez, les deux crétins ? lança Kyria à l'autre bout de la pièce.

— Rien qui puisse intéresser des gens comme vous, répondit Antoine qui sentait la colère monter en lui.

Tristan intervint. Sa voix forte résonna dans la pièce.

— La ferme ! Kyria, éteins ta torche et serre de près la dame. Otto, mets ton arme sur la tempe du vieux. Je vais éteindre les lumières.

La pièce plongea brutalement dans le noir. Tristan mit ses lunettes infrarouges : une clarté verdâtre envahit son champ de vision. Il inspecta méticuleusement les murs puis le sol et s'approcha d'une armoire rongée de salpêtre, posée contre l'un des murs. Le sol changeait d'apparence, comme si le dallage s'arrêtait à cet endroit. Il s'accroupit et passa sa main sous le meuble.

— Kyria, rallume et fais attention à ne pas braquer ta torche sur moi, j'ai encore l'appareil infrarouge.

Le cellier fut à nouveau envahi de lumière. Antoine et Cécile clignèrent des yeux.

— Vous deux, dégagez l'armoire là-bas, dit-il d'un ton rude.

— Et si on ne veut pas ? maugréa Marcas. Je ne suis pas déménageur.

Il ne vit pas venir le coup de pied qui faucha sa jambe. Il tomba, genoux à terre. Kyria lui saisit les cheveux d'un coup sec.

— Un seul mot de trop et tu passes le même mauvais quart d'heure que ta copine juive.

Il grimaça sous l'effet de la douleur.

— Vous allez nous tuer de toute façon.

— Il existe différentes façons de mourir, flic. Certaines sont très déplaisantes. Obéis.

Cécile aida Antoine à se relever. Ils agrippèrent l'armoire et la poussèrent sur le côté. Une grille d'environ un mètre de diamètre, fermée par un cadenas rouillé, apparut dans le halo de la torche.

— Poussez-vous ! cria Tristan en braquant son revolver.

Deux coups de feu retentirent. Le cadenas vola en éclats sous l'impact. Kyria balaya les morceaux de métal et ouvrit la grille. Un escalier de fer descendait vers le fond. Un imperceptible clapotis résonnait dans les entrailles du sous-sol.

— Je passe devant, dit-elle en s'engouffrant dans le boyau humide. Vous me suivez. Tristan fermera la marche.

Antoine se sentait impuissant, il posa son pied sur un des barreaux de métal rouillé puis descendit lentement. Sa main agrippa un autre barreau. Une fine poussière rouge colla à ses mains trempées de sueur.

— Faites attention, c'est très glissant lança-t-il à Cécile et au marquis.

— Touchant, répondit en écho la voix de Kyria.

Le quatuor continua sa descente pendant environ une minute. Les halos des deux lampes tournoyaient dans le goulot, dessinant des formes fugitives sur les parois couvertes d'une moisissure grise. Soudain, Antoine sentit l'absence de barreau. Son pied pendait dans le vide.

— Saute, abruti ! cria la tueuse, c'est facile, le sol est tout près.

Le faisceau lumineux éclairait une ouverture sur le côté.

Il hésita quelques secondes puis se laissa tomber. Ses pieds glissèrent sur le sol en pente, il perdit l'équilibre et se retrouva à quatre pattes devant les jambes de Kyria.

— J'ai toujours aimé voir les hommes à mes pieds, surtout ceux de l'âge de mon père, dit-elle d'un ton moqueur en lui envoyant sur le visage des éclats de boue.

Il se releva et essuya sa joue souillée.

— Et moi, de contempler la médiocrité, lâcha-t-il.

Elle le gifla à toute volée.

— Profite bien de tes derniers instants. Je m'occuperai de toi personnellement, dit-elle.

Il détourna la tête et vit une jambe pendre du boyau. Il tendit les bras pour aider Cécile puis de Perenna. Tristan atterrit sur le sol avec la souplesse d'un félin, suivi d'Otto.

Les torches balayèrent l'espace dans lequel ils se trouvaient. Les murs de pierre étaient séparés par des murets à mi-hauteur qui formaient des box de chaque côté. Au centre coulait une rigole qui se perdait dans l'obscurité. Des anneaux de fer rouillés pendaient à intervalles réguliers.

— Astucieux, dit Tristan. Ce sont les anciennes écuries souterraines, ça permettait aux moines de cacher les chevaux et les bêtes aux pillards qui rasaient la région. Continuons.

L'extrémité de l'écurie, dans sa partie haute, finissait par un éboulement où l'on devinait des pierres taillées.

— Sans doute la sortie de l'écurie vers l'extérieur, conclut Kyria. On rebrousse chemin.

Ils marchèrent en sens inverse en suivant la montée qui devait conduire à l'entrée communiquant avec l'extérieur. Tristan qui menait le groupe poussa du pied une porte de bois vermoulue qui tomba à terre.

Le tueur ne put s'empêcher de pousser un cri de surprise.

Le faisceau de la lampe illuminait une grotte remplie de stalactites qui pendaient par milliers. Un léger courant d'air frais balayait l'espace, se faufilait entre les larmes de pierre naturelle, s'infiltrait dans le moindre recoin. Une cathédrale naturelle dont les parois prenaient des incurvations baroques. Les ombres des coulées de roche dansaient sous la lumière de la torche.

Cécile soutenait le marquis par le bras.

— C'est magnifique, elle est intacte, préservée de toute intrusion humaine depuis des siècles, murmura l'érudit.

Sur leur gauche, un chemin avait été taillé dans la roche et continuait de monter. Sur leur droite, un autre, plus étroit, courait sur une dizaine de mètres et donnait sur une ouverture en forme d'ogive, avec un petit toit triangulaire à son sommet.

Tristan braqua sa lampe sur l'ouverture et s'avança, suivi par le petit groupe. Les détails apparaissaient dans la lumière froide. Des motifs sculptés étaient taillés dans la roche autour du porche fermé par une porte en bois massif. Une inscription était gravée en haut du fronton.

Le marquis se précipita.

— C'est pas possible. Mon Dieu !

— Qu'est-ce que t'as, le vieux ? lança Kyria.

— Lisez ce qui est écrit au-dessus du porche, jeune imbécile, cria l'érudit d'un air de défi.

Le groupe se massa devant l'entrée et leva les yeux vers les caractères gravés. Ils disaient :

Terribilis est locus iste.

Cécile traduisit aussitôt :

— « Ce lieu est vraiment terrible. »

57

Carcassonne
Évêché
12 novembre 1892

Mgr Billard fit signe à son secrétaire de laisser entrer le visiteur.

Depuis sa nomination à la tête du diocèse de Carcassonne, il avait à cœur de recevoir toutes les personnalités de la région et particulièrement les grandes familles aristocratiques. En ces temps où l'Église était sans cesse attaquée par les républicains, il était bon de cultiver des relations dans la noblesse locale, et le marquis de Chefdebien en était l'un des plus éminents représentants, doublé d'un donateur prodigue. Nombre d'églises dans le diocèse n'avaient pu être restaurées que grâce à sa générosité. Une tradition familiale, d'ailleurs. Depuis un siècle, les Chefdebien œuvraient, de père en fils, pour rénover les sanctuaires du Razès.

Le marquis entra. La stature haute, la démarche assurée, il portait sa cinquantaine avec grâce.

D'un geste de la main, le prélat invita son hôte à prendre place près de la cheminée. Un feu de sarments crépitait dans l'âtre, qui faisait danser des ombres rougeoyantes sur les tapisseries des murs.

— Alors, monsieur le marquis, que me vaut le plaisir de votre visite ? L'automne n'est guère une saison pour quitter votre palais de Narbonne et venir nous rendre visite. Les routes sont longues et difficiles.

Le marquis inclina la tête en signe de remerciement et se cala dans son fauteuil.

— Monseigneur, dit-il d'une voix douce, c'est toujours un honneur de vous voir et une joie que de vous parler. Si, pour cela, il faut parcourir quelques lieues et sacrifier une journée, c'est payer bien peu la chance de vous rencontrer.

— Monsieur le marquis, je partage ces sentiments. Mais vous n'avez pas fait un tel périple, j'en suis sûr, pour le seul plaisir de ma présence. Auriez-vous quelque sujet dont vous souhaiteriez m'entretenir ?

Depuis sa première rencontre avec l'évêque, le marquis savait que le prélat était un homme à la pensée rapide qui n'aimait guère se perdre en mondanités.

— Monseigneur, je vais tâcher d'être bref et précis. Comme vous le savez, nous aidons dans la mesure de nos moyens notre sainte mère l'Église à rétablir sa primauté sur les âmes de notre belle région. Patiemment, au fil des ans, nous avons aidé à la restauration et à l'entretien de nombreuses demeures du Seigneur.

Mgr Billard esquissa une discrète bénédiction.

— Et l'Église, en mon nom, vous remercie ! Vous savez que, comme mes prédécesseurs, je prie pour l'âme des défunts de votre famille qui ont tous partagé cette louable mission.

— Et je compte bien la poursuivre. C'est pour moi une mission sacrée.

— Auriez-vous quelque projet, monsieur le marquis ?

— Il est arrivé à ma connaissance qu'un curé d'une petite paroisse, Rennes-le-Château, voulait remettre en majesté son église. Il a engagé des fonds personnels pour des travaux de première urgence, mais, bien sûr, cela n'a pas suffi.

Dans la cheminée, une brassée de sarments s'écroula dans une pluie d'étincelles. Mgr Billard ne daigna pas y accorder un regard. Il laissa continuer l'aristocrate.

— Il se trouve que le frère de ce curé est le précepteur de mes enfants. Un homme plein de talents qui me sert aussi de secrétaire pour certaines de mes affaires. Vous comprenez donc que je sois attentif à la supplique de ce curé de campagne.

Le prélat fronça les sourcils. Il se souvenait très bien du turbulent curé de Rennes-le-Château, qu'il avait dû retirer de sa cure quelques années auparavant quand il s'était attiré les foudres des autorités en raison de prêches incendiaires contre la République.

— J'aurais préféré que l'abbé Saunière me parle d'abord de son idée. C'est un bon prêtre, dynamique, entreprenant, mais impulsif. J'ai déjà dû intervenir une fois en sa faveur auprès des autorités civiles.

— Sans doute sait-il tout ce qu'il doit à votre bonté et ne voulait-il pas vous importuner une fois de plus ? Mais avant que de lui apporter mon soutien financier, je souhaitais vous en parler.

— Cette église de Rennes tombe en ruine. Si vous désirez la sauver, je ne puis n'y être que favorable. Nul doute que la main de Dieu inspire votre louable générosité.

— La main de Dieu, répéta le marquis, l'air songeur…

Mgr Billard remarqua que le visage du marquis était devenu subitement grave. Durant quelques instants, les yeux de l'aristocrate se perdirent dans le feu de cheminée comme si la lente agonie des sarments lui inspirait un parallèle imprévu. Quand il eut terminé sa méditation, il tourna vers l'évêque un visage déterminé.

— Monseigneur, je souhaiterais vous demander de m'entendre en confession.

L'évêque ne put s'empêcher de montrer sa surprise. Le marquis le prenait au dépourvu. Une sensation qu'il n'aimait pas.

— J'en serai ravi, mais rien ne presse. Vous ne semblez pas en état de péché mortel, n'est-ce pas ?

— Monseigneur…

— Je puis donc venir vous entendre à Narbonne. Ainsi je vous rendrai votre visite. Que diriez-vous du printemps prochain, lors de ma tournée pastorale ?

— Non, refusa le marquis, veuillez me pardonner d'insister, mais il en va du salut de mon âme et de bien d'autres.

Mgr Billard, cette fois, ne se laissa pas dépasser par l'étrangeté du procédé. Il agita la clochette qui était posée sur le guéridon. Un prêtre à la soutane lustrée entra et attendit les ordres.

— Joubert, avons-nous d'autres visites prévues ?

— Non, monseigneur.

— Veillez à ce qu'on ne nous dérange pas et fermez les portes de l'antichambre. Je sonnerai si j'ai besoin de vous.

Dans la cheminée, le feu perdait de sa vigueur. Le marquis se leva et vint s'agenouiller auprès de l'évêque.

— Mon père, pardonnez-moi parce que j'ai pêché.

— Relevez-vous, mon fils, dit l'évêque et installez-vous dans ce fauteuil qui vous tend les bras. Croyez-moi, l'inconfort ne vaut rien quand il s'agit de dire la vérité.

— La vérité…, murmura le marquis… alors qu'il en soit ainsi. Monseigneur, ce que je vais vous confier est un secret qui se transmet de père en fils, dans ma famille, depuis près d'un siècle. Un secret dont nous ne sommes que les dépositaires. À la vérité, nous n'en connaissons ni le sens ni la valeur. Mais en hommes d'honneur, nous passons le flambeau comme une mission sacrée.

L'évêque demeura songeur. L'« honneur », un mot en voie de disparition.

— Depuis la fin de l'Ancien Régime, chaque Chefdebien, quand il sent la fin approcher, convoque son fils aîné et lui confie ce qui doit être transmis. Moi-même, j'ai reçu ce dépôt de mon père qui le tenait du sien, une transmission ininterrompue depuis l'époque du roi Louis XVI.

La voix du marquis se fit plus grave.

— Mais, malheureusement comme vous le savez, Dieu n'a pas voulu, mon épouse et moi, nous gratifier du bonheur d'un héritier mâle. Nous n'avons eu que des filles.

L'évêque hocha la tête. Le nom des Chefdebien, qui avait traversé des siècles, allait bientôt se perdre.

— Depuis quelques années, ce secret dont je suis l'unique et dernier dépositaire me pèse. À qui le transmettre ? Je vous avoue que nombre de mes nuits ont été courtes, ces dernières années ; j'avais peur de mourir sans remplir ma mission.

— Vous voulez me faire partager ce secret ? Vous n'y êtes pas obligé.

Le marquis se racla la gorge.

— Le roi Louis XVI l'a confié à mon grand-père, alors qu'il était sur l'échafaud.

Mgr Billard sursauta.

— Vous dites ?

— Vous avez très bien entendu. Mon grand-père était l'un de ces nobles francs-maçons comme il y en avait tant à l'époque. Je ne sais comment, mais il a été le dernier à parler avec le roi : celui qui a recueilli ses ultimes paroles.

— Mon Dieu, murmura l'évêque en saisissant la croix d'argent sur sa poitrine, Tes voies sont impénétrables !

— Le roi lui a confié un terrible secret, mais quand mon ancêtre a voulu le partager avec ses frères, il était trop tard. La loge avait été dissoute et la plupart de ses membres arrêtés ou en fuite. Alors le secret est devenu un secret de famille.

Le prélat laissa retomber son crucifix. Sa main droite s'éleva et fit le signe de croix.

— Au nom de Dieu, je vous écoute.

58

Grotte de la Villa Nigla
24 juin 2009

La porte de l'église était ouverte, donnant sur un trou noir, béant, comme pour avaler les intrus qui se présentaient. Le groupe s'était assemblé devant le porche, un silence minéral montait de la grotte.

Antoine, Cécile et le marquis s'étaient figés, impressionnés par l'ouvrage sculpté, immémorial.

— La taille me paraît très ancienne, fit de Perenna. Elle doit dater du Moyen Âge, au moins. Bérenger Saunière n'a fait que recopier ce modèle pour son église de Rennes-le-Château. En revanche, il y a quelque chose d'anachronique.

— Quoi donc ? demanda Antoine, fasciné par ce qu'il voyait.

— Regardez, dit-il en touchant la porte. Elle est de facture récente, en métal, les gonds sont huilés, ça ne date pas de l'époque médiévale. Il y a une sorte de câble électrique qui part du haut de la charnière et qui s'enfonce dans le sol. Je pense que le propriétaire de la maison a dû réaménager l'église.

— Le père de Hannah probablement, murmura Antoine.

Tristan se mit face à l'ouverture et braqua sa torche dans les ténèbres. Dans le halo de la lampe, à l'intérieur de l'église, sur la gauche, se dessinait un visage effrayant, tordu de douleur, la bouche étirée dans une grimace malveillante. Les yeux fous, exorbités, scrutaient le groupe avec malveillance. Le démon ployait sous une vasque.

— Asmodée, exactement le même que sa réplique dans l'église de Rennes, articula Tristan. Ce bon curé avait le sens de l'humour. Otto, passe devant !

L'homme de main au crâne rasé s'avança en hésitant.

— Y a quoi là-dedans ?

— Ne discute pas, fais ce que je te dis.

Otto entra à pas lents, balayant de son faisceau le diable grimaçant puis le sol pour s'assurer qu'il n'y avait pas de chausse-trape.

— Dépêche-toi, aboya Tristan, nous n'avons pas de temps à perdre.

L'homme avança et passa devant le diable tordu.

— J'ai marché sur quelque chose par terre, dit-il en braquant sa torche sur ses pieds. On dirait des os…

À peine avait-il prononcé ces mots qu'un grondement métallique se fit entendre. Otto poussa un hurlement de damné, et sa silhouette disparut en un éclair. Sa lampe était tombée à terre.

Tristan essuya son front avec son écharpe et braqua la torche vers l'endroit où s'était évaporé son acolyte.

— Otto, tu m'entends ? Réponds !

Un silence pesant s'était à nouveau installé. Antoine nota que les deux tueurs marquaient un temps d'hésitation. Le doute semblait s'emparer d'eux.

— *Terribilis est locus iste*, ce lieu est vraiment terrible. Vous auriez dû prendre au sérieux l'avertissement, ricana Marcas.

— Ta gueule, jeta Kyria, à toi de passer devant !

— Non ! cria Cécile.

La tueuse la gifla à toute volée.

— Encore une remarque, une seule et j'expédie une balle dans ta petite cervelle, répondit-elle d'une voix blanche. (Puis se tournant vers Marcas :) À ton tour, sinon je lui arrache les yeux comme à la vieille de Jérusalem.

De Perenna intervint :

— Attendez, essayons de raisonner. Le créateur de cet endroit, ou celui qui l'a entretenu depuis, l'a piégé pour empêcher des intrus d'y venir. Mais il a dû aussi prévoir un mécanisme pour bloquer le système. La présence du démon à l'entrée n'est sûrement pas anodine.

Il marqua un temps d'arrêt et frotta le bandeau sur son orbite vide.

— Continue, le vieux.

— Dans l'église de Saunière, le même démon soutient une coupe, remplie d'eau bénite. C'est sa fonction principale. Or, ici, ce bénitier est vide, signe que l'esprit de Dieu n'est pas présent dans cet endroit.

— Il faut toujours se signer avant d'entrer dans la maison de Dieu, murmura Tristan. Où veux-tu en venir ?

— Essayons de remplir d'eau ce bénitier.

Tristan et Kyria se regardèrent un instant. Le tueur se tourna vers Antoine.

— Va prendre de l'eau dans la rigole avec l'une des cruches.

Antoine jeta un coup d'œil au marquis qui le rassura d'un geste. À contrecœur, il retourna vers les écuries et obéit.

Trois minutes plus tard il revint avec une sorte de grande jarre.

— Flic, bénis ce lieu terrible, ricana la tueuse.

Antoine s'approcha du diable d'un pas mal assuré. Il versa le contenu de la jarre dans le bénitier, à grands flots, faisant couler l'eau par terre. La vasque se remplit et déborda rapidement.

Un bruit sourd résonna au pied d'Asmodée puis, comme par miracle, le démon grimaçant s'enfonça lentement dans le sol. Un raclement métallique retentit à l'intérieur de l'église. La tête du diable arriva au niveau du sol, ne laissant que le bénitier en surface. Le bruit d'un commutateur se fit entendre.

Une lumière vive envahit tout à coup l'intérieur de l'église, suivie d'un claquement métallique.

Sous les yeux horrifiés du groupe, le corps sanglant d'Otto apparut en pleine lumière, traversé d'une centaine de pics rougeoyants qui avaient déchiré ses chairs. De sa bouche sortait une flèche de fer sur laquelle était fiché un bout de langue.

— Mon Dieu, murmura Cécile.

— Il est mort pour la cause, répliqua Tristan avec gravité. Il nous a ouvert la voie.

— Taré..., gronda Marcas.

Le tueur le regarda avec mépris.

— Tu juges sans savoir. C'est pour votre bien à tous que nous effectuons cette mission. À ton tour d'ouvrir la voie, Marcas. Un franc-maçon est toujours le bienvenu dans la maison du Seigneur !

— Surtout pour se faire découper en morceaux. J'ai toujours eu un problème avec les églises.

Kyria braqua son revolver sur la tempe de Cécile sans dire un mot. Antoine crispa ses mâchoires.

— OK, j'y vais. Marquis, qu'en pensez-vous, y a-t-il d'autres pièges ?

— Je ne sais pas.

Le policier prit une inspiration et souffla. Il contourna le cadavre embroché et s'avança à l'intérieur du sanctuaire.

Il aurait pu se croire dans l'église de Bérenger Saunière, à ceci près que le décor religieux avait été remplacé par des scènes gravées dans la pierre. L'intérieur de l'édifice semblait vide jusqu'au moment où il tourna son regard sur la droite, en direction du chœur. Il resta figé.

À la place de l'autel se dressait un tombeau de pierre blanche. Rectangulaire, aux bords supérieurs arrondis. La réplique exacte de celui du dessin et du tableau *Les Bergers d'Arcadie*.

Au-dessus, accrochée à la paroi rocheuse, il y avait une grande photo dans un cadre de verre.

Antoine reconnut tout de suite le visage de l'homme en soutane aux yeux noirs perçants et aux traits durs.

Bérenger Saunière, le maître des lieux, le regardait d'un air ironique.

Antoine marcha à pas comptés. La lumière ambiante vacillait, comme sous l'effet d'une baisse de tension. Au fur et à mesure qu'il avançait, il jetait des regards de chaque côté pour s'assurer qu'un mécanisme infernal n'allait pas surgir pour le tuer. Tristan le héla :

— Toujours vivant ?

— Oui, vous pouvez venir.

Il n'était plus qu'à un mètre du tombeau. Une plaque rectangulaire de marbre noir brillait sur la face verticale de la sépulture. Une inscription avait été gravée en lettres blanches.

Et in Arcadia ego sum Maria Magdala.

Alors qu'il montait les deux marches menant au tombeau, le groupe pénétra dans l'église. De Perenna, malgré la douleur qui lui déchirait le visage, poussa un cri de joie.

— Je le savais ! Il existe vraiment. Le tombeau de Marie Madeleine, enfin !

Il s'avança en courant vers Antoine quand, brusquement, une détonation retentit. Le marquis s'arrêta net, jeta un regard interloqué à Antoine et vacilla sur lui-même.

— Non ! hurla Antoine en voyant Kyria baisser son revolver.

— Bienvenue en Arcadie, le vieux ! jeta la jeune femme.

De Perenna s'effondra sur le sol.

Les lumières tremblèrent à nouveau, plusieurs s'éteignirent d'un coup, laissant une partie de la nef dans la pénombre.

Antoine se précipita vers le vieil érudit et le retourna sur le côté. Sa bouche était crispée dans un spasme de souffrance.

— Je... C'est stupide. Je vais mourir... sans voir ce qu'il y a dans le... tombeau.

Il poussa un hoquet et agrippa la veste d'Antoine.

— Dans ma... poche. Pantalon. Le cou... couteau. Ça peut serv...

Sa tête tomba sur le côté. Antoine vit arriver les deux tueurs, il palpa le pantalon du mort et trouva le canif qu'il saisit. Il ferma les yeux du marquis et se releva.

— Mais pourquoi ?

— Il ne servait plus à rien, répondit la jeune femme.

— Comme nous, je suppose ?

— Qui sait, flic ? Tes potes policiers qu'on a butés à Saint-Ouen ont dû se poser la même question, non ? Retourne au tombeau.

Marcas serra les poings et obéit.

Le quatuor entoura le monument funéraire. Tristan l'inspecta sous toutes les coutures, l'air soucieux.

— Kyria, mets la copine du flic en joue et toi, commissaire, aide-moi à ôter le couvercle de pierre.

Antoine se plaça à côté de l'assassin et commença de pousser. Les lumières s'éteignirent puis se rallumèrent une fois de plus.

— Le câblage avec le réseau est trop ancien, ça risque de couper d'un instant à l'autre. Toi, viens nous donner un coup de main, cria Tristan à Cécile.

Malgré la situation, ils unirent leurs efforts. Imperceptiblement, la dalle se décala. Une odeur de moisi s'échappa de l'orifice. Ils s'arc-boutèrent et poussèrent encore. La dalle glissa d'un coup, révélant le contenu du sarcophage.

Tristan poussa un cri de surprise.

59

Carnet du marquis de Chefdebien

« Il a fallu un siècle à ma famille pour démêler le vrai du faux, le mythe de la légende de ce qui nous a été confié dans le secret. Mon ancêtre, après la mort tragique de Louis XVI, avait connu bien des vicissitudes. Soupçonné de tiédeur révolutionnaire, en une période où cela coûtait la vie, il avait quitté Paris pour se réfugier près de Montpellier. Là, il avait tenté de rallier les frères de son atelier qui s'étaient dispersés, mais la guillotine ou l'exil avaient fait leur œuvre. Il ne put véritablement entreprendre ses propres recherches qu'en 1802, quand Napoléon fut devenu Empereur. Dans le même temps il reconstitua une loge où, par tradition, tous les Chefdebien aînés sont initiés en même temps qu'on leur révèle le secret légué par Louis XVI.

« En 1810, mon grand-père revit à Paris un de ses frères, Vivant Denon. Cet écrivain et libre-penseur, célèbre pour un roman réputé libertin publié juste avant la Révolution, avait accompagné Bonaparte dans sa campagne d'Égypte, puis l'avait suivi dans toutes ses

conquêtes. Depuis, il avait été nommé à la tête du nouveau musée que Napoléon venait de créer. Sa tâche était immense : rassembler des milliers d'œuvres d'art éparpillées dans tout l'Empire pour enrichir le Louvre. Denon, quoique fort occupé, accueillit mon grand-père en toute fraternité et lui prêta son concours désintéressé. C'est ainsi que feu le marquis put mettre la main sur le dossier Poussin, conservé dans les archives secrètes de Versailles.

« C'est là qu'il trouva la première clé de l'énigme et qu'il comprit combien le tableau de Poussin n'était qu'une sorte de contre-feu destiné à égarer d'éventuels curieux qui auraient voulu s'emparer du secret. Commandés par Mazarin, sous le couvert d'un autre cardinal italien, Les Bergers d'Arcadie *devinrent la possession exclusive de Louis XIV dès 1685 et furent exposés dans ses appartements privés. Le leurre était en place pour fonctionner durant des siècles.*

« Restaient le dessin et le lieu où il avait été caché. La quête fut longue, et mon père la mena pendant des années. Finalement, il trouva une piste. Fouillant les archives ecclésiastiques, il s'aperçut que, dans les dernières années de pouvoir de Mazarin, le Razès, une région pourtant perdue et fort déshéritée, avait attiré l'intérêt et la visite de bien des ecclésiastiques de renom et de grands du Royaume : des proches de saint Vincent de Paul, des membres de la famille Fouquet, jusqu'aux Condé, les plus proches parents du roi. Comme si là se dissimulait un centre magnétique.

Mon père remonta le fil pourtant bien embrouillé. Il suivit pas à pas la trace de ces personnages et bientôt un espace se dessina. Une sorte de triangle partant d'Alet jusqu'à Arques et dont Rennes-le-Château était le sommet mystique.

« Je fus celui qui trouva le dernier maillon : il me mena jusqu'à l'église de ce village. La date sur le pilier du porche de gauche m'a bien aidé. Elle m'a permis enfin de "réunir ce qui est épars", *comme on dit en* loge.

« Désormais, il me faut un bras dévoué et une conscience que rien n'effraye. Je guiderai le bras et j'achèterai la conscience.

*« Je viens de rentrer en mon palais de Narbonne après m'être confessé à M*gr *Billard. Il me laissera les mains libres. Dans quelques jours, je me rendrai à Rennes-le-Château, j'irai voir ce curé qui croupit dans sa misère, je lui ferai miroiter l'or de ma générosité… »*

60

Grotte de la Villa Nigla
24 juin 2009

Un squelette vêtu de lambeaux de toile grise gisait dans le sarcophage de pierre.

— Marie Madeleine ! s'exclama Tristan. Enfin ! La pécheresse, la catin. La meurtrière de notre maître Judas.

Antoine et Cécile contemplèrent la dépouille de celle qui avait connu le Christ.

— C'est incroyable, murmura la jeune femme. Elle est donc vraiment venue passer ses derniers jours en Gaule.

— Où est le livre de *L'Apocalypse* ? dit Kyria en sortant du groupe, nullement émue par la dépouille de la sainte.

Les doigts du squelette tenaient un coffret de bois noirci par le temps. Les lumières s'éteignirent à nouveau puis se rallumèrent. Le tueur saisit le coffret, souleva le couvercle et sa bouche s'ouvrit de stupéfaction.

Il n'y avait pas de livre.

Marcas se pencha à son tour. L'intérieur contenait une enveloppe. Tristan la déchira et en sortit une lettre qu'il déplia. La lumière qui jaillissait et disparaissait par saccades de plus en plus rapides provoqua un effet stroboscopique dans le sanctuaire.

Un cri terrible déchira l'intérieur de l'église. Kyria avait lâché son arme et se tenait la tête. Tristan tourna son regard vers elle. Ce qu'il avait craint en voyant les ampoules s'allumer et s'éteindre allait se produire : une crise d'épilepsie. Il ne pouvait pas s'occuper d'elle maintenant. La lettre. Il fallait qu'il lise la lettre !

— Kyria, reprends-toi, je t'en prie.

La jeune femme se roulait à terre prise de convulsions. Antoine décida d'agir : il sortit le couteau du marquis, le déplia et frappa Tristan de toutes ses forces. Ce dernier lâcha la lettre. Antoine asséna un autre coup, lui perçant le bas-ventre. Le tueur s'écroula sur le rebord du tombeau, sous le regard impassible de Bérenger Saunière.

— Cécile, le revolver de la fille, vite !

La jeune femme ramassa l'arme qu'elle brandit en direction de Tristan. Le jeune homme se tenait le ventre. La lettre avait roulé sur l'une des marches. Antoine s'agenouilla face à lui.

— Maintenant, tu vas tout nous dire. Qui vous a envoyés, tous les deux, et pourquoi ?

Tristan hoqueta dans un rictus :

— Qu'est-ce que tu vas me faire, commissaire, me passer les menottes et m'envoyer au poste ?

Antoine sourit pour la première fois depuis longtemps et frappa du poing dans le ventre du blessé.

Le sang jaillit sur les marches. Tristan hurla une nouvelle fois.

— Manque de chance pour toi, je n'opère pas dans ma juridiction donc je ne suis pas en service. Je te repose ma question ?

Les cris de possédée de Kyria résonnèrent à nouveau. Le jeune homme jeta un œil désespéré sur sa compagne.

— Nous sommes de la confrérie de Judas. Nous cherchons depuis des siècles le livre de *L'Apocalypse* pour qu'enfin les sept sceaux soient ouverts et que le règne de Dieu arrive sur terre.

— Mais que vient faire Judas là-dedans ?

— Il est le premier. Il est l'alpha…

— Mais pourquoi ? s'exclama Cécile.

Les yeux rivés sur Kyria, Tristan se mit à psalmodier comme s'il récitait un mantra.

— Nous devons trouver l'oméga ! Le dernier ! Celui qui doit mourir pour qu'enfin le règne de Fin arrive sur terre ! Nous seuls connaissons la Vérité ! Le dernier messie doit périr pour que les Justes soient enfin sauvés !

Un sourire extatique illumina le visage du tueur.

— Mais l'Apoclaypse de saint Jean dit tout le contraire, s'écria Cécile, vous êtes fous !

— Saint Jean, pauvre idiote, était l'un des nôtres ! *L'Apocalypse* que révèrent ces chiens de chrétiens est un faux ! Nous seuls connaissons la Vérité ! répéta Tristan d'une voix incantatoire, le dernier messie doit périr pour que les Justes soient sauvés !

— Des dingues, fulmina Antoine, vous êtes malades.

Il saisit la lettre. Une écriture nerveuse noircissait la page.

Villa Nigla
1943

Je m'appelle André Lévy. Celui ou celle qui lira cette lettre aura donc déchiffré l'énigme du dessin de Poussin et aura trouvé les clés pour comprendre la symbolique de l'église de Rennes-le-Château.

J'ai été l'ami d'un grand homme, le curé d'un petit village extraordinaire qui vécut comme un prince et mourut comme un pauvre hère. Il s'est pris d'affection pour moi quand je suis venu dans cette région, à mes débuts en tant que praticien. Je l'ai soigné dans les dernières années de sa vie. Nous étions tous les deux frères de loge, celle fondée par le marquis de Chefdebien. Bérenger s'était fait initier tardivement, lui qui en chaire avait toujours tonné contre la République et ses maçons de malheur. Il aimait rire de lui, et c'était un homme d'une intelligence hors du commun qui a eu la chance, et le malheur, de découvrir un secret immémorial.

Je ne sais pas en quelle année on trouvera cette lettre mais il y a fort à parier que le nom de Bérenger Saunière aura disparu de la mémoire des hommes. C'est moi qui ai installé son portrait au-dessus du tombeau, pour qu'il subsiste au moins une trace de son passage sur cette terre.

Il m'a confié son secret juste avant sa mort et, depuis, je n'ai jamais retrouvé un instant de sérénité. J'ai aménagé cette « église de dessous la terre », comme il disait. Je l'ai piégée pour que les cœurs pervertis ne viennent pas la souiller et que le secret du tombeau reste intact. Quelle ironie, moi, le Juif, j'en suis devenu le gardien !

Mais le poids est bien trop lourd pour mes épaules. Plus encore maintenant en ces temps sauvages où les persécutions contre les Juifs sont impitoyables. Ma famille a trouvé refuge dans la maison qu'il m'a léguée avant sa mort, mais c'est un lieu terrible.

Vous ne trouverez ici qu'un squelette et cette lettre. C'est bien ainsi.

Je suis non-pratiquant et je le resterai jusqu'à mon dernier souffle, néanmoins je ne cache pas mon trouble quant à l'identité du corps qui repose dans le tombeau.

Bérenger m'a révélé que c'était celui de la Marie Madeleine des chrétiens. Ma raison s'est toujours insurgée contre cette révélation et, pourtant, je suis venu régulièrement me recueillir ici au fil des ans.

Mon ami et mentor a découvert ce lieu alors qu'il était jeune prêtre, il en a tiré fortune auprès de gens qui lui ont appris tout ce qu'il fallait savoir.

Outre le tombeau, il a découvert un livre et ce qu'il y a lu l'a glacé d'effroi.

L'Apocalypse *de Judas.*

Ce que les érudits appellent un apocryphe, si dangereux que même son existence n'a jamais été connue que d'un petit nombre. Il aurait été écrit par le disciple maudit de Jésus et volé par Marie Madeleine. Elle l'aurait emporté avec elle en Gaule pour le cacher de la face des hommes.

Bérenger l'a vendu à ces gens de Paris.

Cécile interrompit sa lecture en désignant Tristan.

— Il perd beaucoup de sang et sa compagne fait une sorte de crise d'épilepsie. Il faut sortir d'ici.

— Attends, je veux finir la lettre. Ces salauds peuvent bien crever, je m'en fous.

Ces gens... Je ne sais comment les nommer. Quand Bérenger leur a donné ce qu'ils voulaient, contre une incroyable somme d'argent, ils ont disparu. Ils lui ont expliqué qu'une dangereuse confrérie était aussi à la recherche du livre et qu'il valait mieux qu'il n'ait plus aucun rapport avec eux.

Vous qui lirez cette lettre, vous aurez remarqué que L'Apocalypse *de Judas a disparu.*

Je ne l'ai jamais vu et je n'ai jamais cherché à le retrouver. Je me contente d'entretenir depuis des années la tombe de celle qui aurait essuyé les pieds de celui que les chrétiens vénèrent comme le fils de Dieu.

Mon ami Bérenger m'a révélé une dernière chose avant de mourir.

Les hommes qui ont emporté le livre de L'Apocalypse *lui ont laissé une adresse où il pouvait se rendre et un mot de reconnaissance si un jour il avait de graves problèmes. Trop orgueilleux, jusqu'à son dernier souffle il n'a jamais voulu leur demander quoi que ce soit.*

Pour ma part, compte tenu des menaces qui pèsent sur moi et ma famille, j'ai décidé de partir là-bas. C'est en Suisse, un pays où mon peuple n'est pas persécuté. J'ai pris mes dispositions pour fermer la Villa Nigla dans quatre jours. J'ai fait mes adieux hier à Marie Dénarnaud, la fidèle d'entre les fidèles. Elle paraissait bien âgée.

Je contemple une dernière fois le tombeau et laisse cette lettre ici. Si par hasard j'échoue, je livre l'adresse où je dois me rendre et le mot de reconnaissance qui a servi pendant des siècles.

Domaine d'Arcadie, chemin des Acacias, dans le village de Béthania. En Suisse.

Il faut prononcer cette phrase : Et in Arcadia ego sum Maria Magdala.

Vous qui avez pénétré dans ce sanctuaire, ayez une pensée pour celui qui l'a découvert, victime de son destin, mon frère Bérenger Saunière.

Je vous conseille de partir au plus vite de cet endroit. J'ai piégé l'ouverture de cette église et j'ai fait de même pour la sceller à jamais. L'ouverture du tombeau a déclenché un mécanisme qui ensevelira cette église jusqu'à la fin des temps. Il ne vous reste que peu de temps pour sortir. Marie Madeleine reposera enfin en paix.

Antoine replia rapidement la lettre et l'inséra dans sa poche. Les lumières grésillaient de plus belle.

— Vite, lança-t-il à Cécile, il faut partir !

— Que se passe-t-il ?

— L'église va être détruite.

Au moment où il prononçait ces mots, un grondement sourd fit vibrer le sol. Le plafond se fissura, des morceaux de roche se mirent à tomber sur le sol.

— Ne nous abandonnez pas ! hurla Tristan. Prenez au moins Kyria.

Antoine s'accroupit à ses côtés.

— Donne-moi un nom et on vous emmène. Qui sont les maîtres de ta confrérie de Judas ?

Le jeune homme jetait des regards apeurés dans tous les sens. Il n'était plus le tueur implacable, mais un pauvre gosse pétrifié de terreur à l'idée de mourir. Des larmes perlèrent sur sa joue.

— Il s'appelle John Miller, il est le maître. Le président de l'American Faith Society, à New York. Je vous en prie, occupez-vous de Kyria, il lui faut des soins.

La jeune femme se tordait au sol, crachant des paroles sans queue ni tête.

Un bloc de pierre tomba du plafond et s'écrasa à un mètre d'elle. Elle ne s'apercevait de rien, possédée par une rage incontrôlable. Ses mains s'agitaient dans tous les sens.

Cécile cria :

— Aide-moi à la calmer !

— Tu crois qu'elle a eu de la pitié quand elle a tué Hannah ? On s'en va.

— Vous aviez promis ! hurla Tristan.

Antoine le regarda avec mépris.

— Les promesses n'engagent que celui qui les croit, m'a toujours répété mon père. Tu crois dans le Jugement dernier ? Alors, bon voyage en enfer avec ta copine décérébrée.

Un autre morceau de roche chuta sur le tombeau, fracassant la moitié de la dalle qui l'obstruait encore. Marcas saisit la main de Cécile.

— Viens, sinon on va mourir avec eux.

Ils coururent vers la sortie, enjambant le corps sans vie du marquis. À côté de la porte, le diable était en train de remonter doucement. Il les foudroyait de son regard de fou. Dans le même temps, la grille cloutée avec le corps désarticulé d'Otto se rapprochait de l'entrée de l'église. Antoine s'avança avec Cécile dans l'espace qui se réduisait dangereusement. Ils entendirent un cri de rage et tournèrent la tête vers le tombeau.

Kyria s'était dressée au-dessus de la sépulture. Son visage était barré d'un rictus démoniaque. Une écume blanche coulait de sa bouche, ses yeux rougeoyaient. Elle hurla comme une possédée.

— Rejoignez-moi, je suis en Arcadie !

Antoine détourna la tête et projeta Cécile hors de l'église. Il vit Kyria disparaître sous d'énormes moellons qui chutaient du plafond. Il bondit juste avant que la grille ne se referme et atterrit sur le sol humide en se cognant les genoux. Cécile l'aida à se relever.

— La grotte aussi est piégée. On fonce.

Ils s'élancèrent entre les stalactites qui tombaient comme des couteaux de pierre et repassèrent par les écuries. Des grondements sourds retentissaient de toute part. C'était comme si un tremblement de terre venait de se déclencher.

Antoine hissa Cécile vers le boyau par lequel ils étaient arrivés puis elle lui tendit la main afin qu'il la rejoigne. Ils grimpèrent aux barreaux de l'échelle qui donnait dans la cave de la maison et se hissèrent au rez-de-chaussée.

— Sortons, implora Cécile.

Une aube douce et paisible gagnait la vallée. Antoine inspira profondément pour chasser de sa poitrine les horreurs de la nuit. Le piaillement des oiseaux dans les chênes trouait le silence matinal. Ils marchèrent comme des somnambules, sans dire un mot, le corps et l'esprit rompus par ce qu'ils venaient de vivre. Ils descendirent un sentier qui menait au ruisseau baignant la propriété. Leurs pieds faisaient crisser l'herbe drue.

— Arrêtons-nous, Antoine. Je n'en peux plus.

Ils s'assirent au bord du cours d'eau, sur un tapis de mousse encore imprégné de rosée. Elle se blottit contre lui. Les rayons du soleil jouaient sur la cime des saules pleureurs. Il lui caressa les cheveux avec tendresse. Elle se serra contre lui. Antoine fouilla dans la poche de son pantalon et retira la lettre froissée d'André Lévy.

Les mots dansaient sur le papier jauni. Bérenger Saunière… Le livre de *L'Apocalypse*… l'adresse en Suisse.

Cécile posa sa tête sur ses genoux. La jeune femme s'endormit. Il replia la lettre et s'allongea dans l'herbe fraîche.

Juste un moment de repos.

La partie n'était pas terminée.

61

Rennes-le-Château
6 juin 1897

Les cris des invités résonnaient joyeusement dans tout le village. La fête battait son plein en l'honneur de la visite de l'évêque. Le matin même, il avait béni la nouvelle église remise à neuf par Saunière devant tous les habitants réunis.

Un verre de bourgogne à la main, Bérenger indiqua à Mgr Billard la façade du presbytère.

— Vous plairait-il, monseigneur, d'honorer de votre présence ma modeste demeure ?

— Avec plaisir, mon fils.

Les deux hommes abandonnèrent les convives, mais avant de partir Bérenger cligna de l'œil en direction de Marie Dénarnaud qui restait toujours en retrait lors des fêtes organisées par le curé. Ils poussèrent la lourde porte que l'on venait de changer et grimpèrent à l'étage dans ce qui lui servait de bibliothèque et de refuge.

— La chaleur est insupportable, je suis désolé, j'aurais dû faire ouvrir les fenêtres.

— Que de chemin parcouru, mon cher Saunière, depuis que vous êtes arrivé ici ! Dites-moi, n'avez-vous pas peur d'attirer sur vous les foudres de l'envie ?

— Monseigneur, Dieu seul m'a guidé en cette pauvre paroisse.

— Dieu...

Saunière fixa son supérieur avec un sourire presque narquois.

— Dieu, oui, même s'il a parfois étrange figure.

— Allons, Saunière, que me dites-vous là ?

— Mais ce que vous savez déjà, monseigneur.

L'évêque tripota nerveusement le crucifix qui pendait sur sa poitrine.

— Croyez bien, Saunière...

— ... que vous avez fait tout cela pour la plus grande gloire de Dieu ? Oh ! je n'en doute pas, monseigneur ! Mais vous avez sacrifié une âme, la mienne.

Son interlocuteur haussa le ton.

— Je crains que vous ne l'ayez sacrifiée vous-même, monsieur l'abbé. Ne dit-on pas que vous fréquentez ces impies, ces sans-Dieu, ces francs-maçons...

— Vous voulez sans doute parler des frères de notre ami commun, le marquis de Chefdebien ? Celui-là même qui a financé la restauration et la décoration de l'église que vous venez de bénir.

L'évêque recula sur son siège : la forte carrure du curé l'impressionnait toujours autant.

— Sincèrement, j'ai du mal à me souvenir du jeune curé impétueux qui partait en guerre contre la république et ses diableries.

Saunière eut un faible sourire.

— Monseigneur, savez-vous ce que j'ai trouvé ?

Mgr Billard ferma les yeux.

— Je vois que vous le savez. Si je n'avais pas eu la maçonnerie pour me soutenir, j'aurais sombré dans le néant. Comment parvenez-vous à vivre avec un tel secret ?

— Dieu me donne la force !

— Dieu ne me rendra pas mon âme !

Le visage de l'évêque s'empourpra.

— En tout cas, vous l'avez vendue au prix fort.

Bérenger serra les poings de rage contenue.

— J'ai payé ma part du contrat, je veux maintenant profiter de la vie. D'ailleurs, j'ai de grands projets pour ma paroisse.

L'évêque soupira.

— Je ne serai pas toujours là pour vous protéger, Saunière. Je vous en conjure, demeurez humble et... discret. Nous avons tous des ambitions perdues.

Bérenger se leva.

— Monseigneur, je tâcherai de suivre votre conseil, mais laissez-moi profiter de ces moments d'oubli. Quand parfois je songe à ce que j'ai retrouvé... même l'enfer me paraît être un paradis.

62

Suisse
Canton de Valais, district de Sion
De nos jours

La petite Fiat rouge ralentit à l'embranchement puis tourna sur la gauche. Les sommets encore blancs des Alpes scintillaient sous le soleil de fin d'après-midi. Des traînées vaporeuses de nuages s'étiraient paresseusement au-dessus de la chaîne de montagnes. Un groupe de scouts assis au bord de la route les salua en les voyant passer. Antoine klaxonna et accéléra sur la route qui montait vers le col. Assise à côté de lui, Cécile montra du doigt l'écran du GPS.

— On ne doit plus être très loin. C'est sur la droite.

Antoine rétrograda. Son impatience n'avait fait que croître depuis qu'ils étaient partis de Rennes-le-Château. Ils avaient pris un avion à Toulouse pour Lyon, puis loué une voiture et traversé la frontière en début d'après-midi. Une pancarte surgit à un tournant : BÉTHANIA.

La Fiat ralentit à nouveau en entrant dans le bourg. Ils repérèrent un cantonnier qui élaguait un bosquet et s'arrêtèrent. Cécile ouvrit sa vitre.

— Bonjour, monsieur, nous cherchons le chemin des Acacias.

L'homme souleva sa casquette et sourit.

— Bonjour, dit-il d'une voix traînante, vous tournez à l'église Marie-Madeleine sur la gauche et c'est à un kilomètre.

— Merci. Bonne journée.

Il salua d'un coup de casquette et reprit son travail.

— Ici aussi, Marie Madeleine..., fit remarquer Cécile. Une coïncidence sans doute.

La voiture roulait à trente à l'heure dans l'unique rue du village. Il n'y avait personne dans les rues. La pierre des maisons était de jais, comme si elle absorbait la lumière. La rue obliqua sur la gauche. Cécile poussa une exclamation :

— Regarde ! L'église...

Antoine baissa la tête pour mieux voir. Il faillit piler net.

C'était la réplique exacte de l'église de Rennes-le-Château. Il gara la voiture sur le côté et ils descendirent. Tout était rigoureusement identique. Le fronton, l'inscription *Terribilis est locus iste*, les sculptures dans la pierre. Il fit jouer la poignée, mais la porte était fermée.

— Tu crois qu'il y a aussi un diable à l'entrée ? demanda Cécile.

— Un tuileur ? Sûrement. Nous approchons du but. Viens, nous n'allons pas tarder à avoir des réponses.

Ils remontèrent dans la voiture.

— Trois églises semblables, une seule énigme. Le marquis aurait adoré ça, dit Marcas en démarrant.

— Tu crois vraiment qu'on nous recevra ? La phrase de reconnaissance date de 1943. Plus de soixante-six ans se sont écoulés depuis.

— On n'a rien à perdre. Rien du tout.

Il roula sur un kilomètre comme le lui avait indiqué le cantonnier. Un panneau était planté à un petit croisement : ARCADIA.

Ils échangèrent un regard entendu. La voiture prit la bifurcation et s'enfonça dans un chemin qui serpentait dans un bois sombre. Ils arrivèrent devant une haute grille fermée, surmontée d'une inscription forgée dans le métal : FONDATION ARCADIA.

— On fait quoi, maintenant ? demanda Cécile.

Marcas descendit de la voiture, se mit devant la caméra et sonna à l'Interphone. Une voix grésilla :

— Désolé. C'est une propriété privée. Nous ne sommes pas ouverts au public.

— Je sais. *Et in Arcadia ego sum Maria Magdala.*

Un long silence lui répondit. Antoine regarda autour de lui, les murs qui encerclaient la fondation mesuraient au moins trois mètres de haut. Impossible de les franchir.

— Vous m'avez entendu. *Et in Arcadia ego sum Maria Magdala.*

— Je ne comprends pas ce que vous dites, monsieur. Passez votre chemin.

Antoine sentait la colère monter, il était trop près du but. Tout en lui disait que cette fondation recelait la clé de l'énigme. Il n'allait pas tout abandonner pour un gardien obtus !

— Écoutez, prévenez votre directeur, ou qui que ce soit, que je suis un policier français, muni d'un mandat d'Interpol. Si vous ne me recevez pas, je reviendrai avec des collègues suisses.

L'Interphone ne broncha pas. Dans la voiture, Cécile avait allumé une cigarette et tirait nerveusement des bouffées. Un gros écureuil sauta d'un arbre et se réfugia dans un tronc creux posé à terre. Antoine regardait obstinément l'œilleton de la caméra. Tout à coup, l'Interphone chuinta.

— Quelqu'un va vous recevoir. Veuillez avancer votre voiture et la laisser dans le parking souterrain.

Comme par enchantement, les grilles s'ouvrirent. Antoine remonta dans la voiture et démarra.

— On y est, soupira Cécile.

La Fiat roula le long d'une allée flanquée de gros sapins hauts et sombres et arriva devant une barrière qui s'ouvrit sur une rampe de béton descendant vers une large entrée en sous-sol. La voiture suivit les petites lumières qui clignotaient pour signaler la voie souterraine. Au bout d'une minute environ, ils arrivèrent dans un parking faiblement éclairé où étaient garées une dizaine de voitures avec des plaques minéralogiques suisses. Un homme de taille moyenne en chemise blanche au col fermé les attendait devant la porte d'un ascenseur.

Antoine et Cécile sortirent de la voiture. L'homme avait le visage fermé, les lèvres minces, les cheveux lissés sur le côté. Il inclina la tête.

— Je suis Henry Le Caër, responsable de la sécurité. On m'a rapporté vos propos. J'avoue être extrêmement surpris.

Des bruits de pas résonnèrent autour d'eux. Deux hommes armés venaient de surgir.

— Nous venons d'un petit village du sud de la France. Rennes-le-Château. C'est là que nous avons trouvé votre adresse et la phrase de reconnaissance.

— En quoi la fondation est-elle concernée ? répondit l'homme d'une voix neutre.

— Putain ! Arrêtez votre comédie ! Nous avons vu le tombeau de Marie Madeleine, nous sommes au courant pour le livre de *L'Apocalypse*.

Leur interlocuteur les fixa avec dureté. Il allait faire un geste vers les gardes quand une voix retentit, derrière eux. Un prêtre surgit de l'ombre. De haute stature, mince, le front bombé, il marcha vers eux à grandes enjambées.

— Je suis le père Klems, le directeur de cette institution. Suivez-moi dans mon bureau. Vous allez tout me raconter et je vous conseille de n'omettre aucun détail.

Une heure plus tard, assis face au père Klems, ils avaient fini leur récit. Le prêtre avait pris des notes, écoutant soigneusement, questionnant sur chaque point obscur et hochant la tête d'un air grave.

— Voilà, vous savez tout. À notre tour de poser des questions, dit Marcas.

Klems s'était enfoncé dans son fauteuil, les mains croisées.

— Ce que vous avez vécu vous en donne le droit, mais je ne suis pas sûr que cela vous soit favorable. Il est parfois des réponses qui sont plus dangereuses que des questions.

— Il est trop tard pour faire marche arrière. Je vous ai révélé des éléments que vous ignoriez, non ?

— J'en conviens, l'identité du maître de la confrérie de Judas est une donnée précieuse, répondit pensivement le prélat. Quant au tombeau de la très sainte Marie de Magdala, la fondation est au courant de son existence. Je vous envie de l'avoir vu. J'aurais donné beaucoup pour vivre la même expérience et prier devant sa dépouille. Mais…

— Mais quoi ? J'ai vu des gens se faire tuer pour un secret lié à un dessin de Poussin, à ce tombeau, à ce livre de *L'Apocalypse*. Un secret que vous détenez.

— Et si je vous disais qu'il n'y a pas de secret, me croiriez-vous ?

— Non.

L'homme d'Église soupira. Son téléphone sonna. Il décrocha, hocha deux fois la tête et murmura une phrase en latin à son interlocuteur. Il raccrocha aussitôt.

— Il semble que votre histoire ait intéressé le conseil d'administration de la fondation, dit-il en montrant du doigt une petite caméra au plafond qu'ils n'avaient pas remarquée. Vous avez de la chance, le conseil est présent. Ils vont vous recevoir.

Ils sortirent du bureau, descendirent un étage et passèrent dans un jardin à l'anglaise, aux bosquets verts soigneusement entretenus. Le soleil avait fini sa course dans le ciel et jetait ses derniers feux derrière les montagnes environnantes.

Des hommes et des femmes de tous âges se promenaient dans les allées, étaient assis sur des bancs à lire ou à discuter entre eux. Des infirmiers çà et là surveillaient discrètement leurs moindres faits et gestes.

Un des patients se dirigea vers le prêtre qui salua avec amabilité.

— Bonjour, Claude. Comment allez-vous ?

— Bien, mon père. J'ai presque fini mes mémoires, dit-il en serrant les mains du trio.

Il insista sur celle de Cécile.

— Bravo. Je pourrais avoir l'honneur de les lire ?

— Bien sûr, mais je bute encore sur l'authentification médicale de mes miracles. Vous croyez que je peux demander un coup de main au docteur Bellarmin ?

— Volontiers, bonne soirée, Claude.

Il fit un clin d'œil à Cécile.

— À vous aussi. Je me suis permis de transmettre mon fluide à la jeune dame pour la guérir de son ulcère.

L'homme s'en alla, visiblement satisfait de son effet. Le père Klems le regarda s'éloigner.

— Claude était un jardinier que nous avons admis dans notre établissement il y a dix ans. Nous l'avons récupéré alors qu'il parcourait la campagne luxembourgeoise en voulant guérir les gens sur ordre de Dieu. Il est adorable.

— Si vous enfermez les guérisseurs et les rebouteux, vous pouvez tout de suite ouvrir des annexes dans toutes les régions de France, dit Antoine. Très drôle, son histoire d'ulcère.

Cécile prit le bras de son compagnon.

— Ne te moque pas de lui. Je souffre bien de l'estomac depuis cinq ans…

Antoine la regarda comme si elle était devenue folle. Le directeur de la fondation intervint :

— J'ai oublié de vous préciser qu'il guérissait réellement les gens qu'il croisait, c'est ainsi que nous avons pu l'identifier.

— L'identifier ? s'exclama Marcas.

— Vous allez comprendre. Suivez-moi dans le bâtiment sécurisé. C'est ici que nous soignons les cas les plus difficiles.

Ils entrèrent dans une aile du manoir dont les fenêtres étaient protégées par de lourdes grilles de fer forgé. Le père Klems poussa une porte battante derrière laquelle surgit un brouhaha de conversations. Au milieu d'un grand salon blanc, une trentaine d'hommes et deux femmes discutaient autour d'une vaste table en bois de pin. Ils s'interpellaient, se coupaient la parole, certains faisaient de grands gestes, d'autres croisaient les bras, le visage empourpré. On aurait dit une réunion de l'ONU, tous les types humains étaient représentés. De chaque côté de la pièce, des hommes en soutane noire écrivaient sur des calepins ce qu'ils observaient.

— Qui sont ces gens ? demanda Cécile, intriguée.

— Vous n'avez pas compris ?

— Non.

— Suivez-moi et passons dans notre quartier de haute protection.

Ils traversèrent la grande pièce sans que quiconque ne fasse attention à eux, prirent une petite porte et arrivèrent dans un long couloir bleu nuit. De chaque côté, il y avait des portes avec des hublots de verre sécurisé.

— Ici, sont enfermés les patients les plus atteints ou ceux qui sont susceptibles de présenter un danger pour les autres. Ils peuvent être très violents. Je vous en prie, vous pouvez regarder.

Antoine et Cécile s'arrêtèrent devant l'un des hublots.

Un homme barbu arpentait une cellule capitonnée, le bras en écharpe. Sa main libre faisait des moulinets dans le vide, il semblait haranguer une foule imaginaire. Son regard flamboyant se posa sur Antoine qui eut du mal à le soutenir. L'inconnu stoppa net sa déambulation et pointa son doigt en hurlant dans le silence capitonné. Klems intervint :

— Il se fait appeler le rabbin Loew, il a été victime d'une tentative de meurtre organisée par la confrérie de Judas il y a quelque temps ; nous l'avons exfiltré d'Angleterre en toute discrétion. Il est en phase d'observation.

Antoine se massa les tempes.

— Je ne comprends rien, c'est quoi ici, un asile ? Qui sont tous ces gens enfermés ?

Le directeur de la fondation le fixa gravement.

— Tous nos patients ont un point commun. Un seul. Que ce soient ceux que vous avez vus dans le jardin, ceux de la grande salle de discussion ou de ces cellules individuelles. Ce ne sont pas des êtres ordinaires.

— Mais quel point commun ?

— Ce sont tous des… messies.

63

Rennes-le-Château
17 janvier 1917

Le vent commença de souffler dès le matin. Un vent froid et sec qui faisait trembler les minces vitres de la tour Magdala. Comme chaque fin d'après-midi, l'abbé Saunière monta à pas lents l'escalier qui donnait sur le mur d'enceinte. À chaque marche, il donnait un coup de canne sur les dalles. Le tintement ferré lui servait de guide, depuis peu son œil gauche ne voyait plus clair et il craignait une chute. Le souffle court, il atteignit la terrasse.

Il avait renoncé à contempler l'immense paysage qui se déroulait sous ses pieds. La dentelle blanchie des montagnes, les prés à l'herbe rase, les troupeaux frileux de moutons serrés sous un chêne. Tout ce qui avait été sa vie de prêtre de campagne lui était devenu indifférent. Il souffla encore. Le froid lui piquait les pommettes. Dans la tour l'attendaient un feu de bois et, derrière les livres précieux de la bibliothèque, une bouteille de curaçao qui allait l'accompagner jusqu'au soir.

Il s'arrêta juste avant la porte. S'il ne voyait plus bien, son ouïe en revanche était intacte. Il lui semblait avoir entendu grincer la grille d'entrée du domaine. Le vent, sans doute. Bérenger haussa les épaules. Qui viendrait voir un prêtre usé, ruiné et mis à l'index par Rome ? Plus personne. Il n'avait même plus le droit de célébrer une messe, de baptiser un nouveau-né ou d'enterrer un mort. On avait brisé sa vocation et il finissait sa vie tel un paria.

Un nouveau grincement se fit entendre comme si on refermait la grille. L'abbé ne se retourna pas. Si un visiteur s'annonçait, Marie, sa gouvernante, aurait tôt fait de le renvoyer. Depuis sa déchéance de prêtre, elle était seule auprès de lui. En fait, elle ne l'avait jamais quitté depuis qu'elle s'était installée au presbytère.

Il était loin le temps où toute la bonne société se pressait dans sa demeure et profitait de ses largesses. Il songea à tous ceux qui l'avaient aidé et qui étaient morts depuis longtemps. Le marquis de Chefdebien, Mgr Billard, son protecteur. Tout s'était dégradé à la mort de ce dernier, en 1901. Son successeur avait engagé une véritable guerre d'usure contre Saunière depuis qu'il le soupçonnait de s'être enrichi à coups de trafics de messes. Depuis 1910, les vexations et les procès s'étaient multipliés, mais, après bien des obstacles, ses protecteurs l'avaient aidé à demeurer à Rennes-le-Château. Une victoire dont il était ressorti brisé.

Et maintenant, de tous ceux qu'il avait côtoyés, puissants et faibles, il ne lui restait plus que deux proches. La fidèle Marie et André Lévy, le jeune médecin, frère de loge pour qui il s'était pris d'affection : le fils qu'il n'avait jamais eu.

Saunière referma la porte. Un instant, la vision de Marie jeune surgit dans son esprit. Timide, le regard baissé, elle rougissait en silence devant ce curé à la carrure d'athlète que tant de femmes dans le village désiraient en secret. Bérenger chassa ce souvenir et s'assit à sa table de travail. D'une main lourde, il déplaça quelques livres pour révéler une bouteille à moitié vide. Les verres étaient dans le tiroir, il en prit un au hasard. Marie ne rentrait jamais dans cette pièce. C'était là son dernier refuge dans la débâcle morale et matérielle qui le rongeait depuis des mois. Le verre était gras et sale. Comme la table où s'entassaient des lettres d'avocat et des factures impayées.

Bérenger les regarda sans sourciller.

Depuis des mois, l'abbé ne s'apitoyait plus sur son sort. De toute façon, la France était plongée dans l'enfer de la guerre contre l'Allemagne, des millions d'hommes étaient morts et personne ne voyait quand cette apocalypse allait se terminer. « Apocalypse », la seule évocation du mot le terrifiait.

Une peur atroce lui tenaillait les entrailles. Une angoisse perpétuelle qui hantait ses nuits. Il secoua la tête comme pour protester, mais le Mal était là, rongeant chaque pensée, brisant tout sursaut de volonté.

Plus que tout, il avait voulu laisser une trace en ce monde. Le secret ne pouvait pas disparaître avec lui. Il avait reconstruit son église en y cachant des indices susceptibles de traverser le temps et de permettre à ceux qui en étaient dignes de le redécouvrir. Il avait réutilisé au mieux le dessin des *Bergers*.

Saunière emplit à nouveau son verre, les mains tremblantes. Il jeta un œil trouble à l'horloge et tenta de deviner la place des aiguilles. Sa vue avait encore baissé. Il ne distinguait plus les chiffres. Il se tourna vers la fenêtre. La lumière finissait de mourir.

Il réalisa soudain qu'on était un 17 janvier. Il frissonna d'angoisse. Chaque année, cette date sonnait comme un dangereux présage.

Un bruit interrompit sa réflexion. Il tendit l'oreille. L'entrée de la verrière, à l'autre bout de la terrasse, venait de s'ouvrir. La porte claquait contre le parapet. Un vent glacé s'engouffra.

L'abbé se leva.

Dehors, l'obscurité menaçait. Il s'agrippa au parapet et avança à tâtons. Sa tête tournait, ses jambes se dérobaient sous lui. Il voulut garder son équilibre mais il était comme une poupée de chiffon. Tout à coup une douleur fulgurante traversa son cerveau.

Il s'écroula sur les dalles. La nuit venait de s'emparer de lui.

21 janvier 1917
Villa Béthania

Bérenger était étendu sur son lit. Marie et André veillaient à ses côtés. Sa respiration devenait toujours plus faible. Il savait qu'il mourrait en ce jour qui, par une cruelle coïncidence, était un 21 janvier, le même jour que l'exécution de Louis XVI, le dernier roi de France à avoir connu le mortel secret.

D'un geste las de la main, il fit signe à Marie de quitter la chambre. Lévy se rapprocha du moribond.

— J'ai un secret à te confier, mon frère, prononça lentement le curé.

La confession était terminée. Un dernier râle retentit dans la chambre. André se dirigea vers l'horloge et arrêta le balancier. Il appela Marie et lui montra le visage enfin apaisé du curé de Rennes-le-Château.

— Désormais il est en Arcadie, déclara-t-il.

64

Suisse
Canton de Valais, district de Sion
Fondation Arcadia
De nos jours

La bibliothèque semi-circulaire était immense, les rayonnages montaient sur une hauteur de trois mètres. Des échelles coulissantes, mobiles, permettaient d'accéder aux livres les plus anciens. Une baie vitrée, éloignée des précieux ouvrages, laissait passer une lumière froide venue du nord.

Sur le mur attenant à la fenêtre, il y avait un grand tableau, copie plutôt brouillonne des *Bergers d'Arcadie*.

— Décidément, ce tableau nous aura suivis jusqu'au bout, nota Antoine alors que Cécile s'était assise.

Le père Klems les observait, le visage grave. La porte s'ouvrit, laissant passer un homme en costume gris, chemise blanche et cravate rouge, qui avait l'air d'un directeur de banque.

Le religieux croisa les bras et se tourna vers Antoine et Cécile.

— Je vous présente le père Vittorio Rospiglioli, qui travaille au Vatican.

— Ravi de vous rencontrer, dit l'homme d'un ton chaleureux. Les deux autres membres du conseil arrivent dans un instant. Vous avez fait un bien long chemin jusqu'à nous.

Marcas le salua d'un air méfiant.

— Quel type de travail effectuez-vous au Vatican ?

— Disons que je m'occupe de certaines affaires diplomatiques complexes.

La porte de la bibliothèque s'ouvrit à nouveau. Deux autres hommes d'une cinquantaine d'années, vêtus eux aussi du même costume gris et de la même cravate, firent leur apparition. Marcas ne put s'empêcher de sursauter.

— Vous deux !

— Eh oui. Le destin est parfois étrange, dit Isaac Sharanski, le Vénérable qu'il avait rencontré lors de la tenue dans les grottes de Sédécias, à Jérusalem.

— La paix soit avec toi, ajouta le frère Ibrahim ben Kacem en s'asseyant.

Le musulman échangea un regard avec les deux autres et tapota des doigts sur le dossier de la chaise. Il regarda Antoine et Cécile fixement.

— Vous avez vu des choses que vous n'auriez pas dû voir dans ce petit village de France. Il y a longtemps, Saunière a vendu à nos prédécesseurs le véritable livre de *L'Apocalypse*, trouvé dans la tombe de Marie Madeleine, secret qui était aussi détenu par les rois de France. Plus tard, quand le curé a eu la folie des grandeurs, nous nous sommes éloignés de lui.

— Bon sang, mais qui êtes-vous vraiment ? demanda Marcas, stupéfait.

— Les ultimes gardiens de l'ordre spirituel en ce monde, dit le prélat catholique qui venait de s'allumer un cigare dont il tira quelques bouffées. Disons qu'un certain marquis de Chefdebien a eu l'idée de réunir des frères, croyants, de plusieurs religions après les découvertes de Saunière et de créer la fondation Arcadie en Suisse, loin des tumultes de ce monde.

— Nous sommes les garants de l'harmonie nécessaire dans un chaos sans cesse renouvelé, ajouta le rabbin.

— De simples représentants de Dieu qui veillent à l'équilibre des forces, compléta le musulman.

Cécile et Antoine échangèrent un regard incrédule.

— Et vous enfermez dans votre asile tous les branques qui se prennent pour le Messie. Je ne vois pas le rapport avec l'harmonie dans ce monde et votre livre si précieux. Et encore moins ce que la maçonnerie viendrait faire là.

Le père Klems croisa les bras.

— Il faut commencer par le début, et vous pourrez nous comprendre. À l'origine, il y a un peu plus de deux mille ans, une femme a commis un meurtre à Jérusalem. Marie Magdala était son nom et Judas celui de sa victime. Elle voulait venger Jésus.

— Curieuse version du Nouveau Testament, dit Marcas.

— Les Saintes Écritures ont été parfois édulcorées pour le bien-être spirituel des fidèles, répondit Rospiglioli.

Le père Klems reprit :

— Après avoir tué Judas, Marie Magdala lui a donc volé son livre.

— Vous l'avez vraiment, ce livre ? s'exclama Cécile.

— Bien sûr ! lança une voix derrière elle.

Une voix qu'Antoine connaissait à merveille.

— C'est pas vrai !

Le frère Obèse venait d'entrer par une petite porte, juste à côté du Poussin.

Il se déplaçait avec une fluidité étonnante pour son poids. Il portait sous son bras une plaque de verre qu'il déposa sur la table. Dessous était insérée une feuille de parchemin, couverte d'une écriture ancienne.

— Voilà *L'Apocalypse* de Judas.

— Une simple feuille moisie ? s'exclama Cécile.

— C'est tout ce qu'il reste du manuscrit original. Les conditions de conservation au fond de la tombe de Marie Madeleine n'étaient pas optimales et le temps a fait son œuvre.

Marcas se mordit la lèvre. Dire que Tristan et Kyria avaient tué sans répit pour un manuscrit dont il n'existait plus qu'un fragment.

— Un témoignage néanmoins exceptionnel, reprit le frère Obèse, écrit juste après la mort du Christ. Nous l'avons décrypté. Judas livre une version très personnelle de l'Apocalypse dans laquelle il explique que Jésus n'est pas… seul…

— Quoi ?

— Il révèle que Jésus n'est qu'un parmi bien d'autres. Et que lui, Judas, s'est donné pour mission de le tuer ; quant à ses successeurs ils devront exterminer tous ceux qui se présenteront devant les hommes. Hélas ! pour lui, Marie l'a assassiné après avoir découvert sa trahison. Elle lui a volé ses écrits et s'est enfuie en Gaule pour finir ses jours dans cette région de l'Aude que vous connaissez désormais.

La lumière du jour s'était mise à faiblir, le crépuscule tombait. Des spots enchâssés dans la bibliothèque s'étaient allumés graduellement.

Antoine intervint :

— Avant de mourir, l'un des tueurs dans la grotte n'arrêtait pas de répéter une sorte d'incantation : *le dernier messie doit périr pour que les Justes soient enfin sauvés.*

— C'est, depuis deux mille ans, l'obsession de la confrérie de Judas. Ils veulent à tout prix identifier le *vrai* Messie ! répliqua le frère juif.

— Mais pourquoi ? demanda Cécile.

— Si un Messie véritable revenait, l'Apocalypse n'aurait plus lieu d'être.

— *Alors les Justes ne seraient pas sauvés*, c'est ça ? ajouta le commissaire.

— Exact, donc il faut à tout prix tuer le bon Messie pour que ce ramassis de pseudo-élitistes soit sûr de vivre la vie éternelle !

L'incompréhension et le dégoût se marquèrent en même temps sur les visages du commissaire et de Cécile.

— Cela dit, reprit le frère Obèse, l'Histoire a malheureusement donné raison à Judas. Au fur et à mesure que les grandes religions du livre de *L'Apocalypse* se sont développées, elles ont eu très vite affaire à des fidèles d'un genre particulier. Des hommes et des femmes persuadés d'avoir été choisis par Dieu, la providence ou un esprit divin pour sauver l'humanité ou leur pays. Certains sont restés tranquilles et totalement inoffensifs, d'autres sont passés à la vitesse supérieure et propageaient leur foi avec un zèle singulier. Généralement ces mystiques possédaient un charisme et une force de persuasion hors du commun, qui faisaient accourir des foules subjuguées. Chrétiens, musulmans, juifs, il en surgissait de partout, au grand désespoir des autorités constituées.

Cécile et Marcas avaient leur attention rivée aux explications des hommes en face d'eux. Le frère Obèse fit un signe à Isaac qui reprit le récit :

— Voyez-vous, Judas avait presque raison. Le messianisme est identique à une maladie. Les victimes sont touchées un peu partout sur terre, quel que soit le pays ou la religion.

Antoine croisa les bras.

— Visiblement, la confrérie de Judas les identifie avec plus de précision pour finir par les exécuter.

— Oui. Pour notre part, nous les mettons en sécurité. Selon la confrérie de Judas, ces messies, quelle que soit leur religion, naissent un 17 du premier mois de leur calendrier, et le lieu de leur localisation est indiqué par une position de constellation précise qui se met en place à intervalles réguliers.

— Curieusement, en Italie, le 17 est un chiffre maudit, précisa Rospiglioli. Il n'y a pas de dix-septième étage, pas de place 17 dans les avions de la compagnie Alitalia.

— Toutefois, ajouta Ibrahim, nous avons remarqué que ces deux critères étaient parfois inexacts. Sans doute à cause des innombrables variations de calendrier selon l'Histoire.

— Nous entretenons donc un réseau d'informateurs à travers le monde, révéla Isaac, qui nous permet d'identifier certains cas pathologiques et de les rapatrier ici. La Suisse est célèbre pour ses maisons de repos, et des institutions psychiatriques, des neurologues, des psychanalystes nous envoient souvent nos meilleurs « clients ».

Le frère Obèse épousseta de sa main son revers de manche.

— L'Apocalypse, comprenez-vous le sens de cette duperie millénaire ? La fin des temps et le messianisme vont de pair, ce sont deux concepts inculqués aux fidèles pour les maintenir dans la peur tout en leur donnant de l'espoir. Le problème, c'est qu'on se retrouve avec des flopées de messies qui arpentent la terre depuis des millénaires et provoquent des catastrophes à répétition. Ajoutez à cela les fous furieux de Judas avec leurs massacres, et vous comprendrez qu'on ne pouvait pas laisser le monde aller au chaos. Grâce à vous, le patron de la confrérie de Judas, l'Américain John Miller, va être neutralisé.

Ibrahim s'était levé, sa voix trahissait une nuance d'ironie.

— Croire qu'un messie, un prophète ou un homme si puissant soit-il va régler tous les maux de l'humanité par miracle est une folie, mais celle-ci peut se répandre à toute vitesse surtout en période de crise.

Sharansky intervint :

— Parfois, ces « élus » peuvent réellement faire progresser le monde, mais la plupart du temps cela se révèle désastreux, surtout quand ils opèrent pour leur compte personnel et s'affranchissent de Dieu. On en a eu un que l'on croyait soigné. Il était persuadé d'être le descendant de Jésus via les Mérovingiens. Un type un peu mytho qui a créé sa société secrète, le prieuré de Sion, un machin folklorique, mais d'autres cas ont posé problème.

Marcas sentit un malaise dans la voix du rabbin.

— C'est-à-dire ?

— Depuis la création de cet institut, il y a plus d'un siècle, nous avons eu deux évasions qui nous ont posé problème. Rassurez-vous, depuis on est devenus très vigilants.

— Vous voulez dire que deux de vos dingos internés se sont échappés ?

— C'est ça. La première fois en 1907. Un certain Vladimir Ilitch Oulianov, dit Lénine. Il a mené par la suite la carrière que l'on connaît.

— Bravo ! ricana Marcas. Et le deuxième ?

— À la fin de la Première Guerre. Un peintre autrichien, peu doué malheureusement. C'est lui qui a exécuté la copie des *Bergers d'Arcadie* qui est dans cette bibliothèque. Curieusement, il faisait une obsession sur les Juifs, responsables selon lui de tous les maux de l'humanité.

Le commissaire venait de comprendre.

— Vous vous foutez de moi ?

— Malheureusement non ! Il avait été amené ici, suite à des troubles neurologiques, après avoir été gazé sur le front de l'Ouest.

— Adolf Hitler, murmura Antoine.

Des toussotements résonnèrent dans la bibliothèque.

— Rassure-toi, il existe d'autres « messies » qui ont bien tourné, ajouta le frère Obèse. Nous avons eu en observation un certain Gandhi, que nous avons remis en circulation pour le plus grand bien de l'humanité.

— Et le prochain, c'est qui ? demanda Antoine, goguenard.

Épilogue

Washington
Maison-Blanche
De nos jours
5 h 45

Le secrétaire d'État à la Défense faisait les cent pas dans l'antichambre du bureau ovale. Stuart Wisler avait été réveillé à cinq heures du matin par la permanence de sécurité du Pentagone sur son portable d'urgence. L'information délivrée par l'officier traitant tenait en une phrase : *Alerte Meggido entre l'Iran et Israël.*

Stuart Wilson s'était redressé d'un bond sur son lit, réveillant son épouse qui dormait profondément. Vieux routier de l'administration, il avait servi deux présidents et avait toujours remercié le ciel pour ne pas avoir à subir une situation telle qu'il la vivait aujourd'hui. C'était la hantise de tous ses prédécesseurs avec qui il avait discuté. Moins d'un quart d'heure plus tard un hélicoptère de la présidence avait atterri sur la pelouse de sa demeure des environs de Washington pour le déposer à la Maison-

Blanche. Des visions horribles de Hiroshima s'imposèrent à son esprit.

Pendant le court voyage, il avait consulté les dernières informations reçues par la National Security Administration, le service d'écoute mondial des États-Unis. Deux missiles Shahab-3 avaient été tirés depuis une rampe de lancement non identifiée, à quatre cents kilomètres à l'est de Téhéran, aux alentours de la ville de Kermanchah. L'une des fusées à tête nucléaire avait été détruite juste au-dessus de la frontière israélo-jordanienne par une batterie d'antimissiles Patriot. Mais la seconde avait atteint son but. L'explosion nucléaire avait rayé de la carte Haïfa et ses alentours. Le Premier ministre israélien et son état-major avaient répliqué par l'ordre de lancement de quatre engins balistiques sur des cibles iraniennes.

Stuart Wilson consulta son BlackBerry sécurisé. Le quart de la ville de Téhéran avait disparu ainsi que la ville d'Ispahan.

— Et merde, murmura-t-il en se souvenant des simulations pondues par les stratèges du Pentagone. L'embrasement de tout le Moyen-Orient était la prochaine étape.

Il se remémora son dernier entretien, trois jours plus tôt, avec John Miller, le patron de l'American Faith Society qui avait tenté une médiation dans la région à la demande du président. En vain. Il lui avait dit en plaisantant qu'un conflit était peut-être la seule solution pour faire changer de point de vue les acteurs en place. Pauvre Miller, il avait été renversé le jour suivant à New York par une voiture dans un accident de la circulation. Le conducteur était un prêtre catholique qui avait perdu le contrôle de son véhicule.

La porte du bureau ovale s'ouvrit brutalement. Le président apparut. Mince, svelte, il semblait sortir d'une des pubs électorales qui avaient tant fasciné les électeurs américains pendant sa campagne. Élu triomphalement, il avait fait naître un immense espoir dans tout le pays après les deux mandats catastrophiques de son prédécesseur.

— Monsieur le Président, salua Wilson.

— C'est bon, Stue, on oublie le protocole. Toute la cellule de crise s'est déjà mise au travail, les militaires sont prêts pour la visioconférence.

Stuart salua les trois hommes qui entouraient l'occupant de la Maison-Blanche : le conseiller à la Défense, le colonel de liaison en poste permanent à la Maison-Blanche et le conseiller personnel aux Affaires internationales. Une secrétaire avait apporté du café brûlant et des beignets. Le président s'installa dans son fauteuil derrière le bureau ovale. Il paraissait étonnamment calme et détendu. Sur le mur qui faisait face, un grand écran plasma était allumé et montrait six généraux en train de s'installer autour d'une table.

— Messieurs, nous avons tous reçu les mêmes informations. Ma douleur est infinie quand je pense aux centaines de milliers de victimes innocentes assassinées par l'arme atomique dans ces deux pays. Le but est maintenant de savoir si nous avons les moyens de stopper le chaos qui est en train de naître. Je veux privilégier la voie diplomatique. Pour l'instant.

— Je crains d'avoir une mauvaise nouvelle, monsieur le Président, dit l'un des généraux sur l'écran.

— Nous vous écoutons, Jeb.

Le général Jeb O'Mahony, chef d'état-major, toussa et reprit :

— L'Iran a lancé un autre missile en direction du… Koweit.

Les cheveux de Wisler se dressèrent sur sa tête. Le cauchemar était réel, une explosion nucléaire sur les champs pétroliers de la région était le pire des scénarios pour l'économie mondiale.

Le président reprit la parole. Pas une once de nervosité ne trahissait sa détermination. Il faisait preuve d'une absolue maîtrise de lui-même.

— Messieurs, mon prédécesseur aurait sûrement dit que l'Apocalypse était en marche. Peut-être devrais-je le consulter pour qu'il me livre ses prophéties…

L'assistance sourit. Même au bord d'une catastrophe mondiale, il se permettait de faire de l'humour. Sa voix se fit soudainement plus grave :

— Je ne serai pas le président des États-Unis qui aura laissé se déclencher la Troisième Guerre mondiale. Contactez le premier secrétaire chinois et le Premier ministre russe. Eux peuvent faire pression sur les Iraniens.

— Leurs services ont déjà appelé, ils peuvent être mis en connexion immédiatement, dit le conseiller personnel aux Affaires internationales.

Le président posa ses mains sur la table. Son regard était flamboyant, son charisme redoublé.

— Prévenez la presse, je ferai une allocution à l'issue de notre entretien. Messieurs, c'est l'heure ultime. Que Dieu nous vienne en aide ! Soyez tous derrière moi et traversons cette épreuve. Aujourd'hui, en ce jour décisif pour l'humanité, j'assumerai mon destin.

Sitôt dans le couloir, le conseiller aux Affaires internationales interpella Stuart :

— Il m'impressionne toujours, on dirait qu'il n'a aucune angoisse, aucune crainte de ce qui risque de se passer. Il a des nerfs d'acier. Et sa façon de faire vibrer la corde patriotique, ça me fout la chair de poule. Il aurait dû naître un 4 juillet, le jour de la fête nationale.

Stuart avala d'un trait une tasse de café bouillant.

— N'exagérons pas, il est juste né un 17 janvier.

ANNEXES… et cette fois, une révélation

Les annexes sont une tradition dans notre série des aventures d'Antoine Marcas. Le but est de faire partager au lecteur les éléments qui nous ont inspirés pour écrire notre fiction. Discerner le vrai du faux en quelque sorte…

Allons droit au but, il n'existe pas de groupement maçonnique, situé en Suisse ou ailleurs, qui dirige un asile d'aliénés. Ni de société secrète de Judas qui assassine les « élus ». Ce qui est en revanche exaltant avec l'affaire de Rennes-le-Château c'est que l'on peut imaginer des histoires à l'infini tant la matière est riche et sujette à interprétations diverses et variées.

Si la *lecture* maçonnique de cette histoire est d'abord un jeu de l'esprit (voir annexe plus loin) en revanche, quelle ne fut pas notre surprise, en rassemblant les matériaux épars pour ce thriller, de tomber sur une véritable révélation qui, nous l'espérons, intéressera tous les amateurs, éclairés ou non, de l'histoire de Rennes-le-Château.

Pierre Plantard, le créateur du Prieuré de Sion en 1956, l'homme qui a concocté l'histoire de l'union de Jésus et de Marie-Madeleine en se prétendant lui même leur descendant, celui dont on sait qu'il a largement renseigné Gérard de Sède sur l'histoire de Bérenger Saunière, mythifié par les auteurs anglais de *L'Énigme sacrée* et, au final ayant totalement inspiré Dan Brown pour son *Da Vinci Code* a été… initié franc-maçon au Grand Orient. Et radié trois ans plus tard !

Nous avons pu consulter des archives maçonniques semi privées. En voici les détails :

Fiche d'appartenance au Grand Orient.

> de Plantard, Pierre Athanase Marie, Conseil juridique assureur, né le 18-3-1920 à Paris VIIe, [résidant à] Vaison-Régnier, initié le 8 juillet 1951 par la loge « *L'Avenir du Chablais* » à Ambilly, exclu le 13 janvier 1954 (décret du Conseil de l'Ordre).

Le Chablais est la région de Haute-Savoie, où résidait à l'époque Pierre Plantard. L'homme ayant ajouté une particule indûment, un deuxième document notifie un refus de l'enregistrer sous ce nom.

Il semble, selon nos éléments, qu'il ait été radié par les autorités maçonniques à la suite d'une condamnation à six mois de prison pour abus de confiance, en date du 17 décembre 1953, par le tribunal de Saint-Julien-en-Genevois.

Exclu de la maçonnerie en 1954, il fonde deux ans plus tard son association du Prieuré de Sion, toujours dans la même région. Par ailleurs, nous avons aussi découvert qu'un autre des quatre fondateurs du Prieuré, le trésorier, a lui aussi été maçon de la loge « L'Avenir du Chablais ». Selon les archives de l'obédience, il a été initié le 10 mai 1953 et en a démissionné le 12 décembre 1954.

Deux ex-franc-maçons, l'un radié, l'autre démissionnaire, tous deux agents d'assurances-créateurs du pseudo Prieuré de Sion, voilà de quoi alimenter bien des réflexions

Cette nouvelle piste pourrait expliquer pourquoi Plantard décide de créer *ex nihilo* son Prieuré en 1956, après avoir été chassé de l'obédience. Le choix du nom *Prieuré de Sion* n'est pas anodin ; juste à côté du lieu où il a été initié, il existe un mont Sion...

Pierre Plantard a fait l'objet de nombreux livres et enquêtes ; citons le très fouillé *Sociétés secrètes*, d'Alexandre Adler (éditions Grasset et France Culture) sur l'affaire de Rennes-le-Château, et celui de Frédéric Lenoir et Marie-France Etchegoin, *Code Da Vinci : l'enquête*, (éditions Robert Laffont). Les sites web consacrés à Rennes-le-Château évoquent la vie tumultueuse de Pierre Plantard, citons www.octonovo.org, du nom d'Octonovo, l'un des chercheurs sur Rennes-le-Château, et www.priory-of-sion.com, qui publie des archives étonnantes.

Pour une vision plus large des mystères de Rennes-le-Château, parmi les centaines de livres sur le sujet, certains émergent heureusement du lot trop habituel des productions souvent fantasmatiques, voire franchement fantaisistes. Voici une sélection :

— L'excellent *ABC de RLC*, publié en 2008, aux éditions ARQA, sous la houlette vigilante de Thierry E. Garnier. La somme, la synthèse... bref, tout ce qu'il faut absolument savoir sur Rennes-le-Château en 680 pages. Le livre de chevet absolu !

— Le livre du regretté Jean-Luc Robin est à recommander (*Rennes-le-Château, le Secret de Saunière*, Éditions du Sud-Ouest, 2005). Précis autant qu'intuitif, il est à lire pour s'initier aux arcanes de cette délicate affaire. Les deux auteurs se rappellent encore une soirée – un peu beaucoup titubante – passée en compagnie de Jean-Luc dans le parc de l'abbé. Un souvenir inoubliable.

— Gérard de Sède, qui a fait découvrir l'énigme de Bérenger Saunière, est à lire entre les lignes. Principalement *Rennes-le-Château – Le dossier, les impostures, les phantasmes, les hypothèses*, publié en 1987, son meilleur ouvrage sur la question.

— On ne peut que citer le spectaculaire *Énigme sacrée* de Baigent, Leigh et Lincoln, publié en 1987, chez Pygmalion et où le « génie » de Pierre Plantard de Saint-Clair éclate à chaque page... un excellent roman.

— Pour une vision d'une tout autre ampleur, il importe de se pencher avec attention sur les analyses novatrices de Franck Daffos. Sans aucun doute le chercheur qui a le plus apporté, ces dernières années, à la recherche sur Rennes-le-Château. *Le Secret dérobé,* ODS éditions et *Rennes-le-Château, le puzzle reconstitué* aux éditions Pégase.

— À recommander, à propos de la piste de Marie Madeleine, un travail d'une imparable érudition qui ouvre de bien curieuses perspectives : *La Tombe perdue,* éditions Pardès, 2008.

À titre personnel, Jacques Ravenne (*ouroboros357 @yahoo.fr*) remercie tous ses lecteurs qui pourraient lui apporter des précisions sur un personnage énigmatique qui l'intrigue beaucoup : Georges Monti ainsi que sur le devenir des archives maçonniques de la famille Chefdebien.

Le « faux » dessin de Poussin est dû à Jean-Philippe Chabot.

Les messies

Le terme de messie vient de l'hébreu, mashia'h qui veut dire l'oint.

Voici ce qui est dit dans l'*Encyclopædia Universalis :*

« On a défini le messianisme comme étant essentiellement la croyance religieuse en la venue d'un rédempteur qui mettra fin à l'ordre actuel des choses soit de manière universelle soit pour un groupe isolé et qui instaurera un ordre nouveau fait de justice et de bonheur » (H. Kohn, « Messianism », in The Encyclopædia of Social Sciences).

Les Juifs et les musulmans possèdent leur propre tradition messianique. Chez les Juifs, elle est bien connue mais il existe une tradition particulière qui explique qu'à chaque génération apparaissent des messies mais que ceux-ci ne se révèlent que si l'époque en est digne.

Chez les musulmans, on retrouve chez les chiites la tradition du Mahdi, qui vient apporter la révélation.

Cela étant, et sans y voir une quelconque critique des grandes religions il est admis que les asiles du monde entier sont remplis de personnes se prenant pour Jésus, Mahomet, Jeanne d'Arc ou l'antéchrist. Une pathologie bien connue des spécialistes.

La date de naissance d'Obama

L'épouse du président des États-Unis, Michele Obama, est née le 17 janvier 1964. Quant à Barack, ses adversaires républicains avaient lancé, avant son élection, une controverse pour connaître la date et le lieu de sa naissance. Il est né officiellement le 4 août 1961 à Honolulu.

Le 17 janvier

C'est une date magique pour tous les amateurs de l'énigme de Rennes-le-Château. Elle apparaît sur la stèle codée de la tombe de la marquise de Hautpoul Blanchefort, comme indiqué dans l'ouvrage. Mais pas seulement.

— Tous les 17 janvier, selon certains chercheurs, il se produit un phénomène lumineux étonnant à l'intérieur de l'église du village, les rayons du soleil diffractés par un vitrail créent des ronds bleus qui apparaissent sur un mur. « Les pommes bleues », selon la légende locale. Les photos circulent sur le Net mais il semble que ce phénomène ne soit pas régulier.

Nous avons utilisé cette date pour marquer la naissance du Messie et la lier à l'Apocalypse en nous inspirant d'éléments symboliques précis. Somme toute, un petit jeu de correspondance ludique.

— Si l'on tape la date du 17 janvier sur le site du Vatican, on tombe directement sur le texte officiel relatant l'apparition de la Vierge dans le village de Pontmain, le 17 janvier 1871, et qui fait référence à l'Apocalypse.

— Curieusement, le curé de Rennes-le-Château a installé devant son église un pilier wisigoth renversé sur lequel il a fait graver la date de 1871...

— Faisons la somme des nombres premiers au carré jusqu'à 17.

$1^2 + 3^2 + 5^2 + 7^2 + 11^2 + 13^2 + 17^2 = 663 + 3$ (premier chiffre maçonnique) = 666. Le chiffre de la bête de l'Apocalypse.

— En Italie, le 17 est considéré sur le plan de la superstition comme un chiffre maléfique. Il n'y a pas d'étage 17, ni de place 17 dans les avions.

— Le 17 janvier est le jour de la Sainte-Roseline. Certains ont fait le lien phonétique avec la curieuse abbaye de Rosslyn en Écosse, qui a inspiré Dan Brown pour son son « code Vinci », dans la localisation du secret final.

Rennes-le-Château

Un petit village audois de quelques dizaines de maisons perché en haut d'une colline. Une vue superbe sur une vallée magnifique. Et une légende qui a parcouru le monde entier. Plus de quatre cents livres plus tard, des reportages de journalistes venus des quatre coins du monde, des colloques annuels, des empoignades entre chercheurs de trésors et de secrets perdus, des fouilles à coups de dynamite, des sondages de sol avec des appareils perfectionnés, on ne sait toujours pas, avec certitude, d'où est venu l'argent. L'hypothèse la plus rationnelle serait celle d'un trafic de messes, pratique courante dans certaines paroisses, et que le bon curé aurait fait passer à l'ère industrielle. Après, il y a toutes les hypothèses, des plus séduisantes aux plus folles, qui sont narrées dans notre ouvrage. Ce qui est génial avec Rennes-le-Château, c'est qu'on peut tout inventer sans que cela paraisse étonnant. La magie du lieu probablement.

Saunière franc-maçon ?

Le 28 avril 2007, Antoine Captier a présenté lors de l'assemblée générale de son association, Terre de Redhae, un sautoir de maître maçon découvert dans une caisse qui a appartenu au curé. Les chercheurs du site www.societe-perillos.com développent un grand dossier sur cette affaire, il s'agit d'un sautoir du Rite Écossais de chevalier Rose-Croix du dix-huitième degré. La polémique a rebondi avec cette découverte.

Ce sautoir a été authentifié par Pierre Mollier, conservateur du musée et des archives du Grand Orient mais, selon l'expert, cela ne prouve en rien l'appartenance de Saunière à la maçonnerie : il pouvait très bien l'avoir gardé comme curiosité. De même, il n'existe aucune trace dans les archives maçonniques de l'affiliation du curé.

On sait par ailleurs que l'un de ses meilleurs amis, Eugène Cros, l'était, ainsi que le fournisseur de la décoration de l'église, un certain Gisclard, basé à Toulouse, dont la maison dans la ville rose présente des signes évidents d'appartenance maçonnique. Seulement voilà, notre bon curé, à ses débuts, était un anti-républicain flamboyant, une sorte de Don Camillo à la mode audoise, ce qui ne collerait pas vraiment avec une appartenance maçonnique.

Enfin, pour ceux qui veulent aller plus loin dans les liens entre maçonnerie et Rennes-le-Château, on peut noter que les familles Chefdebien et Hautpoul ont fourni de nombreux maçons…

Glossaire maçonnique

Accolade fraternelle : accolade rituelle discrète qui permet aux frères de se reconnaître.

Agapes : repas pris en commun après la *tenue*.

Atelier : réunion de francs-maçons en *loge*.

Attouchements : signes de reconnaissance manuels, variables selon les grades.

Cabinet de réflexion : lieu retiré et obscur, décoré d'éléments symboliques, où le candidat à l'initiation est invité à méditer.

Capitation : cotisation annuelle payée par chaque membre de la loge.

Chaîne d'union : rituel de commémoration effectué par les maçons à la fin d'une *tenue*.

Collège des officiers : ensemble des officiers élus de la loge.

Colonnes : situées à l'entrée du *temple*. Elles portent le nom de Jakin et Boaz. Les colonnes symbolisent aussi les deux travées, du *Nord* et du *Midi*, où sont assis les frères pendant la *tenue*.

Compas : avec l'*équerre*, correspond aux deux outils fondamentaux des francs-maçons.

Constitutions : datant du XVIIIe siècle, elles sont le livre de référence des francs-maçons.

Cordon : écharpe décorée portée en sautoir lors des *tenues*.

Cordonite : désir irrépressible de monter en grade maçonnique.

Couvreur : officier qui garde la porte du *Temple* pendant la *tenue*.

Debbhir : nom hébreux de l'*Orient* dans le *Temple*.

Delta lumineux : triangle orné d'un œil qui surplombe l'*Orient*.

Droit humain (DH) : obédience maçonnique française mixte. Environ 11 000 membres.

Épreuve de la terre : une des quatre épreuves, avec l'eau, le feu et l'air, dont le néophyte doit faire l'expérience pour réaliser son initiation.

Équerre : avec le *compas*, un des outils symboliques des francs-maçons.

Frère couvreur : frère, armé d'un glaive, qui garde la porte du temple maçonnique et vérifie que les participants au rituel sont bien des maçons.

Gants : toujours blancs et obligatoires en *tenue*.

Grades : au nombre de trois. Apprenti. Compagnon. Maître.

Grand Expert : officier qui procède au rituel d'initiation et de passage de grade.

Grand Orient de France : première obédience maçonnique, adogmatique. Environ 46 000 membres.

Grande Loge de France : obédience maçonnique qui pratique principalement le Rite Écossais.

Grande Loge féminine de France : obédience maçonnique féminine. Environ 11 000 membres.

Grande Loge nationale française : seule obédience maçonnique en France reconnue par la franc-maçonnerie anglo-américaine ; n'entretient pas de contacts officiels avec les autres obédiences françaises.

Haut Grade : après le grade de maître, existent d'autres grades pratiqués dans les ateliers supérieurs, dits de perfection. Le Rite Écossais, par exemple, comporte 33 grades.

Hekkal : partie centrale du *Temple*.

Hiram : selon la légende, l'architecte qui a construit le temple de Salomon. Assassiné par trois mauvais compagnons qui veulent lui arracher ses secrets pour devenir maîtres. Ancêtre mythique de tous les francs-maçons.

Loge : lieu de réunion et de travail des francs-maçons pendant une *tenue*.

Loge sauvage : loge libre constituée par des maçons, souvent clandestine, et qui ne relève d'aucune obédience.

Loges rouges et noires : loges dites « *ateliers supérieurs* » où l'on confère les hauts degrés maçonniques.

Maître des cérémonies : officier qui dirige les déplacements rituels en *loge*.

Obédiences : fédérations de loges. Les plus importantes, en France, sont le GODF, la GLF, la GLNF, la GLFF et le Droit Humain.

Occident : Ouest de la *loge* où officient le *premier* et le *second surveillant* ainsi que le *couvreur*.

Officiers : maçons élus par les frères pour diriger l'*atelier*.

Orateur : un des deux officiers placés à l'*Orient*.

Ordre : signe symbolique d'appartenance à la maçonnerie qui ponctue le rituel d'une *tenue*.

Orient : *est* de la *loge*. Lieu symbolique où officient le *Vénérable*, l'*Orateur* et le *Secrétaire*.

Oulam : nom hébreu du *parvis*.

Parvis : lieu de réunion à l'entrée du *temple*.

Pavé mosaïque : rectangle en forme de damier placé au centre de la *loge*.

Planche : conférence présentée rituellement en *loge*.

Poignée maçonnique : poignée de reconnaissance rituelle que s'échangent deux frères.

Rite : rituel qui régit les travaux en *loge*. Les deux plus pratiqués sont le Rite Français et le Rite Écossais.

Rite Pierre Dac : rituel maçonnique parodique, créé par l'humoriste et frère du même nom.

Rites Égyptiens : rites maçonniques, fondés au XVIIIe siècle et développés au XIXe, qui s'inspirent de la tradition spirituelle égyptienne. Le plus pratiqué est celui de Memphis-Misraïm.

Salle humide : lieu séparé du *temple* où se passent les *agapes*.

Secrétaire : il consigne les événements de la *tenue* sur un *tracé*.

Signes de reconnaissance : signes visuels, tactiles ou langagiers qui permettent aux francs-maçons de se reconnaître entre eux.

Sulfure : simple presse-papier... maçonnique.

Surveillants : premier et second. Ils siègent à l'*Occident*. Chacun d'eux dirige une *colonne*, c'est-à-dire un groupe de maçons durant les travaux de l'*atelier*.

Tablier : porté autour de la taille. Il varie selon les *grades*.

Taxil (Léo) : écrivain du XIXe siècle, à l'imagination débridée, spécialisé dans les œuvres antimaçonniques.

Temple : nom de la *loge* lors d'une *tenue*.

Tenue : réunion de l'atelier dans une *loge*.

Testament philosophique : écrit que le néophyte doit rédiger, dans le cabinet de réflexion, avant son initiation.

Tracé : compte rendu écrit d'une *tenue* par le *secrétaire*.

Tuileur : officier de la *loge* qui garde et contrôle l'entrée du *Temple*.

Vénérable : maître maçon élu par ses pairs pour diriger l'*atelier*. Il est placé à l'*Orient*.

Voûte étoilée : plafond symbolique de la *loge*.

Remerciements

Merci à tous ceux qui nous ont aidés à continuer les aventures de Marcas. Les équipes de notre éditeur Fleuve Noir, et plus particulièrement à François Laurent, pour son soutien sans faille, à Céline Thoulouze, pour son dévouement et son « abnégation » à nous supporter, ainsi qu'à Laurent Boudin, la tête pensante et chercheuse de Pocket. Un amical salut aux représentants qui sillonnent la France et vont à la rencontre des libraires.

Merci à Papo et à sa charmante épouse Mamili pour ses précieuses recherches sur les courants messianiques dans la religion juive.

Merci à tous les potes de la Ligue de l'Imaginaire.

Photocomposition Nord Compo
59650 Villeneuve-d'Ascq

Achevé d'imprimer par GGP Media GmbH, Pößneck
en septembre 2010
pour le compte de France Loisirs,
Paris

N° d'éditeur : 61085
Dépôt légal : mars 2010

Imprimé en Allemagne